Mc

Eine Story für Kim

AF215646

Dieser Titel ist auch als E-Book erschienen

ISBN: 978-3-7448-9531-6
1.Auflage 2017
Copyright © 2017 Mc

Herstellung und Verlag: Bod – Books on Demand, Norderstedt

Mc

Eine Story für Kim

Für meine Schreibpartnerin Kim,
Alles Gute zum Geburtstag.
Ich hoffe es ist besser als ein
pinker Kauknochen^^

/Ich weiß nicht wer du bist, aber wenn du nicht Kim bist, dann steht es dir nicht zu dieses Buch zu lesen. Ok, das war ein Scherz^^ Aber ernsthaft, falls du es wirklich lesen solltest und du bist tatsächlich nicht Kim, dann wirst du wohl oder übel einige Insider nicht verstehen. Vor allem diese Kursiv geschriebenen Sätze, in denen ich dich direkt anspreche, enthalten viele Dinge die nur sie verstehen wird. Wie kommst du überhaupt dazu dich für dieses Buch zu entscheiden? Es steht nicht mal ein Titel, geschweige dem Autor oder Inhaltsangabe auf dem Cover :D Zumindest kannst du dann ohne Erwartungen anfangen zu lesen. Für den Fall dass ich dir noch immer nicht das Interesse an diesem Buch verdorben habe wünsche ich dir viel Spaß, ich hoffe du findest sie interessant^^/

Memories

Der Anfang einer guten Geschichte ist allgemein alles andere als einfach. Er soll die Aufmerksamkeit des Lesers auf sich ziehen. Nur leider sind Anfänge nicht so leicht zu finden. Man könnte sich natürlich ein wenig umschauen und auf die Hoffnung bauen, dass einem die Antwort in Form von einem Loch im eigenen Top zugeflogen kommt, aber so leicht ist es nicht immer. Das Einzige, was an einer Geschichte noch schwerer zu finden ist als ein Anfang, ist ein passendes Ende. Aber das hat ja noch Zeit.

Ich musste meine Audionotiz an Mc beenden. Irgendein ekelhaftes Ding war von meinem Hund abgefallen. Mein Hund schaute das Ding an. Als ich es genauer betrachtete merkte ich, dass es eine riesige, vollgesogene Zecke war.
  Angewidert verzog ich das Gesicht. Ich brachte sie in den Garten und zerquetschte sie mit meinem Fuß. Dann ging ich wieder rein um meine Audionotiz fortzuführen.
  "Ey, da war grade eine riesige, vollgesogene, fette, eklige, aufgequollene und übelst große Zecke an meinem Hund! Also vor meinem Hund. Die ist abgefallen und er hat sie dann angeguckt und die lag vor ihm und das war so ekelig! Die war voll riesig! Und ich hab die da jetzt *entfernt*, und jetzt ist sie weg und habe sie grade im Garten... äh... platt getreten. Die war voll blutig und groß und eklig.", erklärte ich ihm. / *Für alle außer Kim: Ich bin Mc und Kim ist Kim :D Beide sind recht normale Personen die ihr Hobby, das Schreiben, verbindet. Kim ist recht klein, 1,54 Meter groß, hat blaue Augen und blondes Haar. Ich bin 1,78 Meter groß, hab braune Augen und dunkelblondes Haar. Reicht hoffentlich um sich ein Blid von uns zu machen^^/*
  "Jetzt hat sie die gerechte Strafe dafür bekommen, dass sie die ganze Zeit das Blut ausgesaugt hat. Jetzt wird sie bestimmt *kein Blut* mehr aussaugen.", antwortete er.

Ich schickte ihm noch eine Audionotiz, in der ich ihm erklärte was ich für Kai´s Geburtstag geplant hatte. Aber da die Audionotiz zu früh abgeschickt wurde musste ich noch eine Zweite hinterher schicken. Hoffentlich hatte er noch ein paar Ideen was ich so machen konnte, immerhin wurde Kai fünfundzwanzig.

Mc war aber offensichtlich mit Gartenarbeiten beschäftigt. Er verarschte mich noch indem er vorgab ins Krankenhaus zu müssen weil er sich in den Finger geschnitten hatte. Allerdings würde es irgendwie zu ihm passen.

Ich und Kai besuchten ihn noch am Nachmittag. Wir saßen allerdings nur drinnen rum. Ich zockte *New Super Mario Bros U* und immer wenn ich starb oder verletzt wurde machten sich Kai und Mc über mich lustig.

|Kai ist der feste Freund von Kim und für mich sowas ähnliches wie mein Bruder. Er ist 1,73 Meter groß, hat blaugraue Augen und ebenfalls dunkelblondes Haar. Zudem ist er von der Statur her relativ dünn^^|

Anke und Robert kamen später auch noch vorbei und schlossen sich dem Game an. Ich fuhr so gegen einundzwanzig Uhr nach Hause und legte mich später gemütlich ins Bett.

|Für Anke und Robert lass ich die Erklärung mal weg, sie kommen so gut wie gar nicht im Buch vor. Dasselbe gilt für ein paar andere Charaktere, die ich dann einfach nicht genauer beschreibe.|

Die ganze Woche verlief ähnlich. Einmal fuhren wir noch bei Mc vorbei, wo wir nicht viel mehr machten als es bei dem letzten Besuch der Fall gewesen war. Am Freitag war ich noch auf einer Grillfeier. Später am Abend waren wir bei Becky auf dem Geburtstag, aber wir passten irgendwie nicht zu dem Rest. Es war allgemein eher langweilig.

Am Samstag hatte niemand eine Ahnung was man machen konnte. Alle waren schon unterwegs. Daher entschieden Kai und ich uns dazu, wie wir es in letzter Zeit eigentlich immer getan hatten, wieder bei Mc vorbeizuschauen, denn er hatte anscheinend genauso große Langeweile wie wir. Das Gute daran war, dass wir eigentlich oft Dinge unternahmen, die wir sonst nicht machten, wenn wir Langeweile hatten.

Seit Freitag war meine Erkältung stärker geworden. Jetzt am Samstag kam sie so richtig zur Geltung. Total verschnupft.

Ich hing die ganze Zeit auf dem Sofa durch. Im Endeffekt war es wahrscheinlich besser dass wir nichts Großartiges unternommen hatten. Das Größte was wir noch unternahmen war eine Fahrt zu Burger King. Wir hatten erst überlegt vielleicht über Nacht zu bleiben, entschieden uns aber doch dazu wieder zu fahren.

Am Sonntag hatten wir dann das top Wetter überhaupt. Weil wir aber jetzt so großen Hunger hatten auf das gute Essen von Daysis fuhren wir trotzdem los.

So verliefen auch die kommenden Wochen. Wir unternahmen dann und wann mal etwas. Mal hatten wir schönes Wetter, mal Schlechtes. Party´s und Geburtstage kamen und gingen. Mc schenkte mir noch so ein cooles Buch zum Geburtstag, womit ich überhaupt nicht gerechnet hatte. Aber alles verlief nach dem gleichen, allgemeinen Trott der unser Leben mittlerweile stetig begleitete.

Zumindest verlief es eine ganze Zeit so, aber man kennt es ja, immer wenn man es nicht erwartet kommt etwas, was einen aus diesem Chema reißt. Nur hatte ich nicht erwartet, dass die Veränderung diesmal *so* sein würde.

Daisys Diner

Sommer 2017. Eigentlich sollte man von einem Sommer erwarten, dass man viel Sonne hat, viel grillt, vielleicht ab und zu mal ein kleiner Regenschauer. Aber viel hatte ich davon bislang nicht mitbekommen. Na gut, außer vielleicht von den Regenschauern, denn davon gab es im Moment ziemlich viele.

Dieses unmotivierende Wetter verleitete mich allerdings dazu viel in meinen Büchern zu lesen, die ich noch vor mir hatte. Zwei Bücher von Sebastian Fitzek hatte ich schon hinter mir und auch wenn er mein Lieblingsautor war hatte ich mir jetzt etwas anderes gesucht. Irgendwann braucht man halt auch etwas Abwechslung.

Ich war grade in der Küche und machte mir etwas zu Essen, als ich eine Nachricht in WhatsApp bekam. Es war Mc, der sich erkundigte wie es mir ging und was ich so machte. Ich erklärte es ihm in einer Audionotiz. "...Kai kommt gleich auch noch vorbei.", sagte ich dann zum Schluss.

"Und wisst ihr schon was ihr heute so macht? Mir ist nämlich total langweilig. Schon ewig nichts mehr los gewesen, wir könnten doch mal wieder eine Party schmeißen oder so?", schlug Mc vor.

"Kai und ich wollen später sowieso noch vorbeikommen. Wir können ja rumfragen ob irgendjemand heute was startet.", erklärte ich.

Mc war meiner Meinung und wollte schon mal rumfragen. In wenigen Minuten würde Kai auch schon durch die Tür kommen. Allerdings war er schon früher da als erwartet, denn ich hörte den Motor von Nami, seines Eclipse, schon als er auf die Einfahrt fuhr.

Ich hatte Lust auf etwas Ablenkung. Inzwischen wurden die Tage wieder langweilig. Aber zum Glück lief grade ein Song in meiner Playlist, den ich auch auf meinem Geburtstag zum anstarten der Party spielen würde. Aber wenn ich sollte auch etwas Musik zum feiern und tanzen hinzufügen. Wenn ich ihn denn feierte.

"… Frühschicht schweigt, jeder bleibt für sich. Frust kommt auf denn der Bus kommt nicht. Und überall liegt Scheiße Mann muss eigentlich schweben. Jeder hat nen Hund aber keinen zum Reden…"

Unbewusst sang ich wieder den Text von Peter Fox zum X-ten Mal mit, während ich im Handy meine Kontaktliste nach Leuten durchforstete, die vielleicht etwas unternahmen. Leider fand ich recht wenig. Jeder den ich anschrieb hatte schon etwas vor, wo man sich schlecht integrieren konnte.

Aber zumindest kamen Kai und Kim später noch vorbei. Zusammen fanden wir meistens irgendwas, das uns ablenkte. An einem Freitag wie diesem gab es allerdings nicht viel, was man machen konnte. Wegen dem Regen hatte man zu den meisten Sachen keine Motivation.

Ich entschied mich dazu etwas in meinem Haus aufzuräumen. Immerhin gab es sonst nicht viel was ich machen konnte, da konnte ich auch das Produktivste in Angriff nehmen. Ich war bereits beim Staubsaugen angekommen, als Kai und Kim bei mir eintrafen.

Ich öffnete das Wohnzimmerfenster, welches mittlerweile der inoffizielle Eingang war, und wartete bis sie ausgestiegen waren, um die Beiden zu begrüßen. Nach kurzer Zeit zog ich mich jedoch weiter ins Haus zurück, denn der Wind trieb den Regen ziemlich nah an die Hauswand.

Kai und Kim sprangen aus dem Wagen und flitzten schnell ins Haus. Kai musste noch kurz raus, weil er vergessen hatte das Auto abzuschließen, aber gleich nachdem er wieder drin war schloss ich das Fenster hinter ihm.

"Bestes Wetter um etwas zu unternehmen.", meinte ich.

"Ja, auf jeden Fall.", bestätigte Kim sarkastisch.

"Hast du denn schon rum gefragt was die anderen heute so

machen?", fragte Kai.

Ich schüttelte den Kopf und sagte: "Die sind alle schon weg oder machen was wozu ich nicht wirklich Lust hab."

"Wieso, was machen die denn?", fragte Kai.

"Keine Ahnung, so genau hab ich nicht nachgefragt."

Wir setzten uns erst mal alle auf das Sofa und schauten auf den Fernseher. Meine Playlist lief immer noch durch. Aktuell hörten wir *Lila Wolken* von *Materia*.

Kim schnappte sich das Gamepad meiner Wii U und schaltete sie ein. Während die Konsole langsam hochfuhr und sie auf den Display des Gamepad´s starrte sagte sie: "Igor und Jacky unternehmen auch was alleine und Theresa, Nicole und Lisa sind im Kino. Wir müssen ja aber nicht unbedingt was mit den anderen machen. Wir könnten auch irgendwo hinfahren."

| Kommt vielleicht hier und da zu Erwähnung einiger Charaktere oder Gruppen. Ich sag einfach mal, wenn ich mich nicht dazu äußere sind sie im weiteren Verlauf des Buches eigentlich irrelevant^^|

Der Regen ließ plötzlich nach. Nach und nach wurde es zu einem leichten Nieseln, bis es schließlich ganz aufhörte.

"Ja, dann schlag was vor. Wo sollen wir hinfahren?", fragte Kai.

"Warum muss *ich* denn jetzt wieder was vorschlagen?", fragte Kim genervt.

"Weil du vorgeschlagen hast dass wir irgendwo hinfahren.", antwortete Kai.

"*Ja und*?! Ich hätte auch gar nichts sagen können, das war ja nur ein Vorschlag."

Irgendwie wirkte Kim leicht gereizt. Ich hatte reichlich wenig Lust ihrer Diskussion beizuwohnen, also verzog ich mich in die Küche, wo ich mich nach etwas zu trinken umschaute. Leider befand sich nichts in der Nähe, das mir irgendwie zusagte.

"Letztens hab ich noch drüber nachgedacht, ob ich dieses

Jahr vielleicht doch eine auslasse und meinen Geburtstag nicht feier. Auch wenn es dieses Jahr sogar eine große Feier sein müsste.", sagte ich um das Thema zu Wechseln.

"Stimmt ja, du hast ja auch bald wieder. Und warum willst du nicht feiern?", fragte Kai.

"Keine Ahnung. Irgendwo ist es ja auch nur ein Geburtstag. Ich hatte die letzten Jahre immer so viel Stress mit der Planung.", erklärte ich.

"Dieses Jahr helfen wir dir, das kriegen wir schon hin.", meinte Kim.

Dann schwiegen wir wieder einige Zeit. Auch mir fiel grade nichts mehr zu dem Thema ein.

"Wie wär´s mit Burger King? Da waren wir schon lange nicht mehr.", meinte Kai schließlich.

"Ich hab nicht wirklich Lust auf Burger King. In letzter Zeit war ich schon so oft da. Aber Hunger hab ich schon etwas.", erklärte ich.

"Ja dann lass uns doch dahin fahren. Dann haben wir immerhin *irgendeine* Ablenkung.", erklärte Kim.

Bevor das wieder in einem Streit endete machte ich mir schnell Gedanken wo man noch was essen konnte, was nicht zu sehr wie Fast Food war. Erst dachte ich an Subway, aber ich hatte keine Ahnung ob die zwei darauf wohl Lust hatten.

"Wir könnten zu Daisys Diner fahren. Da waren wir schon lange nicht mehr.", schlug Kai vor.

"Ja, darauf hätte ich ehrlich gesagt auch Lust.", stimmte ich ihm zu.

Auch Kim war einverstanden. Wir verloren keine Zeit und wollten direkt los, aber dann meinte Kai auf einmal dass er noch auf´s Klo wollte.

"Oh ernsthaft Kai? Ich hab voll Hunger, weil wir die ganze Zeit über Essen geredet haben und jetzt musst du noch eine halbe Stunde kacken gehen?", fragte ich.

"Nein, ich muss nicht kacken gehen. Ich bin gleich wieder da.", erklärte er und verschwand mit diesen Worten aus dem Zimmer.

"Glaubst du er muss wirklich nicht kacken?", fragte ich Kim.

"Ich hoffe es. Ich hab Hunger.", antwortete sie.

Einen Moment später erschien Kai´s grinsendes Gesicht via Screen Mirroring auf dem Fernseher. Hinter ihm konnte man noch den Spülkasten erkennen, was mir nur sagte, dass er wohl doch länger brauchen würde, weil er auf der Schüssel saß.

Ich schaltete den Fernseher aus und schickte ihm scherzhafte Hass-Audionotizen, bei denen Kim im Hintergrund immer wieder sagte er solle sich beeilen weil wir Hunger hatten. Als Kai mir mit einer Audionotiz antwortete, hatte ich erst Bedenken sie mir anzuhören. Wenn er das vom Klo aus machte kam vermutlich nichts Gutes dabei raus. Allerdings erklärte er uns nur, dass er sich beeilen würde und wir in zehn Minuten losfahren konnten.

Und tatsächlich hielt er sich daran. Zehn Minuten später stand er wieder bei uns im Wohnzimmer. Wir kletterten schnell aus dem Fenster und stiegen ins Auto.

"Mist, ich hab mein Geld vergessen! Lasst mich noch mal kurz raus.", erklärte ich.

"Also echt Mc. Du willst doch nur dass ich wieder aufstehen muss.", meinte Kim.

"Klar, das war der Plan.", antwortete ich beim Aussteigen.

Blitzschnell war ich drinnen und holte mein Geld. Schließlich waren alle wieder im Auto und es konnte losgehen.

Die Fahrt schien sich ewig hinzuziehen. Ich starrte gedankenversunken aus dem Fenster. Am Horizont war ein leichter Regenbogen zu sehen. Die Sonne ging langsam in einem malerischen Orange unter und rief in mir wieder den Gedanken hervor ein Bild von dieser Szene zu machen. Doch wie immer behielt ich mein Handy in der Tasche, denn auf Bildern vom Handy kam das nie so gut zur Geltung wie in

Wirklichkeit. Ich hatte es schon einmal gemacht und es Kim dann gezeigt, aber sie fand es auch recht unspektakulär.

Wir erreichten nach einer gefühlten Ewigkeit Daisys Diner. Ich fühlte mich ziemlich erfrischt, weil Kai die Fenster während der Fahrt runtergefahren hatte. Für Kai und Kim war es wahrscheinlich nur eine angenehme Brise, aber dabei kam es mir jedes Mal so vor, als würde ich vor einer Flugzeugturbine sitzen, was an einem heißen Julinachmittag allerdings von Vorteil war.

Kai parkte sein Auto nahe am Eingang. Er war recht schnell ausgestiegen und ich wartete mal wieder auf Kim. Endlich stieg sie aus und machte mir damit den Weg frei. Draußen schaute ich mich zuerst einmal um. Immer wenn ich bei Daisys Diner war sah ich irgendwo einen coolen Oldtimer rumstehen. /Ok, ich war bisher einmal da aber egal :D/ Und auch dieses Mal war es nicht anders. Etwas abseits stand ein roter Ford Mustang.

Wir setzten uns in eine Nische von der aus Kai Nami im Blick behalten konnte. Ich fragte mich, wie lange es wohl dauern würde bis er darüber spekulierte was er noch an ihr machen konnte. Oder das er sie noch grob sauber machen konnte. Dann hätte er den morgigen Nachmittag etwas zu tun.

"Wisst ihr schon was ihr wollt?", fragte er entgegen meiner Erwartung.

"Nö, ich guck mir erstmal die Karte an.", antwortete ich.

Nachdem ich das getan hatte entschied ich mich für einen schlichten Burger mit Pommes. Ich hatte schon viele Burger gegessen und war gespannt wie einer aus diesem typisch amerikanischen Diner schmecken würde.

Es dauerte nicht lange bis eine junge Frau kam und unsere Bestellungen aufnahm. Kai entschied sich für ein paar Broccoli Poppers und Kim für eine Pizza.

"Wisst ihr schon was wir heute Abend machen können?", fragte ich.

"Keine Ahnung. Wir könnten rumcruisen und gucken was bei Jana und Basti geht.", schlug Kai vor.

"Chillen und zocken. Noch andere Vorschläge?", fragte ich.

"Wir könnten im Wald wieder den Bunker weiter ausgraben."

"Nein Kai. Einfach nein.", antwortete ich.

"Wieso nicht?", fragte er mit einem Grinsen im Gesicht.

"Weil ich keine Lust hab die ganze Nacht irgendwo im Wald zu stehen und zu graben.", erklärte ich.

"Ich hätte da aber auch irgendwie Lust drauf.", merkte Kim an.

Entgeistert schaute ich sie an. Hatte sie das wirklich grade gesagt?

Sie bemerkte meinen Blick und erklärte: "Ja keine Ahnung. Ich hab heute irgendwie einfach Lust darauf. Ich wunder mich ja selbst darüber."

Irgendwie kam es mir vor als hätte ich das alles schon einmal gehört. Ich hatte ein krasses Déjà-vu. Meine Mum meinte mal wenn man ein Déjà-vu hatte wäre man auf dem richtigen Weg. Vielleicht sollten wir ja wirklich diesen Bunker ausgraben gehen. Auch wenn ich absolut keine Lust darauf hatte.

"Wir können ja gerne hingehen, aber auf graben hab ich nicht wirklich Lust.", erklärte ich.

"Was willst du denn machen? Willst du wieder die ganze Zeit daneben stehen?", fragte Kai.

"Ich kann wieder die Taschenlampe für euch halten, damit ihr genug Licht habt.", entgegnete ich.

Ich war wohl nicht so angetan von dem Ganzen und Kai war nicht sehr angetan davon, dass ich nur daneben stehen wollte, aber wir hatten keine Zeit darüber zu streiten, denn schon kam unser Essen und nun übernahmen unser Mägen das Denken für uns.

Archäologen

Endlich! Endlich hatten die anderen Mal Lust mitzumachen und weiter den Bunker auszugraben! Mc hatte wohl nicht wirklich Lust, aber zumindest würde er dafür sorgen dass Kim und ich genug Licht hatten.

Es würde noch einige Tage dauern bis wir endlich so weit waren, dass wir rein gehen konnten, aber zumindest hatten wir so einen Anfang. Wir aßen gemütlich zu Ende und machten uns anschließend auf den Weg zu Mc.

Wie immer schaute er während der Fahrt verträumt aus dem Fenster. Kim verhielt sich nicht anders und daher konzentrierte ich mich auf die ruhige, schweigsame Fahrt. Es gab nichts Besseres als bei guter Musik entspannt über die Straßen zu rollen.

|Musste grad an Nicole denken, wie sie bei guter Musik entspannt über die Straße rollt xD Nichts für ungut Nicole^^|

Das heiße Wetter hatte die Nässe des Regens schon fast vertrieben, als wir bei Mc ankamen. Wir stiegen aus und begaben uns ins Haus.

Ich nahm meinen üblichen Platz auf dem Sofa ein und überprüfte einige Nachrichten in meinen Whatsappchat´s während Kim und Mc anfingen sich in Smashbros zu bekriegen.

"Hadoken!", rief ich geistesabwesend, als ich am Rande mitbekam wie Ryu in Smashbros mit Feuerbällen um sich schleuderte.

Nachdem ich noch ein paar Autos in meiner mobileapp inspiziert hatte schloss ich mein Handy an die Ladestation an und schnappte mir den 3DS um mich einzuklinken.

Allerdings musste ich die bestehende Runde noch abwarten und so lenkte ich mich ab indem ich wieder Lieder über mein Handy anmachte.

"Du hast den Farbfilm vergessen...", ertönte es aus meinem Handy.

Mc und Kim verzogen genervt das Gesicht.

"Oh nein, nicht schon wieder.", meinte Kim

"Ernsthaft Kai? Mach mal irgendwas Vernünftiges an.", protestierte Mc.

"Hey, das ist was Vernünftiges!", antwortete ich grinsend.

Freudig stimmte ich in den Gesang von Nina Hagen ein, was die beiden nicht überzeugte. Im Gegenteil, sie wirkten nur noch genervter. Als sie endlich ihre Runde beendet hatten stellte ich das Lied aus und klinkte mich ein.

"Ryu! Ryu! Ryu! Ryu! Ryu! Ryu!..." Damit auch jeder wusste wen ich hatte musste diese Ansage auch entsprechend oft wiederholt werden. Allerdings beendete Kim sie indem sie die Runde startete.

"Ihr geht ja nur auf mich!", beschwerte ich mich. Zweifellos weil ich sie grade genervt hatte. Trotzdem gab ich mir ziemlich Mühe den Beiden in den Arsch zu treten, doch das klappte eher schlecht als recht. Wenn ich es allerdings schaffen würde trotzdem zu gewinnen wäre der Sieg bestimmt doppelt so viel Wert.

Doch Träume blieben Träume und so wurde ich von Mc´s Ganondorf mit dem allseits bekannten Arschtretermove aus der Runde geworfen.

Ab jetzt nahm ich nur noch meinen personalisierten Kirby. Es klappte nicht ganz so gut wie ich gehofft hatte. Ich beschwerte mich über Ganondorf, aber das hatte nur zur Folge dass meine Prozente in die Höhe schnellten.

Wir zockten noch den ganzen Nachmittag und Abend. Gegen neun Uhr beendeten wir das Spiel und schalteten die Konsole ab.

"Wollen wir dann gleich los?", fragte ich.

An den Gesichtern von Mc und Kim war abzulesen, dass sie nicht wirklich große Lust hatten mit zum Bunker zu kommen und weiter zu graben.

"Willst du wirklich jetzt schon gehen? Ist doch noch ziemlich früh oder nicht?", fragte Mc.

"Wir können auch schon mal den Kram zusammen suchen den wir dafür brauchen.", erklärte ich.

"Was sollen wir denn da zusammen suchen? Ich weiß doch wo alles steht.", entgegnete Mc.

"Ja, aber jetzt ist es noch etwas hell. Dann können wir das eben schnell alles holen und bereit legen und wenn wir losfahren haben wir alles gleich da."

Mit einem Seufzer fragte er: "Was brauchen wir denn alles?"

"Ein paar Schaufeln und Spaten, was zu trinken, Taschenlampen, aufgeladene Handys. Musst du schauen was wir alles hier haben und mitnehmen müssen.", erklärte ich.

Ich zog mein Handy vom Ladekabel ab, welches Kim sofort in Beschlag nahm. Mc schloss sein´s ebenfalls an. Danach suchten wir gemeinsam die Sachen zusammen die wir später zum Graben brauchen würden.

Wir fanden alles auf dem Grundstück, sogar etwas zu trinken, und brachten es ins Auto. Es würde noch eine Stunde dauern bis es endlich dunkel genug war um so etwas zu machen.

Wir unterhielten uns im Haus solange noch etwas. Mc saugte sein Haus noch zu Ende und als er endlich fertig war konnten wir schon fast losfahren. Wir zogen uns nur noch kurz um und dann ging es los.

Außer mir gab es kaum viel Motivation zu spüren in dem Auto.

"Kommt schon, das wird witzig.", versuchte ich die Stimmung aufzulockern.

"So witzig wie beim letzten Mal?", fragte Kim

"Letztes Mal wollten wir ja zuerst diesen anderen Bunker ausgraben. Dieses Mal fangen wir ja sofort bei dem an und kommen daher auch weiter.", erklärte ich.

Wir erreichten den Weg zum kleinen Waldstück. Er war noch mit einer Holzstange blockiert, die ich schnell aus dem Weg räumte. Dann hüpfte ich wieder in den Wagen und fuhr das kleine Stück bis zum Wald weiter.

Nami wurde neben einem kleinen Holzunterstand geparkt. Wir holten den Kram zum Graben aus dem Auto und machten uns auf den Weg.

Nach kurzer Zeit erreichten wir den Bunker. Ich legte meine Sachen vor einen kleinen Busch, etwas Abseits und leuchtete mit meinem Handy das Loch aus, das wir beim letzten Mal zurückgelassen hatten. Wir hatten allgemein schon sehr viel geschafft, aber nur weil ich mit Basti, Matze und so weiter schon früher oft hier am Graben gewesen war.

"Das ist doch alles viel zu nass um hier zu buddeln.", meinte Kim.

"Nein, das hat heute doch gar nicht so lange geregnet. Das ist hauptsächlich die oberste Schicht, wenn wir die weg haben dann musste alles darunter eigentlich ziemlich trocken sein.", erklärte ich.

Demonstrativ hatte ich mir eine Schaufel genommen und eine Schippe voll Erde abgehoben. Darunter war tatsächlich alles noch trocken. Die Beiden schienen immer noch nicht überzeugt zu sein.

"Kommt schon, ihr habt vorhin noch gesagt das ihr mitmacht.", meinte ich.

"Ja schon, aber ich hab nicht mehr wirklich Lust.", entgegnete Kim.

"Aber ihr habt´s doch gesagt. Dann macht das jetzt auch."

"Ich hab auch nicht wirklich Lust hier drauf Kim, aber Kai hat Recht. Wir sollten zumindest ein bisschen machen, damit wir nicht ganz umsonst hier her gefahren sind.", erklärte Mc.

Kim schien einen Moment im Zwiespalt zu sein. Dann schnappte sie sich einen Spaten und kam zum Loch.

"So, wo soll ich anfangen?", fragte sie.

„Ich würde sagen zuerst sollten wir mal die nasse Erde abheben. Das können wir am besten mit einer Schaufel machen. Dann lockere ich die Erde mit dem Spaten auf und du schaufelst sie raus."

„Ich hol mal die Taschenlampe.", meinte Mc.

Er stellte sich an die linke Seite des Lochs und leuchtete uns. Kim und ich schaufelten wie geplant die nasse Erde ab. Danach schnappte ich mir den Spaten und arbeite an der linken Seite weiter. Kim stellte sich in meine Nähe und schaufelte zwischendurch Erde aus dem Loch.

„Das macht ihr ziemlich gut.", meinte Mc.

„Du kannst gerne mitmachen.", keuchte Kim.

„Ne, ich glaub ich halte lieber das Licht."

Wir kamen gut voran. Nach etwa einer halben Stunde hatten wir schon einen einigermaßen großen Erdhaufen rausgeschaufelt. Kim machte eine kurze Pause um etwas zu trinken und um wieder zu Atem zu kommen. Am Anfang hatte sie keine große Lust, doch nach einigen Minuten war sie ziemlich konzentriert bei der Sache.

„Kannst du mir mal das Wasser geben?", fragte ich.

Kim reichte es mir nach unten. Nachdem ich ein paar tiefe Schlucke getrunken hatte reichte ich sie wieder nach oben. Dann lockerte ich weiter die Erde am Loch.

Wir arbeiteten uns immer weiter an der Steinmauer des Bunkers entlang und schließlich stieß ich auf etwas.

„Hey, hier ist ein Loch!", rief ich.

„In der Wand?!", fragte Mc

Kim sprang zu mir nach unten um sich selbst davon zu überzeugen. Ich versuchte es etwas weiter freizulegen. Und plötzlich passierte es.

Die ganze Erde am Loch brach zusammen und rutschte in den Bunker. Und Mc gleich mit.

„Scheiße!", rief er noch, dann war er weg.

„Mc! Alles in Ordnung?!", fragte ich.

Es kam keine Antwort, nur ein Husten.

"Ja, alles in Ordnung. Ich hab mir nur den Rücken irgendworan aufgeschrammt.", erklärte er nach einigen Sekunden.

"Ok. Wir graben die Erde am Loch weg, dann kannst du wieder rauskommen.", erklärte Kai. "Ist da unten denn irgendwas Interessantes?"

"Warte kurz.", antwortete Mc.

Die Sekunden vergingen und bis er schließlich sagte: "Nein, hier ist nichts. Ich schaue mich noch kurz ein wenig um, vielleicht hab ich was übersehen."

Wieder dauerte es lange bis er uns bestätigte dass dort unten nichts war außer einem leeren Raum. Ziemlich enttäuschend. Aber ich wollte es mir trotzdem selbst noch einmal ansehen. Also legte ich los und schaufelte das Loch frei.

Schließlich war die Erde weg und Mc kam wieder heraus. Es war allerdings schwieriger als gedacht, da die Erde unter ihm immer wieder wegrutschte.

"Ich geh auch eben nochmal rein.", teilte ich den anderen mit.

"Komm schon Kai, da ist nur ein leerer Raum. Mir ist kalt, ich bin dreckig und nass und hab mir den Rücken aufgeschrammt. Ich will zu mir und duschen. Wir können hier immer noch mal wieder herkommen.", erklärte Mc.

"Solange dauert das schon nicht.", meinte ich.

"Das reicht doch wenn ich komplett verdreckt bin, dann musst du das nicht auch noch sein. Sonst wird dein Auto noch ziemlich scheiße aussehen."

Damit hatte er wohl Recht. Wenn ich jetzt noch in das Loch stieg kam ich auf keinen Fall sauber wieder raus. Und das wollte ich Nami auf keinen Fall antun.

"Ok, dann fahren wir zurück."

Wir packten unsere Sachen ein und verließen langsam den Wald. Ich nahm eine Decke aus dem Kofferraum und legte sie auf die Rückbank damit Mc nicht alles dreckig machte. Die benutzten Werkzeuge befreiten wir von Schmutz und legten sie auf Mc´s Schoß. Dann ging es wieder zurück.

 "Ich bin eben duschen.", erklärte Mc direkt als wir ankamen.

 Wir legten die Arbeitsgeräte in der Zwischenzeit in den Schuppen und machten es uns auf dem Sofa gemütlich. Als Mc wiederkam meinte er, dass er langsam schlafen gehen wollte, weil er in der vergangenen Nacht nicht viel Schlaf gefunden hatte und ihn der Tag ausgelaugt hatte.

 Ich und Kim verabschiedeten uns von ihm und fuhren zu ihr nach Hause. Mc schrieb mir noch spät in der Nacht eine Nachricht. Er fragte mich, was ich wohl tun würde, wenn ich die Möglichkeit hätte etwas Außergewöhnliches herauszufinden, aber nicht wusste ob der Versuch mich umbringen würde.

 Mc und seine komischen Fragen. Als ich ihn fragte warum ihn das beschäftigte meinte er nur, dass es um eine Story gehen würde.

 Ich schrieb ihm, dass ich das nicht tun würde solange ich nicht wusste was dabei herauskam und ob es mich umbrachte. Er hatte die Nachricht bekommen und gesehen. Aber er schrieb nicht zurück.

Fünfzig Milliliter

Überall war Dreck. Ich hatte extra die Taschenlampe gehalten, damit ich *nicht* so dreckig wurde, und jetzt das.

Die Taschenlampe war mir aus der Hand gefallen als ich durch das Loch gerutscht war. Sie lag ein paar Meter entfernt auf dem Boden.

"Mc! alles in Ordnung?!", fragte Kai von oben.

Ich musste erst noch einige Male husten bevor ich eine Antwort geben konnte. Nachdem ich ihm erklärt hatte dass ich mir nur den Rücken aufgeschrammt hatte wollte Kai wissen, was es hier unten zu sehen gab.

"Warte kurz.", sagte ich und krabbelte zu der Taschenlampe. Als ich sie erreicht hatte leuchtete ich den Raum kurz aus. Es war nicht wirklich etwas hier. Viel Dreck und rausgebrochene Stücke aus den Mauern, aber viel mehr konnte ich nicht erkennen.

"Nein, hier ist nichts. Ich schaue mich noch kurz ein wenig um, vielleicht hab ich was übersehen.", rief ich nach oben.

Mir war nämlich etwas ins Auge gefallen. Es war vollkommen verdreckt und wurde teilweise von Wurzeln verdeckt. Aber es hatte eine klar definierte Form, anders als das meiste hier, denn der Raum war von der Zeit gezeichnet.

Ich bewegte mich zu der Ecke in der es stand und entwirrte es aus den Wurzeln. Es war ein zylinderförmiger Behälter aus Metall, mit einem Griff am Deckel. Er war tatsächlich nur verdreckt und verstaubt, aber sonst befand er sich in einem einwandfreien Zustand. Wenn man ihn etwas putzte würde er sogar ziemlich glänzen.

Vorsichtig legte ich meine Hand um den Griff am Deckel und zog leicht nach oben. Nichts rührte sich. Ich zog etwas kräftiger aber immer noch nichts. Als ich mich richtig anstrengte fiel mir ein, dass ich den Deckel ja vielleicht drehen musste, bevor ich ihn hochzog.

Ich drehte den Deckel nach rechts und er bewegte sich eine Vierteldrehung mit, bevor er stoppte. Erneut zog ich an dem Deckel, der sich nun mit Leichtigkeit hochbewegte. Plötzlich wurde der Raum in bunten Farben erleuchtet.

Der Deckel war an einem Kern befestigt, der sich stabilisierte, sobald ich ihn vollkommen hochgezogen hatte. An diesem Kern waren in vier Lagen Halterungen angebracht in denen viele Spritzen hingen.

Alle waren gefüllt mit irgendetwas Leuchtendem und jede hatte eine andere Farbe. Ich fragte mich was es damit wohl auf sich hatte. So etwas hatte ich in meinem ganzen Leben noch nicht gesehen. Aber trotzdem kam mir das irgendwie alles vertraut vor.

Plötzlich fiel mir ein, dass Kai und Kim noch auf eine Antwort von mir warteten. Schnell schob ich den Kern wieder rein und drehte den Deckel nach links um es zu sichern.

"Hier ist nichts, nur ein leerer Raum. Hab alles nochmal genau angeguckt.", log ich.

Doch warum log ich die Beiden an? Ich hatte mir doch angewöhnt immer ehrlich zu sein. Es war ganz automatisch gekommen, ich hatte gar nicht darüber nachgedacht. Aber ich hatte das Gefühl, das sie den Zylinder noch nicht entdecken durften.

Schließlich kam ich mit einiger Mühe aus dem Loch heraus. Als Kai sich dann unten auch noch einmal umsehen wollte musste ich mir schnell etwas überlegen um ihn davon abzubringen, was mir auch gelang.

Wir fuhren wieder zu mir und nachdem ich geduscht hatte sagte ich Kim und Kai, dass ich gleich schlafen wollte. Daraufhin verabschiedeten sie sich von mir und fuhren kurz danach weg.

Ich wartete noch, bis ich Nami nicht mehr hören konnte, dann machte ich mich auf den Weg. Schnell den Motor gestartet und ab ging es zurück zum Wald.

Als ich fast da war schaltete ich die Scheinwerfer ab und versuchte Kai´s Auto auszumachen. Doch es war nicht da. Sie waren also nicht wieder hergekommen. Gut, dann konnte ich den Twingo neben den Holzunterstand parken.

Mit schnellen Schritten lief ich zurück zum Bunker. Ich erreichte das Loch und schaltete die Taschenlampenapp an meinem Handy an. Dann rutschte ich vorsichtig über den Erdhaufen ins Innere.

Der Zylinder stand noch da, wo ich ihn zurückgelassen hatte. Als ich ihn hochhob merkte ich, dass er leichter war als ich erwartet hatte. Daher fiel es mir leicht, ihn zu dem Loch hinüber zu tragen und nach draußen zu befördern.

Ohne die Hilfe von Kai und Kim war es weitaus schwieriger aus diesem Loch rauszukommen. Nach einigen Versuchen schaffte ich es aber, auch wenn ich nun ziemlich kaputt war.

Die Ruhepause, die ich mir gönnte, nutze ich um meine Augen an die Dunkelheit zu gewöhnen, nachdem ich die App ausgeschaltet hatte. Ich hob den Zylinder aus dem Loch, das wir vor dem Bunker gegraben hatten und stieg danach selbst hinaus.

Dann packte ich ihn wieder und machte dass ich zurück zum Auto kam. Auch wenn der Twingo aussah wie ein Saustall, nachdem ich wieder bei mir angekommen war, hatte sich die Mühe gelohnt. Ich hatte den Zylinder.

Aber warum wollte ich ihn nochmal so unbedingt haben? Eigentlich konnte ich mir selbst nicht so richtig einen Reim darauf machen. War es nur dieses vertraute Gefühl, das ich schon die ganze Zeit hatte? Egal, jetzt hatte ich ihn hier und konnte mir später noch darüber den Kopf zerbrechen. Der Mc der Zukunft würde das schon rausfinden. /*Der Mc der Zukunft ist in solchen Fällen meist ziemlich genervt über den Mc der Vergangenheit :D*/

Ich stellte den Zylinder im Wohnzimmer ab. Dann sprang ich noch einmal schnell unter die Dusche. Als ich wiederkam beschloss ich, den Behälter erst einmal sauber zu machen, bevor ich mich näher damit auseinander setzte.

Es brauchte gefühlte hundert Gänge zum Waschbecken mit dem Waschlappen, bis ich den Zylinder endlich sauber hatte. */Nein, ich kann keinen Eimer mit Reinigungswasser zum Zylinder bringen, das wäre einfach zu leicht^^/*

Dann stand ich vor diesem polierten Teil und fragte mich zum zehnten Mal, was zum Teufel ich da eigentlich machte. Ich schnappte mir wieder den Griff, drehte ihn und zog den Kern vollends heraus.

Es waren sechzig Stück. Nachdem ich sie gezählt hatte wusste ich, dass auf jeder der vier Lagen fünfzehn Spritzen hingen. Etwa mit fünfzig Milliliter dieser leuchtenden Substanz waren alle gefüllt. Leider waren keine Maßeinheiten angebracht, also musste ich schätzen.

Unglaublich, es gab wirklich total viele verschiedene. Von unzähligen Neonfarben bis hin zu einer Schwarzen und einer Weißen. Und sogar die *Schwarze* leuchtete. Sie schien eher Schatten zu versprühen, was ziemlich faszinierend war.

Ich nahm eine Hellblaue in die Hand. Es war ein unheimliches Gefühl, das mich auf einmal umgab. Eine Art Präsenz, als würde es Leben. Als könnte man den Blick von jemandem spüren.

Andre hatte mir früher einmal gesagt er wollte etwas ausprobieren, aber wollte nicht sagen was. Er hatte sich einfach hinter mich gestellt und nach kurzer Zeit hatte ich so ein komisches Gefühl an einer Stelle an meinem Rücken. Er hatte seine Hand ein paar Zentimeter darüber gehalten und mich nie berührt. Es war ungefähr damit zu vergleichen. Zugleich spürte ich eine angenehme Kühle wie eine leichte Brise.

Ich legte sie wieder zurück und nahm eine andere in die Hand. Es war die Schwarze. Von ihr ging ein noch viel unheimlicheres Gefühl aus. Es war, als wäre da nur eine Leere die alles in sich aufsog. All meine Gefühle waren wie weggeblasen. Nein, nicht alle! Da war noch diese traurige Einsamkeit, die mich nach und nach immer depressiver machte. Nichts ergab mehr einen Sinn für mich, außer dieser Spritze.

Plötzlich fand ich einen Funken meiner Selbst wieder. Es verlieh mir für einen kurzen Moment etwas Motivation. Sofort legte ich die Spritze zurück und nach und nach normalisierte ich mich wieder.

Verdammt was war *das* denn?! Das war echt krass! Um ein Haar hätte ich sie mir gegeben! Wenn ich noch etwas länger gewartet hätte, dann hätte ich die Spritze entweder noch morgen früh gehalten oder sie mir gegeben. Und keine Ahnung was dann passiert wäre.

Doch als ich diesen Gedanken gefasst hatte wurde er direkt von einem Zwang begleitet, sich doch eine dieser Spritzen zu setzen. Ich wusste, dass es falsch war, denn ich hatte nicht die geringste Ahnung was sich in ihnen befand, doch irgendetwas trieb mich dazu.

Es war dieses vertraute Gefühl, das mich dazu verleiten wollte. Woher kam das bloß?! Das war doch nicht normal, dass man plötzlich so ein Gefühl bekam. Ich musste wissen wieso ich es hatte. Aber die beste Möglichkeit es herauszufinden war, wenn ich mir eine dieser Spritzen gab.

Ich nahm noch eine Dritte in die Hand. Es war nicht die Schwarze, über der schwebte ein imaginäres Ausrufezeichen. Es war eine Orangefarbene. Sie fühlte sich warm an. Aber nicht zu warm, eher angenehm mollig. Als wäre man in seine Kuscheldecke gehüllt. Auch bei ihr merkte ich eine leichte Gefühlsschwankung. Ich fühlte mich ziemlich gechillt. Mir fiel es erst nicht so auf, weil ich auch so schon ziemlich der Chiller war, aber irgendwann merkte ich es.

Ich legte sie wieder zurück, bevor ich zu gechillt war um die Motivation dafür aufzubringen. Das Gefühl war etwa so, wie ich mir vorstellte, dass man sich fühlte, wenn man einen Joint geraucht hatte.

Mir war inzwischen klar, dass diese Spritzen zwei Dinge in einem verursachten. Erstens, alle gaben einem ein bestimmtes Gefühl. Man fühlte sich gechillt, einsam, kühl und was es noch so gab. Zweitens, all diese Gefühle brachten einen dazu die Spritze nicht so schnell aus der Hand legen zu wollen.

Aber da war noch etwas anderes. Diese Präsenz war bei allen anders. Als hätten sie alle einen anderen Charakter. Die Hellblaue fühlte sich an als wäre sie eher ruhig und selbstsicher, die Orangefarbene war eher freundlich aber auch unmotiviert. Bei der Schwarzen wollte ich gar nicht erst anfangen. Sie war eher traurig und einsam.

Ich wurde das Gefühl nicht los, dass sie alle lebten. Als wären sie Lebewesen die aus einer Art *Licht* bestanden und nur in diesen spritzen existieren konnten. Aber vielleicht ja auch in einem anderen Lebewesen! Alle brachten mich dazu die Spritze nicht aus der Hand zu legen und sie sich vielleicht sogar zu geben.

Sie konnten nur in diesen Spritzen leben. In diesen Spritzen oder in einem anderen Lebewesen. Wie ein Parasit oder so was. Obwohl, ich wusste nicht ob sie *von* einem lebten oder *mit* einem. Vielleicht waren sie ja nur so eine Art Mitbewohner. Und vielleicht konnten sie einem sogar helfen.

Mein Verstand wies mich jedoch darauf hin, dass sie unglaublich lange Zeit in diesem Bunker gesteckt haben mussten, der extra zugeschüttet wurde. Höchstwahrscheinlich waren sie nicht ohne Grund da.

Mein Verlangen, rausfinden zu wollen, was es mit diesen Spritzen auf sich hatte, war unbezwingbar. Ich *musste* es herauszufinden! Aber *wie*? Das war die eine Million Euro Frage. Und natürlich wusste ich die Antwort darauf. Es gab nur *einen* Weg es aufzuklären. Aber vorher brauchte ich noch eine Sicherheit.

Ich schreib Kai an und fragte ihn, was er tun würde wenn er etwas Außergewöhnliches herausfinden könnte, aber ihn der Versuch umbringen konnte. Da ich nicht wollte dass er etwas ahnte bezog ich mich auf ein Manuskript, dass ich grade schrieb.

Natürlich meinte er, dass er nichts tun würde solange er nicht wusste ob er überleben würde. Ich las mir seine

Nachricht mehrmals durch, dann legte ich mein Handy zur Seite.

Er hatte recht, ich konnte sowas nicht einfach tun, wenn ich nicht wusste was für Folgen das haben würde. Aber wie zum Teufel sollte ich denn *rausfinden* was für Folgen das haben würde? Und da wären wir wieder bei dem Selbstversuch.

Oder ich gab es irgendeinem Tier. Aber das war nicht nur Tierquälerei sondern auch feige. Verdammt, ich wollte es rausfinden! Aber wenn es mich umbrachte wäre das auch kacke. Was sollte ich nur tun?

Ich musste meine Stimmung ändern! Wenn ich wieder in einer meiner depressiven Phasen war konnte ich es tun ohne fiel darüber nachzudenken was für Folgen es hatte. Das war schon mal ein Plan. Aber wie sollte ich meine Stimmung ändern?

Mein Blick fiel wieder auf die schwarze Spritze. Nein. Nicht so. Wenn ich mir diese Spritze gab würde es mit Sicherheit übel werden. Auch wenn ich überlebte, es war kein Leben wenn es eine dauerhafte, von Einsamkeit geprägte Depression war.

Aber vielleicht ließ sich das Problem lösen. Wenn ich eine zweite Spritze in die Hand nehmen würde konnte ich die Wirkung vielleicht dadurch schwächen, indem ich von dem Gefühl der anderen Spritze überflutet wurde. Ich konnte wohl nicht verhindern, dass diese Traurigkeit da war, aber das wollte ich ja auch gar nicht.

Ich beschloss, nach und nach jede Einzelne mit dem Finger zu berühren um keine unangenehmen Überraschungen mehr zu erleben. Es dauerte eine ganze Weile, aber irgendwann fand ich eine passende. Es war eine eher Aufgeweckte, Fröhliche. Sie war rot. Das war das perfekte Gegenstück zu der Schwarzen.

Ich nahm sie in die Hand. Sie fühlte sich ziemlich warm an, als würde sie brennen, auch wenn ich sie ohne Probleme berühren konnte. Merkwürdig, aber egal, ich war gleich viel fröhlicher.

Solange ich meine gute Laune noch in Zaum halten konnte schnappte ich mir die schwarze Spritze mit der anderen Hand. Sofort wurde mein Körper von den negativen Gefühlen überrannt.

Die Rote gab einen guten Ausgleich, aber es war unschön zwischen derartigen Fronten zu stehen. Ich musste mich von der Dunklen etwas mehr überfluten lassen, um in die richtige Stimmung zu kommen. Als ich es geschafft hatte gab es nur noch eines zu tun.

Doch ich konnte es nicht. Ich brachte es einfach nicht fertig mir die Spritze zu verpassen. Wenn ich sie mir gab musste es mit einem schnellen Schwung ins Bein geschehen. Meine Hose hatte ich noch angelassen, denn sonst würde es mir noch schwerer fallen.

Langsam senkte ich die Spritze hinab und die Nadel drückte sich in meine Hose. Diese Pose hielt ich einige Minuten. Immer wieder kamen Schübe in denen ich fast zu gedrückt hätte und mir die Nadel somit ins Bein rammen würde. Dann waren sie wieder weg und ich zögerte weiter.

"Scheiße!", rief ich irgendwann und hob die Spritze hoch. *-Ich kanns nicht, ich kanns einfach nicht!-* Auf die Knie gelehnt versuchte ich einen klaren Kopf zu bekommen. Ich musste es durchziehen. Aber ich konnte mir die Spritze einfach nicht setzen! Ich konnte mich einfach nicht selbst verletzen!

Ich lehnte mich auf dem Stuhl zurück. Einmal tief durchatmen. Zweimal tief durchatmen. Dreimal tief durchatmen. Und plötzlich schoss meine Hand fast wie von selbst nach unten und rammte die Nadel bis zum Anschlag in meinen Oberschenkel.

Ich sog scharf die Luft ein. Damit hatte ich mich selbst überrascht. *-Jetzt nur noch zudrücken. Einmal zudrücken und ich hab es hinter mir.-*

Aber ich tat es nicht. Irgendwo tief in mir rief mein menschlicher Verstand nach mir und sagte, dass es zu gefährlich sei. Ich erfasste diesen Zweifel und dachte noch einmal über alles nach.

Wollte ich das wirklich? Wollte ich es so dringend rausfinden dass ich sogar mein Leben dafür riskierte? Und selbst wenn es mir egal gewesen wäre, es wäre egoistisch den anderen gegenüber, wenn ich diese Aktion nicht überlebte.

-Kai hat recht. Wenn ich nicht mit Sicherheit sagen kann dass ich überlebe, dann sollte ich es lassen. Wenn ich es nicht überlebe würde das alles niemandem etwas nützen und ich bin tot.-

Vorsichtig hängte ich die schwarze Spritze zurück in den Zylinder. Dann zog ich ebenso vorsichtig die Nadel der Roten wieder aus meinem Bein. Es war einfach nur bescheuert. Diese ganze Idee war schwachsinnig.

Ich schaute mir die Spritze in meiner Hand noch einmal genau an. Mittlerweile hatte ich gelernt wie ich es verhindern konnte, dass dieses fröhliche Gefühl meinen Körper übermannte. Was hatte ich mir nur dabei gedacht? Ich legte die Spritze auf den Tisch und betrachtete den Zylinder.

|Hey, aber worüber soll ich denn jetzt noch schreiben wenn ich es nicht mache?-.-| Also schnappte ich mir die Spritze rammte sie mir erneut in den Oberschenkel und presste den gesamten Inhalt mit einer schnellen Bewegung in meinen Körper.

Abgesagte Party´s

Ich schrieb Mc an als ich grade beim Frühstück war. Das Frühstück fiel bei mir und Kai allerdings erst gegen Nachmittag an. Ich wollte einfach wissen was es mit dieser komischen Nachricht von vergangener Nacht auf sich hatte.

Er versicherte mir, dass es nur um eine neue Story ging, an der er arbeitete. Warum nur kam es mir vor als würde ich das nicht zum ersten Mal von ihm hören?

Auf meine Frage, warum er Kai nicht mehr geantwortet hatte meinte er nur, dass er das erst ziemlich spät gelesen hatte und schon im Halbschlaf gewesen war. Eigentlich hätte ich mich damit zufrieden gegeben, aber ich hatte trotzdem noch ein komisches Gefühl dabei.

"Kann ich kurz mal dein Handy haben?", fragte ich Kai.

"Warum?", fragte er mit vollem Mund.

"Ich will nur eben was nachgucken. Wegen der Nachricht von Mc letzte Nacht.", erklärte ich.

Er reichte mir sein Handy. Ich rief den Chat in WhatsApp auf und markierte die Nachricht die Kai zuletzt geschrieben hatte. Dann drückte ich auf das kleine *i.*

Um 23:46 Uhr hatte Kai die Nachricht gesendet. Um 23:46 Uhr hatte Mc diese Nachricht auch gesehen. Ich ging noch einmal zurück in den Chat und sah, dass Mc seine Frage nur eine Minute vorher an Kai geschickt hatte. Er konnte also noch gar nicht so sehr im Halbschlaf gewesen sein, als er sie gelesen hatte.

Irgendwas stimmte da nicht, das sagte mir jede Faser in meinem Körper. Ich fragte Mc, ob wir heute vorbeikommen konnten und irgendetwas unternehmen wollten. Er sah die Nachricht direkt und lehnte kurz danach dankend ab. Er hätte vergangene Nacht nicht viel Schlaf bekommen und wollte nichts Großartiges unternehmen.

Ich schlug vor, dass man sich auch einfach so bei ihm treffen konnte und etwas chillen konnte. Daraufhin meinte er, dass er wohl etwas ausbrütete, und uns nicht anstecken wollte.

Egal was ich sagte oder versuchte, er wollte uns einfach nicht da haben. Ziemlich merkwürdig, wo er sich doch sonst immer so über Gesellschaft freute. Was stimmte bloß nicht mit ihm?

"Meinst du wir sollten trotzdem vorbeifahren?", fragte ich Kai.

"Weiß nicht. Wir könnten auch zu Staples fahren.", schlug er vor.

"Darum geht es doch gar nicht. Irgendwie ist Mc komisch. Bei ihm stimmt doch was nicht, das merkt man doch.", erklärte ich.

"Mc hat manchmal seine Phasen. Vielleicht hat er gestern Abend einfach noch was getrunken und es übertrieben. Dann hat er mir diese Nachricht geschrieben. Und jetzt ist er einfach noch total durch, weil er noch so viel Alkohol im Blut hat.", erklärte Kai.

Das ergab sogar irgendwie Sinn. Er trank gern mal allein was.

"Aber wieso hat er dann heute geschrieben, dass er gestern im Halbschlaf war, als er die Nachricht gelesen hat?", fragte ich.

"Keine Ahnung, vielleicht wollte er einfach nicht, dass wir wissen, dass er gestern noch alleine was getrunken hat.", meinte er.

Trotzdem war das alles irgendwie komisch. Irgendwas stimmte da nicht.

"Wenn du willst kann ich ja noch mal bei ihm vorbeischauen heute.", schlug Kai vor.

"Können wir doch auch zusammen machen oder nicht.", meinte ich.

"Ich glaube es ist besser wenn nicht so viele bei ihm vorbeikommen. Eigentlich wollte er ja gar keinen Besuch wie ich das verstanden habe.", erklärte er.

Damit hatte Kai wohl Recht. Ich musste mich wohl geschlagen geben, aber er würde mir schon sagen ob was los war. Hauptsache einer von uns schaute mal nach.

"Ok, kommst du denn heute Abend wieder vorbei?", fragte ich.

"Klar, wir können noch irgendwas unternehmen. Ich glaub das heute wieder Poolparty ist aber mal gucken. Ich frag auf jeden Fall noch mal rum.", erklärte Kai

Soweit klang das nach einem Plan. Kai wollte auch nur kurz hin fahren und in spätestens zwei Stunden wieder zurück sein.

Wir beendeten unser Frühstück. Ich ging wieder auf mein Zimmer um noch ein wenig zu lesen. Kai kam mir noch hinterher und ich verabschiedete mich von ihm. Dann fuhr er von der Auffahrt und ich schaute aus dem Fenster bis ich Nami nicht mehr hören konnte.

-So, was wollte ich noch tun? Ach ja, etwas lesen! Aber ich glaub ich hab gar kein Buch was ich aktuell lese. Eigentlich kann ich dann ja auch das Buch von Mc noch mal durchlesen, was er mir zum Geburtstag geschenkt hat. Beim letzten Mal hab ich es ja so schnell durch gehabt, dass ich die Story gar nicht richtig aufgenommen hab. Jedenfalls erinnere ich mich kaum noch an was.-

Zuletzt hatte ich es in dem Regal gesehen, wo ich die meisten meiner Bücher aufbewahrte. Als ich es da allerdings nicht fand durchforstete ich mein ganzes Zimmer danach. Ohne Erfolg. Vielleicht hatte ich es auch wo anders im Haus gelassen.

Als Erstes suchte ich das Regal im Wintergarten ab, wo es allerdings nicht war. Nachdem ich das gesamte Haus auf den Kopf gestellt hatte fragte ich meine Mutter, ob sie es irgendwo gesehen hatte. Doch auch sie wusste nicht wo es lag.

Wo hatte ich es bloß hingelegt? Es ging mir jetzt in erster Linie nicht darum, dass ich es lesen wollte, sondern eher darum dass ich es überhaupt wieder hatte.

Ich fragte Kai noch ob er es gesehen hatte, allerdings hatte er keine Ahnung wovon ich überhaupt redete. Er meinte nur dass er mich von Mc grüßen sollte. Ich ließ ihn meine Grüße ausrichten und fragte was er nun eigentlich hatte. Kai meinte, dass er wohl krank wäre und niemanden anstecken wollte.

Als Kai am Abend wieder da war hatte ich das Buch immer noch nicht gefunden. Es war einfach weg. Ich konnte mir absolut keinen Reim darauf machen.

"Also heute Abend sind wohl die meisten auf der Poolparty.", meinte Kai.

"Und sind wir auch da?", fragte ich.

"Wir können hinfahren. Anke hatte noch gefragt ob wir in die Fun fahren, aber am 23. Juli ist da kein besonderes Motto, also könnte es ziemlich langweilig werden.", erklärte er.

"Also fahren wir auf die Poolparty?", fragte ich.

"Würde ich sagen.", antwortete Kai.

Also fuhren wir am Abend zu der Party. Die Stimmung war leider nicht wirklich gut und ein paar Leute fingen an rum zu stressen, weshalb ich und Kai und recht früh wieder verabschiedeten.

Es waren auch nicht viele Leute da. Kai schlug vor, noch die fehlenden Personen anzuschreiben und zu fragen, was die grade so machten. Als wir das getan hatten merkten wir jedoch recht schnell, dass die meisten unmotiviert Zuhause saßen und nichts unternahmen.

Wir beschlossen, uns auch wieder auf den Heimweg zu machen. Ich war ziemlich kaputt, was mich allerdings selber etwas wunderte, denn so viel hatte ich heute doch gar nicht gemacht.

Es wurde noch ein entspannter Abend zu zweit, mit Chips und einem guten Film, was ich eigentlich auch ganz nett fand. Wir schliefen noch während des Films ein und waren am nächsten Tag schon gegen 9:00 Uhr auf den Beinen.

Kai schaute am Nachmittag wieder bei Mc vorbei. Eigentlich wollte er wieder nicht so lange bleiben, aber als ich ihn am Abend anschrieb meinte er, dass er immer noch da war. Selbst als es schon ziemlich spät wurde. Er meinte es würde ihm schon etwas besser gehen und er wollte ihm etwas Gesellschaft leisten.

Die Woche verging ähnlich. Kai plante immer mal wieder bei mir vorbei zu kommen, aber im Endeffekt fuhr er immer wieder nur zu Mc und verbrachte die ganze Zeit dort, die er neben seiner Arbeit noch hatte.

Ich war etwas enttäuscht, dass er nicht einmal zu mir kam, ohne dass ich ihn darum bitten musste. Oder auch einfach so, spontan, ohne dass ich überhaupt damit rechnete. Aber er war immer bei Mc, was ich ja grundsätzlich auch nicht schlecht fand. Trotzdem, etwas mehr Aufmerksamkeit wäre doch schön gewesen.

Am Freitag fragte ich die beiden, was sie für das Wochenende so geplant hatten und sowohl Mc, als auch Kai meinten beide, dass sie nur etwas bei ihm rumhängen wollten. Als ich vorschlug auch vorbeizukommen lehnten beide schnell ab.

Das war ziemlich merkwürdig, wegen der Krankheit konnte er jetzt doch nicht mehr alleine sein wollen? Kai meinte am vergangenen Sonntag ja schon, dass es ihm etwas besser gegangen war, da hätte er inzwischen wieder gesund sein müssen.

Irgendwas verheimlichten die beiden mir, ich konnte es genau spüren. Also beschloss ich trotzdem vorbeizuschauen, auch wenn sie das nicht wollten. Dann würden sie wenigstens nicht damit rechnen und ich hatte mehr Chancen rauszufinden, was da eigentlich los war.

Ich stieg kurz darauf in mein Auto und fuhr los. Die Fahrt dauerte nicht sehr lange, reichte aber trotzdem um mir alle möglichen Dinge auszumalen, die die beiden die ganze Woche über gemacht hatten.

/Ok, zuerst hatte ich geschrieben die die beiden die ganze

Woche über getrieben hatten, *aber das hätte diesen Satz schon wieder irgendwie falsch klingen lassen^^ und ich weiß ja dass du bestimmt wieder nur unanständige Sachen im Kopf hast :P/*

Ich erreichte Mc´s Haus kurze Zeit später. Nachdem ich ausgestiegen war und die Auffahrt entlangging kamen mir Kai und Mc schon entgegen. Zur Begrüßung umarmte ich Kai. Als ich Mc umarmen wollte streckte er aber nur seine Faust hervor und wollte anscheinend dass ich sie abklatschte.

"Komm schon Mc, begrüß mich richtig.", protestierte ich.

"Heute lieber nicht, ich glaub ich bin immer noch nicht ganz gesund.", erklärte er.

"Immer noch nicht? Kai meinte am Sonntag schon, dass es dir etwas besser gehen würde.", fragte ich mich.

"Ja, schon. Aber irgendwie hab ich trotzdem noch Angst jemanden anzustecken.", erklärte er.

Ich gab mich geschlagen und schlug meine Faust leicht gegen seine. Sofort zog ich sie wieder zurück.

"Das hat sich angefühlt als wäre ich verbrannt! Hast du irgendwie Fieber oder so?", fragte ich und begutachtete meine Hand.

"Sowas in der Art.", antwortete er.

Ich gab ihm die Zeitung, die ich auf dem Weg eingesammelt hatte.

"Ich hab die mal mitgenommen, damit die nicht wieder ewig im Postkasten liegen bleibt bis sich da irgendwann alles stapelt.", meinte ich.

"Ja, bei mir könnte das leicht passieren.", antwortete er.

"Wir wollten ja drinnen sowieso noch aufräumen, das können wir ja heute noch machen.", schlug Kai vor.

Ich nahm auf einmal einen komischen Geruch wahr. Irgendetwas Verschmortes. Aber ich dachte mir nichts weiter dabei.

"Ja, aber heute habe ich da eigentlich keine Lust zu.", gab Mc zu.

"Irgendwann müssen wir das aber machen. Sonst sieht das wieder aus wie damals, als Calvin´s Boxen hier noch standen.", entgegnete Kai.

Plötzlich ging die Zeitung in Mc´s Hand in Flammen auf. Er hatte es noch gar nicht gemerkt, sondern schien nach Ausflüchten auf Kai´s Aussage zu suchen.

"Mc! Deine Hand brennt!", meinte ich hektisch.

"Echt?!", antwortete er nur und schaute auf seine Hand.

Schnell warf er die Zeitung auf den Boden und versuchte sie auszutreten, was ihm auch nach einigen Versuchen gelang.

"Wieso hat die Zeitung angefangen zu brennen?", fragte ich perplex.

"Vielleicht ist da irgendwie Benzin draufgekommen. Heute ist es ziemlich heiß.", meinte Kai.

"Wir stehen im Schatten.", gab ich ungläubig zu bedenken.

"Ja, aber wenn irgendeine Lichtreflexion richtig darauf fällt kann das schon mal passieren.", antwortete er.

"Da war keine Lichtreflexion. Und warum hast du das überhaupt nicht gemerkt? Deine Hand hätte verbrannt sein müssen, aber du hast nicht mal eine Brandblase!"

Kai versuchte wieder Ausreden darauf zu finden, die für mich alle nur wenig Sinn ergaben.

"Wir müssen es ihr sagen Kai.", meinte Mc.

"Mir was sagen?", fragte ich.

"Aber ich dachte du wolltest nicht dass jemand davon erfährt?", fragte Kai ihn.

"Ja, ich weiß. Aber ich vertraue Kim und es wird immer schwieriger wird es geheim zu halten. Ich glaube nicht dass es viel ändern wird wenn sie es weiß. Außerdem hat sie es eh schon fast rausgefunden.", erklärte er.

Daraufhin holte er noch einmal tief Luft und schaute mich

direkt an, um mir etwas zu erklären, das für mich total unglaubwürdig klingen würde, dass ich allerdings trotzdem glaubte. Denn ich hatte den Beweis ja schon mit eigenen Augen gesehen.

Hohes Fieber

Ich fuhr wie ich es Kim gesagt hatte zu Mc. Er sah nicht besonders gut aus und schwitzte stark, als er mich begrüßte. Seine ganzen Klamotten schienen schon ganz nass zu sein. Wenn es allerdings Schweiß war dann roch man kaum etwas davon.

"Du siehst ja echt schlimm aus. Hast du eigentlich schon mal Fieber gemessen?", fragte ich.

"Hab´s vorhin versucht, aber ich glaube das Thermometer ist kaputt.", erklärte er.

"Hat dein Vater keins mehr?", fragte ich.

"Ich hab schon seins benutzt, aber das kann unmöglich in Ordnung sein.", erklärte er.

Er nahm einen Schluck von seinem Tee und setzte sich auf das Sofa.

"Was ist das für Tee? Riecht echt gut.", meinte ich

"Eistee.", antwortete er.

"Eistee?! Warum hast du den warm gemacht?", fragte ich.

"Ich bin krank Kai. Ich hatte einfach Lust auf warmen Tee.", antwortete Mc.

Ich schüttelte nur grinsend den Kopf. Hauptsache es half ihm wieder auf die Beine zu kommen.

"Gehst du Montag zum Arzt und lässt dich krankschreiben?", fragte ich.

Ich hatte die Hoffnung, dann mal wieder etwas mehr mit ihm unternehmen zu können. Sein letzter Urlaub schien schon ewig her zu sein und mit dem Schichtsystem seiner Firma konnte man schlecht planen wann man etwas unternehmen konnte.

"Ich weiß nicht. Erst mal muss ich gucken wie ich morgen drauf bin. Ich hoffe dass es mir besser geht, ich hab eigentlich keine Lust mich krank zu melden.", erklärte er.

Mir fiel auf, dass er sich andauernd umsetzte. Grade hatte

er sich auf einen Platz gesetzt, schon stand er wieder auf oder setzte sich woanders hin. Das machte einen wirklich ziemlich unruhig.

"Bist du irgendwie nervös?", fragte ich.

"Nein, wieso fragst du?"

"Weil du nicht einmal in Ruhe irgendwo sitzen oder stehen bleiben kannst.", antwortete ich.

In dem Moment schien es ihm auch aufgefallen zu sein und er blieb eine Zeit lang vor mir stehen.

"Ich weiß. Ich kann einfach nicht anders grad. Aber ich bin auch nicht nervös, ich muss nur... nachdenken."

"Worüber?"

"Nichts Besonderes. Der übliche Kram eben. Ich hoffe nur dass ich Montag wieder fit bin."

"Das wird schon."

Ich unterhielt mich noch eine Weile mit ihm. Kim schrieb mich noch an und fragte nach irgendeinem Buch. Ich hatte keine Ahnung welches sie meinte, grüßte sie aber noch von Mc und berichtete ihr, dass er krank war.

Am Abend fuhr ich wieder zu Kim und spekulierte zusammen mit ihr über unsere Abendplanung. Irgendwie war nicht viel los. Das Beste was wir machen konnten war zu der Poolparty zu gehen, aber weil die Leute dort anfingen zu stressen und die besten nicht einmal da waren fuhren wir schnell nach Hause.

Es lief auf einen Abend zu zweit hinaus, was ich auch mal ganz angenehm fand. Einfach einen guten Film anmachen, zusammen mit Kim im Bett kuscheln und nebenbei Chips futtern.

Am nächsten Tag waren wir schon früh wieder wach. Trotzdem hingen wir bis zum Nachmittag im Bett rum und machten nicht viel.

"Ich fahr später noch mal zu Mc. Will mal gucken ob es ihm schon etwas besser geht.", erklärte ich ihr.

"Ok. Wann bist du dann wieder da?", fragte Kim.

"Ich weiß nicht. Will eigentlich nur kurz da vorbeifahren und ein paar Stunden bleiben. Danach fahr ich dann noch schnell zu mir und schreib dir, wenn ich wieder zu dir fahre. Aber ich denke dass ich so um 21:00 Uhr wieder hier bin."

Kim bat mich noch Mc von ihr zu grüßen, als ich losfuhr. Wie immer dauerte die Fahrt nicht sehr lange. Ich wurde von einem wieder recht gesund aussehenden Mc begrüßt. Er wirkte gar nicht mehr so fiebrig wie am Vortag.

"Du siehst ja schon wieder ganz gut aus.", meinte ich.

"Ja, es hat mir gut getan mich eine Nacht auszuruhen. Heute sieht die Welt schon wieder ganz anders aus.", erklärte er freudig.

Ich freute mich, das zu hören, auch wenn es bedeutete, dass er sich die Woche vermutlich nicht frei nehmen würde. Mir fiel auf, das wir uns noch gar nicht begrüßt hatten, also hob ich meine Faust hoch, wie es bei uns üblich war, und wartete darauf dass er sie abklatschte.

Doch er tat es nicht. Er grinste mich nur wieder mit seinem schelmischen Lächeln an um mich zu ärgern, aber auch nach mehreren Aufforderungen ließ er sich nicht dazu überreden.

"Komm schon! Was ist los mit dir, kannst du mich nicht mal begrüßen?", fragte ich genervt.

"Nein Kai, das kann ich nicht.", antwortete er.

"Das ist ja wohl nicht zu viel verlangt. Ich bin schließlich extra hergekommen um zu sehen wie es dir geht."

Mc schaute auf den Boden. Er schien nach den richtigen Worten zu suchen. Als würde er in einem Zwiespalt mit sich stehen.

"Jetzt komm.", sagte ich und erhob erneut die Faust.

Mit einem Seufzen schlug er seine blitzschnell dagegen und zog sie wieder weg. Aber es hatte gereicht. Ich hatte mir die Finger verbrannt. Leider wusste ich nur nicht woran.

"Ah! Verdammt, was war das denn?", fragte ich und hielt meine Hand.

"Deswegen wollte ich dich nicht begrüßen.", antwortete er.

"Das kam von *dir?!*"

"Ja."

"Wie ist das möglich?"

Er überlegte kurz, dann meinte er ich sollte mitkommen. Nachdem ich meine Hand unter kaltem Wasser gekühlt hatte und mit Brandsalbe eingeschmiert hatte, tat ich das auch.

Mc führte mich in den Partyschuppen, der inzwischen ziemlich heruntergekommen aussah und ging dann nach rechts in die kleine Abstellkammer mit dem Schreibtisch und den Schränken.

/Der offizielle Führerbunker laut Basti und Kai^^/

Vor mir stand ein zylinderförmiger Stahlbehälter, an dessen oberen Ende ein Griff angebracht war. Mc legte seine Hand um den Griff und drehte den Deckel nach rechts.

"Ich weiß nicht warum ich es euch nicht direkt gesagt hab. Irgendwie war es Intuition es nicht zu tun. Jedenfalls hab ich das Ding hier in dem Bunker gefunden. Als ihr wieder weggefahren seid bin ich noch mal hin und hab es rausgeholt.", erklärte Mc.

Dann zog er an dem Griff, bis die Verankerung einrastete. Viele Spritzen waren darin. Sie waren in Halterungen befestigt und leuchteten in allen möglichen, verschiedenen Farben.

"Was ist das denn?!", fragte ich fasziniert und wollte eine herausnehmen.

"Warte Kai! Ich weiß nicht was da drin ist, aber wenn du sie anfasst fühlst du dich anders. Jede Spritze überträgt ein Gefühl auf dich, und dass erfüllt dich dann und bringt dich dazu sie nicht mehr loslassen zu wollen. Außerdem kommt es mir so vor als hätten die alle einen eigenen Charakter.", erklärte er.

Meine Hand verweilte immer noch in der Luft, auf halben Weg zu den Spritzen. Das hörte sich alles ziemlich komisch und unglaubwürdig an. Aber ich war mir sicher dass Mc mich nicht verarschte, so ernst wie er klang.

Allerdings wollte ich mich selbst davon überzeugen. Ich berührte eine dunkelgrüne mit meinen Fingern. Es fühlte sich auf einmal alles so erfrischt an, so lebendig. Gleichzeitig wirkte es auf mich irgendwie ernst und trotzdem freundlich.

Ich zog meine Finger langsam zurück, immer noch ganz fasziniert von diesem Gefühl. Ich hatte nicht damit gerechnet, dass es sich tatsächlich so anfühlen würde, wie er es beschrieben hatte. Ich wusste nicht was ich davon halten sollte.

"Was ist in diesen Spritzen?", fragte ich.

"Keine Ahnung. Ich wollte es auch rausfinden, aber es gab halt nicht viele Möglichkeiten dafür. Wenn ich es zu irgendeinem Labor bringe kriege ich es bestimmt nicht wieder. Und wenn ich es einem Tier oder so spritze kann ich es nicht genau verfolgen. Ich kenne mich mit sowas einfach zu wenig aus.", erklärte er.

"Aber du hast nicht das gemacht was ich denke was du gemacht hast oder?", fragte ich.

"Kommt drauf an was du denkst.", erwiderte Mc.

"Hast du dir selbst so eine Spritze gegeben?", fragte ich.

"Ööö... Also..", meinte er nur.

"Oh nein Mc, warum machst du denn sowas? Du weißt nicht mal was da drin ist und gibst dir einfach was von dem Zeug?"

"Ich hab´s ja überlebt. Und ich hab auch eine grobe Ahnung was das in den Spritzen ist", erklärte er.

Ich schaute ihn erwartungsvoll an. Er erwiderte den Blick wortlos.

"Ja, und? Was meinst du denn ist da drin?", fragte ich.

"Ich glaub dass ich davon irgendwas kann. Ich hab mich gestern gefühlt als würde ich verbrennen, aber jetzt geht's und ich kann es schon ein wenig kontrollieren. Manchmal krieg ich es sogar hin mit meinen Händen Flammen zu schießen.", erklärte er.

"Cool, dann brauchst du im Winter ja gar keine Kaminanzünder mehr.", meinte ich.

"Ganz genau. Das hab ich auch schon gedacht. Und ich kann immer den Grill anmachen.", erklärte er.

Wir unterhielten uns noch den ganzen Tag darüber. Als Kim sich am Abend nach mir erkundigte beschloss ich, mich langsam auf den Weg zu machen. Mc bat mich noch, niemandem etwas darüber zu erzählen, was ich auch nicht tat.

Ich besuchte ihn die Woche über jeden Tag um zu sehen was er schon so konnte und ihm zu helfen seine Kräfte zu kontrollieren. Am Montag trafen wir uns gegen 16:00 Uhr. Mc hatte Frühschicht und ich hatte die ganze Woche frei. So konnte ich abends und morgens immer bei Kim sein und am Nachmittag wieder bei Mc.

"Hey, alles klar bei dir?", fragte ich ihn. Ich hatte meine Faust bereits erhoben, ließ sie jedoch wieder sinken als mir einfiel dass ich mir vielleicht wieder die Hand verbrennen würde.

"Ganz in Ordnung. Ich hab mir für diese Woche Urlaub genommen. Weil meine Mitarbeiter die Schichtleiter überredet haben bin ich auch damit durchgekommen.", erklärte Mc.

"Wieso das? Bist du denen so auf den Sack gegangen?", fragte ich.

"In gewisser Weise. Ich muss ja eigentlich Maschinenführer machen, aber heute sind immer die Deckel an geschmolzen, wodurch die Maschine andauernd Probleme hatte, ich hab das Protokoll ausversehen verbrannt, mein Handabdruck ist jetzt in dem Griff von einer Ameise und so weiter. Zum Glück haben die anderen nur gedacht dass ich verdammt viel Pech hatte und mir deswegen geholfen den Urlaub zu bekommen.", erklärte er.

"Ist das nicht auffällig? *Oh, da ist schon wieder ein Handabdruck in die Ameise geschmolzen, Mc hat wohl wieder Pech diese Woche.*", ahmte ich seine Mitarbeiter nach.

"Die nennen mich nicht Mc auf der Arbeit.", meinte er.

"Entschuldige!", sagte ich überdeutlich betont.

"Und was machen wir jetzt?", fragte er.

"Keine Ahnung, wir könnten gucken was du mit deinen Kräften so anstellen kannst. Ich glaube, dass du dadurch auch besser lernst sie zu kontrollieren.", schlug ich vor.

Mc war damit einverstanden. Wir versuchten den restlichen Tag ein Feuer im Ofen anzumachen, was auch recht gut klappte. Er hatte es wohl noch nicht wirklich drauf Feuerbälle zu schießen oder ähnliches anzustellen, aber wenn er ein Holzstück lange genug in der Hand hielt und sich konzentrierte fing es irgendwann zu brennen an.

Am Dienstag übten wir, wie man Feuerbälle machte. Mc fand nach einiger Zeit heraus, dass es in seinem Inneren etwas gab wo er einfach die Energie hernehmen konnte. Wenn er das machte, war es ganz einfach Flammen zu schießen, doch er konnte sie noch nicht wirklich kontrollieren.

Die Kontrolle übten wir am Mittwoch. Er schaffte es, dem Feuer eine runde Form zu geben und endlich Feuerbälle von sich zu schleudern. In dieser Form flogen sie sehr viel weiter als wären sie ungebunden.

Aus Spaß liefen wir nachts dann durch die verlassenen Straßen von Wardenburg und taten so, als würden wir die Laternen anmachen wie bei Harry Potter, nur dass dort das Licht weggenommen wurde.

Donnerstag versuchte er, die Hitze die durchgehend von seinem Körper ausging, zu verringern. Es wäre praktisch, denn er war schon zweimal komplett in Flammen aufgegangen, und auch wenn es ihm selbst nichts ausmachte waren seine Klamotten hinterher im Arsch.

Allerdings erwies sich das als schwieriger. Es war für ihn einfacher Hitze zu verströmen oder zu produzieren, als sie zurückzuhalten und nicht nach außen treten zu lassen. Ein paar Mal schaffte er es, doch von der Perfektion war es noch weit entfernt. Ganz im Gegensatz zu den restlichen Dingen, die wir die Woche über geübt hatten, die beherrschte er tadellos.

Am Freitag machten wir weiter mit der Zurückhaltung der Hitze. Leider wurden wir später unterbrochen, sodass Mc nicht sehr viele Fortschritte gemacht hatte.
Krankheitssymptome hatte er wohl nur am Samstag gehabt, doch mit irgendwas musste ich Kim auf Abstand halten, während wir übten. Allerdings war sie nicht blöd und so stand sie dann plötzlich bei Mc auf der Matte.

Sie hatte ihm eine Zeitung gegeben, die noch im Postkasten gelegen hatte, damit sich der Müll nicht wieder sammelte. Während ich danach mit Mc diskutiert hatte ging sie plötzlich in Flammen auf. Ich versuchte die Situation mit Ausreden noch zu retten, doch es hatte keinen Sinn mehr und so schlug Mc vor es ihr zu erzählen.

Die schwarze Spritze

Ich war einfach nur wütend. Nachdem sie mir gesagt hatten was sie die ganze Zeit über gemacht hatten konnte ich immer nur daran denken dass sie mir anscheinend nicht genug vertrauten um mich einzuweihen.

"Komm schon, sei nicht sauer.", sagte Kai.

Ich antwortete ihm nicht, sondern setzte mich wortlos auf das Sofa. Als er sich zu mir setzte rückte ich sofort ein paar Plätze weiter und schob ihn weg.

"Nein, du kannst ja mit Mc kuscheln gehen wenn du das brauchst.", sagte ich genervt.

"Aber ich will mit dir kuscheln.", widersprach er.

"Ich aber nicht mit dir."

Ich stand auf und verließ den Raum. Kai folgte mir und Mc schien nicht recht zu wissen was er machen sollte. Er stand weiterhin im Wohnzimmer und sah uns beim Streiten zu.

"Findest du das nicht ein bisschen übertrieben?", fragte Kai

Ich *über*treibe er wollte wohl eher sagen dass ich untertreibe.

"Nein, finde ich nicht."

Dann ging ich zurück ins Wohnzimmer und setzte mich erneut auf das Sofa. Kai folgte mir immer noch auf Schritt und Tritt und setzte sich neben mich.

"Wir haben dich doch nicht angelogen Kim. Wir haben dir nur nicht alles erzählt.", erklärte Kai.

"Ja und warum nicht?!", fragte ich wütend.

"Weil ich es eigentlich niemandem sagen wollte", meinte Mc plötzlich. "Es geht dabei nicht darum, dass ich niemandem vertraue, aber wenn mal jemandem was rausrutscht oder man es ausversehen mal erwähnt ist das auch kacke. Und deswegen war es halt sicherer, wenn es nur die wenigsten Personen wissen würden."

Irgendwie war ich auf ihn nicht so sauer wie auf Kai.

Obwohl auch er mir nichts davon gesagt hatte. Aber das lag wahrscheinlich in erster Linie daran, dass ich mit Kai zusammen war und man einander da vertrauen sollte.

"Aber es war trotzdem nicht richtig mir nichts zu sagen.", meinte ich mürrisch.

"Wahrscheinlich nicht. Aber jetzt haben wir es dir ja gesagt. Du weißt über alles Bescheid, also warum können wir uns denn nicht einfach wieder vertragen? Ich meine, du kannst uns doch bestimmt auch irgendwo verstehen oder nicht?", fragte Mc.

Klar konnte ich seine Bedenken verstehen. Aber trotz allem fühlte ich mich ziemlich außen vor gelassen.

"Wo sind diese Spritzen überhaupt?", fragte ich.

Kai und Mc brachten mich in den Schuppen, wo sie sie aufbewahrten. Mc zog sie aus dem zylinderförmigen Behälter. Ungläubig betrachtete ich sie alle nach einander. Es waren wirklich ziemlich viele und alle schienen zu leuchten.

"Und du hast die im Bunker gefunden?", fragte ich.

Er nickte und antwortete: "Ja, die standen da unten in einer Ecke rum und waren schon halb zugewachsen unter einigen Wurzeln."

Vorsichtig streckte ich meine Hand aus und berührte eine der Spritzen mit der Fingerspitze. Plötzlich nahm ich diese Kühle wahr. Es war ziemlich kalt, aber ich fand es gut. Es fühlte sich belebend an. Dann merkte ich was von diesem Charakter, den die beiden gemeint hatten. Es war irgendwie freundlich aber kühl.

Langsam zog ich meine Hand zurück. Ich hätte nicht gedacht dass es sich tatsächlich so anfühlen würde. Als sie es mir erklärt hatten konnte ich mir recht wenig darunter vorstellen.

"Das ist echt unglaublich.", meinte ich erstaunt.

"Ja, das fand ich auch, als ich sie zum ersten Mal angefasst habe.", meinte Mc.

"Und du kannst jetzt Sachen zum Brennen bringen?", fragte ich.

"Ja, ich hab es noch nicht ganz unter Kontrolle, aber ich übe ja die ganze Zeit und Kai hat mir viel geholfen.", antwortete Mc.

"Kannst du denn auch Feuerbälle schießen?", fragte ich.

"Ja, kann ich. Ich kann alles Mögliche mit Feuer machen.", antwortete Mc.

Ich bat ihn, es mir einmal zu zeigen. Zuerst zögerte er etwas. Er hatte anscheinend Bedenken, dass er jemanden verletzte, weil er es noch nicht richtig kontrollieren konnte, doch dann willigte er ein und verließ den Schuppen.

Wir gingen zwischen den Schuppen und das Haus und Mc machte sich bereit. Er zielte nach oben, in eine Richtung, wo er nichts anzünden konnte. Nachdem ich und Kai auf seinen Wunsch hin Abstand genommen hatten, konzentrierte er sich und schoss ein paar Feuerbälle durch die Luft.

Als Nächstes produzierte er eine riesige Stichflamme, die weit über das Haus reichte. Als er aufhörte stand sein Arm in Flammen. Ich hatte erst Angst er könnte sich verbrennen, aber als er seinen Ärmel endlich gelöscht hatte war er nur genervt weil er vergessen hatte seine Kapuzenjacke auszuziehen.

"Du hättest auch den Ärmel hochkrempeln können.", meinte ich.

"Ja... Hätte ich..."

"Das sieht auf jeden Fall ziemlich scheiße so aus. Ich würde mich an deiner Stelle umziehen.", sagte ich.

"Sollte ich vielleicht machen. Aber es ist besser wenn ich das Teil anlasse, dann versenke ich nicht noch mehr von meinen Klamotten.", antwortete er.

Frustriert wanderte er auf dem Hof auf und ab und sagte nach ein paar Schritten noch: "Man ey, das war schon die dritte Kapuzenjacke die ich verbrannt habe."

"Aber Meine hast du noch oder?", fragte Kai.

"Die von Jack Daniel´s?", fragte er. Kai nickte.

"Ja, die hab ich zum Glück noch nicht verbrannt.", antwortete er.

Plötzlich hörten wir Stimmen von der Straße näher kommen. Hektisches Fußgetrampel kam den Hof herauf zu uns hinüber. Es waren ein paar von Mc´s Nachbarn, die uns wohl irgendwas zu sagen hatten.

"Hallo, ich wollte mal sehen ob alles in Ordnung ist.", informierte uns die Antifeuernachbarin.

"Ja, wieso?", fragte Mc.

"Wir haben eine riesige Stichflamme gesehen, die über das Haus kam. Ich dachte schon ihr habt wieder so ein großes Lagerfeuer gemacht.", meinte sie.

"Nein, wir haben hier kein Feuer. Vielleicht grillen wir später noch, aber im Moment hatten wir das eigentlich nicht vor.", meinte Mc

"Achso, dann ist ja gut. Ich dachte nur es wäre was passiert, da wollte ich doch besser einmal nachschauen."

"Ne ne, alles in Ordnung.", erklärte Mc ihr.

Sie verabschiedete sich und verschwand wieder zur Straße. Ihr Mann begleitete sie auf Schritt und Tritt, auch wenn er uns anscheinend nicht viel zu sagen hatte. Nach wenigen Sekunden verschwanden sie um die Ecke und ich war froh, dass sie außer Sichtweite kamen.

"Die Antifeuernachbarn werden dich jetzt ultimativ hassen.", meinte Kai zu Mc.

"Wieso?", fragte er verwundert.

"Weil du jetzt alles anzünden kannst und Feuerbälle schleudern kannst. Bestimmt rasten die irgendwann aus und klauen deinen Hausflamingo.", erklärte Kai.

"Das können die ja mal versuchen. Dann muss ich die immer um treten wenn ich sauer bin, meinen Flamingo haben die dann ja geklaut.", meinte er und grinste über seine Andeutung auf Sims.

Mc und Kai beschlossen nun tatsächlich den Grill anzuwerfen. Es hatte ihnen anscheinend Lust darauf gemacht, als sie darüber zu redeten. Kai meinte, dass Mc dadurch seine Fähigkeit auch etwas trainieren konnte, wenn wir keine Anzünder zum Grillen verwenden würden.

Leider befand sich auf dem Grundstück keine Kohle mehr, weshalb Mc und Kai kurz rübergingen um welche zu holen. Kai musste mitkommen, weil der Kohlesack in Mc´s Händen vermutlich in Flammen aufgegangen wäre.

Als sie wieder da waren kippte er etwas Kohle in den Grill und Mc hielt seine Hände darüber. Flammen schossen aus seinen Händen, aber er musste sie lange genug aufrechterhalten, damit die Kohle zu glühen anfing. In weniger als einer Minute hatte er es allerdings geschafft und wir konnten anfangen zu grillen. Schade nur dass wir noch kein Fleisch hatten.

"Wir können ja kurz welches holen.", meinte ich.

"Ich will auch so ne Fähigkeit. Das ist voll cool.", meinte Kai.

"Ich find eher dass es ziemlich dämlich war es sich zu spritzen. Er hätte sterben können, und wir wissen immer noch nicht ob es vielleicht noch dazu kommt.", widersprach ich.

"Das passiert schon nicht. Du siehst doch, dass es Mc gut geht. Er kann sogar den Grill anmachen und braucht dafür noch nicht mal ein Feuerzeug oder Anzünder!", meinte Kai.

"Trotzdem ist es gefährlich. Nur weil es bei Mc funktioniert hat heißt das noch lange nicht dass es bei allen funktioniert.", erklärte ich.

"Ja, aber es wäre schon ziemlich cool. Vor allem kann man mit den anderen bestimmt auch andere Sachen machen. Ich meine, Mc hat doch gesagt das die in seiner Spritze heiß war. Aber in den anderen fühlen die sich ja nicht unbedingt heiß an, also kann man bei denen bestimmt auch andere Sachen machen.", erklärte er.

"Ja, aber das macht sie ja nicht ungefährlich. Das heißt nur, dass man wahrscheinlich irgendwas kann, wenn man es überlebt. *Wenn* man es überlebt.", erklärte ich.

"Wer sagt denn dass es bei den Dingern ein Risiko gibt? Vielleicht klappt es ja auch immer, wer weiß das schon. Wir können ja nicht von vorn herein sagen, dass alle tödlich sind und wir die Finger von lassen sollten."

"Dass sie *tödlich* sind sage ich ja auch gar nicht. Ich sage nur das wir die Finger davon lassen sollten.", meinte ich.

"Aber ich will auch so eine Fähigkeit haben.", protestierte Kai.

"Ja mach doch was du willst. Es ist *dein* Leben.", sagte ich.

Kai nahm das offensichtlich als Freifahrtschein, denn er ging ohne zu zögern an mir vorbei auf den Schuppen zu. Ich und Mc folgten ihm schnell.

"Du willst dir nicht im ernst so eine Fähigkeit spritzen, oder?", fragte ich empört.

"Es ist *mein* Leben oder nicht?", antwortete er.

"Das habe ich nur gesagt damit du es *nicht* tust.", erklärte ich.

Kai schien das nicht zu interessieren. Das Einzige was er hören wollte war der mündliche Freifahrtschein den ich ihm grade gegeben hatte.

"Kai, du solltest wirklich darüber nachdenken bevor du das tust.", meinte Mc.

"Wieso?", fragte er.

"Weil du nicht weißt was passiert und vielleicht sterben könntest?!", antwortete ich für Mc.

"Das wird schon nicht schiefgehen.", meinte er und betrat den Schuppen.

Ich und Mc hatten keine Zeit für weitere Einwände. Wir wollten ihn davon abhalten, aber es war schon fast zu spät. Wir hatten diesen Behälter offen gelassen und Kai hielt bereits eine der Spritzen in der Hand.

"Nicht die Schwarze!", rief Mc.

Es kam allerdings zu spät, denn Kai hatte sich die Spritze bereits ins Bein gestochen und presste den Inhalt hinein.

Emokai

Schon als ich sie in die Hand genommen hatte wusste ich, dass etwas damit nicht stimmte. Ich fühlte mich auf einmal ganz einsam und allein. Aber das Gefühl war nicht sehr stark.

Ich hatte sie nicht sehr lange in der Hand, weshalb sich das Gefühl vermutlich nicht richtig ausbreiten konnte. Eigentlich wollte ich im Kopf schon stoppen, aber mein Körper hatte sich die Spritze schon ins Bein gestochen und den Inhalt fast zur Gänze in den Körper gepresst. Da ich es nicht mehr rückgängig machen konnte beschloss ich, auch den letzten Rest noch hineinzuspritzen.

"Kai! Warum hast du das gemacht?! Hast du nicht gemerkt wie sich die Spritze anfühlte?!", fragte Mc erschrocken.

Ich schaute ihn an, doch war außerstande zu antworten. Kim sagte auch noch irgendwas. Ich konnte das alles nicht wirklich wahrnehmen, denn jetzt breitete es sich aus. Dieses Gefühl welches ich eben nur kurz beim Anfassen der Spritze bemerkt hatte.

Es überflutete meinen ganzen Körper. Und dann war es, als wäre ich erfüllt von einer intensiven Leere. Nichts war mehr da, keine Emotionen oder Gedanken. Ich hatte mir die Schwarze nur gegriffen weil ich fand dass sie cool aussah. Hätte ich gewusst dass sie *sowas* mit mir anstellte, hätte ich sie niemals genommen.

"Kai! Ist alles gut mit dir?! Was hast du?!", fragte Mc hektisch.

Er sah aus, als wollte er meine Schulter berühren um mich wachzurütteln. Doch er konnte es nicht weil er mich vielleicht verbrennen würde.

"Hast du Schmerzen?! Was ist mit dir?!", fragte Kim.

Wortlos schaute ich zu den Beiden auf. Plötzlich fiel mir auf, dass mir Tränen über die Wangen rannen. Ich wusste nicht warum, ich hatte nicht einmal Schmerzen. Aber da war diese

Einsamkeit. Diese *schreckliche* Einsamkeit. Kim und Mc konnten das nicht verstehen. Sie konnten nicht fühlen was ich fühlte.

Langsam wurde ich depressiv. Das Leben ergab für mich keinen Sinn mehr. Alles war doch sowieso vergänglich, was hatte es da schon für einen Sinn irgendwas anzufangen. Ich wollte nur im Boden versinken und sterben.

-Stopp!-

Was war das? Es war als hätte jemand etwas gesagt. Irgendjemand *in* mir. Aber das ergab keinen Sinn. Wie sollte es jemanden *in* mir geben. Ich hörte wohl schon langsam Stimmen.

-Hörst du nicht! Stopp!-

Da war doch jemand! Irgendjemand wollte mich von irgendwas abhalten. Ich fragte mich nur wovon und wieso. Und wer war das überhaupt da in mir?

-Ich bin du, du Lonk! Zumindest der letzte Rest von dir der irgendwie noch im Stande ist rational zu denken!-

Ich? Ich redete mit mir selbst? Selbstgespräche führte ich jetzt also auch noch, klasse. Zumindest machte ich das nur in Gedanken und redete nicht wirklich.

-Denk mal lieber darüber nach wie du wieder der Alte wirst! Ich hab keine Lust in dir festzustecken nur weil du keinen Sinn mehr in irgendwas siehst. Denk mal daran woran wir vor der Spritze gedacht haben! Wir haben uns die Spritze doch nicht gegeben damit wir jetzt herumjammern wie schwer das Leben ist! Wir haben sie uns gegeben weil wir die Kräfte nutzen *wollten!-*

Was für Kräfte überhaupt? Für mich hatte nur alles keinen Sinn mehr. Und das konnte man wohl kaum als Kraft bezeichnen.

-Ja, weil du dich auch nicht aufraffst! Wenn du endlich mal aus deiner Selbstmitleidsphase erwachen würdest könntest du vielleicht herausfinden was du jetzt kannst! Nur rumzusitzen und zu frustriert wegen nichts und wieder nichts zu sein bringt uns nicht weiter! Mc und Kim labern die

die ganze Zeit schon einen Knopf an die Backe und du merkst es nicht einmal!-

Er hatte Recht, die beiden redeten wirklich die ganze Zeit mit mir! Sie machten sich sorgen um mich, weil ich nicht antwortete und mir immer noch die Tränen runterliefen. Anscheinend waren sie kurz davor sich von jemandem Hilfe zu holen wegen mir. Aber ich wollte keine Hilfe, ich wollte nur allein sein.

-Allein sein ist schwachsinnig! Wenn du jetzt weiter so durchhängst bringt es keinem von uns was! Außerdem kannst du die beiden nur davon abhalten indem du endlich mal den Mund aufmachst und was sagst!-

Er hatte Recht, ich musste etwas sagen, sonst würde ich ganz schnell mehr Gesellschaft haben als mir lieb war.

"Ich... Mir geht's gut...", brachte ich mit Mühe hervor.

"Aber warum sagst du denn die ganze Zeit nichts? Irgendwas stimmt doch nicht mit dir. Irgendwas *kann* mit dir nicht stimmen nachdem du dir die schwarze Spritze gegeben hast!", meinte Mc.

Ich wollte nur nicht, dass sie andere holten, der Rest war mir egal. Aber mein inneres Ich hatte Recht damit gehabt, dass Kim und Mc mit mir redeten und sich Hilfe holen wollten. Was war, wenn er auch damit Recht hatte, dass ich mich zusammenreißen musste?

-Damit habe ich Recht! Sogar verdammt Recht! Wenn du es nämlich nicht machst dann wird es sehr viel schneller unangenehmer für dich als dir lieb ist! Im Moment hast du deine Ruhe, aber was ist wenn Mc und Kim merken dass es dir nicht gut geht?! Dann werden sie sich Hilfe holen.

Stimmt, das würden sie tun. Früher oder später würden sie es merken wenn ich mich nicht änderte. Vermutlich eher früher. Also blieb mir wohl nichts anderes übrig als mich am Riemen zu reißen und wieder normal zu werden. Und das versuchte ich auch soweit es mir möglich war.

Freitag verging für mich langsamer als ich gehofft hatte. Hin und wieder brachte ich ein paar Worte hervor die Kim und Mc beschwichtigten. Ich hatte ihnen erklärt wie ich mich fühlte. Selbst die Sache mit meinem inneren Ich hatte ich ihnen erklärt. Ich hatte erwartet, dass sie mich für verrückt hielten, aber das taten sie nicht.

Kim versuchte mich die ganze Zeit aufzubauen und mir zu helfen wieder normal zu werden. Mc übte in der Zwischenzeit weiter, wie er seine Körpertemperatur senken konnte.

Er schaffte es teilweise ziemlich lange eine ganz normale Temperatur zu halten, doch wenn er aufhörte sich darauf zu konzentrieren wurde es wieder heiß. Aus dem Grund hielt er die ganze Zeit Notizzettel in der Hand. Wenn er sich nicht genug konzentrierte gingen sie in Flammen auf und erinnerten ihn daran.

Ich machte am Freitag keine großen Fortschritte. Allerdings veränderten sich noch ein paar Dinge. Alle Schatten im Zimmer schienen auf merkwürdige Weise von mir angezogen zu werden. Egal aus welcher Richtung das Licht kam, alle in der Nähe befindlichen Schatten verbanden sich automatisch mit meinem.

Einmal bekam ich fast einen Schock. Kim´s und Mc´s Gesichter hatten sich für kurze Zeit verändert. Sie wurden durchsichtig. Oder nein! Ihre Körper schienen eher zu einer Art weißem Nebel zu verschwimmen. Weißer Nebel, der durchzogen war von schwarzen Linien, manche dicker als andere, aber alle liefen wie Adern zu ihren Herzen. Es waren wohl nicht viele da, aber genug um sie zu bemerken.

Am Samstag machte Mc größere Fortschritte. Er ließ die Notizzettel nur wenige Male in Flammen aufgehen. Er meinte, dass es zu einer Art Gefühl wurde, welches er durchgehend fühlte. Er brauchte nicht mehr so viel Konzentration um es aufrecht zu halten.

Auch ich redete allmählich wieder mehr, hatte aber noch

keine Kontrolle über meine Kräfte, geschweige dem zu wissen, was ich überhaupt für Kräfte hatte. Wenn man nicht wusste was man üben sollte und wie blieb einem nichts anderes übrig als sich an die Basics zu halten. Und bei mir waren die Basics, dass ich einfach wieder ich selbst wurde und diese miese Stimmung ablegte.

Bis zum Abend war ich bereits gesprächiger, wenn auch eher zurückhaltend. Es fiel mir nicht mehr schwer mit anderen Menschen zu sprechen. Auch meine Stimmung war besser geworden. Ich war nicht mehr depressiv sondern eher neutral gestimmt.

Am Sonntag hatte Mc es perfekt drauf niemanden mehr zu verbrennen. Trotzdem begegneten wir ihm noch mit einer gewissen Vorsicht. Wenn er seine Kontrolle während einer Umarmung verlieren würde wäre das nicht besonders gut für uns.

Ich war teilweise wieder gut drauf. Kim schaffte es mich aufzumuntern wenn ich wieder niedergeschlagen war. Auch wenn sie mir immer wieder vorhielt, dass ich mir meinen Zustand ja eigentlich selbst zuzuschreiben hatte. Aber sie meinte es eher aus Spaß um mich etwas zu ärgern.

"Glaubst du, dass du kannst morgen arbeiten kannst?", fragte Kim mich.

"Ich denke schon. Ich bin ja nicht mehr so scheiße drauf wie Freitag. Auch wenn ich manchmal Momente habe, in denen ich traurig bin und nicht weiß warum geht es mir im Grunde genommen gut.", erklärte ich.

"Und du gehst morgen auch wieder arbeiten?", fragte sie Mc.

Er nickte und sagte: "Klar, hab schon den ganzen Tag nichts angezündet. Ist wie Fahrrad fahren, wenn du erstmal weißt wie es geht ist es gar nicht mehr so schwer. Aber ich weiß nicht ob ich das auch durchhalte wenn ich schlafe.", erklärte er.

"Wieso, ist es auf deiner Arbeit so langweilig oder was?",

fragte ich.

„Nein, bei meiner Arbeit ist alles ok. Das war eher so eine allgemeine Bemerkung.", erklärte er.

„Na Hauptsache du verbrennst nicht wieder eine Ameise oder irgendwelche Deckel.", meinte ich.

„Nein, das wird schon nicht passieren.", sagte er.

Ein paar Minuten saßen wir wortlos da. Dann legte ich mich auf das Sofa und platzierte meinen Kopf auf Kim´s Schoß. Einfach die beste Position um sich zu entspannen.

„Kannst du mir vielleicht das Buch nochmal ausdrucken Mc? Ich finde es nicht wieder und wollte es nochmal lesen.", fragte Kim.

„Welches Buch?", fragte Mc.

„Das, was du mir zum Geburtstag geschenkt hast. Ich hatte das eigentlich im Regal, aber irgendwie ist es weg. Als ich es das erste Mal gelesen hab, hab ich es so schnell durchgezogen dass ich die Story jetzt gar nicht mehr im Kopf habe. Ich würde es dir auch bezahlen.", erklärte Kim.

Mc schien einige Sekunden angestrengt nachzudenken.

„Ach *das* Buch. Klar kann ich machen.", antwortete er.

Er dachte noch weiterhin nach, als würde ihn etwas nicht loslassen. Dann riss er auf einmal die Augen auf und starrte Kim an.

„Ach *das* Buch! Das ist es!", rief er.

Kim und ich schauten ihn verwundert an.

Vorhersehung

"Ja, was ist mit dem Buch?", fragte Kim.

"Seit Wochen hab ich das Gefühl alles schon mal erlebt zu haben. Ich dachte ich hätte ein langes Déjà-vu. Das wäre verdammt krass für die lange Zeit. Aber es kam mir deswegen bekannt vor weil ich es schon mal erlebt *habe!*", erklärte ich.

"Wie meinst du das? In einem früheren Leben oder was?", fragte Kai.

"Nein! Im hier und jetzt! Alles was passiert ist, seit ich dieses Gefühl habe, habe ich damals in eine Story geschrieben, die ich Kim zum Geburtstag geschenkt habe! Ich saß da ziemlich oft dran weil ich nicht viel Zeit hatte und wollte pro Woche immer zwanzig Seiten schaffen. Deswegen hatte ich es wahrscheinlich auch nicht mehr im Kopf!", erklärte ich.

Kai schaute mich erstaunt an.

"Also meinst du alles was wir gemacht haben hast du schon vor einem Jahr gewusst?", fragte er.

"Nicht ganz, ich habe im August damit angefangen und wir haben es jetzt Juli. Aber ja, ich habe das alles in die Story geschrieben, wahrscheinlich auch unser Gespräch jetzt.", erklärte ich.

"Das heißt du hast geschrieben, dass du geschrieben hast, dass du geschrieben hast und so weiter?", fragte Kai.

Ich dachte kurz darüber nach.

"Ja, so in etwa.", antwortete ich.

"Das wäre ein Paradoxon.", meinte er. "Wie ging die Story denn aus?"

Darüber musste ich nachdenken. Wie war die Story noch ausgegangen? Irgendetwas hatte ich noch im Kopf, aber es war eher wie ein Gefühl. Nichts Konkretes, wo ich sagen konnte was uns passierte.

"Ich weiß es nicht mehr.", gestand ich.

"Ernsthaft? Du weißt nicht mehr wie deine eigene Story ausgegangen ist?", fragte Kai.

Ich grinste ihn nur schuldbewusst an. Konnte doch mal vorkommen, dass man sowas vergas oder nicht? Wenn man sich selbst beeilen wollte, weil es einem wichtig war das Buch rechtzeitig fertig zu haben und so viele Ideen auf dem Weg hatte.

"Weißt *du* denn noch wie das Buch ausgegangen ist Kimmi?", fragte Kai sie.

"Nein, ich hab doch grade gesagt, dass er es mir nochmal ausdrucken soll, weil ich es nicht mehr im Kopf habe.", erklärte sie.

"Aber irgendwas *müsst* ihr doch noch wissen. Wir können doch nicht einfach so unvorbereitet weitermachen. Wenn wir schon mal die Möglichkeit dazu haben, rauszufinden was wir machen müssen oder einfach so machen werden, dann sollten wir die Gelegenheit doch auch nutzen oder nicht?", meinte Kai.

"Ja, aber wir *wissen* es nicht mehr Kai! Versteh es doch, wir können nicht irgendwas sagen und meinen dass es richtig ist.", erklärte Kim.

"Alles was wir sagen ist richtig, weil es im Buch steht.", widersprach Kai.

"Oh Gott, so meinte ich das doch gar nicht.", sagte Kim genervt. "Ich meine wenn ich jetzt sage, dass wir in drei Tagen auf Pogosticks durch die Stadt hüpfen, dann steht es vielleicht im Buch weil wir es gesagt haben, aber das heißt noch lange nicht das wir das auch machen werden."

"Heyy, komm schon. Lass uns auf Pogosticks durch die Stadt hüpfen! Wir müssen das machen, denn jetzt steht es im Buch und deshalb ist es vorhergesehen, dass wir das machen.", sagte Kai grinsend und erhob die Faust.

Wie es aussah war Kai wieder ganz der Alte. Zumindest im Moment. Kim rückte genervt ein Stück von ihm weg.

"Wie habt ihr euch bei dem Ende denn *gefühlt*, als ihr es gelesen habt? Wisst ihr das noch?", fragte Kai.

"Ich hab es gar nicht gelesen, ich hab es geschrieben. Und warum ist das überhaupt wichtig?", fragte ich.

"Wenn du das Ende vom Buch vielleicht scheiße fandest kann es ja sein, dass es kein gutes Ende hatte.", erklärte Kai.

"Ich dachte nur, dass Kim es entweder cool findet oder scheiße. Aber das dachte ich die ganze Zeit über, während ich das geschrieben habe. Außerdem finde ich selbst eigentlich nie ein Buch scheiße, wenn ich es selbst geschrieben habe. Ich kann mir ja alles so zurechtlegen wie ich es will.", erklärte ich.

"Und wie hast du dich gefühlt Kim?", fragte Kai sie.

"Ich weiß es nicht mehr. Ich habe es einfach zu schnell durchgelesen, habe ich doch gesagt.", erklärte sie.

"Vielleicht weißt du es auch nur deswegen nicht mehr, weil Mc, wenn er grade dieses Buch schreibt und diese Stelle, wo wir darüber reden, gar nicht wissen kann wie du dich dabei gefühlt hast, weil er erstens das Ende da selber noch nicht geschrieben hat und zweitens nicht wissen kann wie du dich dabei fühlst.", erklärte er.

|*Öööö... Könnte sein? :D*|

"Ach ja, schöne Grüße an dich Kim aus der Zukunft... ich meine Vergangenheit.", fügte er hinzu.

Ich schaute ihn fragend an und meinte: "Das ist die Kim aus der Vergangenheit."

"Nein, wenn das die Kim ist die hier neben uns sitzt ist es die Kim der Vergangenheit, aber wenn es die Kim ist die das Buch erst noch liest, während es hier geschrieben wird, dann ist es die Kim der Zukunft.", erklärte er.

"Aber es kann doch auch die Kim der Gegenwart sein, wenn sie es grade liest.", meinte Kim.

"Jetzt stoppt mal kurz mit diesen ganzen Kim´s. Wir

müssen wissen was in dem Buch steht. Ich und Kim wissen es nicht mehr und das Buch ist aus Kim´s Zimmer verschwunden. Wie ist es überhaupt verschwunden? Hast du es verlegt? Wurde es geklaut? Ich bezweifle dass ich das in dem Buch selbst irgendwie erklärt habe. Am besten könnten wir es also lösen, indem wir meinen PC hochfahren und wir uns sie in der Datei nochmal durchlesen.", erklärte ich

Das klang zumindest nach einem besseren Plan als weiterhin nach irgendwelchen Paradoxen zu forschen, die durch diese Situation entstanden sind. Ich startete den Rechner und schaltete den Fernseher an. Nachdem ich mein Passwort eingegeben hatte konnte ich die Story auf dem Desktop in dem Ordner *Story* und *Kim* entdecken. Ich öffnete sie.

/Spoileralarm :P Dann erfährst du wohl gleich schon das Ende^^/

Die Datei war leer. Eine unbeschriebene, leere Wordseite war da vor mir. Ich wusste nicht wie das möglich war, denn es war definitiv die korrekte Story.

"Ich versteh das nicht, eigentlich müsste hier alles stehen. Aber es ist... *leer*.", sagte ich.

"Na toll. Haben wir denn noch eine andere Möglichkeit die Geschichte zu lesen?", fragte Kai.

"Ich kann mal online gucken ob sie noch bei meinen Manuskripten gespeichert ist.", erklärte ich.

Gesagt getan, ich öffnete die Seite in Google Chrome und loggte mich mit meinen bereits gespeicherten Zugangsdaten ein. Als ich auf mein Profil klickte entdeckte ich zu meiner Erleichterung die Story.

"Ok, und wie können wir sie jetzt lesen?", fragte Kai

"Gar nicht glaube ich. Zumindest nicht von hier aus. Ich kann auf dieser Seite meine Storys hochladen, aber nicht runterladen. Ich kann aber ein Buch bestellen und dann können wir es hier lesen. Wir müssen nur warten bis es da ist.", erklärte ich.

Ich bestellte schnell eins doch dann tauchte auch schon das nächste Problem auf. Ich bekam das Buch wohl in der originalen Ausführung, mit der ich es auch hochgeladen hatte und die ich für Kim bereits einmal bestellt hatte, aber sie hatten grade Lieferschwierigkeiten. Die Lieferung würde sich um aktuell noch unbestimmte Zeit verzögern.

"Na ganz toll. Immer wenn man denkt jetzt klappt es kommt wieder sowas dazwischen.", nörgelte ich.

"Hast du das so auch aufgeschrieben?", fragte Kai

"Glaub schon.", sagte ich nur.

Wenn er damit sagen wollte dass ich mir das alles ja selbst zuzuschreiben hatte, dann hatte er jetzt eindeutig den falschen Moment dafür erwischt. Ich wollte einfach nur dieses Buch haben um zu wissen was los war.

"Du Hellseher.", meinte er grinsend.

"Hauptsache es ist bald da, *auf unbestimmte Zeit* klingt nicht wirklich motivierend.", meinte ich.

Ich warf mich in die Lehne meines Sofas und seufzte. Zu viel komischer Kram der in letzter Zeit passiert war. Wieso konnte das Leben nicht mal einfach sein und einem die Antwort direkt vor die Füße legen? -*Weil es dann nicht das Leben wär*- vermutete ich.

"Glaubst du es ist geklaut worden?"

"Keine Ahnung Kai. Ich hab im Moment nicht wirklich Lust darüber nachzudenken.", antwortete ich.

"Ich habe es jedenfalls nicht verlegt. Es war die ganze Zeit in meinem Zimmer, da bin ich mir ziemlich sicher.", erklärte Kim.

Da war doch irgendwas im Busch. So viele Zufälle konnten unmöglich auf einmal passieren. Als *sollten* wir das Buch nicht lesen. Aber was konnte denn dafür verantwortlich sein dass so etwas nicht nur aus Kim´s Zimmer sondern auch von meinem PC verschwand. Sowas war doch nicht normal.

Uns blieb jetzt nichts anderes übrig als auf das Buch zu warten. Aber die Zwischenzeit konnten wir ja auch noch produktiv gestalten. Rumsitzen brachte uns nichts, also stand ich auf.

"Warum stehst du auf?", fragte Kai.

"Weil rumsitzen nichts bringt. Ich glaub ich geh nach draußen und übe noch etwas, mit meinen Kräften umzugehen.", erklärte ich.

"Das ist eine gute Idee, ich mach mit. Auch wenn ich nicht wirklich weiß worin meine Kräfte bestehen.", meinte Kai und schloss sich mir an.

Kim kam auch hinterher und so verbrachten wir einen Teil des Sonntags damit. Aber vielleicht würden wir ja auch neue Sachen entdecken, während wir versuchten alte zu festigen, wer wusste das schon.

Flame

Hoffentlich sah niemand was wir hier hinten machten. Wenn die Antifeuernachbarn mich nochmal dabei erwischten wie ich mit dem Feuer spielte, würden sie nicht lange fackeln.

/Ha, was ein Wortspiel, noch flacher als Nami^^/

Ich und Kai hatten uns wieder zwischen den Schuppen und das Haus begeben. Wie immer war ich vorsichtig, dass ich nicht irgendwas ausversehen anzündete. Ich konnte sowieso nicht viel machen, denn ansonsten würden wir entdeckt werden.

"Was machst du da eigentlich?", fragte Kai.

"Keine Ahnung. Ich weiß grad nicht was ich üben soll. Die Nachbarn bemerken das ja sofort.", erklärte ich.

Ich hatte mich auf den Boden gehockt und meine Hand in Flammen gesetzt, welche ich nun gedankenverloren anstarrte. Mir war aufgefallen, dass ich sogar meinen Ärmel angezündet hatte, allerdings brannte er nicht wirklich.

Er war umgeben von bläulichen Flammen, die nicht wirklich heiß waren. Damit hatte ich niemanden wirklich verbrennen können. An meiner Hand waren sie jedoch umso heller und somit auch ziemlich heiß. Keine Ahnung wann ich es mir angeeignet hatte es so zu machen, aber es funktionierte ohne dass meine Klamotten verbrannten.

Jetzt wusste ich allerdings nicht weiter. Ich wollte neue Wege finden meine Kräfte einzusetzen. Inzwischen hatte ich es perfekt drauf meine Körpertemperatur zu regeln, Flammen kontrolliert abzugeben oder ihnen eine bestimmte Form zu geben, meine Klamotten nicht zu verbrennen und ich wusste, wo ich die Energie für meine Aktionen hernehmen konnte. Aber ich wollte noch mehr können.

Ich hatte eine Idee, was ich noch versuchen konnte. Dafür musste ich nur ein Stück Holz nehmen und es auf die Steine legen. Dann nahm ich einige Schritte Abstand und konzentrierte mich darauf. Um sicher zu gehen zog ich noch meine Kapuzenjacke aus, bevor ich meinen Arm auf das Holzstück ausrichtete und mich konzentrierte.

Wie ich vermutet hatte stand meine Hand schneller in Flammen als ich gucken konnte. Ab und zu schoss ich ausversehen ein paar Feuerbälle auf das Holzstück. Ich versuchte die Temperatur von dem Holz auf einige Meter Entfernung so zu erhöhen, dass es anfing zu brennen. Allerdings ohne selbst Feuerbälle darauf zu schießen.

Nach einiger Zeit fing es an zu rauchen, wobei ich jedoch nicht wusste ob ich es geschafft hatte oder es daran lag das ich immer wieder versehentlich Feuer darauf abgegeben hatte. Die Energie in mir schien zu wissen, dass ich irgendwas mit ihr vorhatte, aber weil sie nicht wusste was griff sie auf bereits gelerntes zurück um das Problem zu lösen. Daher schoss ich immer Feuerbälle. Zumindest vermutete ich das.

Plötzlich tauchte ein neuer Feuerball auf. Er war jedoch anders als alle die ich bisher gemacht hatte. Er kam nicht aus meiner Hand sondern aus meiner Brust. Außerdem schoss er auch nicht einfach nach vorne sondern schwebte langsam von mir weg, bis er ein oder zwei Meter von mir entfernt war. Dann blieb er stehen.

"Was ist das?", fragte Kai

"Ich hab keine Ahnung.", antwortete ich.

Der kleine dunkelrote Feuerball schwebte einfach nur vor mir, bis von ihm plötzlich dunkelrote Flammen ausgingen. Die Flammen bewegten sich ruhig und kontrolliert. Sie nahmen eine Form an, die Form einer kleinen Person. Der Feuerball war zu dem Herzen dieser Person geworden.

Es bildeten sich Finger und andere kleine, körperliche Merkmale. Als Letztes schien es eine feste Form zu bekommen, wie eine Art Haut, die es überzog. Ein paar rötliche Flammen gingen wie Haare vom Kopf des Mädchens aus und umrahmten ihr Gesicht. Meiner Meinung nach hätte sie ungefähr zwölf oder dreizehn Jahre alt sein müssen. Sie öffnete ihre Augen und schaute mich an.

"Was versuchst du die ganze Zeit? Ich will mitmachen, aber ich weiß nicht was du vorhast.", sagte sie plötzlich.

Außer Stande zu antworten starrte ich sie einfach nur an.

"Komm schon, ich will es wissen.", meinte sie und machte ein neugieriges Gesicht.

"Wer bist du überhaupt?", fragte Kai.

Sie schaute ihn an als wäre seine Frage vollkommen überflüssig.

"Wer ich bin? Flame! Aber ich dachte das wisst ihr?!", antwortete sie.

"Nein, ich hab keine Ahnung wer du bist.", meinte er.

"Was... bist du?", fragte ich nachdem ich meine Gedanken wieder gefangen hatte.

"Das hat uns niemand gesagt.", erklärte sie. "Ich weiß nur, dass ich und die anderen total lange in diese komischen kleinen Dinger eingesperrt waren. Das war voll eng! Aber jetzt habe ich endlich Platz und kann lustige Sachen machen."

"Meinst du die Spritzen mit *diese kleinen Dinger?*", fragte ich.

"Jaaa! Genau so hießen die!"

"Und wer hat dich da eingesperrt?", fragte ich.

"Ich weiß nicht mehr. Das ist schon so lange her.", erklärte sie.

"Und du weißt auch nicht was genau du eigentlich bist?", fragte ich.

Sie schüttelte den Kopf.

"Aber ich weiß was ich *kann!*", meinte sie zum Ausgleich.

"Du kannst Feuer machen oder?", fragte ich.

"Jaaa, und ich kann Sachen aufwärmen! Aber ich war noch nie in einem Menschen, deswegen weiß ich nicht genau was ich noch so kann.", erklärte sie.

"Waren die anderen denn schon mal in Menschen?", fragte ich.

"Ja, manche. Ich lerne im Moment viel von Shadow, er war früher schon mal in einem Menschen und erklärt mir wie man leichter zusammenlebt.", erklärte sie.

"Wer ist Shadow?", fragte ich.

Sie zeigte auf Kai.

"Kai ist Shadow?!"

"Nein! Shadow ist *in* Kai!", erklärte sie.

Das bedeutete dann wohl, dass es sich dabei um seine Fähigkeit handelte.

"Aber ich habe noch nie gehört dass du ihn was fragst.", wunderte ich mich.

"Wir reden ja auch ganz leise. Ich wollte auch schon voll oft mit *dir* reden, aber du hörst mir ja nie zu.", warf sie mir vor.

"Was?! Davon hab ich nichts mitgekriegt. Aber warum bist du denn nicht vorher schon rausgekommen?", fragte ich sie.

"Ich wusste nicht *wie*. Außerdem hat Shadow gesagt, dass es gefährlich ist wenn wir nicht im Körper von dem Menschen sind in dem wir Leben. Er meinte, dass schon viele dabei getötet wurden, weil sie dann keine Macht haben und auch der Mensch dann keine Macht hat.", erklärte sie.

"Und wenn du in mir lebst, ist das dann irgendwie schlecht für mich?", fragte ich.

"Nein, alle sagen immer, dass irgendwann Menschen kommen und uns in ihre Körper aufnehmen. Sie sagen, dass sie uns aus diesen Spritzen retten! Wir leben dann in ihren Körpern und sie können unsere Kräfte kontrollieren.", erklärte sie.

"Ok, das klingt ja schon mal nicht schlecht. Es ist also nicht gefährlich wenn man sich so eine Spritze gibt?", fragte ich.

"Nee, nur wenn man zwei von uns in sich wohnen lässt. Das ist zu eng, weil wir dann mit unseren Körpern und Kräften durcheinander kommen.", erklärte sie.

Plötzlich kam Kim aus der Haustür und fragte: "Mit wem redet ihr hier die ganze Zeit?"

Flame drehte sich um und schaute sie freudestrahlend an.

"Kim!", rief sie und lief auf sie zu.

Kim war überfordert und wusste nicht wie sie darauf reagieren sollte. Sie versuchte Flame noch im letzten Moment abzuhalten und streckte die Hände aus, doch da sprang sie schon auf Kim zu und umarmte sie.

"Hey, mich hast du nicht so umarmt und dabei lebst du in mir.", protestierte ich.

Flame drehte sich in Kim´s Armen um.

"Oh stimmt, tut mir leid!", rief sie und rannte schnell zu mir um mich nachträglich zu begrüßen.

Ihre Umarmung fühlte sich warm an, irgendwie wie die aufrichtige Umarmung eines Kindes zusammen mit der Wärme ihrer Kräfte. Ich hätte noch länger so stehen bleiben können, ließ sie aber nach ein paar Sekunden wieder los.

"Wieso hast du dich eigentlich so gefreut Kim zu sehen?", fragte ich.

"Sie ist genauso klein wie ich!", erklärte sie.

Das war ja klar. Irgendwie war Flame wirklich aufgeweckt und fröhlich, wie ich sie am Anfang in ihrer Spritze schon wahrgenommen hatte. Es fühlte sich eigentlich ziemlich toll an so eine gut gelaunte Begleiterin zu haben.

Wir erklärten Kim kurz die Situation, die das alles gar nicht wirklich begreifen konnte. Doch der Beweis stand vor ihr und klärte uns auf was dass alles mit den Fähigkeiten betraf.

"Du meinst also es ist nicht gefährlich sich diese Fähigkeiten zu Spritzen?", fragte Kim.

"Nein, nur am Anfang ist das immer komisch.", antwortete Flame.

"Was meinst du damit?", fragte Kim

"Alsooo ich hab am Anfang ja ausversehen alles angezündet, obwohl ich das nicht wollte. Irgendwie so ist das immer am Anfang.", erklärte sie.

"Aber ich hab doch auch nicht alles angezündet.", meinte Kai.

"Ja, aber das ist ja auch nicht bei jedem so. Das ist bei allen irgendwie anders.", erklärte sie.

Kim wirkte ziemlich nachdenklich. Vielleicht konnte sie das alles immer noch nicht so wirklich begreifen. Es war ja auch eine enorme Neuigkeit, dass unsere Fähigkeiten tatsächlich ein Eigenleben und einen Charakter hatten. Ich fragte mich allerdings wie Shadow wohl drauf war, wenn seine Spritze schon so einen unangenehmen Charakter aufgewiesen hatte. Ich stellte Flame kurz nach diesem Gedankengang diese Frage.

"Shadow ist eigentlich voll nett. Aber man muss ihn immer aufmuntern, weil er sonst so traurig ist. Er redet wohl nicht so viel, aber wenn er was sagt ist das meistens wichtig.", erklärte sie.

"Oh Mann, ich will meine Fähigkeit auch schon so gut kontrollieren können wie du. Vielleicht kann ich mich dann auch so mit Shadow unterhalten.", meinte Kai. "Wie sieht er eigentlich aus?"

Erst als Flame merkte dass jeder sie anstarrte wusste sie, dass die Frage an sie gerichtet war.

"Ich weiß nicht wie er aussieht. Er meinte nur, dass es immer auf den Menschen ankommt, in dem er ist.", erklärte sie.

"Leute? Ich habe nachgedacht.", meinte Kim und schaute uns mit einem ernsten Gesicht an. "Wenn es wirklich ungefährlich ist, wie Flame sagt, und man sich nur am Anfang etwas komisch fühlt, dann mache ich es glaube ich auch."

"Du willst einen von uns befreien?", fragte Flame.

Kim nickte. Flame machte ein begeistertes Gesicht.

"Jaaaa!", freute sie sich und sprang in Kims Arme.

Kim´s Fähigkeit

"Das ist Zero.", meinte Flame.

"Wieso Zero? Ist er eine Null oder was?", fragte Kai.

"Ich weiß nicht. Zero redet nicht mit uns. Er ist gefährlich meinten die anderen, aber ich weiß nicht warum. Sie meinten es wäre fast nicht möglich ihn zu kontrollieren und wenn man ihn nicht kontrollieren kann, würde was Schlimmes passieren.", erklärte Flame.

Ok, das war nicht wirklich eine Fähigkeit auf die ich scharf war. Wenn sie mehr Kontrolle über dich hat als du über sie und dann ist sie noch gefährlich. Lieber nicht.

"Welche Fähigkeiten sind den cool?", fragte ich.

"Ich mag eigentlich alle. Zero mag ich auch, obwohl er nicht mit uns redet. Aber er gehört trotzdem zu uns.", erklärte sie.

Toll, das war nicht grade eine hilfreiche Antwort. Aber was sollte ich schon erwarten, sie sah aus wie ein junger Teenager und verhielt sich auch so.

"Meistens ist es so, dass du es spürst, wenn eine Fähigkeit zu dir passt. Manche passen sogar perfekt zu einem, so wie bei Mc und mir, er hat erst alle überprüft und dann hat er doch mich genommen.", erklärte sie.

Das war schon eine hilfreichere Antwort. Ich fing also an die einzelnen Spritzen abzutasten. Ich berührte sie nur ganz leicht mit den Fingerspitzen, um mich besser auf sie einstellen zu können.

Es gab Einige, die ich recht angenehm fand, Einige, vor denen ich sofort zurückschreckte und Wenige, die für mich wirklich in Frage kamen. Es blieben nur drei zur Auswahl, die ich wirklich nehmen würde.

"Du musst dich voll drauf konzentrieren, sonst klappt es nicht! Es gibt immer ein paar, die passen könnten, aber wenn du es nicht so schnell machst, weißt du welche die Richtige ist.", erklärte Flame.

„Und *woran* erkenne ich das?", fragte ich sie.

Sie zuckte mit den Schultern und antwortete: „Du fühlst es halt."

Ich musste mir also Zeit lassen und schauen, ob ich merkte welche Fähigkeit für mich die Richtige ist. Eigentlich hatte ich nicht viel Lust den ganzen Tag diese Spritzen zu berühren, aber bei so einer Entscheidung sollte man schon sicher sein.

Plötzlich fiel mir etwas auf. Es betraf das, was Flame gesagt hatte.

„Du meintest doch es gibt kein Risiko oder?", fragte ich.

„Ja, es ist nicht gefährlich für dich wenn du das machst.", antwortete sie.

„Aber was ist dann mit Zero? Das ist doch gefährlich, wenn ich ihn nicht kontrollieren kann!", wandte ich ein.

„Ja, aber er ist auch der Einzige! Wenn du ihn genommen hättest hätte ich dir das vorher aber auch gesagt.", erklärte sie.

Ich schaute sie noch einmal scharf an um zu überprüfen, ob sie mir wirklich alles gesagt hatte. Aber nachdem sie sich noch einmal entschuldigt hatte, dass sie vergessen hatte mir das mit Zero zu verraten, glaubte ich ihr.

Ich nahm alle drei noch einmal in die Hand. Die Erste war dunkelgrün. Ich fühlte mich bei ihr so erfrischt und lebendig, das war echt toll. Ihr Charakter war ernst und freundlich wenn ich es beurteilen müsste.

Die Zweite war eine Hellblaue. Sie fühlte sich angenehm kühl an und war eher ruhig und selbstsicher. Bei ihr spürte ich allerdings noch eine Vertrautheit, die ich bei den beiden anderen nicht so stark fühlte.

Die Dritte war irgendwas zwischen weiß und gelb. Sie war noch ruhiger als die Hellblaue und ich fühlte mich gelassen. Sie war irgendwie ziemlich konzentriert und organisiert, aber gleichzeitig auch total ruhig.

Es war eine schwere Entscheidung, doch nach reichlicher

Überlegung und viel Konzentration wusste ich, welche ich nehmen würde. Ich legte die beiden anderen zurück und behielt die hellblaue Spritze in der Hand.

"Bist du dir sicher bei ihr?", fragte Mc.

Ich nickte. Ich war mir sicher, sogar sehr sicher.

"Cool, das ist Crystal! Die hat voll fiel Ahnung, noch mehr als Shadow, weil sie früher auch schon mal bei jemandem war.", erklärte Flame. "Die Grüne wäre übrigens Groot gewesen und die Helle wäre Minsec gewesen."

"Das klingt ja schon mal nicht schlecht. Und was kann sie so?", fragte ich.

"Welche von denen?", fragte Flame.

"Na Crystal, welche sonst.", erklärte ich.

Sie dachte eine Zeit lang nach. Dann schüttelte sie den Kopf und meinte, dass sie es nicht mehr genau wüsste. Crystal hätte mir mehr erzählen können über die ganzen Fähigkeiten, Kräfte und Eigenschaften der Fähigkeiten.

Es schien aber schon mal eine ziemlich vernünftige Fähigkeit zu sein, die sich mit allem ziemlich gut auskannte. Das entspannte mich etwas. Flame meinte noch, weil Crystal so viel Ahnung hatte würde es nicht schwer werden sie zu kontrollieren, weil sie mir ziemlich helfen würde.

Das war schon mal alles nicht schlecht. Ich setzte die Nadel an meinen Oberarm und drückte sie etwas hinein, doch dann zögerte ich. Wenn irgendwas schiefging und ich doch irgendwie nicht damit klarkommen würde? Was wäre dann?

/Soll ich´s wirklich machen, oder lass ich´s lieber sein?... Jein! :D/

Aber mir wirklich diese Spritze zu setzten brachte ich irgendwie nicht fertig. Man stach sich doch nicht selbst und spritzte etwas in sich hinein, das machte normalerweise jemand anderes für einen!

"Soll ich dir vielleicht helfen?", fragte Kai.

"Ja, bitte! Ich schaff das nicht allein!", gestand ich.

Er wollte grade die Spritze nehmen als Flame ihn

unterbrach.

„Ich würde es lieber nicht tun.", meinte sie.

„Was? Wieso nicht? Eben hast du doch noch gesagt das es kein Risiko gibt und ihre Fähigkeit leicht zu kontrollieren wär und eine Menge Ahnung hätte!", fragte Kai verwirrt.

„Ja! Das ist ja auch so! Aber du hast Shadow in dir. Und er und Crystal verstehen sich nicht so gut. Weil sie beide schon mal in Menschen waren glaube ich. Crystal hat eigentlich mehr Ahnung als er aber er meint immer er hätte mehr Ahnung. Und Shadow ist nicht so leicht zu kontrollieren, deswegen weiß ich nicht ob es gut ist wenn du das machst, wenn du ihn noch nicht unter Kontrolle hast.", erklärte sie.

Ok, das ergab Sinn. Wenn er es machen wollte aber Shadow ihn davon abhielt oder dafür sorgte dass er es nicht richtig machte konnte es für mich oder Crystal ungut enden.

„Aber ich schaff das nicht allein! Wie soll ich das dann machen?", fragte ich.

Ratlos schaute Flame mich an. Sie war noch zu jung, zumindest vom Aussehen und von ihrem Verhalten, auch wenn sie sehr lange in diesem Zylinder im Bunker rumgegammelt hatte. Niemand wusste wie lange die da schon gelegen hatten.

Ich hatte nicht einmal eine Ahnung wie das mit den Fähigkeiten überhaupt war. Wurden sie auch geboren? Alterten sie oder entstanden sie mit einem gewissen Alter, das sie behielten? Vielleicht war Flame ja schon Uralt, in meinen Augen, aber als Fähigkeit war sie ja vielleicht noch ein Kind!

„Ich könnte dir auch helfen.", bot Mc an.

Ich schaute fragend zu Flame auf. „Geht das wenn er es macht?", fragte ich.

„Ich denke schon. Ich bin ja seine Fähigkeit und ich mag Crystal. Die ist immer so nett und erklärt mir alles was ich wissen will, auch wenn sie es manchmal selber nicht weiß. Aber das sagt sie dann immer vorher.", erklärte sie.

"Ist das für dich denn auch ok?", fragte ich Kai und schaute ihn an.

Er runzelte ernst die Stirn. "Ehrlich gesagt, nein.", meinte er.

Damit hatte ich nicht gerechnet. Normalerweise wäre er doch damit einverstanden, schließlich war Mc einer seiner besten und engsten Freunde.

"Aber warum denn nicht?", fragte ich.

"Ist einfach so. Ich muss doch nicht immer mit allem einverstanden sein oder? Du willst doch auch manche Sachen nicht die ich machen will.", erklärte er.

"Aber oft machst du sie trotzdem!", protestierte ich.

"Ja, wenn ich Nami putze oder was? Was ist denn daran so schlimm? Ich will halt das sie sauber ist."

"Sie *ist* sauber! Und trotzdem putzt du sie den ganzen Nachmittag, was vollkommen übertrieben ist!"

"Das ist überhaupt nicht übertrieben, wenn man sein Auto liebt macht man das halt."

"Ach bei ihr geht das, aber wenn ich mal etwas mehr Aufmerksamkeit will geht das nicht?! Liebst du mich nicht oder was?!"

"Das hab ich doch gar nicht gesagt, ich meinte nur, dass es mir wichtig ist das Nami sauber ist.", erklärte er.

Genervt stand ich auf.

"Wo willst du hin?", fragte er.

"Rein!", antwortete ich und ging ohne ein weiteres Wort an ihm vorbei ins Haus.

Die Spritze hatte ich immer noch in der Hand, was mir allerdings erst drinnen auffiel. Ich wollte sie schon weglegen, aber das Gefühl, welches von ihr ausging, war irgendwie tröstend. Daher behielt ich sie mit beiden Händen umschlossen und setzte mich auf das Sofa.

/Falls ich dir in diesen Szenen, in denen ihr euch streitet, irgendwie schlechte Laune oder miese Stimmung machen

sollte, tut es mir aufrichtig Leid Kim :/ Aber später kommen noch Momente in denen es weit bessere Stimmung gibt, also noch durchhalten :/*

Wieso verstand er einfach nichts von dem was ich sagte? Er war nur mit Nami beschäftigt und ich kam mir vor als würde ich so oft zu kurz kommen. Wenn ich ihn vor die Wahl zwischen mir und Nami stellen würde konnte ich mir die Antwort schon ausmalen.

Ich war kurz davor zu weinen, als jemand den Raum betrat. Es war Mc. Ich musste meine Tränen noch etwas zurückhalten.

"Alles klar bei dir?", fragte er.

"Ja, geht schon.", antwortete ich. "Wo ist Kai?"

"Er unterhält sich draußen mit Flame. Obwohl ich mir ein bisschen Sorgen um die Kleine mache, weil Kai irgendwie manchmal komisch ist, seit er die Fähigkeit genommen hat.", erklärte er.

Eine Zeit lang saßen wir einfach nur da. Dann meinte er, dass ich nicht so aussehen würde, als wäre alles klar. Dann platzte einfach alles aus mir heraus, was mir die ganze Zeit durch den Kopf gegangen war. Es war befreiend, als würde man ein Ventil öffnen. Es war nie gut wenn sich viel Negatives in einem anstaute.

"Ok, ich weiß was du meinst. Aber guck mal, Flame meinte ja schon dass Shadow und Crystal nicht so miteinander klarkommen. Wenn Shadow nicht so leicht zu kontrollieren ist, ist es aber vielleicht für ihn leichter Kai zu kontrollieren. Also vielleicht will er nur nicht das Crystal in dir ist, weil er dann zwangsweise mehr Zeit mit ihr verbringen muss, weil du Kai´s Freundin bist.", erklärte Mc.

"Aber er wollte mir die Spritze doch auch selber geben! Dann hätte er doch auch direkt *nein* sagen können!", wandte ich ein.

"Er hätte dann aber die Kontrolle gehabt, und ob er dir die Spritze dann richtig gegeben hätte oder ob irgendetwas falsch gelaufen wäre, hätte dann in *seiner* Hand gelegen.", erklärte er.

Das ergab alles Sinn. Aber es war trotzdem nicht einfach. Es war auch so nicht immer einfach. Das Einzige, was ich jetzt wollte, war diese Spritze, denn mit ihr fühlte ich mich verstanden und geborgen.

"Kannst du mir einen Gefallen tun?", fragte ich Mc.

"Was?", fragte er und schaute mich an.

In dem Moment kam Flame herein gesaust und sprang direkt auf Mc´s Schoß.

"Da bist du ja!", meinte sie freudig.

Ich war nicht sicher, ob ich ihm die Frage jetzt noch stellen konnte. Schließlich war Flame da, aber sie war auch immer bei ihm und würde alles wissen was er wusste.

"Kannst du mir die Spritze geben?", fragte ich.

Er schien diese Frage schon erwartet zu haben. Trotzdem suchte er nach den richtigen Antworten, die es nicht gab.

"Kim... Ich würd´s ja gerne machen, aber damit würde ich Kai in den Rücken fallen.", meinte er.

"Das war nicht Kai, das war Shadow! Er will nur nicht dass Crystal befreit wird!", erklärte Flame.

"Aber woher weißt du das? Hat er es dir grade gesagt?", fragte ich.

"Er meinte ich soll aufpassen dass Mc dir die Spritze nicht gibt.", erklärte sie.

"Aber dann kannst du doch nicht wissen dass es Shadow ist der das sagt.", wandte ich ein.

"Doch! Er ist es! Er ist immer so, er will nicht in der Nähe von Crystal sein weil sie früher mal auch beide in zwei Menschen waren die sich geliebt haben.", erklärte Flame.

Ich war erstaunt über diese Tatsache. Als ich sie fragte, wieso die beiden sich nicht mehr leiden konnten, wusste sie keine Antwort darauf. Crystal hatte es ihr wohl nie erzählt, genauso wenig wusste sie was aus den beiden Menschen geworden war, in denen sie gelebt haben.

"Du musst ihr die Spritze geben Mc! Biiiiiite! Ich will das Kim und Crystal zusammen sind, das ist ganz sicher wichtig!", bettelte Flame.

Mc wirkte ziemlich hin- und hergerissen. Also machte ich ihm die Entscheidung etwas leichter und überreichte ihm die Spritze. Er schaute mich an als würde er auf ein Freizeichen warten.

"Mach es.", bat ich ihn.

Und er machte es. Er stach sie vorsichtig in meinen Arm und presste den Inhalt langsam hinein. Schon währenddessen fühlte es sich an, als würde mein Herz nur noch Eiswasser durch die Adern pumpen.

"Danke.", sagte ich, als er sie wieder herauszog. Dann sackte ich zusammen und wurde ohnmächtig.

Eiskalt

Langsam erwachte ich. Kai, Mc und Flame schauten besorgt zu mir hinab und fragten mich, ob bei mir alles in Ordnung war.

"Ich denke schon. Es war nur auf einmal so kalt als würde ich erfrieren. Das hab ich nicht ausgehalten.", erklärte ich noch leicht benommen.

Kai schaute Mc grimmig an und fragte: "Hast du ihr die Spritze gegeben?"

"Ich hab sie ihr gegeben Kai. Aber sie wollte es unbedingt, also..."

"Warum hast du das gemacht?! Ich hab doch gesagt dass ich das scheiße finde.", blaffte Kai ihn an.

"Ich weiß Kai, aber irgendwo kann Kim doch auch selber Entscheidungen treffen oder nicht? Du wolltest doch auch das sie eine Fähigkeit bekommt, also was ist das Problem?", fragte Mc.

"*Du* bist das Problem! Weil du es wieder übertreiben musst!", antwortete Kai.

Flame verschanzte sich hinter Mc und schaute schuldbewusst um seine Schulter.

"Also eigentlich hab ich Kim dazu gebracht das sie das will.", meinte sie.

"Was?! Ich bin echt stinksauer! Wieso hast du das getan?", fragte er wütend.

"Weil sie es wollte und es das Richtige war.", erklärte Flame.

"Ich weiß, dass es *nicht* das Richtige war!", blaffte Kai und trat einen Schritt auf Flame zu.

Sofort verschanzte sie sich weiter hinter Mc, während dieser sich schützend vor sie stellte.

"Mach keinen Scheiß Kai, ich meins ernst. Du solltest lieber erstmal frische Luft schnappen gehen, du reagierst völlig über. So kenne ich dich gar nicht.", meinte Mc.

"Ja, weil ich endlich erkenne dass hier nur alle gegen mich sind! Egal was ich mache! Aber weißt du was? Zumindest hast du damit recht dass ich frische Luft schnappen sollte.", erklärte er und stampfte aus dem Wohnzimmer.

Kurz darauf war das Motorheulen von Nami zu hören, als er von der Auffahrt fuhr und davon jagte. Ich fühlte mich immer noch etwas benommen und war mir nicht sicher, ob sich diese Szene grade wirklich so abgespielt hatte. Kai und Mc hatten sonst *nie* Streit und jetzt auf einmal so heftig.

"Alles klar bei dir Flame?", fragte ich.

Sie nickte und kam langsam hinter Mc hervor.

"Das war wieder Shadow. Er kann Crystal echt nicht leiden und deswegen ist er jetzt so sauer. Hoffentlich bringt Kai ihn unter Kontrolle.", meinte Flame.

Wir saßen einige Minuten schweigsam da und dachten nach. Ich machte mir wirklich Sorgen um Kai. Was war, wenn er nicht wieder normal wurde? Wenn Shadow ihn vollkommen einnahm und Kai immer mehr verschwand? Ich wollte gar nicht daran denken.

"Ich will mich erstmal ausruhen. Wenn du mich was fragen willst musst du das Mc fragen.", meinte Flame.

Ihr Körper wurde wieder weniger fest und dann zu einem kleinen Feuerball. Danach flog sie auf Mc zu und verschwand durch seine Brust in seinem Körper. Er wirkte ziemlich überrascht.

"Fühlt sich auf einmal so warm an, wenn sie wieder in mir ist.", meinte Mc mit einem Lächeln auf dem Gesicht.

"Mir ist kalt.", beschwerte ich mich. Mir war wirklich kalt und das nicht im normalen Maße. Ich fühlte mich als hätte ich ziemlich hohes Fieber oder wäre eine Stunde im Bikini durch den Schnee gelaufen.

Mc fühlte meine Stirn, um zu überprüfen ob ich wirklich Fieber hatte.

"Du bist *wirklich* kalt. Hätte eher gedacht das deine Stirn glüht, als dass du dich anfühlst wie eine Leiche.", meinte er.

Nicht grade das was man in einer Situation wie dieser hören wollte, aber egal. Ich wickelte mich stärker in meine Decke ein um nicht noch mehr zu unterkühlen. Nach einiger Zeit bildeten sich überall auf der Decke kleine Frostflecken.

"Oh man Kim, du siehst aus als würdest du erfrieren!", meinte Mc besorgt.

Ich betrachtete meine Arme. Tatsächlich waren sie weiß wie Schnee und Eiskristalle zogen sich durch die feinen Härchen. Ich schaffte es, mich hochzurappeln und zum Spiegel zu wanken. Mein ganzes Gesicht sah aus, als käme es aus der Tiefkühltruhe. Meine Haare waren eine einzige Eislandschaft. Ich konnte sie sogar biegen und sie fielen nur langsam zurück.

"Aber eigentlich fühle ich mich gar nicht *so* schlecht. Mir ist nur etwas kalt, aber sonst geht es mir gut.", erklärte ich.

Mc berührte meinen Arm. Ganz normal, wie immer, fühlte es sich weich an und nicht hart und festgefroren. Total komisch. Ich musste mich trotzdem etwas aufwärmen, also beschloss ich, mir einen Tee zu machen.

Ganz normaler, schwarzer Tee würde mich schon wieder aufwärmen. Ich goss das heiße Wasser aus dem Wasserkocher in die Tasse und nahm sie mit ins Wohnzimmer. Nachdem ich ein paar Mal gepustet hatte probierte ich vorsichtig einen Schluck um mir nicht den Mund zu verbrennen. Dann verzog ich das Gesicht zu einer Grimasse.

"Er ist kalt.", bemerkte ich und stellte ihn auf den Tisch.

Mc nahm auch einen Schluck. Seinem Gesichtsausdruck nach zu urteilen, hatte sich der Zustand des Tee´s nicht geändert. Er behielt die Tasse in der Hand und schaute sie einen Moment an.

"Ok, probier jetzt mal.", meinte er und reichte mir die Tasse.

Sie war wieder heiß. Ich beschloss diesmal, den Tee nicht

zu pusten und nahm direkt vorsichtig einen Schluck. Wieder schmeckte er grässlich und war kalt. Ich stellte die Tasse zurück auf den Tisch und nachdem Mc wieder einen Schluck probiert hatte sah er nachdenklich aus. Schließlich nahm er die Tasse wieder in die Hand und konzentrierte sich auf sie.

"Ok, jetzt müsste es gehen.", meinte er.

Ich wollte sie grade nehmen, da zog er sie wieder zurück.

"Warte, ich gebe ihn dir. Vielleicht kühlt er nur immer so schnell ab, weil du ihn in den Händen hältst.", meinte er.

Ich wollte protestieren, aber da führte er die Tasse schon zu meinem Mund und ich musste trinken, um mich nicht zu verschlucken. Diesmal klappte es tatsächlich! Er war angenehm warm im Mund, aber wenn ich ihn nicht schnell runterschluckte wurde er wieder kalt.

Nachdem ich die Tasse ausgetrunken hatte fühlte ich mich etwas besser. Vermutlich nur ein Placeboeffekt, weil man sich normalerweise nach warmen Tee bei einer Erkältung etwas besser fühlte, aber eigentlich war er ja schon kalt bevor er überhaupt meinen Magen erreichte.

"Wir kriegen Kai schon wieder hin, keine Sorge. Shadow ist wohl schwer zu kontrollieren aber wenn du es mit deiner Fähigkeit drauf hast schaffen wir das.", meinte Mc.

"Meinst du? Ich hab echt Angst das er so bleibt.", fragte ich.

"Ich auch, aber das wird schon wieder. Ich hab das im Gefühl, das kommt bestimmt wieder in Ordnung.", antwortete er.

Ich hatte mir etwas Sichereres als eine Ahnung erhofft, aber zumindest lag Mc oft mit seinen Vorhersagen+ gar nicht so daneben. Und immerhin hat er auch das Buch geschrieben wegen dem das alles hier passierte. Ich umarmte ich ihn einmal zum Dank, aber als ich ihn loslassen wollte war es, als wär er festgefroren.

"Oh scheiße ist das kalt! Das tut ganz schön weh!", meinte er.

"Oh Mist! Mc das wollte ich nicht!", sagte ich schnell. Aber ich wusste auch nicht was ich jetzt tun sollte.

"Flame? Kannst du mir mal helfen?", fragte er.

Auf einmal fühlte er sich so warm an. Dann schmolz das Eis

zwischen uns und er konnte sich wieder entfernen. Puh, nochmal Glück gehabt.

Ich übte den ganzen Tag, meine Fähigkeit unter Kontrolle zu bringen. Ab und zu saß ich zu lange auf einer Stelle, und dann gefror alles in meiner unmittelbaren Nähe. Aber ich hatte sehr schnell den Bogen raus und schon bevor der Abend kam war ich kein Eisblock mehr.

Mc war äußerst erstaunt, weil er zwei Tage gebraucht hatte bis er es geschafft hatte seine Körpertemperatur wieder auf den Normalzustand zu bringen. Ich fand das gar nicht so schwer. Als nächstes probierte ich aus, ob ich irgendwas kontrolliert einfrieren konnte.

Ich versuchte erst, mich weniger darauf zu konzentrieren meine Körpertemperatur zu normalisieren, was auch ganz gut funktionierte. Aber es war eher unkontrolliert, daher versuchte ich die Kälte auf meine Hände zu lenken wo ich sie kontrolliert abgeben konnte.

Ich schaffte es dadurch sogar, einen kleinen Eisturm auf dem Tisch entstehen zu lassen. Mc brach ihn ab und in kleine Stücke, die er in seine Cola warf.

"Heyy, warum?", fragte ich.

"Aus Prinzip.", antwortete er und piekste mich in die Seite. Schnell zuckte ich zur Seite, außer Reichweite von seinem Arm. Doch es hielt ihn nicht davon ab aufzustehen und es noch einmal zu tun. Aber nach dem dritten Mal hörte er auf und trank seine Cola.

Immer musste er mich ärgern. Aber es war auch irgendwie witzig. Meine Laune hatte sich im Gegensatz zu vorher ziemlich verbessert. Ich hoffte allerdings dass Kai bald wieder da war. Es war gut für ihn, wenn er sich abreagierte, aber wenn er die ganze Zeit so wütend durch die Gegend fuhr würde ihm noch was passieren.

"Ich glaub ich sollte mich bald auf den Weg machen, wird sonst noch ziemlich spät.", meinte ich.

"Joa, ok. Schade, aber man sieht sich ja.", antwortete Mc.

Ich blieb jedoch noch eine halbe Stunde da und versuchte, weitere Dinge meiner Fähigkeit rauszufinden. Ich wollte unbedingt Crystal kennenlernen! Aber dafür musste ich meine Fähigkeit perfekt unter Kontrolle haben, was doch schwieriger war als ich dachte.

Mittlerweile schaffte ich es, verschiedene Dinge aus Eis zu

erschaffen. Ich hatte wohl keine Ahnung woher ich das Wasser dafür nahm, aber es war echt cool. Mc meinte, des es Wasser aus der Luft wäre, das ich mit meiner Hand irgendwie zu diesen Formen zusammenfror.

Das war alles so neu für mich und zum Glück war ich nur einen kurzen Moment in einer Art Krankheitsphase. Kai kam mir vor als wäre er da teilweise noch nicht raus. Er verhielt sich manchmal einfach nur komisch. Mc war ja auch eine ganze Zeit krank. Naja, eigentlich war er nur einen Tag krank und hatte es nur nicht drauf seine Körpertemperatur richtig zu regeln.

/Hör schon auf so anzugeben :P/

Und plötzlich hörte ich es wieder. Es war erst ganz in der Ferne und kam dann allmählich näher. Das unverkennbare Geräusch von Nami´s Motor. Also würde ich wohl doch noch nicht so früh losfahren.

Crystal

Ich glaubte, das Kim genau wie ich, damit rechnete dass Kai ziemlich genervt sein würde. Er war mit so einer schlechten Laune weggefahren, und als er jetzt wieder bei mir war machte er einfach nichts. Er stieg nicht aus, sondern saß nur im Auto. Ob er endlich runtergefahren war? Zumindest wirkte er nicht mehr so genervt. Ich wartete ab und war gespannt, als er endlich ausgestiegen war und das Haus betrat.

"Hey...", sagte er nur als er ins Zimmer kam.

Er zog sein Handy aus der Tasche und tippte etwas ein. Die ganze Zeit tippelte er auf derselben Stelle rum, als könnte er nicht ruhig stehen, was ihn ziemlich nervös wirken ließ. Dann steckte er sein Handy wieder in die Tasche und schaute Kim an.

"Kann ich mal kurz mit dir reden?", fragte er.

Kim stand auf und sie verließen den Raum. Ich fragte mich was sie wohl beredeten, aber eigentlich ging es mich nichts an. Ich hoffte nur, dass sie sich wieder vertragen würden.

Plötzlich spürte ich Flame. Es war, als würde sie mir eine Frage stellen, obwohl ich ihre Stimme nicht hörte. Es war einfach ein Gefühl. Aber trotzdem wusste ich sofort was sie wollte. Sie wollte wissen, was Kim und Kai wohl grade mit einander besprachen. Ich machte ihr klar, dass ich es auch nicht wusste.

Nach einiger Zeit kamen sie wieder rein, und beide waren wieder ganz gut gelaunt. Anscheinend hatten sie sich vertragen. Zum Glück, ich hatte echt keine Lust auf Stress.

"Mc? Ich hab das vorhin nicht so gemeint. Als ich dich so angemacht hab mein ich. Ich weiß auch nicht was da mit mir los war.", erklärte er.

"Schon ok Kai, ich nehm´s nicht persönlich.", antwortete ich.

Kai wirkte ziemlich erleichtert. Wie es aussah hatte er sich eine ganze Zeit über diese Situation Gedanken gemacht. Aber ich wusste ja, dass es nicht an ihm lag, dass er auf einmal so komisch war.

Wir verbrachten den Abend noch zu dritt und versuchten Kim zu helfen ihre Fähigkeit zu kontrollieren. Sie machte wirklich unglaublich schnell Fortschritte. Wenn ich daran dachte dass ich eine Woche mit meiner Fähigkeit geübt hatte, dann war ich echt schlecht, denn Kim war schon jetzt ziemlich gut mit ihrer.

Sie konnte jetzt auch auf weitere Entfernung Dinge einfrieren und schaffte nicht nur einfache Formen aus Eis, sondern schon kleine Figuren, mit allen möglichen Details. Ich musste zugeben, dass ich etwas eifersüchtig darauf war.

Gegen halb zwölf beschlossen die Beiden, sich auf den Heimweg zu machen.

"Ok, aber zuerst musst du noch etwas Neues, Beeindruckendes machen.", meinte ich.

"Etwas Neues, Beeindruckendes? Was stellst du dir da vor?", fragte Kim.

"Keine Ahnung, lass dir was einfallen.", antwortete ich.

Sie überlegte kurz, dann konzentrierte sie sich und fing an. Sie wurde immer blasser und schließlich hatte sie überall eingefrorene Stellen am Körper. Sie sah so aus wie am Anfang, als ihr so kalt war. Aber sie machte noch weiter. Sie fror sich selbst ein, bis sie am ganzen Körper von einer Frostschicht überzogen war.

Als Nächstes bildeten sich zwei Stellen aus Eis an ihrem Rücken, die immer größer wurden. Sie wurden zu großen, plattenartigen Gebilden. Nach ein paar Sekunden konnte ich endlich erkennen, was sie versuchte zu machen. Sie verpasste sich selbst zwei Flügel aus Eis. Sie konnte sie sogar bewegen, als wären sie echt.

Danach schmolzen sie langsam wieder und Kim´s Körpertemperatur normalisierte sich. Ich und Kai schauten sie erstaunt an.

"Du hast meinen Boden nass gemacht.", meinte ich.

Sie schaute nach unten. Weil ihre Flügel geschmolzen waren hatte sich das Wasser in meinem Teppich gesammelt.

"Ja, stimmt!... Das tut mir aber leid!", antwortete sie, als würde sie es tatsächlich so meinen. Aber ich hatte ihren sarkastischen Unterton gehört. Und sie hatte meinen gehört.

"Das sah echt cool aus. Glaubst du, dass du damit auch fliegen kannst?", fragte Kai.

"Nein, das glaube ich nicht.", antwortete Kim.

"Aber trotzdem sah es schon ziemlich cool aus. Damit hast

du dir auf jeden Fall das Recht verdient jetzt losfahren zu dürfen.", meinte ich.

"Ach, danke Mc! Da bin ich aber erleichtert.", meinte Kim.

Ich grinste und wollte sie zum Abschied umarmen, aber plötzlich schoss etwas Eisiges an mir vorbei. Weil es von Kim ausgegangen war, dachte ich zuerst sie hätte unbewusst mit einem Eisball auf mich geschossen, aber nachdem ich mich umgedreht hatte, sah ich es hinter mir schweben.

Es sah aus, wie eine kleine Wolke aus kristallisiertem Wasser. Sie wurde auf einmal immer größer und größer. Es bildete sich eine richtige Silhouette. Dann wurde es plötzlich flüssig. Finger, Gesichtszüge und andere, feine Details bildeten sich. Ihr Körper schimmerte komplett in dem Hellblau der Spritze. Ihre Haare waren wie Wasser, nur mit weißen Schlieren darin.

"Hallo Kim, schön dich kennen zu lernen. Ich hab mir ziemlich Mühe gegeben das wir mit der Startphase so schnell wie möglich durchkommen.", erklärte sie.

Sie sah nicht schlecht aus, ziemlich attraktiv sogar. Mitte bis Ende zwanzig schätzte ich sie. Ein vertrauenswürdiges Gesicht, eine schlanke Figur, eine nette Stimme.

"Bist du… Crystal?", fragte Kim.

"Ja.", antwortete sie, mit einem Lächeln im Gesicht.

"Oh Mann, das ist so aufregend!", freute sich Kim und umarmte sie.

Crystal legte ihre Arme um sie und hielt sie fest, bis Kim sich von ihr löste.

"Aber wie ist das möglich? Bei Mc hat das eine Woche gedauert, bis er Flame kennengelernt hat.", fragte Kim.

"Ich hab einfach schon mehr Erfahrung als sie. Ich war früher schon mal in einem Menschen, wie sie euch erklärt hat. Und Flame ist noch ziemlich jung und hat sowas noch nie gemacht.", erklärte Crystal.

"Ok.", meinte Kim. "Und in welchem Menschen warst du vorher?"

"Das ist eine ziemlich komplizierte Geschichte. Und sie ist zu lang, daher erklär ich sie dir ein anderes Mal.", antwortete sie.

"Schade. Aber gut, können wir so machen.", meinte Kim leicht enttäuscht.

Zumindest wusste ich jetzt, dass es nicht nur an mir gelegen hatte, dass ich Flame erst so spät kontrolliert hatte. Sie hatte nun mal keine Erfahrung und war zu jung.

"Du kannst übrigens auch Wasser kontrollieren, das hast du nur bis jetzt noch nie versucht.", erklärte Crystal. "Aber Wasser kannst du nicht so gut kontrollieren wie Eis."

Nun wirkte Kim wieder ziemlich interessiert. Sie konzentrierte sich auf den Wasserfleck am Boden und konnte kleine Tropfen aufsteigen lassen.

"Ist ja cool.", sagte sie bloß begeistert.

Ich war wirklich überrascht, dass sie es heute noch geschafft hatte, ihre Fähigkeit so gut kontrollieren zu können, das sie Crystal kennenlernen konnte. Auch wenn Crystal ihr geholfen hatte und sie schon einige Erfahrung hatte fand ich das wirklich erstaunlich. Es hatte nicht einmal einen Tag gedauert.

"Kannst du mir vielleicht auch helfen meine Fähigkeit unter Kontrolle zu bringen?", fragte Kai.

Crystal schaute ihn ruhig an. "Ja, gar kein Problem. Shadow ist ziemlich schwer zu kontrollieren, daher kann ich dir sagen, was du mit ihm so anstellen kannst. Aber ich sage dir erstmal noch nicht so viel, denn so hast du eine Sache, auf die du dich konzentrieren kannst.", erklärte Crystal.

Sie schien wirklich eine ganze Menge zu wissen. Das könnte uns ziemlich helfen. Vielleicht konnte sie uns ja auch helfen herauszufinden was es mit meinem Buch auf sich hatte.

"Weißt du zufällig auch wer mein Buch vom PC gelöscht hat? Oder wer es von Kim geklaut hat?", fragte ich sie.

"Leider nicht.", antwortete sie. "Aber ich habe schon mitbekommen, dass das alles hier nicht zufällig passiert. Ich frage mich nur, wieso ihr nicht mehr wisst was darin vorkam. Du hast es doch geschrieben und du hast es gelesen oder nicht Kim? So lange ist das doch noch gar nicht her.", meinte sie.

"Ja, es ist wirklich komisch. Aber wir wissen es halt nicht mehr. Aber ich weiß noch wie ich mit Kai in meinem Wohnzimmer saß und er meinte dass der Name von Flame so einfallslos ist, als wäre mir nichts Besseres eingefallen.", erklärte ich.

Da Flame schoss aus meinem Körper auf Kai zu. Sie wurde

gar nicht erst zu einer richtigen Person, sondern blieb ein Feuerball und fragte ihn direkt: "Warum findest du meinen Namen einfallslos?!"

"Keine Ahnung. Der hörte sich halt so an, wie ein typischer Name, wenn einem kein Besserer einfällt. Weil du halt was mit Feuer zu tun hast.", erklärte er überrascht.

Der kleine Feuerball verweilte eine Zeit lang vor ihm. Die Spannung zwischen den beiden war greifbar. Dann entfernte sie sich langsam wieder und schwebte auf mich zu.

"Ok, wahrscheinlich hast du recht.", sagte sie.

/Mir ist grad mal aufgefallen wie komisch es ist in der Vergangenheitsform über die Zukunft zu schreiben^^/

Sie verschwand wieder in meinem Körper und dieses wärmende Gefühl erfüllte mich. Irgendwie war es cool einen kleinen Begleiter zu haben, der einem immer half und zur Seite stand. Vor allem wenn man dadurch solche coolen Kräfte bekam.

"Aber mit Sicherheit werden wir nicht einfach so unser Leben weiter leben. Ich meine, ich schreibe doch kein Buch, in dem wir die ganze Zeit nur mit unseren Fähigkeiten trainieren. Wir haben bestimmt noch jemanden der gegen uns ist. Dem wir uns stellen müssen. Was sollte es sonst für ein Ende sein, wenn vorher nicht wirklich was passiert ist? Einen Feind haben wir bestimmt, und wie ich es kenne bin ich wieder derjenige der in die Mangel genommen wird, wenn wir versuchen ihn bei was auch immer aufzuhalten.", erklärte ich.

Es war das Einzige was Sinn ergab. Ein Buch zu schreiben, das keine Dramatik und keinen Höhepunkt hatte, konnte auch nicht wirklich ein Ende haben. Außer wenn es ganz abrupt und stumpf wär. */Und dann kippte sie tot um :P/* Aber mein Buch hatte ein Ende! Irgendwie.

"Wir sollten uns auf jeden Fall darauf gefasst machen. Wenn wir weiter eure Kräfte trainieren seid ihr vorbereitet, wenn ihr ihm dann gegenüber steht.", erklärte Crystal.

"Eben, und deswegen würde ich jetzt ganz gerne wissen was ich mit meiner Fähigkeit machen kann!", meinte Kai.

Crystal wandte sich ihm zu. "Keine Sorge, ich erkläre es dir nach und nach. Es ist nur wichtig, dass du nicht zu übereifrig mit Shadow wirst, dann wird er protestieren, denn er arbeitet normalerweise nicht gerne mit anderen zusammen."

"Ich kann es gar nicht übereifrig angehen, weil ich keine Ahnung habe was ich überhaupt machen kann.", protestierte Kai.

"Ok.", sagte Crystal und schloss kurz die Augen. "Du kannst zum Beispiel Schatten bewegen. Du kannst sie anziehen, verstärken, du kannst ihnen eine Form geben.", erklärte sie.

"Echt? Aber wie soll ich das anstellen? Und wie sollte mir das irgendwie helfen?", fragte Kai.

"Shadow kann einem sehr helfen, das wirst du schon noch rausfinden. Du kannst ja noch mehr mit ihm machen, aber am besten ist es wenn du erstmal damit anfängst. Das ist nämlich schon kompliziert genug.", erklärte Crystal.

Ich konnte mir nicht vorstellen wie man *Schatten* kontrollierte. Ich konnte mich ja auf die Hitze konzentrieren und Kim auf die Kälte, aber wie sollte man das mit einem Schatten machen? Da war ich wirklich überfragt.

Kai beschloss, sofort damit zu beginnen seine Fähigkeit zu trainieren. Er setzte sich auf einen Stuhl und starrte seinen Schatten an. Doch nichts passierte. Er saß die ganze Zeit nur da und starrte konzentriert auf den Boden.

"Es dauert etwas, bis man das kann. Das letzte Mal hat das mit den Schatten allein drei Tage gedauert. Ihn perfekt zu kontrollieren würde noch viel länger dauern.", erklärte sie.

Doch Kai nahm sich vor diese Zeit zu unterbieten. Er wollte für diese Übung keine drei Tage brauchen, denn er wollte die perfekte Kontrolle in greifbarer Nähe haben. Allerdings stellte sich mir langsam eine Frage. Wollten die Beiden nicht schon lange losgefahren sein?

"Verteidigung" gegen die dunklen Künste

Der Schatten bewegte sich. Ich konnte ihn endlich dazu bringen, dass er mir zuwinkte, auch wenn es nicht so leicht war. Witziger weise war es erheblich leichter gewesen meinen eigenen Schatten von meinem Körper zu lösen und ihn wie einen kleinen Fleck durch die Gegend huschen zu lassen. Aber allein den Schatten des Stuhls zu dem eines Menschen werden zu lassen war schwer, und dann kam noch das mit dem Winken dazu.

Es war bereits Sonntagabend. Gegen drei Uhr morgens hatte Kim mich darauf hingewiesen, dass wir eigentlich schon lange weg sein wollten. Danach waren wir gefahren, aber hatten beschlossen am nächsten Tag wieder zu Mc zu fahren. Es war gut, wenn Crystal und Flame in der Nähe waren um einen zu unterstützen.

Zwischenzeitlich, als es nicht so gut lief, hatten sie das sogar gemacht. Ich war schon am Verzweifeln gewesen. Und als ich mich bei Crystal beschwert hatte, dass ich das gar nicht schaffen kann, war es tatsächlich *Flame* gewesen, die mir geholfen hatte.

Sie meinte, dass ich meinen Schatten zu sehr zwingen will das zu tun was ich von ihm will. Ich sollte mich mehr von den Gefühlen leiten lassen und kurz danach hatte ich es dann auch gespürt. Es war eine Verbundenheit mit dem Schatten, die mir sonst nie aufgefallen war. Ich spürte ihn wie einen Arm oder ein Bein, und so konnte ich ihn dann auch ganz leicht bewegen.

Bei den Schatten von anderen Menschen oder Dingen war es erheblich schwerer, weil ich nicht direkt mit ihnen verbunden war. Aber mittlerweile konnte ich dieses Gefühl der Verbundenheit lenken. Ich konnte damit auch andere Schatten kontrollieren, aber das verlangte noch nach sehr viel mehr Übung.

Und genau das machte ich jetzt schon den ganzen Tag. Üben. Auch bis Kim und ich später wieder wegfuhren war ich noch nicht so weit, dass ich es perfekt konnte, obwohl ich es schon besser lenken konnte.

Kim war ziemlich genervt davon, dass ich den ganzen Tag und bei ihr auch noch die halbe Nacht mit nichts anderem beschäftigt war, als weiter meinen oder ihren Schatten anzustarren.

"Bei dir war es ja auch einfach. Crystal hat dir geholfen und ich muss mich immer noch nebenbei darauf konzentrieren dass Shadow mich nicht wieder beeinflusst. Außerdem ist er sehr viel schwerer zu beherrschen.", erklärte ich.

Plötzlich kam Crystal als kleine Eiswolke aus Kim geschossen. Sie materialisierte sich und setzte sich neben Kim.

"Weißt du Kai, eigentlich spürt man, ob man mit einer Fähigkeit klarkommt oder nicht. Deswegen muss man sich auch so sicher sein, wenn man eine wählt. Kim und Mc haben sich dabei genügend Zeit gelassen, aber du hast dir Shadow einfach gegriffen. Es kann sein, dass es dadurch noch schwerer wird. Je nachdem wie sehr du im Einklang mit der Fähigkeit bist, desto leichter wirst du es haben.", erklärte sie.

"Klar, das macht Sinn. Aber jetzt kann ich das ja auch nicht mehr rückgängig machen. Ich hab Shadow ja nur genommen, weil ich fand dass er cool aussah. Ich hatte die Spritze nicht lange genug in der Hand um zu merken wie sehr ich mit ihm im Einklang bin.", erklärte ich.

Crystal nickte nur. Ich wusste genauso gut wie sie, dass es nicht unbedingt schlau gewesen war, was ich da gemacht hatte, als ich mir die Spritze gegeben hatte. Ändern ließ es sich jetzt aber nicht mehr und daher musste ich so gut es ging damit klarkommen. Und früher oder später würde ich schon die Kontrolle über alles haben.

Ich übte weiter solange ich Zeit hatte. Am Dienstag konnte ich nicht so viel üben, weil ich noch arbeiten musste. Doch als ich endlich damit durch war versuchte ich mein Glück.

Meinen Schatten konnte ich schon kontrollieren, ohne dass ich überhaupt darüber nachdenken musste. Sogar den Schatten vom Transporter konnte ich verändern. Ich konnte es so aussehen lassen, als würde ich auf einem riesigen Tiger reiten.

Während ich das gemacht hatte fragte ich mich, wie überhaupt Licht an die Stellen kommen konnte, wo eigentlich Schatten sein müsste. Es waren so viele Fragen offen und ich konnte sie nur beantworten, wenn ich mich mehr anstrengte und Shadow endlich kennenlernte.

Dienstagabend hatte ich es allmählich drauf mit den

Schatten. Ich nahm fremde Schatten und formte sie so wie ich es wollte. Es war immer etwas anstrengender als bei meinem Eigenen, aber es klappte ganz gut.

"Kannst du mir jetzt was neues verraten, mit dem ich üben kann?", fragte ich Crystal schließlich.

"Zeig mir erstmal wie gut du deinen Schatten beherrscht, bevor ich dir mehr sage.", entgegnete sie ein.

Ohne hinzuschauen ließ ich meinen Schatten einen Tanz aufführen. Danach formte ich ihn zu einer Katze, die ich über die Wände, die Decke oder den Boden laufen ließ.

"Ok, und wie gut kontrollierst du andere Schatten?", fragte sie.

Ich konzentrierte mich auf Kim´s Schatten und ließ ihn vom Bett aufstehen. Dann ließ ich ihn langsam über den Boden zur Wand gehen, bis ihr Schatten uns von der Wand aus zuwinken konnte. Mit etwas mehr Konzentration konnte ich ihn verformen und den eines Stuhls daraus machen.

"Sieht aus als wäre das für dich noch ziemlich anstrengend. Eigentlich solltest du das lieber noch üben bis du damit so gut bist wie mit deinem Eigenen. Aber darauf hast du sicherlich keine Lust. Daher verrate ich dir eine weitere Sache, die du mit deinem Schatten anstellen kannst, dann kannst du noch etwas üben.", erklärte sie.

Sie setzte sich mir gegenüber und schien zu überlegen wo sie anfangen sollte oder wie sie es erklären sollte. Nach ein paar Sekunden entspannten sich ihre Gesichtszüge wieder und sie schaute mich mit ruhigen Augen an.

"Also, du weißt ja wie du deinen Schatten verformst oder auch andere Schatten. Du kannst damit aber auch andere Dinge beeinflussen. Wenn du zum Beispiel in einem Gefängnis eingesperrt wärst und die Schlüssel zu deiner Zelle würden direkt gegenüber von dir an der Wand hängen, dann könntest du deinen Schatten zu einer langen Hand werden lassen die sich den Schatten des Schlüssels schnappt. Dadurch könntest du die richtigen Schlüssel zu dir schweben lassen.

Wenn du als normaler Mensch durch die Gegend läufst wird dein Schatten sich immer genauso bewegen wie du. Umgekehrt ist es dasselbe, wenn dein Schatten sich bewegt bewegst du dich genauso.", erklärte sie.

Verwirrt schaute ich sie an. "Aber wenn ich meinen Schatten verforme oder von mir löse, dann passiert mit mir nichts!? Wenn ich das bei anderen Schatten mache bewegen sich die Sachen auch nicht mit.", widersprach ich.

"Ja, es kommt aber immer darauf an was du machen willst. Du hast die Fähigkeit alles Mögliche mit Schatten zu machen. Und bisher wolltest du sie immer unabhängig vom Gegenstand der den Schatten wirft, bewegen oder verformen. Was ich dir erklärt habe ist einfach nur eine andere Art sie zu kontrollieren. Das kannst du mit deinem Willen steuern.", erklärte sie.

Mir dampfte langsam der Schädel, bei solch widersprüchlichen Dingen. Aber wenn das wirklich klappte war es wirklich ziemlich nützlich. Ich hatte nicht erwartet dass ich damit solche Sachen machen konnte. Es würde vermutlich nicht grade einfach werden, aber wenn ich es erstmal draufhatte wäre es echt klasse.

Ich beschloss, noch den restlichen Abend zu versuchen irgendetwas auf diese Weise zu kontrollieren, doch sobald ich es beschlossen hatte wurde ich wieder aufgehalten.

Crystal war schon wieder in Kim, welche sich nun an mich schmiegte. "Willst du wirklich den ganzen Abend noch üben.", fragte sie mit niedlicher Stimme.

"Nur ein bisschen. Ich will ausprobieren ob es klappt.", erklärte ich.

"Ok, aber danach gucken wir noch einen Film.", meinte sie.

"Ja, ich will es nur kurz ausprobieren.", meinte ich und bewegte mein Gesicht ganz nah zu ihrem.

Ich schaute ihr direkt in ihre blauen Augen. Sie erwiderte meinen Blick. Ich konnte den leichten Geruch ihres Shampoos wahrnehmen, der von ihren Haaren ausging. Dann schloss ich meine Augen und küsste sie zärtlich.

Ich hob ihre Beine über meinen Schoß. Sie kuschelte sich an mich. Durch ihr Gewicht bewegten wir uns langsam nach hinten, bis ich auf ihrem Bett lag und eine bequeme Position gefunden hatte. Sie schmiegte sich an meine Seite und so lagen wir einfach nur da und entspannten uns.

Das wars dann wohl mit üben, jetzt hatte ich viel mehr Lust auf andere Dinge.

/Ich wette du erwartest jetzt einen Satz wie: Danach wachten wir nackt und verschwitzt auf... *Aber nein! Denn.../*
Als ich am nächsten Morgen aufwachte hatte ich noch meine ganzen Klamotten an. Bei Kim sah es nicht anders aus.

Es war so angenehm gewesen, dass wir einfach eingeschlafen waren und erst am nächsten Morgen wieder aufwachten. Auch wenn es erst 5:00 Uhr war. Aber Kim musste eh bald aufstehen, daher konnte ich die Ruhe bis zu ihrem Wecker noch genießen.

Als er ertönte war ich bereits aufgestanden und zur Toilette gegangen. Kim machte sich langsam fertig und ich verabschiedete mich. Als ich losfuhr dachte ich noch einmal über das nach, was mir Crystal am Abend zuvor gesagt hatte. Ich wollte es unbedingt einmal so versuchen.

Leider hatte ich auf der Arbeit nicht die Möglichkeit es auszuprobieren. Ich musste mich dafür zu sehr auf´s Fahren konzentrieren. In einer Pause hatte ich kurz Zeit und versuchte ein Duftbäuchen, dass am Rückspiegel hing, mit meinem Schatten zu bewegen.

Als endlich Feierabend war, hatte ich mehr Zeit dafür. Ich versuchte einen Ball mit meinem Schatten zu bewegen, was nicht wirklich klappen wollte. Den ganzen Abend verbrachte ich damit, bis Kim mich anschrieb und fragte was ich heute so gemacht hatte. Ich berichtete ihr von meinem Tag und übte nebenbei weiter.

Einmal schaffte ich es, den Ball ein kleines bisschen zu bewegen. Er wackelte nur kurz, aber das genügte mir schon um mich anzuspornen es weiter zu versuchen. Bis ich endlich schlafen ging konnte ich ihn schon leicht wackeln lassen und ab und zu hin und her rollen.

Am nächsten Tag arbeitete ich wie immer und schaffte es in der Zeit auch nicht wirklich relevante Fortschritte zu machen. Nachdem ich Feierabend hatte setzte ich mich aber wieder hin und übte weiter.

Kim schrieb mich später wieder an und wir tauschten uns ein wenig aus. Zu dem Zeitpunkt hatte ich es mittlerweile schon ganz gut unter Kontrolle. Perfekt wäre es gewesen, wenn ich den Schatten vom Bett zu einem menschlichen Schatten werden lassen könnte und mit diesem und meinem dann den Ball hin und her kicken konnte. Doch das bedurfte noch einiger Übung.

Crystal war jedoch schon ganz zufrieden, als ich bei Kim ankam. Ich hatte beschlossen zu ihr zu fahren und nutzte die Gelegenheit gleich, um ihr zu zeigen was ich schon so konnte.

"Du brauchst wohl noch etwas Übung, aber für die Zeit in der du es geschafft hast, ist es eigentlich ziemlich gut. Ich glaube du hast dich allmählich auf Shadow eingestellt. Neue Sachen zu lernen fällt dir jetzt leichter als am Anfang.", erklärte sie.

Es beruhigte mich, das von Crystal zu hören. Aber es machte mich auch euphorisch, noch mehr zu lernen und Shadow schneller kennen zu lernen. Daher fragte ich sie, ob sie nicht schon etwas anderes hätte, mit dem ich schon mal weiter üben konnte.

"Ich glaube um etwas Neues zu lernen ist es noch etwas zu früh. Du musst die Sachen die du kannst schon noch etwas besser beherrschen.", erklärte sie.

Es enttäuschte mich ein wenig, dass zu hören. Aber natürlich hatte sie Recht. Ich hatte noch viel zu lernen, also machte ich direkt weiter.

Ich nahm Kims Schatten und ließ ihn zu einer Maus werden. Diese Schattenmaus ließ ich durch das Zimmer laufen, bis auf einen Tisch, auf dem ich versuchte mit ihr den Schatten eines Radiergummis anzustupsen. Es klappte auf Anhieb, also ließ ich die Maus wieder zu einer Person werden und versuchte sie das Radiergummi aufheben zu lassen. Auch das klappte auf Anhieb. Zuletzt versuchte ich mit dem Schatten noch ein Buch aus dem Regal zu nehmen, was ich problemlos schaffte.

Ich war äußerst überrascht, also versuchte ich mich mehr zu konzentrieren und zwei Bücher anheben zu lassen, doch schon fiel das erste wieder zu Boden. Jetzt wusste ich woran es lag, dass ich es nicht so gut konnte. Ich war zu unsicher! Ich hatte alles vorher mit Leichtigkeit geschafft weil ich mich nicht so sehr darauf konzentriert hatte, aber wenn ich mich mehr konzentrierte konnte ich es schon nicht mehr.

"Ok, das könnte möglich sein.", meinte Crystal, nachdem ich es ihr erklärt hatte.

"Dann musst du dich einfach nicht mehr so darauf versteifen das zu schaffen Schatz.", meinte Kim.

"Ich muss mir das noch abgewöhnen. Es ist so komisch, wenn ich etwas Neues nur kann wenn ich mich nicht so sehr darauf konzentriere. Weil eigentlich lernt man Neues ja nur wenn man sich darauf konzentriert, nach einige Zeit wird man ja erst sicher darin.", erklärte ich.

"Aber du weißt ja schon mal wie du jetzt damit umgehen musst.", meinte Crystal. "Deswegen werde ich dir doch noch etwas verraten, was du mit deiner Fähigkeit machen kannst. Aber es ist noch etwas schwerer als das mit den Schatten."

"Ok, ich bin bereit für was Neues.", meinte ich gespannt.

"Ich weiß nicht ob du es vielleicht unbewusst schon mal gemacht hast, aber du kannst das Böse in Personen sehen. Dann sehen die Leute aus wie Nebelgestalten, die teilweise von schwarzen, aderartigen Fäden durchzogen sind. Je nachdem wo das Böse in dem Menschen steckt, den du ansiehst, befindet sich der Ausgangspunkt dieser Adern woanders. Viele haben den im Kopf, einige im Herzen. Außerdem siehst du, wie weit die Adern reichen und wie viele man davon hat. Daran erkennst du wie viel Böses in ihnen steckt. Bei den meisten ist es nicht sehr viel, aber ein paar haben schon einige dieser Adern.", erklärte sie.

Ich hatte es tatsächlich schon mal gehabt. Ganz am Anfang, als ich meine Fähigkeit grade erst bekommen hatte. Aber ich hatte zu dem Zeitpunkt noch keine Ahnung was ich davon halten sollte.

"Und wie mache ich das? Wie kann ich das kontrollieren, dass ich das sehen kann?", fragte ich.

"Keine Ahnung, das musst du leider selber rausfinden.", antwortete sie.

Schade, das machte das alles noch etwas schwieriger. Aber ich konnte mich mittlerweile ja besser auf Shadow einstellen, also würde es schon irgendwie klappen. Ich war auf jeden Fall zufrieden endlich etwas Neues zum Üben zu haben.

Ich schaffte es jedoch bis zum Schlafen gehen nicht mehr, herauszufinden, wie ich es benutzte. Ich versuchte Kim mit diesem Blick anzusehen, aber das nützte nichts, ich musste es auf eine andere Weise versuchen.

Am Freitag hatte ich etwas mehr Möglichkeiten es zu versuchen. Es gab mehr Menschen, bei denen ich es probieren konnte und ich hatte oft und lange Pause, weil meine Stopps zeitlich nicht so nah bei einander lagen.

Es war schwierig, doch wann war es das bitte nicht gewesen? Einmal schaffte ich es kurz, dass ich ein kleines Mädchen auf diese Weise sehen konnte. Aber bei ihr gab es nur eine nebelartige Gestalt, keine schwarzen Adern. Kein Wunder, in dem Alter gab es vermutlich nur wirklich in den wenigsten etwas Böses.

Nach Feierabend beschloss ich, noch einmal in die Innenstadt zu gehen. Ich konzentrierte mich wieder auf diesen Blick, aber es klappte nicht. Erst als ich es wieder von allein kommen ließ konnte ich ab und zu etwas erkennen.

Es war schwierig, wenn man es nur benutzen konnte indem man sich nicht darauf konzentrierte. Ich wollte ja auch nicht, dass ich es durchgehend benutzte, *weil* ich mich nicht darauf konzentrierte. Den Übergang zu finden war gar nicht so leicht, aber mit ein wenig Fingerspitzengefühl erkannte ich ihn nach einiger Zeit.

Nun sah ich, wie gut oder schlecht die Leute waren. Die meisten hatten nicht sonderlich viele von diesen schwarzen Adern, aber dann und wann begegnete mir einer, der doch auffallender war. Die Ausgangspunkte waren an ganz verschiedenen Stellen. Bis ich schließlich den einen fand, der mich zum Staunen brachte und mir etwas Angst machte. Denn bei ihm waren es keine schwarzen Adern. Seine neblige Gestalt war komplett schwarz.

Das laufende Böse

Die ganze Woche hatte ich nichts Besonderes unternommen. Kai und Kim waren am Montag da und hatten noch etwas geübt, wobei es eher Kai war der sich dabei ziemlich ins Zeug legte. Kim hatte noch ein paar Sachen ausprobiert, aber ihr fiel alles immer so leicht, dass sie danach nur etwas Smashbros gezockt hatte.

Ich hatte nicht wirklich die Motivation mir etwas Neues anzueignen. Die ganze Woche lebte ich so vor mich hin und war froh, meine Fähigkeit unter Kontrolle zu haben. So konnte ich zumindest ganz normal arbeiten gehen, ohne dass irgendjemand etwas merkte.

Flame hätte mich ein paar Mal fast verraten, indem sie einfach meinen Körper verlassen hätte, aber mir fiel es noch rechtzeitig auf, sodass ich es noch verhindern konnte.

Am Freitag traf Kai gegen Abend bei mir ein, was ich ziemlich cool fand, denn die alltägliche Langeweile war mittlerweile echt ziemlich nervig geworden. Vielleicht würde er ja für etwas Ablenkung sorgen.

"Ist Kim schon da?", fragte er direkt.

"Ähh nein, wieso?", fragte ich entgegen.

"Ich muss Crystal etwas fragen.", meinte er.

Weil ich ihm wohl mit keiner nützlichen Antwort dienen konnte verzog er sich direkt aufs Klo. Da würde er dann wohl auch die nächste halbe Stunde verbringen, also ging ich wieder zurück ins Wohnzimmer und setzte mich vor meinen PC.

Kaum dass ich das getan hatte, stand auch schon Kim vor dem Wohnzimmerfenster. Ich öffnete es und sie kletterte herein. Wir begrüßten uns kurz mit einer Umarmung, wonach Kim schon nach Kai fragte.

"Er ist auf dem Klo. Könnte noch eine Weile dauern.", erklärte ich.

"Ok. Weißt du zufällig warum er es so eilig hatte herzukommen?", fragte sie.

"Eigentlich nicht. Ich wusste nicht mal dass er es eilig hatte, er war auf einmal einfach da. Er hat gefragt ob du schon da bist. Anscheinend wollte er Crystal was fragen.", erklärte ich.

Kim machte ein nachdenkliches Gesicht. Sie schien genauso viel zu wissen wie ich. Um die Zeit etwas zu überbrücken schrieb ich an meiner Story weiter. Kim fragte immer wieder nach Updates, aber ich wollte noch etwas warten, damit es sich für sie auch lohnte.

Nach einer halben Ewigkeit hörte ich endlich die Toilettenspülung. Kaum zu glauben, dass er heute noch damit fertig wurde. Aber ich war wirklich interessiert, was er Crystal so dringend fragen wollte, dass er es damit anscheinend so eilig hatte.

Als er den Raum betrat sah er allerdings alles andere als gehetzt aus. Er hatte sein Handy in der Hand und schaute sich Autos auf mobile.de an. Ich fragte ihn, was er eigentlich so dringend wollte, aber darauf reagierte er im ersten Moment gar nicht. Erst nachdem er mit seinen Autos fertig war setzte er sich hin und schien wieder im hier und jetzt zu sein.

"Also ich hab eine Frage an Crystal.", meinte er.

Wie auf Kommando materialisierte sie sich und stand mit einem erwartendem Blick vor ihm.

"Du hast mir ja erklärte, dass ich mit diesem Blick sehen kann wie böse Menschen sind. Oder wie viel Böses in ihnen ist. Du wusstest zwar nicht wie ich den Blick wirklich einsetzen kann, aber hast mir erklärt was ich sehen kann und worauf ich achten soll.", erklärte er.

Nach Aufzählung dieser Tatsachen nickte sie ihm bedachtsam zu. Ich war erstaunt darüber, dass Kai anscheinend wirklich *sehen* konnte ob jemand böse war oder nicht. Oder wie böse man war. Das konnte wirklich von Vorteil sein.

"Ich hab gestern noch etwas geübt, aber da ist nicht viel bei rausgekommen. Aber als ich heute weitergemacht habe konnte ich es irgendwann, auch wenn es schwierig war. Ich wollte dich auch noch Fragen wovon genau es abhängt wo der Ausgangspunkt von den schwarzen Adern ist, aber das ist grade nicht so wichtig. Ich habe etwas anderes, das mich viel mehr beschäftigt.", erklärte er.

"Und was beschäftigt dich?", fragte Crystal.

"Du meintest ja, dass es davon abhängt wie viele von diesen schwarzen Adern man hat. Je mehr man hat, desto böser ist man. Aber was ist, wenn jemand einfach *komplett* schwarz ist? Also gar kein weißer Nebel, sondern eher so eine Art Schattengestalt?", fragte er.

Crystal wirkte etwas verwirrt. Anscheinend wusste sie nicht was er meinte oder wovon er da überhaupt sprach.

"So was hab ich noch nie gehört. Wo hast du so jemanden denn gesehen?", fragte sie.

"In der Stadt, als ich heute da war. Ich bin durch die Gegend gelaufen und hab etwas geübt und als ich es dann ganz gut konnte war auf einmal dieser Typ da. Ich wollte dem nicht wirklich hinterher gehen, deswegen weiß ich nicht wo der herkam oder wo er hingegangen ist. Wenn man schon mit einigen schwarzen Adern sehr böse sein kann, dann will ich gar nicht wissen wie dieser Typ drauf war. Deswegen hab ich ihn in Ruhe gelassen.", erklärte er.

Crystal schien darüber nachzudenken was er grade gesagt hatte.

"Ehrlich gesagt weiß ich gar nichts darüber. Ich hab davon noch nie gehört, deswegen kann ich dir auch nichts Genaues sagen. Aber wenn du dir wirklich sicher bist, dass du das gesehen hast, sollten wir dem vielleicht nicht zu nah kommen. Wie du schon meintest könnte dieser Typ wirklich gefährlich sein. Wenn du ihn nochmal siehst achte mal darauf, ob er irgendwie anders ist oder was Auffallendes bei sich hat."

"Ich glaube dieser Typ ist wirklich böse. Aber nicht weil er so eine schwarze Gestalt hat, sondern weil ich glaube das er anders ist als normale Menschen.", erklärte ich.

Alle schauten mich verwundert an. Hatten sie etwa nicht damit gerechnet dass ich auch etwas darüber wissen konnte?

"Ich hab das Buch geschrieben. Auch wenn ich nicht mehr genau weiß was darin vorkam kommt mir das mit dieser schwarzen Gestalt bekannt vor. Ich glaube, dass er ursprünglich schon ein normaler Mensch war. Aber irgendwas hat ihn verändert.", erklärte ich.

"Du meinst also, dass es kein normaler Mensch ist? Was soll er denn dann sein?", fragte Kai.

"Keine Ahnung, aber ich weiß dass wir in dem Buch auch einen Feind hatten. Ich weiß nicht mehr genau wie wir ihm begegnet sind, aber da war was mit einer schwarzen Gestalt. Ich glaube, dass die Menschen schon so ziemlich böse sein müssen und dann können sie, von was weiß ich, so verändert werden, dass du sie als diese schwarzen Gestalten siehst. Die gehören dann zu ihm und sind sowas wie Spione, wodurch er immer alles im Blick hat.", erklärte ich.

"Aber wie soll das möglich sein? Pflanzt er den Menschen irgendwas ein, damit sie so werden? Und wieso macht er es überhaupt? Was ist das für ein Typ?", fragte Kai.

"Ich weiß es nicht. Aber ja, ich glaube er pflanzt ihnen irgendwas ein. Ich glaube einen Teil von sich selbst, dadurch ist er dann mit allen verbunden.", erklärte ich.

Nun wirkten alle komplett verwirrt. Selbst Crystal schien nicht die leiseste Ahnung zu haben wovon ich da grade sprach. Aber ich war mir sicher, dass es etwas mit unserem Feind zu tun hatte. Ich würde ja keine Story schreiben, in der es keinen Feind gab, den man bekämpfen musste.

"Ok. Du bist dir sicher dass es so ist?", fragte Crystal und schaute mich scharf an.

Ich nickte. "Absolut sicher. Zumindest dass es mit unserem Feind zu tun hat, bei den Details bin ich mir zu etwa achtzig Prozent sicher."

"Dann müssen wir herausfinden wer das ist und was er genau mit den Menschen anstellt. Irgendeinen Grund wird er ja haben, dass er sie als Spione benutzt. Und wenn du sagst dass es unser Feind ist wird er mit Sicherheit nichts Gutes vorhaben.", erklärte Crystal.

"Wie sollen wir das denn rausfinden?", fragte Kai.

"Ganz einfach, wir gehen wieder in die Stadt und du hältst nach diesen Typen Ausschau. Wenn du einen gefunden hast sagst du uns Bescheid wer es ist und wir verfolgen ihn unauffällig.", erklärte ich.

"Bist du bekloppt?! Wenn der das herausfindet und ein Spion von diesem Typen ist dann sind wir ganz schon am Arsch!", protestierte Kim.

"Aber wir haben nicht viel mehr Möglichkeiten. Wie es aussieht müssen wir das machen um aus diesem Paradoxon rauszukommen. Ich denke mal wenn wir diesen Typen besiegt haben wird dein Buch durch sein oder Mc?", fragte

Kai.

"Ich denke mal. Ehrlich gesagt an das Ende hab ich absolut keine Erinnerung. Ich weiß nicht ob wir gewinnen oder verlieren oder wie sich alles überhaupt aufklärt. Ich schätze mich so ein, dass ich mir nicht viele Gedanken gemacht habe, als ich es geschrieben habe und daher kann es gut oder böse enden. Ich bin da ziemlich unberechenbar.", erklärte ich.

Kai und Kim schauten mich etwas entsetzt an.

"Was? Ihr kennt mich doch, in meinem ersten Buch wollte ich am Ende jeden sterben lassen. Ich weiß nur nicht ob ich das Schicksal zu sehr herausfordern wollte. Ich soll ja nicht vom Teufel reden sagt Basti immer, aber niemand sagte mir bis jetzt dass ich nicht von ihm *schreiben* darf.", erklärte ich.

/Wär eigentlich auch nochmal eine coole Story, so über den Teufel etc^^/

"Das klingt nicht wirklich motivierend Mc. Meinst du damit das wir alle damit rechnen müssen zu sterben?", fragte Kai.

"Irgendwie schon. Aber ich kann mir nicht vorstellen dass ich das wirklich so geschrieben habe.", antwortete ich.

"Wir haben aber nicht viel mehr Möglichkeiten als jetzt diese Typen zu suchen und rauszufinden wer unser Feind überhaupt ist. Wenn wir das wissen, können wir besser beurteilen in was für einer Lage wir uns befinden.", erklärte Crystal.

Niemand, nicht einmal ich selbst, war plötzlich so angetan davon mehr über den Typen herauszufinden. Vor allem war es meistens ich, der in meinen Büchern einstecken musste. Hoffentlich würde ich das überleben.

"Ok, dann machen wir das. Aber wir sind extrem vorsichtig und lassen uns von denen nicht erwischen. Ich will nichts herausfordern.", meinte ich.

Kai und Kim murmelten missmutig ihre Zustimmung. Ich spürte, dass Flame böse Vorahnungen hatte, doch ich musste darüber hinwegsehen. Wenn wir das jetzt nicht machten, würde unser normales Leben nie mehr da sein. Und wenn wir einfach nichts machen würden, wären die Typen immer noch da und könnten uns irgendwann überraschen, was für uns noch viel schlimmer wäre. *Noch* lag der Vorteil in unseren Händen, das sollten wir nutzen.

Seinem Schicksal konnte man nicht entkommen. Auch wenn man sich noch so viel Mühe gab nicht das zu tun was für einen vorgesehen war würde es einen früher oder später einholen. Und besser man beendete solche Geschichten früher als zu spät.

Auf den Spuren des Feindes

Das war alles vollkommen absurd. Wieso v erfolgten wir die Typen, die uns verdammt gefährlich werden konnten? Klar, Crystal hatte schon Recht damit, dass wir aktuell noch im Vorteil waren, aber wie lange noch?

Ich trottete weiter durch die Stadt. Mc und Kim erkundigten sich immer wieder ob ich nicht schon irgendwo jemanden entdeckt hatte. Offensichtlich hatten sie keine Lust mehr. Kein Wunder, denn wir liefen schon seit Stunden durch die Innenstadt und bald würden die Läden dicht machen.

Eine Runde schafften wir noch, dann war es 19:00 Uhr. Ende. Feierabend. Zumindest kam es mir so vor, denn es war wirklich anstrengend die ganze Zeit diesen Blick aufrecht zu halten. Ich war froh, dass Mc uns gefahren hatte. Ich wollte mich jetzt nur noch ausruhen und etwas schlafen.

Als wir wieder bei ihm ankamen ruhte ich mich direkt etwas auf dem Sofa aus. Es dauerte keine Viertelstunde, da war ich eingenickt. Ich wachte gegen 23:00 Uhr wieder auf. Mc und Kim waren am Zocken und ich fühlte mich noch kaputter als vor meinem Nickerchen.

Zum Glück hatten die Beiden ebenfalls beschlossen sich gleich schlafen zu legen. Dadurch, dass ich vorher aber schon einige Stunden geschlafen hatte, wachte ich recht früh schon wieder auf. Ich beschäftigte mich mit meinem Handy und es dauerte nicht lange, bis auch Mc wach war.

Er zog sich wortlos an und verließ das Haus. Zweifellos um drüben zu frühstücken. Für gewöhnlich kam er erst gegen zwölf wieder, um uns nicht vorzeitig zu wecken. Doch manchmal waren wir erst so spät im Bett dass wir um zwölf immer noch total müde waren.

Ich war nach einigen Minuten meine kompletten Facebook-Neuigkeiten durchgegangen, hatte mir einige Wagen auf mobile.de angesehen, mich in ein paar Chats in WhatsApp unterhalten und war auf der Toilette gewesen.

Also beschloss ich Kim etwas zu ärgern, indem ich mir ein paar Videos ansah. Auch wenn ich den Ton nicht so laut gestellt hatte schien es sie ziemlich zu nerven. Als ich merkte, dass es ihr zu bunt wurde packte ich mein Handy weg und ruhte mich noch bis 11:00 Uhr aus. Dann machte ich alle Rollos hoch und zog mich an.

Kim war etwas genervt, weil sie eigentlich weiterschlafen wollte, doch nach ein paar Minuten war sie auch wach. Mc kam wie gewohnt gegen 12:00 Uhr wieder und wir beschlossen, in einer Stunde wieder in die Stadt zu fahren um diese Typen zu suchen.

Wir fuhren diesmal mit Kim. Sie parkte ihr Auto in der Nähe vom City Center, dann ging es in die Stadt. Ich schaute diesmal nicht durchgehend mit diesem Blick. Wenn ich es einmal gemacht hatte schaute ich kurz ob einer zu sehen war, dann hörte ich auf. Nach einigen Schritten schaute ich wieder kurz und hörte dann wieder auf. So bewegte ich mich die ganze Zeit durch die Stadt.

"Hast du schon irgendwo einen gesehen?", fragte Mc.

"Nein, bis jetzt noch nicht. Wenn ich einen sehe sage ich es euch schon.", antwortete ich.

Trotzdem fragten die beiden immer mal wieder nach. Klar, sie hatten keine Ahnung was ich sah, und es dauerte wirklich schon wieder eine ganze Weile, aber durchgehend dieselben Fragen beantworten zu müssen war auch ziemlich nervig.

Nach etwa zwei Stunden entdeckte ich endlich etwas. Ich sah, wie jemand grade in Galeria verschwand. Kim und Mc waren ziemlich verwundert, als ich schlagartig die Richtung wechselte und schnurstracks darauf zusteuerte.

"Hast du einen entdeckt?", fragte Kim.

"Ich weiß nicht. Ich glaube schon.", antwortete ich.

Drinnen schaute ich mich kurz um und dachte schon ich hätte ihn verloren, aber da war er. Er stand auf einer Rolltreppe und war auf dem Weg nach oben. Nachdem ich Mc und Kim davon berichtet hatte verfolgten wir ihn unauffällig.

Ich musste ihnen zwischendurch noch einmal genau zeigen wen ich meinte, damit keine Verwechslungen auftraten. Der Typ war im ersten Stock ausgestiegen und ging die Gänge entlang. Als er einmal überall gewesen war stieg er wieder auf die Rolltreppe und fuhr weiter nach oben.

Auch hier ging er einmal überall hin und verließ das Geschoss wieder über die Rolltreppe. Unauffällig blieben wir einige Meter entfernt hinter ihm. Bis jetzt hatte er uns nicht bemerkt. Aber bis jetzt war er auch ohne irgendeinen Plan kreuz und quer durch das Kaufhaus gelaufen.

Im Untergeschoss machte er noch einmal dasselbe, und danach im Erdgeschoss. Entweder wusste er nicht was er wollte oder suchte, oder er patrouillierte irgendeine Route ab.

Er verließ das Kaufhaus nicht durch einen der Ausgänge die nach draußen führten, sondern ging weiter in die Schlosshöfe. Ausnahmslos jeden einzelnen Laden betrat er kurz, schaute sich um und verließ ihn wieder.

Nachdem er das mit allen drei Stockwerken gemacht hatte verließ er auch die Einkaufsmeile wieder und ging zum Marktplatz. Da heute wieder der Wochenmarkt war ließ er es sich nicht nehmen auch hier einmal durch jeden Gang gegangen zu sein und an jedem Stand angehalten zu haben.

Es war unglaublich anstrengend einer Person zu folgen die wohl absolut überall hin wollte. Schon jetzt hatten weder Mc noch Kim oder ich Lust weiterzumachen. Aber wir zogen es trotzdem weiter durch, denn wir mussten wissen wo er herkam und was er hier überhaupt die ganze Zeit machte.

Sein Weg führte zu einer der Fußgängerstraßen, wo er wieder einmal in allen Läden reinschauen musste. Einmal schien er jemanden erkannt zu haben. Zum Glück war es keiner von uns, denn er schien absolut nicht erfreut zu sein. Er packte einen Typen und zog ihn gewaltsam zur Seite. Dann schaute er ihm wütend in die Augen, ließ ihn aber nach wenigen Sekunden wieder los und ging weiter.

Witziger Weise war dieser Typ alles andere als schwach gewesen und stand kurz davor zurückzuschlagen. Es schien ihn gar nicht so sehr zu stören, dass unser Typ ihn so grob angepackt hatte, sondern viel mehr, dass er grundsätzlich nichts sagte. Somit erfuhr er also auch nicht warum er das überhaupt getan hatte.

Am Ende kamen wir wieder aus dem Laden raus ohne Zeuge einer Schlägerei geworden zu sein, was wir mehr als gut fanden. Keiner von uns hatte wirklich Lust auf so viel Tumult, weil es so nur noch länger dauern würde, bis wir unser Ziel endlich erreicht hatten.

Irgendwann schafften wir es bis zur großen Fußgängerkreuzung bei McDonalds. Er war in der Fußgängerstraße wirklich in jedem Laden gewesen und es war wieder eine Stunde vergangen bis wir es bis hierher geschafft hatten. In der zweiten Fußgängerstraße war er wohl zum Glück schon gewesen, weshalb wir uns die nicht antun mussten.

Er ging weiter zum Lappan und lief in Richtung Bahnhof. Das war nicht so gut für uns. Hier hielten sich nicht allzu viele Menschen auf, weshalb wir als seine Verfolger eher auffliegen konnten.

An der Ampel musste er kurz warten. Um ihm nicht zu nah zu kommen taten wir so, als würden wir uns kurz unterhalten. Er hatte uns noch nicht bemerkt und als die Ampel auf Grün umschlug gingen wir ihm weiter hinterher.

Auch wenn bei uns am Lappan noch viele Menschen gewesen waren, die die Ampel ebenfalls überquert hatten, zerstreuten sie sich jetzt auf der anderen Straßenseite. Wir wurden immer auffälliger.

Mein Puls erhöhte sich etwas, als der Typ sich immer öfter umschaute. Ob er merkte, dass er Verfolger hatte? Ich hoffte nicht! Wenn er uns genauso grob behandelte wie den Typen vorhin, hatte ich da wirklich keine Lust drauf. Aber vielleicht wäre er bei uns noch grober, weil wir ihn verfolgt hatten.

Nach ein paar Kreuzungen schienen wir die einzigen Personen zu sein, die außer ihm noch diese Straße entlanggingen. An einem Kiosk machte er wieder halt und kaufte sich irgendetwas. Ungut für uns, denn jetzt konnte er bemerken dass wir ihn verfolgten. Wenn wir einfach stehen bleiben würden und auf ihn warteten.

Mir blieb nichts anderes übrig als mich hinter ihm am Kiosk anzustellen. Nun hatte ich ein mehr als ungutes Gefühl. Es war einfach *zu nah*. Nachdem er mit seiner Flasche Wasser weiterging bedachte er mich mit einem scharfen Blick. Ich erwiderte ihn, schaute dann aber schnell zur Seite.

"Was hättet ihr denn gerne?", fragte der Mann hinter der Theke.

"Ähh… Schon gut. Hat sich erledigt.", antwortete ich nach einigen Sekunden.

Wir nahmen die Verfolgung wieder auf. Allerdings hatte er einen nicht zu geringen Vorsprung vor uns. Wenn wir uns jetzt beeilten und ihn wieder aufholten konnte er uns bemerken. Er wusste wie ich aussah, das war nicht gut.

Vor uns sahen wir, wie er durch die Türen zum

Hauptbahnhof ging. Mc wollte schon loslaufen, doch ich hielt ihn zurück. Der Typ durfte uns nicht bemerken, also brauchten wir einen gewissen Abstand.

Als wir endlich drinnen waren schaute ich mich nach allen Seiten um, konnte ihn jedoch nicht ausmachen. Schnell benutzte ich meinen Blick, aber es waren so viele Menschen da, dass man ihn nur schwer ausmachen konnte.

Immer wieder ging ich ein Stück in irgendeine Richtung, konnte ihn aber nicht entdecken. Wo war er abgeblieben? Er konnte doch nicht einfach so verschwinden? Vielleicht war er zu einem der Bahnsteige gegangen!

Schnell lief ich nach oben und schaute nach. An jedem Bahnsteig änderte ich meinen Blick und sah mich nach ihm um, aber wieder konnte ich nur normale Menschen ausmachen. Nachdem wir alle durchgesehen hatten schauten wir noch am Busbahnhof vorbei, aber auch dort war er nicht zu sehen.

Verdammt, jetzt hatten wir ihn verloren! Den ganzen Tag durch die Stadt gelaufen für nichts und wieder nichts! Das konnte doch nicht wahr sein!

"Hast du ihn jetzt echt verloren Kai?", fragte Mc.

"Als wir in den Bahnhof kamen war er schon weg, was hätte ich denn machen sollen?", fragte ich.

"Ich wollte mich ja beeilen, aber du meintest ja das wir Abstand brauchen.", wand er ein.

"Ja, aber wenn wir uns beeilt hätten, hätte er uns bemerken können. Hast du etwa Lust darauf gehabt von dem Typen ein reingeschlagen zu kriegen?", fragte ich.

"Nein, aber trotzdem! Wir hätten uns beeilen sollen.", meinte er.

"Das hätte doch nichts gebracht. Nur Ärger, sonst nichts."

"Vielleicht hast du deine Fähigkeit auch einfach noch nicht gut genug unter Kontrolle", meinte Kim.

"Was meinst du damit?", fragte ich.

"Vielleicht hättest du es einfach noch etwas mehr üben müssen, bevor wir den ganzen Tag damit verbringen einen Typen zu verfolgen und ihn dann zu verlieren.", erklärte sie.

"Also ist es *meine* Schuld, dass wir ihn verloren haben?", fragte ich.

"Also meine ganz sicher nicht, ich kann ja nicht sehen welche Typen anders sind.", meinte sie.

"Eben! Ohne mich hättet ihr den gar nicht gefunden!"

"Ja, aber dann hättest du ihn auch nicht verlieren dürfen!", meinte Mc.

"Warum ist es denn jetzt *meine* Schuld? Ihr wusstet doch wie er aussieht, ihr hättet ihn genauso gut verfolgen können.", meinte ich.

"Vielleicht kannst du ja auch einfach nichts dafür. Vielleicht liegt es ja an Shadow. Wenn er das selber einfach nicht kann, dann ist es ja nicht deine Schuld sondern seine. Schließlich hast du die Kräfte ja von ihm.", meinte Mc.

Plötzlich merkte ich, dass sich etwas veränderte. Irgendwas in mir schien unbändig wütend zu sein. Ich hätte am liebsten laut aufgeschrien. Doch ich hielt mich zurück, denn es wäre idiotisch in der Öffentlichkeit anzufangen zu schreien.

Aber da war noch etwas. Mein Schatten! Er wirkte irgendwie anders als normal. Irgendwie *lebendiger!* Und dann wusste ich was los war. Es war nicht *ich* der wütend war! Es war Shadow!

Shadow

Es war ein komisches Gefühl. Ich wusste, dass ich selbst nicht genervt war, aber irgendwie war ich es trotzdem. Indirekt. Shadow war auf einmal präsenter als sonst. Ich konnte ihn förmlich spüren. Als würde er jeden Moment aus mir herausplatzen wollen.

Und das passierte auch. Nur das er nicht wie erwartet aus mir herausplatzte. Ich dachte dass es bei allen Fähigkeiten so war, wenn sie sich materialisierten, weil Flame und Crystal es ja auch so gemacht hatten. Aber nicht Shadow. Denn er war ein Schatten.

Und nicht irgendein Schatten, er war *mein* Schatten. Denn plötzlich schien er irgendwie aus dem Boden zu springen und stand auf einmal vor mir. Aber er hatte mir den Rücken zugewandt. Vermutlich weil mein Schatten vorher in dieselbe Richtung geschaut hatte wie ich.

Er war auch genauso groß wie ich und schien merkwürdigerweise dieselben Klamotten zu tragen. Nur dass seine irgendwie farblos wirkte. Das Rote bei meinem karierten Hemd war bei ihm grau und auch meine blaue Hose war bei ihm grau. Allgemein sah er aus, als hätte er meine Klamotten kopiert und einfach einen Graustufenfilter darüber gelegt.

"Schaut euch mal lieber selbst an! Als wenn ihr Flame und Crystal schon perfekt unter Kontrolle hättet!", blaffte er Mc und Kim an.

Die Beiden waren zu sprachlos um etwas zu erwidern. Vermutlich hatte sie Shadows plötzlicher Auftritt ziemlich aus der Bahn geworfen. Ich hatte ja nicht einmal selbst damit gerechnet.

"Er sieht genauso aus wie du.", sagte Mc verblüfft.

"Ich weiß, er hat meine Klamotten an, weil er ja mein Schatten ist. Auch wenn sie bei ihm ziemlich grau sind.", meinte ich.

Shadow wandte sich um und schaute mir das erste Mal direkt ins Gesicht. Da erkannte ich plötzlich was sie meinten. Er war nicht nur gekleidet wie ich, er *war* ich. Er war eine perfekte Kopie von mir, nur das er ziemlich farblos war. Selbst seine Haut war grau.

Es gab nur ein winziges Detail, was bei ihm Farbe trug. Es

waren seine Augen. Sieh waren *rot!* Nicht nur seine Augenfarbe, seine kompletten Augen waren rot! Nur seine Pupille war schwarz und man konnte einen dunklen Rand erkennen, an dem seine Iris aufhörte. Shadow. Schattenkai.

"Ich hab nicht nur dieselben Klamotten an, ich sehe auch genauso aus wie du. Ich bin dein Schatten und sehe immer so aus wie du, auch wenn du dich umziehst.", erklärte er.

"Damit hatte ich jetzt nicht unbedingt gerechnet. Aber es ist echt cool das wir uns endlich mal kennenlernen.", meinte ich.

"Ja, das hat auch lange genug gedauert. Aber ich bin auch nicht so leicht zu beherrschen wie Crystal oder Flame. Auch wenn ich schon einige Erfahrung gemacht habe ist es noch immer ziemlich schwierig. Wenn das für mich jetzt Neuland gewesen wäre hätte es noch weitaus länger gedauert.", erklärte er.

Ein kleiner Feuerball kam aus Mc heraus. Dann materialisierte Flame sich vor uns und sagte fröhlich: "Shadow! Endlich bist du da!"

Sie lief auf ihn zu und umarmte ihn. Er stieß sie nicht weg, sondern empfing sie ebenfalls erfreut, auch wenn seine Freude nicht ganz so aufrichtig wirkte. Crystal erschien ebenfalls und blieb ein paar Schritte entfernt stehen.

"Hallo Shadow. Es ist schön dich wiederzusehen.", sagte sie ruhig aber glücklich.

Shadow löste sich von Flame und schaute nun Crystal an. "Crystal.", war das Einzige was er zur Begrüßung zu ihr sagte.

Anscheinend steckte wirklich noch mehr dahinter. Irgendwas war zwischen den Beiden vorgefallen. Shadow wirkte ziemlich genervt, aber er machte allgemein auch einen ziemlich genervten Eindruck. Wenn ich so darüber nachdachte schien er nicht wirklich einen positiven Charakter zu haben. Er hatte mich auch immer gegen Kim aufgehetzt.

"Wisst ihr was ich nicht verstehe?", fragte ich nachdem einige Sekunden niemand etwas gesagt hatte. Alle Blicke wanderten zu mir. "Flame hat ja gesagt, dass du nicht viel mit den anderen redest und meistens ziemlich traurig oder depressiv bist. Am Anfang war das ja auch so, aber nach einiger Zeit kamst du mir eher wütend vor. Allgemein wirkst du auf mich eigentlich nicht so traurig wie ich gedacht hatte."

"Shadow ist nur so wenn er keinen Körper hat. Eigentlich ist er wirklich traurig und depressiv, aber wenn er in einem Menschen ist nimmt er nach und nach einige Charakterzüge von ihm an. Das heißt nicht dass du wütend bist. Ich meine damit nur dass er alle anderen Gefühle außer Trauer und Depression erst wieder empfinden kann wenn er sie von einem Körper annimmt. Wie er selbst drauf ist hängt von ihm ab, nicht von dir.", erklärte Crystal.

Schon am Anfang ihrer Erklärung hatte Shadow sich genervt abgewandt. Erst jetzt drehte er sich wieder zu uns um und fragte: "Bist du jetzt fertig mit deinen Erklärungen?"

"Tut mir leid, ich wollte dich nicht übergehen.", entschuldigte sich Crystal.

"Natürlich tut es dir leid. Es tut dir *immer* leid! Aber das ändert nichts daran dass du dich schon wieder in den Vordergrund drängen musst! Ich kann auch für mich selbst sprechen, ich bin eine eigenständige Person!"

"Shadow, ich weiß dass du das selbst am besten erklären kannst, aber..."

"Eben! *Ich* kann es am besten erklären, weil es eine Frage über *mich* war! Aber du musst mit deinem Wissen mal wieder prahlen.", blaffte er sie an.

Crystal wollte grade zu ihrem ersten, richtigen Konter ansetzten, als Mc die Beiden unterbrach.

"Jetzt macht mal langsam einen Punkt! Ich finde wir haben hier genug gestritten für heute. Ich wollte dich vorhin auch nicht persönlich angreifen, als ich gesagt hab dass es deine Schuld wäre, dass wir den Typen verloren haben. Aber jetzt ist es auch mal gut."

Die Spannung lag in der Luft. Man konnte Shadow ansehen dass er eigentlich noch lange nicht am Ende war. Crystal sah so aus, als würde sie auch nur bei dem kleinsten Pieps von ihm ihren Konter losschmettern.

Shadow ließ es jedoch bleiben. Er wurde zu einer schwarzen Silhouette und verschwand wieder als mein Schatten am Boden. Auch Crystal wurde wieder zu einer kleinen Eiswolke die in Kim verschwand. Nur Flame stand unentschlossen da. Als sie noch diskutiert hatten konnte man ihr ansehen das sie hin-und hergerissen war. Sie stand zwischen den Fronten, denn sie mochte sowohl Shadow als auch Crystal.

Mc legte ihr eine Hand auf die Schulter. Sie drehte sich zu ihm um und schaute zu ihm auf. Er nahm sie in den Arm, was sie wahrscheinlich nur zu gerne akzeptierte. Dann schaute er ihr noch einmal direkt in die Augen und sagte: "Na komm. Wir gehen nach Hause." Flame nickte, wurde wieder zu einem Feuerball und verschwand in seinem Körper.

"Tja, nicht grade das, was ich mir unter dem ersten Treffen mit ihm vorgestellt hatte.", erklärte ich.

"Das glaub ich. Wer würde das schon wollen.", meinte Mc.

"Ich frage mich echt was zwischen den beiden vorgefallen ist.", sagte Kim.

"Ja, ich mich auch. Aber am besten diskutieren wir jetzt nicht zu viel darüber, weil sie alles mitkriegen was wir sagen.", meinte ich.

Aber natürlich taten wir es. Wir ermahnten uns wohl immer wieder es nicht zu tun, und redeten auch tatsächlich über andere Themen, aber im Endeffekt kamen wir immer wieder darauf zu sprechen. Doch keiner von ihnen signalisierte uns auf irgendeine Weise dass wir damit aufhören sollten.

Bis wir wieder bei Mc waren hatten wir schon alle möglichen Theorien aufgestellt. Das sie früher vielleicht Feinde waren. Dass sie vielleicht grundsätzlich wegen ihrer Kräfte zu verschieden waren. Oder dass sie sich schlicht weg einfach unsympathisch waren. Leider konnten wir keine der Theorien nachprüfen ohne einen Sturm zu entfesseln.

"Ich glaube ich schlafe heute besser bei mir, Kim. Ich will nicht dass das noch ausartet. Sonst ist am Ende noch das halbe Haus eingefroren oder es gibt keine Schatten mehr und alles ist zerstört.", erklärte ich.

"Das halbe Haus einfrieren? Ist das nicht ein bisschen übertrieben?", fragte Kim.

"Woher willst du das wissen? Hast du schon mal ausgetestet wo deine Grenzen liegen?", fragte ich.

"Nein, aber selbst wenn es möglich wär glaub ich nicht das die Beiden so weit gehen würden.", meinte sie.

"Sag niemals nie.", antwortete ich.

"Aber das sollten wir wirklich mal austesten.", warf Mc beiläufig in den Raum.

Verwirrt schauten wir ihn an.

"Was willst du austesten? Bis an die Grenzen gehen? Wie willst du das denn machen ohne möglicherweise einen Großbrand auszulösen?", fragte ich.

"Irgendwie geht das bestimmt! Wir müssen nur dafür sorgen das nichts passieren kann.", erklärte er.

"Nah... Ich bin da eher skeptisch...", meinte ich.

"Aber wieso nicht? Wenn ich zum Beispiel einen großen Eisraum erschaffe und Mc ist da drin, dann kann er da schauen wie weit er gehen kann. Und wenn er wieder raus will schmelze ich das Eis einfach wieder.", schlug Kim vor.

"Trotzdem. Da muss nur ein kleines Loch sein und schon gibt es einen Brand.", meinte ich. "Ist ja auch egal. Heute machen wir das eh nicht mehr. Ich würde sagen, dass wir uns langsam auf den Weg machen oder?"

"Ich dachte du willst bei dir schlafen?", fragte Kim.

"Ja, aber ich muss dich doch noch nach Hause bringen.", erklärte ich

"Achjaaa, stimmt ja!", merkte sie grinsend.

Wir verabschiedeten uns von Mc und fuhren los. Ich hatte die gesamte Fahrt bis zu Kim Angst davor, dass Crystal und Shadow auf der Rückbank loslegen würden, jetzt wo Flame nicht mehr da war. Doch es blieb weiterhin ruhig.

Ich verabschiedete mich ausgiebig von Kim und fuhr langsam nach Hause. Und jetzt war er auch da. Shadow saß plötzlich neben mir auf dem Beifahrersitz. Ich hatte nicht einmal bemerkt wie er dahin gekommen war.

"Wow, du hast mich ganz schön erschreckt.", sagte ich.

"Tut mir Leid, wollte ich nicht.", antwortete er.

"Kein Problem, ist ja nichts passiert."

"Ich meinte auch wegen vorhin am Busbahnhof. Das hätte nicht sein müssen. Aber in ihrer Nähe werde ich immer so wütend.", erklärte er.

"In Crystals Nähe? Wieso eigentlich? Was hat sie dir getan, dass du sie so hasst?", fragte ich.

"Ist eine lange Geschichte. Zu lang für diese Autofahrt. Vielleicht erzähle ich sie dir irgendwann mal."

Wir fuhren schweigend weiter bis wir da waren. Dann wurde er wieder zum Schatten und heftete sich an meine Füße. Offensichtlich wollte er nicht über seine Vergangenheit sprechen. Ich beschloss, ihm damit auch nicht weiter auf die Nerven zu gehen. Das konnte nur schlecht enden, wenn man sich mit seiner eigenen Fähigkeit nicht gut verstand.

Nachdem ich duschen gegangen war und mich umgezogen hatte setzte ich mich noch kurz auf die Bettkante und überprüfte mit meinem Handy den Neuigkeitenverlauf in Facebook. Nicht viel Neues, aber es gab ja auch noch Autos, die ich mir auf mobile.de anschauen konnte.

Shadow erschien erneut vor mir und setzte sich neben mich. Er interessierte sich wohl auch dafür, denn er schaute mir die ganze Zeit über die Schulter.

"Wie kommt es eigentlich, dass an manchen Stellen Licht ist, wo gar kein Licht sein kann, wenn ich Schatten bewege?", fragte ich ihn irgendwann.

Er warf mir einen verständnislosen Blick zu.

"Also wenn ich zum Beispiel den Schatten von einem Tisch in den Schatten eines Gummiballs verwandle, dann ist an total vielen Stellen Licht wo normalerweise der Schatten vom Tisch wäre, wie kommt das?"

"Im Prinzip veränderst du den Schatten gar nicht direkt. Du machst es wohl bewusst direkt, aber unterbewusst beugst du eigentlich nur die Lichtstrahlen so, dass sie am Ende den Schatten werfen den du haben willst. Du kannst die Lichtstrahlen quasi um den Tisch herum bewegen und dir damit deine eigenen Schatten erschaffen.", erklärte er.

Auf einmal ergab es mehr Sinn als vorher, auch wenn es noch immer ziemlich unlogisch klang, dass man Lichtstrahlen *biegen* konnte. Aber ich konnte es und als ich es noch einmal machte und diesmal darauf achtete fiel es mir weitaus leichter als sonst.

"Das ist ja klasse! Jetzt geht es echt viel leichter! Du kannst mir bestimmt noch eine ganze Menge Sachen sagen, die ich so machen kann, oder?", fragte ich.

"Klar, ich bin deine Fähigkeit.", antwortete er.

Mit einem selbstzufriedenem Grinsen sagte ich: "Dann

könnte das noch eine lange Nacht werden."

Flames Fieber

Nachdem Kai und Kim gefahren waren beschloss ich, mich auch ins Bett zu legen. Es war ein langer Tag gewesen und die Begegnung mit Shadow hatte mehr Fragen aufgeworfen, als sie gelöst hatte. Ich war froh endlich etwas Ruhe zu finden.

Ich verschlief den halben Sonntag und wachte erst gegen 14:00 Uhr auf. Sofort war ich genervt, weil ich nicht schon früher aufgestanden war. Dabei war ich sogar ein paar Mal aufgewacht.

Den restlichen Tag unternahm ich nicht wirklich viel. Flame war außergewöhnlich still, was nicht wirklich zu ihr passte. Ich hörte in meinem Kopf in letzter Zeit immer wieder ihre Stimme. Anfangs war sie ja noch eher zurückhaltend gewesen und hatte mir auf einer Gefühlsebene signalisiert, wenn sie etwas wollte, aber das hatte sie bald abgelegt und fragte mich immer wieder dies und das. Nur heute nicht, was seltsam war.

Ich fragte sie ob alles in Ordnung war.

Ja, ist alles ok.

Mehr sagte sie nicht. Vielleicht brauchte auch sie ab und zu ihre Ruhe. Vermutlich dachte sie über Crystal und Shadow nach. Solange es ihr gut ging sollte es mir recht sein.

Je später es wurde, desto schlechter wurde meine Laune. Ich hatte Nachtschicht, was bedeutete, dass ich am Sonntag um 21:00 Uhr auf der Arbeit sein musste. Kai meldete sich noch einmal bei mir, was ich noch so machte. Als ich ihm sagte, dass ich bald arbeiten musste, gab er sich damit zufrieden. Vielleicht hatte er noch darüber nachgedacht vorbeizukommen. Aber das lohnte sich nicht.

Schließlich ging es auf acht zu und ich machte mich fertig. Duschen, Zähne putzen, anziehen. Dann ging es los zur Arbeit.

Während der Fahrt verbesserte sich meine Laune aber schon etwas. Ich dachte daran, wie die Nachtschicht allgemein war. Es war immer so angenehm ruhig und man hatte keinen Stress. Außerdem hatte man drei Pausen, wovon die dritte sogar bezahlt war. Freitag hatte ich schon um 4:00 Uhr morgens Feierabend und Wochenende. Und weil auf eine Nachtschicht immer die Spätschicht folgte würde das Wochenende lang werden.

Ja, die Nachtschicht hatte doch etwas für sich. Gedankenversunken merkte ich kaum, dass ich bereits in wenigen Minuten da sein würde. Doch als meine Abfahrt auf der Autobahn kam war ich wieder voll bei der Sache.

Ich düste noch eben die Landstraße entlang und fuhr an der Ampel nach links ins Industriegebiet, dann war ich auch schon da. Es dauerte nur fünf Minuten, dann war ich in der Firma und schon fast umgezogen. Ich bekam plötzlich wieder diese Hitzewallungen.

Gelegentlich kam es vor, dass ich ohne erkennbaren Grund ziemlich warm wurde. Mein Kopf fühlte sich dann immer an, als würde er glühen. Meist verging es nach ein paar Minuten, doch als ich wenig später oben im Pausenraum einen Kaffee trank hatte es sich noch nicht gelegt. Ich beschloss, es einfach zu ignorieren. Würde früher oder später schon aufhören.

Kurz vor neun ging ich runter um mich einzustempeln und von meinem Schichtleiter zu erfahren was ich wohl heute, und meist auch die Woche über, zu tun hatte. Angesichts meiner niedrigen Motivation zu Arbeiten war es eine Erleichterung, als mir eine simple Aufgabe zugeteilt wurde.

Wenn ich noch einen vernünftigen Kollegen und einen netten Vorarbeiter bekam wäre alles in Butter.

Es kam tatsächlich so, wie ich es mir erhofft hatte, also konnte diese Woche nur gut werden. In der Nachtschicht hatte man weniger Zeitdruck und die wenigen Kollegen, die da waren, waren sehr viel entspannter drauf.

Ich die meiste Arbeit schon eine halbe Stunde vor Beginn der ersten Pause fertig geklebt. Meine Vorarbeiterin druckte noch etwas Neues aus, was ich aber definitiv nicht vor der Pause alles schaffen würde.

Um 23:20 Uhr machten wir uns auf den Weg zum Pausenraum. Wie immer setzte ich mich allein an einen kleinen Tisch, an dem, wenn von allen Seiten jemand saß, maximal vier Leute passten.

Ich machte das ganz bewusst, denn so setzten sich nur Leute zu mir die ich kannte, allen anderen wäre es zu nah. Außerdem war ich gern allein, so hatte ich mehr Zeit meine privaten Dinge zu planen und zu organisieren. Ich erinnerte mich an das vergangene Jahr, als ich fast ausschließlich damit beschäftigt war Kapitel für dieses Buch zu planen. Unglaublich das ich das meiste davon vergessen hatte.

Plötzlich bemerkte ich etwas unter meinem Auge. Es war schon seit ungefähr einer Minute da, aber ich hatte es für eine Lichtspiegelung auf dem Tisch gehalten. Jetzt erkannte ich, dass es eine kleine Flamme war. Erschrocken setzte ich mich auf. Doch es war noch da. Denn es war nicht auf dem Tisch, es war an *mir*.

Unter meinem Auge war auf meiner rechten Wange eine kleine Flamme entstanden. Ich spürte sie natürlich nicht, aber alle anderen konnten es sehen. Schnell deckte ich sie mit meiner rechten Hand ab. Mein Gesicht glühte, jetzt noch mehr als zuvor, denn ich hatte keine Ahnung wie ich mich wieder herausreden sollte, falls es jemand bemerkte.

Langsam nahm ich die Hand wieder weg, doch sobald ich das tat war die Flamme wieder da. Also deckte ich sie weiterhin ab. Ich lehnte mich nach vorne auf den Tisch. Mit meiner Hand an der Wange und meinem nachdenklichen Blick musste es den Eindruck erwecken, als gäbe es nichts Langweiligeres auf der Welt als in diesem Pausenraum sitzen zu müssen.

Nach einiger Zeit sah ich die Flamme wieder. Dabei hatte ich die Hand doch gar nicht weggenommen! Als ich sie jetzt jedoch wegnahm merkte ich, dass sich das Feuer ausgebreitet hatte. Die Stelle unter meinem Auge war großflächiger geworden. Und nicht nur das, mein Ringfinger brannte nun auch!

Hastig warf ich einen Blick zu allen Seiten. Zu meinem Glück saßen die meisten Leute links von mir, weshalb die Flammen für sie schlechter zu sehen waren. Anscheinend hatte noch niemand etwas bemerkt.

Damit dass auch so blieb versuchte ich wild unter dem Tisch meine Hand auszuschütteln. Es machte ein Geräusch, als würde ich wild eine Fackel schwenken. Helfen tat es hingegen nicht, ganz im Gegenteil, ich schlug so nur noch mehr Sauerstoff in die Flammen und sorgte dafür, dass sie auch auf meine anderen Finger übergriffen. Weil ich meine Hand immer nach unten, unter dem Tisch halten musste hatte es sich außerdem noch auf die Handfläche ausgebreitet.

"Oh Fuck! So eine Scheiße! Was mach ich denn jetzt?",

fragte ich mich leise.

Weil mir nichts Besseres einfiel beschloss ich aufzustehen und zur Toilette zu gehen. Nur konnte ich mich nicht dazu überwinden. Wenn ich das machen würde hätte ich die ganze Aufmerksamkeit auf mich gezogen. Jeder würde es bemerken! Doch was blieb mir schon anderes übrig?

Nachdem ich noch ein paar Mal mit mir gerungen hatte stand ich schließlich auf und ging, ohne nach hinten zu schauen, schnell zur Toilette. Hundertprozentig hatte es jemand bemerkt. Ich fragte mich, wie lange es wohl dauern würde, bis einer die Tür öffnen und nachsehen würde.

Ich selbst musste sie mit der linken Hand öffnen. Allgemein musste ich darauf achten alles mit dieser Hand zu machen, um nicht irgendwas zu versenken. Schnell drehte ich das kalte Wasser auf und hielt meine Hand darunter.

Sofort stiegen Dampfschwaden an die Decke. Zeitweise waren die Flammen weg, wenn meine Hand grade komplett von Wasser überflutet war. Zog ich sie aber unter dem Wasserstrahl weg trocknete sie unverzüglich und stand wieder in Flammen.

Etwa eine Minute nachdem ich angefangen hatte meine Hand mit dem Wasser abzukühlen hatte ich die Herrentoilette in ein Dampfbad verwandelt. Ich befand mich wohl in dem kleinem Vorraum mit dem Waschbecken, der direkt zum Flur führte, aber selbst in dem Raum mit den Kabinen konnte man nach wenigen Minuten kaum mehr einen Meter weit gucken.

Plötzlich wurde die Tür geöffnet. Es war Andreas, der nach mir sah. Mein alter Azubikollege, zum Glück war er es, ihm konnte ich vertrauen.

"Was ist hier denn los?", fragte er verwirrt.

"Ich hab ein Problem Andreas. Der ganze Dampf ist wegen mir hier, wenn ich meine Hand unter das Wasser halte geht es, aber wenn ich das Wasser abstelle.", sagte ich und stellte demonstrativ das Wasser ab. Meine Hand brannte sofort wieder. "Dann fängt sie immer wieder an zu brennen."

"Oh Mann, dass seh ich ja schon an deinem Gesicht! Geht's dir gut? Soll ich einen Notarzt rufen?", fragte er.

Ich wischte den beschlagenen Spiegel mit der linken Hand ab und sah mein brennendes Gesicht. Inzwischen hatte sich die Stelle halb um mein Auge herum ausgebreitet.

"Ich seh aus als hätte ich das Tattoo von Mike Tyson, nur dass ich den 3D-Flammeneffekt habe.", scherzte ich.

Andreas schaute mich immer noch verwirrt an.

"Keine Sorge, mir geht´s gut. Ist eine lange Geschichte, aber auch wenn ich brenne, ich *ver*brenne nicht.", erklärte ich. "Aber ich weiß grad nicht wie ich es stoppen kann. So kann ich unmöglich weiterarbeiten. Wie oft müssen die die Aufträge. Neu ausdrucken, wenn ich die mit der falschen Hand anfasse?!"

"Willst du dich abmelden?", fragte er.

"Nützt ja nichts. Ich werd schon sehen, dass ich das wieder in Ordnung bringe.", erklärte ich.

Ich verabschiedete mich noch einmal von ihm und machte mich auf den Weg nach unten. Mit der linken Hand packte ich meinen Kittel und versuchte irgendwie meinen Arm dadurch zu bekommen, ohne die rechte Hand zu benutzen. Als ich so weit war machte ich mich bereit und zog mir auch den linken Ärmel blitzschnell über.

Mit einer Hand einen Kittel zuknöpfen war echt keine leichte Sache. Aber mit etwas Geschick klappte es. Ich musste unbedingt schnell zu meinem Schichtleiter und mich abmelden. Irgendwie musste ich es zu einem Tag Urlaub machen, denn wenn ich mich krankmeldete musste ich noch zum Arzt. Das wollte ich mir unbedingt sparen. Der Erklärungen und der Wartezeit wegen.

An der Hygieneschleuse steckte ich wie gewohnt meine Hände in die dafür vorgesehenen Öffnungen, um sie zu desinfizieren. Plötzlich schossen mir kleine Stichflammen entgegen. Erschrocken wich ich zurück. Alkohol, verdammt entzündlich das Zeug.

Wenn ich der Schleuse entgehen wollte musste ich mich über das Drehkreuz stemmen. Dabei konnte ich jedoch wieder irgendwelche Sachen beschädigen. Ich entschloss mich also dazu noch einmal meine Hände zu desinfizieren und hoffte, dass nicht der Behälter mit dem Desinfektionsmittel irgendwie Feuer fing.

Immer wieder bewegte ich meine Hände vor und zurück, doch das Drehkreuz bewegte sich nicht. Erst als schon kleine, brennende Tropfen von meiner Hand in die Bürsten für die Schuhe unter mir tropften ließ mich das Drehkreuz durch.

Jetzt musste ich nur noch schnell meinen Abteilungsleiter finden und dann weg hier. Auf dem Weg zum Büro begegneten mir einige erschrockene Blicke und ausweichende Mitarbeiter. Viele fragten mich, ob alles in Ordnung sei, und immer wieder antwortete ich lächelnd: "Ja, mir geht´s gut. Keine Sorge."

Die Decke im Büro war etwas niedriger als die in der Halle. Aber zum Glück hatte das Büro eine Scheibe und so sah mich mein Schichtleiter sofort. Er hechtete aus dem Büro und wollte mich grade mit einem Feuerlöscher bearbeiten, als ich ihm sagte, dass es nichts half.

Nachdem ich ihm klar gemacht hatte dass es mir gut ging aber man die Flammen nicht löschen konnte fragte ich, ob ich mir einen Tag Urlaub nehmen konnte, da ich so nicht arbeiten konnte. Er war nachsichtig, wollte aber wissen, wie es überhaupt zu diesen Flammen kam. Ich sagte ihm, dass ich am Vortag ein entflammbares Gel ausprobiert hatte und es wohl nicht richtig abgewaschen hatte. Dass es so noch einige Stunden brennen konnte bis es weg war.

Ich stempelte mich aus und ging im Stechschritt zum Ausgang. Inzwischen brannte meine ganze Hand bis zum Ansatz des Unterarms. Bei meinem Gesicht brannte jetzt schon fast die linke Hälfte.

Die Schuhe ausgezogen und weggestellt, danach schnell umgezogen. Wobei schnell eigentlich eher *so schnell wie möglich* heißen müsste, denn ohne eine gewisse Vorsicht klappte nichts.

Ich verließ das Firmengeländer und lief zum Parkplatz. Da ich nicht Linkshänder war und der Twingo mit der Fernbedienung oft recht widerspenstig war, dauerte es eine Zeit, bis ich ihn offen hatte.

Ebenso schwer war es ihn ins Schlüsselloch zu bekommen. Als ich den Wagen so weit hatte, dass der Strom lief stand ich immer noch neben ihm. Ich öffnete das Schiebedach und stieg endlich ein. Angeschnallt, Gang eingelegt und Wagen gestartet, dann ging es los.

Leider war schon allein das Ausparken ein Akt, wenn man nur die Hand benutzen konnte mit der man nicht so viel konnte. Vermutlich war es nicht erlaubt und vermutlich war es auch außerordentlich gefährlich, doch ich fuhr los.

Meinen rechten Arm hielt ich die ganze Zeit nach oben aus dem Dachfenster. Die Flammen, die von meinem Kopf ausgingen, wurden größtenteils auch dort rausgetragen. Warum konnte es nicht der linke Arm sein? Es wäre eine so viel entspanntere Fahrt geworden und alles wäre mir leichter gefallen.

Nachdem ich es irgendwie geschafft hatte mit einem Arm bis zur letzten Autobahn zu kommen betrachtete ich mein Gesicht noch einmal im Rückspiegel. Durch den Fahrtwind wurden die Flammen noch einmal mehr angeheizt. Mein kompletter rechter Unterarm und mein ganzer Kopf brannten.

"Und so wurde Mike Tyson letzten Endes doch zum Ghostrider.", meinte ich beim Anblick meines Gesichts.

Ich schaffte es zu meiner langersehnten Abfahrt und war wenig später bei mir. Bevor ich losgefahren war hatte ich noch Kim und Kai angerufen, dass sie so schnell wie möglich zu mir kommen sollten. Eigentlich konnte ich im Moment hauptsächlich Kims Hilfe gebrauchen, aber ich wollte, dass beide da waren.

Wagen eingeparkt und ausgeschaltet. Die Mühe das Dachfenster zu schließen machte ich mir gar nicht erst. Ich zog nur meine Kapuzenjacke aus und warf sie auf den Beifahrersitz. Hoffentlich waren Kim und Kai bald da.

Es dauerte nicht so lange wie ich erwartet hatte, da fuhren sie gemeinsam in Kai´s Wagen auf meine Auffahrt. Ich stand vor ihnen und wurde von seinen Scheinwerfern beleuchtet. Er schaltete sie ab, dann stiegen beide aus.

"Wieso stehst du in Flammen?", fragte Kai.

"Keine Ahnung, ich hab einfach angefangen zu brennen! Deswegen hab ich euch angerufen, ich brauche eure Hilfe.", erklärte ich.

"Soll ich mal versuchen dich abzukühlen?", fragte Kim.

Ich nickte. Sie kam auf mich zu und hielt ihre Hände an meinen Kopf. Doch als sie anfing meine Temperatur zu senken bekam ich schlagartig Kopfschmerzen.

"Warte! Das geht nicht!", sagte ich schnell.

Kim hörte auf und in dem Moment kam Crystal aus ihr heraus. Auch Shadow hatte sich bereits dazu gestellt.

"Hast du schon versucht Flame aus dir rauszulassen?",

fragte Crystal.

"Bisher noch nicht. Ich kann es ja mal versuchen.", antwortete ich.

Ich sagte Flame im Geiste, dass sie eben aus meinem Körper kommen sollte. Sie tat wie geheißen und der kleine Feuerball bewegte sich langsam und müde aus mir heraus. Im selben Moment erlöschen mein Kopf und mein Arm. Kai und Shadow nahmen umgehend die Beine in die Hand. Erst als sie etwa fünfzehn Meter entfernt waren blieben sie stehen. Flame brannte nicht so stark wie sonst, aber dafür umso heißer. Nur ich, Kim und Crystal konnten es in ihrer Nähe aushalten.

Als aus dem kleinen Feuerball das Mädchen wurde konnte ich schon erkennen, dass mit ihr etwas nicht stimmte. Sie sah niedergeschlagen aus, als würde sie gleich umkippen.

"Was hat sie?", rief Shadow herüber.

"Fieber.", antwortete Crystal und berührte sanft ihre Stirn.

"Fieber? Ihr könnt auch krank werden?", fragte ich.

"Ja, wir werden immer krank wenn der Mensch, in dem wir leben, krank wird.", antwortete sie.

"Aber mir geht´s doch gut.", meinte ich verwirrt.

"Ja, im Moment. Aber wir reagieren empfindlicher darauf. Du hast die Erreger meist schon in dir bevor du Symptome hast. Flame hat dann aber schon das volle Fieber. Dafür ist sie wahrscheinlich wieder gesund, wenn es bei dir erst richtig losgeht.", erklärte Crystal.

"Ist es schlimm?", fragte Shadow.

"Nein, ganz normales Fieber. Sie muss sich nur etwas ausruhen.", antwortete sie.

Shadow sah man an, dass er am liebsten selbst hergekommen wäre um nach Flame zu sehen, doch er konnte es nicht. Sie war ihm auf jeden Fall nicht egal.

Ich trat direkt vor Flame und schaute sie mir genau an. Ziemlich müdes Gesicht, kaum Standfestigkeit und eine Stirn auf der man Ton backen konnte.

"Wieso hast du mir denn nicht gesagt dass es dir nicht gut geht?", fragte ich behutsam.

"Ich wollte nicht dass dir noch mehr durch den Kopf geht. Wegen Shadow und so.", erklärte sie.

"Das ist doch nicht so wichtig. Flame, wenn es dir nicht gut geht kannst du es mir immer sagen. Ich bin doch nicht wegen sowas genervt von dir. Du bist ja sogar wegen mir krank, da will ich mich eher um dich kümmern.", erklärte ich ruhig.

Sie nickte und kuschelte sich an mich. Ich spürte, wie sie zitterte.

"Kann ich bitte wieder rein? Es ist so kalt hier.", fragte sie.

"Natürlich.", antwortete ich.

Sie verwandelte sie in einen kleinen Feuerball und verschwand wieder in meinem Körper. Nun musste ich mir nur noch überlegen wie ich eine Grippe aussitzen konnte, die einen zum Brennen brachte. Aber irgendwie würde ich das schon hinbekommen. Im Notfall musste ich mich eben doch krankschreiben lassen.

Crystals Ratschläge

Ich konnte nicht gut schlafen. Ich machte mir Sorgen, dass der Streit zwischen Crystal und Shadow auf mich und Kai übergriff. Grundsätzlich hatte ich ja nichts dagegen, wenn wir nicht zusammenschliefen, aber der Grund bereitete mir Unruhe.

Shadow konnte Crystal nicht leiden, so viel war klar. Keiner von uns hatte eine Ahnung was dahinter steckte. Wenn es jedoch so weite rging konnte es echt anstrengend werden.

Wenn Shadow weiterhin so abweisend war konnte es dann sein dass Kai weiterhin Abstand zu mir hielt? Konnte es vielleicht sogar so weit kommen, dass er mich auch tagsüber weniger sehen wollte? Wenn es so weit war, war es dann noch fern bis wir uns komplett voneinander entfernt hatten?

Genau das war es, was mir den Schlaf raubte. Es war vielleicht noch lange nicht in Aussicht, doch allein der Gedanke und die Tatsache, dass diese Möglichkeit bestand, machten mich unruhig.

Kai konnte Shadow genauso wenig loswerden wie ich Crystal. Eigentlich hatte weder er noch ich vor dass wir sie loswurden. Aber was konnte man denn tun wenn sich die Lage verschlimmerte? Das könnte alles zerstören!

Kim, mach dich nicht verrückt mit diesen Gedanken. Du solltest nicht alles schwarzmalen wenn irgendwo die Möglichkeit besteht, dass es so kommt? Es gibt auch unzählige andere Gründe wodurch das passieren könnte, aber davon darfst du dich nicht entmutigen lassen. Es gibt immer Höhen und Tiefen in einer Beziehung, aber du solltest nie den Mut verlieren für das zu kämpfen was du liebst.

Irgendwie hatte sie Recht. Wenn ich mir schon vorstellte wie alles in die Brüche ging, dann könnte ich es damit vielleicht nur noch mehr hervorrufen. Ich erinnerte mich noch einmal an alles, was wir bisher so erlebt und überstanden hatten und da wusste ich, dass wir auch *das* überstehen würden. Koste es was es wolle.

Als ich am nächsten Morgen langsam erwachte war ich froh, dass ich den Schlaf letztendlich doch noch gefunden hatte. Manchmal brauchte es nur einen Schubs in die richtige Richtung und alles würde gut werden.

Was nicht so gut aussah war mein Tagesplan. Kai hatte gestern noch irgendwas mit Shadow geübt und hatte vorgeschlagen, dass ich das Gleiche tun sollte. Allerdings hatte ich zu wenig Lust gehabt, also wollte ich es am nächsten Tag machen. Also jetzt. Doch Lust hatte ich immer noch nicht.

Als ich Kai fragte was er machte antwortete er, dass er sich weiter mit Shadow beschäftigen wollte heute. Na toll, jetzt hatte er also doch keine Zeit für mich. Aber als ich länger darüber nachdachte fand ich es sogar gut, dass er sich mit ihm beschäftigte. Wenn sie sich besser verstehen würden könnte er den Streit zwischen ihm und Crystal vielleicht schlichten.

Ich chattete mit ein paar Freundinnen und fragte, was sie so machten. Die meisten hatten nichts Großartiges vor. Kein Wunder, es war Sonntag. Allerdings hatte eine von ihnen vor mit mir in die Stadt zu fahren. Nadine wollte noch ein Eis essen gehen.

Der Gedanke an ein leckeres Eis war genau richtig. Ich beschloss mich ihr anzuschließen. Wir würden uns gegen 15:00 Uhr am Marktplatz vor der Kirche treffen und dann in das nächstbeste Eiscafé gehen.

Bis dahin hatte ich noch ein paar Stunden. Ein paar Minuten noch faul im Bett liegen, dann ging ich duschen und zog mich um. Als meine Haare endlich trocken waren konnte ich mich in Ruhe noch einmal auf mein Bett legen und ein bisschen in meinem Buch lesen.

Etwa gegen halb fuhr ich los. Ich hatte keine großen Schwierigkeiten einen Parkplatz zu finden. In der Innenstadt gab es am Sonntag viele Möglichkeiten dafür. Fünfzehn Minuten vor verabredeter Zeit stand ich am Treffpunkt und wartete auf sie.

Um fünf vor schrieb sie mir. Vermutlich würde sie sich verspäten. Doch das war es nicht was sie mir mitteilen wollte. Sie schrieb mir, dass sie leider keine Zeit mehr hätte und sie das Treffen absagen musste.

Na toll, es war so typisch. Nun war ich schon mal in der Stadt, also was konnte man machen? An einem Sonntag? Ich war am Verzweifeln, doch da kam mir die Idee jemanden anzuschreiben, der in den meisten Fällen Zeit hatte.

Ich hatte das Chatfenster für Mc schon offen und meine halbe Nachricht eingetippt, als ich jemanden vor mir sah den ich kannte, aber mit dem ich absolut nicht gerechnet hätte.

"Na wen haben wir denn da?", lautete Dodo´s rhetorische Frage.

"Dodo! Heyy!", rief ich und umarmte ihn zur Begrüßung.

"Wir haben uns ja schon ewig nicht gesehen. Was machst du denn am Sonntag in der Stadt?", fragte er.

"Eigentlich war ich verabredet, aber das hat sich erledigt.", erklärte ich.

"Hmm, klingt als wäre es ziemlich schlecht gelaufen. Ich treff mich später noch mit ein paar Freunden, wenn du Lust hast kannst du dich uns ja anschließen.", meinte er.

Genau das, was mir den Tag rettete. Natürlich war ich einverstanden, doch zuerst gingen wir ein Eis essen, wie ich es ursprünglich vorhatte. Naja, *ich* ging ein Eis essen, er bestellte sich einen Kakao.

"Und, schmeckt dir dein Eis?"

"Ist etwas zu sehr geschmolzen. Eher wie Softeis. Und dein Kakao?", fragte ich.

"Der Kakao ist super. Zumindest kann der nicht zu warm werden.", antwortete er.

"Wieso trinkst du eigentlich im Sommer warmen Kakao?", fragte ich

"Wieso nicht. Hatte halt Lust drauf.", antwortete er.

"Kann ich mal probieren?"

"Klar.", antwortete er und reichte mir das Glas.

Ich beschloss ihm einen kleinen Streich zu spielen. Als ich das Glas nahm fror ich im Inneren des Kakaos einen kleinen Würfel zu Eis.

"Da ist Eis drin, das schmeckt komisch.", meinte ich, als ich es ihm zurückgab.

"Eis?! Das ist ein heißer Kakao, da ist kein Eis drin!", behagte er.

"Klar, schau doch rein!", antwortete ich.

Er schaute ins Glas und entdeckte den an der Oberfläche treibenden Eiswürfel. Zuerst wusste er gar nicht was er sagen sollte.

"Da ist ja wirklich einer drin! Aber der war grade noch nicht da, da bin ich mir ganz sicher.", meinte er. Er schaute mich scharf an und fragte: "Hast du ihn etwa reingeschmissen?"

"Wie soll ich das denn gemacht haben? Ich hab doch nur was getrunken, hast du doch gesehen.", meinte ich.

"Da hab ich grad nicht hingeguckt. Du kannst ihn also reingeschmissen haben."

Ich schnappte mir das Glas um meinen Eiswürfel noch einmal zu betrachten.

"Wo hätte ich den denn aufbewahren sollen? Der wär doch geschmolzen!", protestierte ich.

Und da klirrte plötzlich etwas im Glas, als ein zweiter Eiswürfel auftauchte und den Ersten gegen das Glas stieß.

"Jetzt sind es schon zwei! Siehst du! Immer wenn du es in der Hand hast tauchen da Eiswürfel drin auf!", meinte er und schnappte sich schnell das Glas.

"Nein, ich war das echt nicht!"

Diesmal hatte ich es wirklich nicht getan! Aber wie war der zweite Eiswürfel dann ins Glas gekommen? Es sei denn… Crystal? Ich vernahm nur ein leises Kichern von ihr. Also war sie es tatsächlich! Ich hatte gar nicht gewusst, dass sie auch so eine Seite an sich hatte. Aber sie gefiel mir.

"Heyy Dodo! Da bist du ja, wir haben dich schon gesucht!", rief auf einmal ein Typ auf der Straße.

"Heyy, ja ich war noch kurz einen Kakao trinken mit Kim.", antwortete er.

Er redete, als würde ich die Typen schon kennen, schien jedoch schon im Ansatz einer Vorstellrunde zu sein.

"Und kommt sie auch mit?", fragte der Typ und unterband damit Dodo´s Ansatz.

Alle schauten mich an und erwarteten eine Antwort von mir. Dodo hatte ebenso ein fragendes Gesicht. Ich war etwas unentschlossen. Ich kannte die Typen nicht und sie kamen mir nicht wirklich sympathisch vor, andererseits wollte ich nicht so viele Vorurteile haben.

Ich finde du solltest nicht mitgehen.

Hatte sie Recht? Sollte ich wirklich nach Hause fahren? Aber da würde mich auch nichts Spannendes erwarten. Was konnte es schon groß schaden, wenn ich mit ihnen ging? So hatte ich zumindest etwas vor.

"Ja, ich komm mit. Wohin auch immer ihr geht.", meinte ich scherzhaft.

"Wir wollen noch ein bisschen durch die Stadt gehen, nichts Besonderes.", erklärte er.

Da war ich aber beruhigt.

Wir gingen also etwas durch die Stadt. Dodo stellte uns hinterher noch alle vor. Der große Typ, der zuvor auch im Eiscafé mit mir gesprochen hatte, ging immer voran. Neben Dodo und mir gab es dann noch zwei etwas dickere Typen, einer von ihnen hatte einen dichten Bart, einen eher schmächtigen mit dunklen Haaren und einen der eher normal aussah, wie Dodo, aber irgendwie war der immer schlecht gelaunt.

Wir unterhielten uns alle noch etwas, als wir durch die Stadt schlenderten. So unsympathisch fand ich sie gar nicht. Allerdings kamen sie mir nicht so vor als würde ich gern mehr mit ihnen zu tun haben wollen.

"Hey, ihr Penner!", rief plötzlich jemand.

Alle drehten sich um. Ein Typ mit Achselshirt und rotem Irokesenschnitt kam auf uns zu. Sein Bart ließ ihn noch aggressiver wirken als er eh schon war. Wir befanden uns grade in einer Seitengasse, was ich nicht sonderlich gut fand.

"Du schon wieder? Ich dachte das letzte Mal haben wir dir schon deinen Kram zurückgegeben.", meinte der Große.

"Einen Scheiß habt ihr! Wo ist mein Geld! Ihr habt mein scheiß Geld aus dem Portmonee genommen!", regte der Typ sich im Gehen auf.

"Wir haben gar nichts genommen. Du hast einfach nur nicht auf deine Sachen aufgepasst.", meinte der Große ruhig.

Plötzlich zückte der Irokese ein Messer. Dann ging alles ganz schnell. Dodo zog mich außer Reichweite. Der Irokese wirbelte wild das Messer mit der Hand vor sich herum. Der Große wich aus. Der Dicke ohne Bart war bereits einige Meter entfernt in Deckung gegangen. Der andere Dicke schlug ihm das Messer aus der Hand. Dann kam der Große und seine Faust knallte dem Irokesen hart auf die Brust, welcher dadurch von den Beinen gehoben wurde und ein paar Meter weit flog.

Und direkt auf mir landete. Ich schrie vor Schreck laut auf. Instinktiv vereiste ich die Hände des Irokesen, als er mich gepackt hatte. Er schrie vor Schmerz, dann ergriff er die Flucht.

Mein Puls war immer noch auf 180. Ich brauchte einige Sekunden, bis ich mich etwas beruhigt hatte. Der schlechtgelaunte Typ hatte die ganze Zeit nur dagestanden und gar nichts gemacht. Er hatte nur zugesehen.

"Tut mir Leid, die sind manchmal so.", erklärte Dodo mir.

Verschwinde Kim! Die sind gefährlich!

Ich wusste nicht recht was ich tun sollte. Ich wollte Dodo nicht allein mit denen lassen, falls sie wirklich gefährlich waren. Allerdings hatten sie sich ja auch nur selbst verteidigt. Und der Typ hatte ein Messer dabei verdammt!

"Damit hatte ich jetzt nicht gerechnet.", gestand der Große.

"Wir sollten irgendwo hingehen, wo solche Typen nicht reinkommen.", meinte der Dicke ohne Bart, der grade wieder angekommen war.

"Meinst du in einen Club? Die haben noch nicht auf und es ist Sonntag.", erklärte Dodo.

"Doch, ein paar schon. Heute machen ein paar Clubs zwischen halb fünf und zehn auf. Wir haben es jetzt fünf, also würde es passen. Da sehen wir zumindest nicht solche Kerle.", erklärte der Dicke.

"Stimmt, wäre auf jeden Fall besser als noch so ne Nummer.", sagte der Große.

Die Allgemeinheit stimmte zu, nur meine Stimme fehlte noch.

Geh nicht mit Kim. Es reicht, du hast doch gesehen was passiert!

Aber ich war zu aufgewühlt um jetzt einfach zu verschwinden. Ich brauchte etwas um runter zu kommen. Und ein Clubbesuch war da nicht verkehrt, da konnte man wieder etwas bessere Laune bekommen. Ich musste ja nichts trinken. Und wenn meine Laune sich gebessert hatte konnte ich ja wieder gehen.

"Komm schon Kim, es kostet nur die Hälfte heute.", meinte der Dicke.

"Also gut, überredet.", stimmte ich zu.

Diesmal beeilten wir uns etwas, den Club zu erreichen. Dieser Zwischenfall hatte wohl nicht nur mich aus der Bahn geworfen. Tatsächlich kostete der Eintritt nur die Hälfte. Auch die Preise der Getränke waren halbiert, wodurch sie relativ ertragbar waren.

Ich bestellte mir eine Cola und stellte mich an einen Tisch in der Nähe der Tanzfläche. Trotz der niedrigen Preise war nicht viel los. Die Typen genehmigten sich einen Kurzen nach dem Nächsten, als würde es um ihr Leben gehen. Sie waren schon ziemlich gut angeheitert noch bevor ich meine erste Cola ausgetrunken hatte.

Als ich sie dann leer hatte taumelten sie zur Tanzfläche und baten mich mitzukommen. Ich ließ mich darauf ein, aber eher um meine Laune durch den Anblick ihres unkoordinierten Tanzes aufzuheitern, als tatsächlich mit ihnen zu Tanzen. Ich schaute mich nach Dodo um, konnte ihn jedoch nirgends entdecken.

Der Große meinte, dass er kurz zur Toilette musste. Bei dem Gedanken an ein WC schien die Cola nur so durchzufließen. Ich entschuldigte mich und flitzte ebenfalls kurz zur Toilette.

Nachdem ich mir die Hände gewaschen hatte ging ich zur Tür, um wieder zu den anderen zu gehen, als mir der Große plötzlich den Weg versperrte.

"Weißu eigenlich bisu mir ech sympaisch Kim. Un ich weiß dasu mich auch gans gut finnest. Aso was is jetz mi uns?", fragte er. Sein Alkoholgestank war unbeschreiblich stark.

"Ich find euch ganz in Ordnung. Am Anfang konnte ich euch nicht richtig einschätzen aber jetzt glaub ich dass ihr ganz ok seid.", antwortete ich.

"Nein, isch meinoch UNS. Disch un misch. Isch weis genau dasu was von mia wills."

Ich wusste nicht was ich jetzt noch zu ihm sagen sollte. Stattdessen versuchte ich schnell an ihm vorbeizuflitzen, doch er fing mich ab. Er nahm mich und drückte mich zurück in die Toilette.

"Gib miir nen Kuss.", forderte er.

"Nein, ich habe einen Freund!", antwortete ich bitter.

Wieder packte er mich und fing diesmal an mich zu begrabschen. Verdammt, in was hatte ich mich da reingeritten? Crystal hatte recht gehabt, ich hätte nie mit ihnen gehen sollen.

Der Typ hob mich hoch und trug mich in eine der Kabinen. Wild schlug ich um mich, als er die Tür verriegelte. *Brauchst du etwa Hilfe Kim?* Ja! Ja ich brauchte Hilfe! *Ich hab dir gesagt das sowas passiert. Hör bitte das nächste Mal auf mich.* Ja! Ich würde definitiv das nächste Mal auf ihre Ratschläge hören!

Crystal setzte ihre Fähigkeit mit voller Wucht ein. Der Typ bekam Frost am ganzen Körper. Er ließ mich auf der Stelle los. Ich zwang mich an ihm vorbei und entriegelte die Tür. Dann war ich blitzschnell aus der Toilette verschwunden. Ob der Typ tot war?!

Nein, nur gelähmt. Ich hab ihm überall Frost verpasst, durch diese schlagartige Abkühlung ist er kurzeitig wie erstarrt.

Einerseits wünschte ich, dass sie ihm mehr angetan hätte. Andererseits wusste ich dass es nicht richtig gewesen wäre ihn ernsthaft zu verletzen. So weit war er nicht gekommen, dass ich das hätte rechtfertigen können.

Ich fand Dodo auf der Tanzfläche wieder. Als ich wortlos an ihm vorbeilief und den Club verließ wusste er, dass etwas nicht stimmte. Draußen erklärte ich es ihm. Er war ebenfalls schockiert darüber. Er hatte nun selbst keine Lust mehr auf die Typen und begleitete mich noch zum Auto, wo wir uns dann verabschiedeten.

Gegen sieben Uhr war ich wieder bei mir. Ich hatte den starken Drang darüber zu reden. Aber wie würde Kai reagieren, wenn er davon erfuhr? Ich beschloss es ihm am nächsten Tag zu sagen. Ich brauchte jetzt nur ein heißes Bad und danach ein warmes Bett.

Schlafen konnte ich diesmal sogar. Der Tag hatte mich ganz schön erledigt. Und dann wurde ich von Mc´s plötzlichem Anruf aus den Träumen gerissen.

Shadows Erklärungen

Ich ging duschen, nachdem Shadow mir erklärt hatte wie das mit den Lichtstrahlen funktionierte. Ich hatte es danach noch einmal probiert, und nun klappte es tatsächlich besser. Es war viel einfacher als zuvor.

Shadow wartete weiter in meinem Zimmer. Als ich endlich fertig war und wieder in meinem Zimmer ankam, saß er auf der Bettkante und war am zocken. Als hätte er sich meine Interessen abgeguckt.

Ich setzte mich dazu und schnappte mir den zweiten Controller. Wir zockten Fifa und es war wirklich ein harter Kampf. Shadow war nicht schlecht, doch am Ende gewann ich. Nachdem wir noch zwei weiter Spiele gespielt hatten hatte er am Ende doch gewonnen, mit zwei zu eins.

"Jedes Mal das Gleiche. Einer will ein Match und wenn er verliert meint er zwei von drei Spielen. Nur weil du nicht verlieren kannst.", beschwerte ich mich.

"Das musst du grade sagen. *Du* beschwerst dich hier doch, nur weil *du* verloren hast.", meinte er.

"Ja, aber nur weil du bei der ersten Runde nicht einsehen wolltest, dass du verloren hast.", antwortete ich.

"Du hättest ja nicht zustimmen müssen, als ich meinte zwei Spiele von drei."

"Weißt du was? Wir klären das auf die gute altmodische Art.", meinte ich.

Er schaute mich verwirrt an. "Was meinst du?"

"Wirst du schon sehen.", antwortete ich.

Ich schaltete die Konsole aus und schnappte mir den Fußball, der in der Ecke des Zimmers lag.

"Du willst jetzt Fußball spielen? Das wird hier drinnen bestimmt in die Hose gehen.", meinte Shadow. "Außerdem schläft deine Mum."

"Ich weiß, aber wir können ja auch rausgehen.", schlug ich vor.

Shadow war einverstanden. Er wurde wieder zu einer schwarzen Silhouette und verschwand wieder als Schatten an meinen Füßen.

"Warum wirst du jetzt wieder zum Schatten?", fragte ich.

Ist halt entspannter so. Du übernimmst jetzt das laufen für mich.

Also brauchte er gar nicht selbst laufen wenn er mein Schatten war. Dadurch, dass ich mich bewegte wurde er quasi mitbewegt. Dieser faule Sack.

Ich ging mit dem Ball unterm Arm nach unten in die Tiefgarage und setzte mich in mein Auto. Nachdem ich diese verlassen hatte fuhr ich ein Stück weiter die Straße hinunter bis zum Parkplatz von Netto.

Es war wahrscheinlich nicht einmal ein Kilometer, aber ich hatte einfach keine Lust bis dahin zu laufen. Den Wagen parkte ich etwas Abseits am Rand, damit er aus der Gefahrenzone war.

Kaum hatte ich den Ball, schon war Shadow wieder da.

"Und wie willst du das jetzt machen?", fragte er.

"Ganz einfach. Ich hab noch zwei Eurostücke in meinem Portmonee. Ich hol dann zwei Einkaufswagen die wir als Tore benutzen können. Wir spielen bis einer von uns fünf Tore geschossen hat. Der Gewinner ist der komplette Gewinner, auch bei Fifa eben.", erklärte ich.

"Hey, bei Fifa hab ich jawohl eindeutig gewonnen, zwei von drei, weißt du noch?", meinte er.

"Ja ja, wie auch immer. Normalerweise hättest du verloren, weil du das erste Spiel verloren hast und wir da noch nicht zwei von drei gesagt hatten. Ist ja auch egal, ich hab jetzt keine Lust mehr darüber zu diskutieren. Wir gucken jetzt einfach wer hier gewinnt, und der hat Recht.", erklärte ich.

"Glaubst du wirklich, dass du besser bist als ich?", fragte er.

"Wie oft hast du denn bis jetzt Fußball gespielt?", fragte ich.

"Nicht wirklich oft. Eigentlich selber noch gar nicht.", antwortete er.

"Und dann meinst du dass du mich besiegen kannst?", fragte ich.

"Ich hab mir viele Eigenschaften von dir angeeignet. Und auch ein paar Talente, wie das Fußball spielen.", erklärte er.

Das hörte sich wieder so an, als würde ich gegen mich selbst spielen. Könnte ein langes Spiel werden, weil wir beide etwas gleich gut waren. Doch grade das machte es für mich interessant.

Ich stellte die Einkaufswagen auf und machte mich bereit.

"Ok, fünf Tore. Der Gewinner gewinnt auch bei Fifa. Keine Blutgretschen oder irgendwelche anderen Fouls.", erklärte ich.

"Oh man, warum keine Blutgretschen, da macht das ja gar keinen Spaß.", meinte er sarkastisch.

"Also, bist du bereit?", fragte ich.

Er nickte und das Spiel begann.

Es war ein hartes Spiel. Wir ließen wohl Gretschen oder ähnliches schon von uns aus sein, um uns nicht selbst zu verletzen, aber auch so waren wir schon bald ziemlich außer Atem.

Shadow hatte ein Tor geschossen, dann ich, dann wieder Shadow und so weiter, bis wir irgendwann beide vier Tore hatten. Verschwitzt und ausgepowert standen wir uns gegenüber, im dämmrigen Licht der Laternen auf dem Parkplatz. Vielleicht war es kalt draußen, mitten in der Nacht, aber wir waren viel zu konzentriert um das zu merken.

Schließlich rannten wir beide auf den in der Mitte liegenden Ball los und traten mit voller Kraft zu. Wer diese Runde gewann würde alles gewinnen. Wer diese Runde gewann würde der Bessere von uns sein.

"Unglaublich das Spiel oder?", fragte Shadow.

"Ja, hat echt Spaß gemacht. Aber ich bin richtig fertig jetzt.", antwortete ich.

"Tut dein Bein noch weh?"

"Hat sich schon etwas gelegt, wir können gleich losfahren.", antwortete ich.

Shadow schüttelte grinsend den Kopf.

"Was ist?", fragte ich neugierig.

"Beide sind so auf den Sieg fixiert dass wir mit voller Wucht reintreten und beide rutschen wir ab und treten und gegen das Schienbein."

"Tja, zwei Dumme ein Gedanke. Das gibt auf jeden Fall noch eine Beule. Kim wird wieder sagen wie idiotisch wir nicht sind.", meinte ich.

„Vielleicht idiotisch, aber zumindest haben wir Spaß. Und das ist ja die Hauptsache.", erklärte Shadow.

Ich hielt ihm meine Faust entgegen und er schlug seine dagegen.

Als wir beide auf den Ball zu gerannt waren und reingetreten hatten, waren wir abgerutscht und hatten uns gegenseitig gegen das Schienbein getreten. Wir waren beide hingefallen und hatten unsere Beine festgehalten und schmerzhaftes Stöhnen von uns gegeben. Einen Moment später lachten wir jedoch schon wieder, da uns die Szene an den Running Gag von Family Guy erinnerte.

Wir hatten uns auf ein Unentschieden geeinigt. Shadow war eigentlich ich, und daher wusste ich wie ehrgeizig er diesen Sieg verfolgen würde. Hätten wir weiter gemacht hätte es vielleicht noch schlimmer enden können. Außerdem wäre er vermutlich auch genauso angepisst gewesen wie ich, falls er verloren hätte.

Aus zwei Gründen saßen wir jetzt noch auf dem Parkplatz, obwohl wir gar nicht mehr spielten. Erstens, wollten wir den Schmerz in unseren Schienbeinen etwas abklimmen lassen. Vor allem bei mir wäre es nicht von Vorteil, weil ich den Wagen noch zurückfahren musste, auch wenn es nur ein kleines Stück war.

Zweitens wollten wir uns allgemein nach dem Match etwas ausruhen. Es hatte uns wirklich geschafft. Wir waren komplett ausgepowert und verschwitzt. Man konnte wohl schon unseren Atem in der Luft sehen, aber trotzdem fühlte ich mich noch glühend heiß. Und so saßen wir da, auf den Steinen mit dem Rücken an die Glasplatten der Überdachung für die Einkaufswagen gelehnt und unterhielten uns etwas.

„Sag mal was ist eigentlich mit dir und Crystal? Wieso hasst du sie so sehr?", fragte ich.

Vielleicht war die Frage etwas persönlich, aber ich hatte mittlerweile das Gefühl, dass Shadow und ich auf derselben Wellenlänge waren. Zuerst wusste ich nicht genau was ich von ihm halten sollte, weil er meinen Charakter verändert hatte und so gemein zu Crystal war. Ich mochte ihn vielleicht sogar nicht. Doch jetzt verstand ich mich weit besser mit ihm. Er war vielleicht sogar etwas wie ein Bruder für mich.

"Weißt du, das ist sehr kompliziert. Es hängt mit so vielem zusammen, vor allem mit diesen Typen die du gesehen hast. Ich weiß was sie wollen und sollte ihnen deswegen aus dem Weg gehen, aber ich weiß auch dass wir nie ein normales und friedliches Leben haben können wenn die noch da sind. Sie konnten jederzeit auftauchen und dann hätten wir ein großes Problem.", erklärte er.

"Ok, aber was sind das denn für Typen? Wieso hätten wir ein großes Problem wenn die uns kriegen?", fragte ich.

"Es ist sehr kompliziert. Wegen den Typen gibt es uns eigentlich nur.", meinte er.

Verwundert schaute ich ihn an. "Aber müsstet ihr denen dann nicht eigentlich dankbar sein? Und überhaupt, wie haben sie euch erschaffen?", fragte ich.

"Das weiß ich nicht. Ich weiß nur, dass ich ihnen auf keinen Fall dankbar bin. Stimmt schon, sie haben uns erschaffen, wir leben nur wegen ihnen. Aber sie haben uns nicht ohne Grund erschaffen. Wir waren sowas wie Versuchsobjekte für die.", erklärte er.

Nun konnte ich nachvollziehen, weshalb Shadow die Typen loswerden wollte. Wenn man nur lebte um benutzt und ausgenutzt zu werden, dann war das kein Leben. Ich wusste wohl nicht ob Shadow eine Kindheit gehabt hatte, aber wenn ja, dann war es mit Sicherheit keine besonders schöne. Vielleicht war er deswegen auch so tief versunken in negative Gefühle, wenn er keinen Körper hatte.

"Und was sind das für Leute? Sind das Wissenschaftler oder was?", fragte ich.

"Sowas in der Art. Es gab ursprünglich hundert Fähigkeiten in dem Zylinder. Jetzt sind wir nur noch sechzig. Natürlich gab es noch weit mehr, doch die wurden alle vernichtet. Es gab auch hundert Wissenschaftler, aber heute sind es bestimmt weit weniger. Es ist schon lange her, seit dem Zwischenfall, durch den diese Experimente ein Ende genommen haben. Die Wissenschaftler haben uns erschaffen und versucht sich selbst Fähigkeiten zu verpassen. Aber bevor die Fähigkeiten bereit waren ihre Kräfte zu entwickeln musste etwas Zeit vergehen. Vierzig Fähigkeiten aus dem Zylinder haben die Wissenschaftler schon benutzt, bevor der Zylinder verschwunden ist.", erklärte er.

 Ich war ziemlich baff wegen dieser Erklärung. "Du meinst da draußen laufen vierzig verrückte Wissenschaftler rum, die Fähigkeiten besitzen?", fragte ich.

 "Nein, ich glaube es sind schon viele gestorben und die, die noch da sind, müssen ziemlich alt sein. Aber trotzdem sind sie noch gefährlich."

 "Und die wollen euch wieder haben und mit den Experimenten weiter machen?", fragte ich.

 "Ich glaube schon. Die wollen vielleicht nicht in erster Linie uns wieder haben.", meinte er.

 "Was wollen sie dann?", fragte ich.

 "Ich glaube sie wollen Flame haben.", antwortete er.

 "Flame? Wieso sie?", fragte ich.

 "Sie ist etwas Besonderes. Sie ist anders als wir. Aber die anderen Fähigkeiten in den Spritzen wollen sie wahrscheinlich auch wiederhaben. Aber ich und Crystal sind denke ich ziemlich gefährlich für die.", erklärte er.

 "Aber ist das nicht gut für euch? Könnt ihr sie nicht einfach platt machen?", fragte ich.

 "Das ist nicht so leicht, wie du dir das vorstellst. Wenn es stimmt, was Mc vermutet, dann sind die Typen, die wir verfolgen, alle mit der Fähigkeit von einem dieser Wissenschaftler infiziert worden. Die sind wie Spione, die immer die Augen nach uns offen halten. Wenn die uns finden weiß der Wissenschaftler über uns Bescheid. Er wird die anderen, die noch leben, darüber informieren und dann haben wir ein Problem.

 Noch sind wir im Vorteil. Wir wissen wo sich einer dieser Spione aufhält und können ihn vielleicht bis zu dem Wissenschaftler verfolgen. Wenn wir durch ihn erfahren wo sich die anderen aufhalten können wir es endlich beenden. Wir dürfen nur nicht entdeckt werden.", erklärte Shadow.

 Endlich ergab alles einen Sinn. Jetzt wusste ich was los war und wieso es ihm so ernst war. Wir mussten diese Typen finden, denn sonst waren nicht nur Shadow, Crystal und Flame, sondern auch ich, Kim und Mc in Gefahr. Aber wir mussten vorbereitet daran gehen.

 "Ok, mir geht es mittlerweile wieder ziemlich gut. Wir sollten wieder zu mir fahren bevor wir uns erkälten.", meinte ich und stand auf.

Shadow stimmte mir zu und so verließen wir den Parkplatz. Ich war heilfroh endlich in mein Bett zu kommen.

Den nächsten Tag beschloss ich komplett nur dafür zu nutzen, um meine Kräfte besser kontrollieren zu können. Shadow meinte, er wäre schwerer zu kontrollieren, aber mit seiner Hilfe würden wir es schon schaffen.

Allerdings ließen wir uns ablenken und säuberten noch einmal Nami. An Shadow´s Gründlichkeit konnte ich immer wieder erkennen wie ähnlich wir uns waren. Vielleicht hatte ich ja doch nicht einfach nur irgendeine Spritze aus dem Zylinder genommen. Vielleicht hatte ich genau die gegriffen die für mich bestimmt war.

Es wurde immer später. Irgendwann gingen wir wieder nach oben in mein Zimmer und übten dort weiter. Wir mussten noch besser zusammenarbeiten. Aber früher oder später würde das schon werden.

Leider würde es vermutlich erst später werden, denn wir wurden durch den nervösen Anruf von Mc in unserem Training unterbrochen und machten uns direkt auf den Weg zu ihm.

Durchbrechen des Teufelskreises

Flame war wieder in Mc verschwunden. Ich war froh, dass die Hitze vorbei war. Shadow und Kai kamen auch wieder etwas näher. Ich konnte es in der Temperatur dank Crystal noch etwas aushalten, aber die beiden mussten fast verbrannt sein.

"Mal schauen ob ich mich noch krankschreiben muss.", meinte Mc.

"Wär ja nicht verkehrt, so kannst du ja schlecht arbeiten.", meinte ich.

Er nickte bloß. "Hoffentlich zünde ich gleich die Bettdecke nicht an, wenn ich mich schlafen lege."

"Eigentlich sollte das nicht passieren. Aber vielleicht wäre es zur Sicherheit besser, wenn Kai oder Kim über Nacht bleiben, falls doch etwas passiert.", schlug Crystal vor.

"Wenn, dann bleiben wir beide.", antwortete Kai.

"Wäre auf jeden Fall besser als das Haus abfackeln zu lassen.", sagte ich.

Nachdem wir uns noch einige Zeit draußen unterhalten hatten beschlossen wir reinzugehen. Mc hatte vor gleich schlafen zu gehen, was ich nicht für die schlechteste Möglichkeit hielt. Nach den Ereignissen des vergangenen Tages hatte ich mehr als nur ein paar Stunden Schlaf nötig.

Wir beschlossen, den Ofen anzuheizen. Bei Fieber war es ja besser wenn man es warm hatte und allgemein war es in dieser Nacht eher frisch. Mc wollte es zuerst selbst anzünden, mit seinen Händen, aber wir vermuteten dass Flame dann vielleicht gar nicht mehr aufhören würde seinen Arm in Flammen zu setzen.

Wir machten uns alle fertig zum Schlafen, allerdings musste ich noch über eine halbe Stunde auf Kai warten, der einfach nicht vom Klo runterkam. Eine Tatsache die sich bei ihm wohl niemals ändern würde.

Als er endlich da war, war ich heilfroh endlich schlafen zu können. Mc schien das schon geschafft zu haben, was man an seiner ruhigen und gleichmäßigen Atmung erkennen konnte. Hoffentlich würde ich es genauso schnell schaffen.

"Heute wars echt ziemlich cool. Hab mich noch viel mit Shadow unterhalten.", meinte Kai plötzlich.

"Klingt doch gut. Und was sagt er so?", fragte ich. Allerdings fragte ich mich noch mehr warum wir grade jetzt darüber reden mussten. Ich wollte doch nur endlich etwas schlafen.

"Erst hat er mir noch einige Tricks gezeigt, wie ich meine Kräfte besser beherrsche. Dann haben wir einige Runden gezockt, was echt Spaß gemacht hat. Später sind wir einfach spontan zum Parkplatz bei Netto gefahren und haben da Fußball gespielt.", erzählte er mir.

"Das freut mich aber, dass du heute so viel Spaß hattest.", meinte ich. Leider schwang in meiner Stimme etwas zu viel Sarkasmus mit.

"Wieso? Was ist los?", fragte er.

"Nichts.", antwortete ich.

"Aber du klingst angepisst. Irgendwas ist doch nicht in Ordnung.", merkte er.

"Ist doch egal. Ich will jetzt einfach nur schlafen.", meinte ich.

Kai seufzte verständnislos vor sich hin und drehte sich von mir Weg.

"Entschuldigung, dass ich dir den Tag versaue.", meinte ich genervt.

"Das hab ich doch gar nicht gesagt. Ich verstehe nur nicht warum du jetzt angepisst bist. Hab ich dir irgendwas getan?", fragte er.

"Nein."

"Also. Und warum bist du jetzt angepisst?", fragte er.

"Oh Gott, lass uns doch einfach schlafen.", meckerte ich.

"Nein, ich will das jetzt wissen. Ich finde es kacke wenn ich nichts gemacht hab und du trotzdem sauer auf mich bist."

"Ich hab aber jetzt keine Lust darüber zu reden.", antwortete ich.

"Dann sei auch nicht genervt. Ich hab dir nichts getan."

"Du willst das jetzt unbedingt klären oder was?", fragte ich gereizt.

"Ich will einfach nur wissen was dich nervt.", antwortete er.

"Ich bin genervt weil du heute anscheinend viel Spaß mit Shadow hattest.", erklärte ich.

Er drehte sich wieder zu mir um. Wenn es nicht so dunkel gewesen wäre hätte ich vermutlich jetzt in sein verwirrtes Gesicht geblickt. "Das versteh ich nicht. Wieso bist du deshalb genervt?", fragte er.

"Vielleicht hatte ja nicht jeder einen so tollen Tag wie du."

"Was war denn heute? Ist irgendwas passiert?", fragte er.

"Nein?! Ich hab das nur aus Spaß gesagt!", motzte ich sarkastisch.

"Wenn du es mir nicht sagst dann kann ich dir auch nicht helfen.", antwortete er.

"Toll, sowas will man doch hören wenn man sich wegen einigen Sachen ziemlich schlecht fühlt."

"Wenn du es mir nicht sagst. Was soll ich denn machen? Du willst mir nichts sagen, bist aber genervt dass ich dir nicht helfen kann.", meinte er.

"Ich will einfach nur dass du es mal gut sein lässt! Ich will einfach nur schlafen, weil der Tag mich geschafft hat!", schnauzte ich etwas lauter.

"Anscheinend willst du das nicht, sonst würdest du nicht immer wieder antworten!", motzte er zurück.

Es reichte mir. Ich warf die Decke zurück und zog mich an.

"Wo willst du hin?", fragte er.

"Nach Hause.", antwortete ich.

"Wir müssen hier bleiben und aufpassen dass das Haus nicht abfackelt.", wandte er ein.

"Nein, *du* musst hier bleiben. *Ich* fahre jetzt.", erwiderte ich.

Als ich dabei war mir die Schuhe anzuziehen fasste er meine Schultern an und versuchte mich zurückzuhalten.

"Lass mich los!", fauchte ich. Und zu seinem Glück tat er das auch. Allerdings fing er jetzt ebenfalls an sich anzuziehen. Er kam aber nicht mehr dazu Schuhe und Socken anzuziehen, als ich aus dem Haus stürmte. Barfuß lief er mir hinterher und fing mich draußen auf dem Hof ab.

"Warum machst du das jetzt?! Das ist vollkommen lächerlich!", warf er mir vor.

"Vollkommen lächerlich?! Es ist vollkommen lächerlich dass du mich nicht mal in Ruhe lassen kannst und wir einfach schlafen gehen können!", antwortete ich.

"Du sagst mir ja nicht mal was los ist! Nur weil ich dir helfen will bist du jetzt schon wieder angepisst?!"

"Sag mir mal wie du es finden würdest wenn du an einem Tag einmal einen Verrückten mit einem Messer vor dir hattest und später fast vergewaltigt worden wärst?!"

"Woher soll ich denn das wissen?! Du sagst mir ja nichts!", antwortete er.

"Weil ich keine Lust hab darüber zu reden und deinen *grandiosen* Tag zu versauen!"

"Ich wollte dir nur erklären dass er eigentlich gar nicht so ist wie wir gedacht haben! Und dass er mir noch einige andere Dinge erklärt hat! Aber das ist dir wohl egal!", motzte er mich an.

Es war, als würde in dem Moment die ganze Welt um uns herum verschwimmen. Es gab nur noch ihn und mich in einer völlig leeren Welt. Nur ihn, mich... und unseren Streit.

"Du *interessierst* dich ja nicht mal dafür was mir heute fast passiert wäre! Ich dachte du würdest sauer sein oder vielleicht für mich da sein, aber es ist dir ja anscheinend egal! Du willst mir nur unbedingt sagen wie toll es für dich war mit Shadow zu reden!", warf ich ihm vor.

"Das stimmt doch überhaupt nicht! Ich wollte dir das nur erklären und als ich gemerkt hab, dass bei dir was nicht in Ordnung ist, wollte ich mit dir reden! Aber du wolltest ja nicht mit *mir* reden! Wie soll ich dir da helfen!"

"Du verstehst es immer noch nicht oder?! Ich wollte einfach nur meine *Ruhe* haben und *schlafen*! Ich wollte es vergessen, aber wegen dir kann ich das nicht! Aber in Wirklichkeit bist du doch sowieso noch sauer auf mich wegen dem, was damals passiert ist!", meinte ich.

"Das kann ich ja auch nicht einfach vergessen! Wie soll ich sowas denn vergessen?!", fragte er.

"Das sag ich ja auch nicht! Aber es ist so lange her und du bist immer noch sauer auf mich. Als wäre es grade erst passiert! Außerdem weißt du, dass ich nicht wollte, dass das passiert!", antwortete ich.

Ich merkte plötzlich, dass unser Streit gar nicht mehr *unser* Streit war. In dieser völlig leeren Welt waren ich und Kai doch nicht so alleine wie ich geglaubt hatte. Es war, als könnte ich neben uns Crystal und Shadow stehen sehen, die sich genauso stritten wie wir. Nur das sie nicht wirklich da waren. Es war nur so als hätte mein Unterbewusstsein begriffen das sie es waren, die sich stritten und es mir auf diese Weise klar machen wollte.

"Klar weiß ich dass du nicht wolltest, dass es passiert, aber wir hatten darüber geredet! Und du solltest nichts tun bis ich zurück war!", erklärte er.

"Hätte ich etwa nur dumm rumsitzen sollen und auf ein Wunder hoffen?! Was verlangst du da von mir?!"

"Dass du mir vertraust! Nicht mehr und nicht weniger!", antwortete er.

"Dann hättest du *mir* vertrauen sollen und mich einfach schlafen lassen sollen! Ich hätte es dir noch gesagt aber jetzt bin ich einfach noch zu fertig!", erklärte ich.

"Glaubst du ich kann einfach so einschlafen, wenn ich weiß dass es dir nicht gut geht?! Du willst dass ich mich dafür interessiere und gleichzeitig willst du dass ich dich in Ruhe lasse, das ist total widersprüchlich!", antwortete er.

Unser Streit war wieder zu unserem Streit geworden. Es ging wieder um mich und Kai. Irgendwie liefen der Streit zwischen ihm und mir und Crystal und Shadow in einander über.

"Ich will nur *jetzt* dass du für mich da bist! Jetzt hast du mich ja schon so weit getrieben, dass ich es dir gesagt habe! Du hättest mich einfach schlafen lassen sollen!"

"So kann das nicht weitergehen! Immer wieder gibst du mir einen Grund mich über dich aufzuregen und ich geb dir einen Grund dich über mich aufzuregen! Das funktioniert nicht! Das ist ein Teufelskreis!", meinte er.

Ich war wie vor den Kopf gestoßen. Mit dieser Aussage schien er in eine ganz bestimmte Richtung zu schwenken. Auch wenn es im Streit war, war es ziemlich hart.

"Und was schlägst du vor was wir jetzt machen?! Nichts?! Oder willst du jetzt Schluss machen?!"

"Ich sag nur dass es so nicht weitergehen kann! Ich will dich wegen dieser Sache nicht mehr verurteilen!", antwortete er.

"Das tust du aber! Dieser Streit geht immer hin und her und da hab ich keine Lust mehr drauf!"

"Denkst du ich?! Es gibt nur eine einzige Sache, die wir uns eingestehen müssen und wenn du das nicht kannst können wir so nicht weitermachen! Daran gehen wir alle kaputt!"

"Ich weiß. Und grade *du* solltest das zuerst tun! Schließlich hast *du mich* immer weggestoßen!"

Wir schwiegen. Sekunden verstrichen und zogen sich in die Länge. Shadow und Crystal wollten diesen Streit genauso beenden wie ich und Kai. Und es gab nur eine Möglichkeit alles gut ausgehen zu lassen. Und dabei würde es Shadow und Crystal schwerer fallen als mir uns Kai.

Wir sahen uns direkt in die Augen. Verbittert. Doch da war noch etwas. Etwas, das Kai und mich verband. Und wie ich jetzt merkte verband es auch Shadow und Crystal schon seit langer Zeit. Nur dass sie es verloren hatten.

Jeder von uns stand unter Anspannung den ersten Schritt zu tun. Und dann tat jeder den ersten Schritt. Jeder sagte den Satz der alles wieder ins Lot brachte. Jeder sagte die Worte, die alles retten würden. Shadow, Crystal, Kai und ich sagten:"... Ich liebe dich."

Bis an die Grenze

"Sie haben keinerlei Symptome. Wieso denken sie, dass Sie krank sind?"

"Ich habe Fieber, da bin ich mir ganz sicher. Mir ist total kalt und ich finde dass ich erhöhte Temperatur habe. Außerdem fühle ich mich geschwächt und mir ist schwindelig.", antwortete ich.

Mein Arzt machte ein ernstes Gesicht. Fast zwei Stunden Wartezeit und jetzt kaufte er mir nicht ab, dass ich krank war. Was für ein Mist.

"Das Sie Fieber haben kann ich nicht bestätigen. Wenn Sie sich geschwächt fühlen und Ihnen schwindelig ist, kann es mit Ihrem Immunsystem zusammenhängen. Vielleicht werden Sie tatsächlich krank. Ich gebe Ihnen für heute erstmal eine Krankmeldung und falls Sie sich morgen noch schlecht fühlen kommen Sie nochmal zu mir.", erklärte er mir.

Na toll, dann durfte ich mich nochmal mit dem Ganzen auseinander setzen. Ich spürte, dass Flame langsam die Kontrolle über ihre Hitze verlor. Ich hoffte, dass sie noch etwas durchhalten würde.

Ich strenge mich an. Aber es ist schwierig.

Seit wir die Arztpraxis betreten hatten musste sie sich voll darauf konzentrieren meinen Körper nicht in Flammen aufgehen zu lassen. Als der Arzt meine Temperatur gemessen hatte musste sie von dieser Stelle alle Wärme weglenken, die von ihr ausging. Seit dem spürte ich, dass ihre Kontrolle ins Wanken geriet.

Ich war froh, als er mir endlich die Hand gegeben hatte und mich entließ. Nachdem ich die Krankmeldung eingesteckt hatte machte ich, dass ich aus dem Gebäude kam. Ich flitzte ins Auto und fuhr so schnell ich konnte zu mir nach Hause.

Kim und Kai waren schon gefahren, bevor ich aufgestanden war. Sie hatten mir eine Nachricht hinterlassen, dass sie wegen der Arbeit weg mussten. Allerdings war das nur eine halbe Stunde vor meinem Wecker gewesen. Nun hatte ich jedoch einen anderen Überraschungsgast da.

"Mc! Moin!", rief mir Seeb fröhlich entgegen, als ich grade ausgestiegen war. Seeb war groß, fast zwei Meter, hatte blaue Augen und blonde, kurze Haare. Zudem war er recht kräftig gebaut.

"Seeb! Lange nichts von dir gehört! Wie geht´s dir?", fragte ich.

"Joa ganz gut. Hab im Moment viel zu tun wegen der Arbeit. Bin ja noch nicht so lange da.", antwortete er.

Verdammt! Ich freute mich unheimlich ihn mal wieder zu sehen. In den letzten Wochen hatten wir kaum was voneinander gehört, höchstens im Chat. Aber bei Anke und Basti lief es derzeit ja auch nicht anders. Was mich störte war nur der Zeitpunkt. Flames Kontrolle war dabei komplett zu zerbrechen. Ich versuchte ihr irgendwie zu helfen, indem ich mich darauf konzentrierte ihre Hitze zurück zu drängen, aber es wurde immer schwerer.

"Und was hast du heut noch so vor?", fragte er.

"Nicht viel, bin krankgeschrieben. Komm grad vom Arzt.", erklärte ich.

"Echt?! Was hast du denn?"

"Ich glaub ich krieg Fieber. Fühle mich schwach und etwas schwindelig.", erklärte ich.

"Ok. Dann können wir ja irgendwas Chilliges machen. Irgendeine Serie gucken oder einen Film.", schlug er vor.

"Ich weiß nicht. Ich wollte mich eigentlich nur ein bisschen ausruhen.", antwortete ich.

Mittlerweile war die Hitze unkontrollierbar. Jeden Moment würde es soweit sein, das wusste ich genau. Es war etwa so, als würde man über längere Zeit versuchen einen Orgasmus einzuhalten. /*Versuch das mal, das schaffst du keine zehn Sekunden :D/*

Und dann brach es los. Flame verlor die Kontrolle und die komplette Hitze schoss aus mir heraus. Ich schaffte es nur noch den Großteil davon auf meinen rechten Arm zu kanalisieren, den ich gen Himmel richtete.

Seeb sprang erschrocken zurück. Er sah aus als wollte er mir irgendwie helfen, wusste aber nicht recht, was er tun sollte. Als endlich die ganze angestaute Hitze weg war stand mein Arm immer noch in Flammen. Auch an der rechten Schulter und meiner rechten Gesichtshälfte standen einige stellen in Flammen. Meinen Pullover hatte es mal wieder komplett zerlegt.

"Weißt du was?! Einen Film gucken hört sich eigentlich ganz gut an!", meinte ich zu Seeb.

Ich hatte Flame aus meinem Körper rausgelassen, um die Flammen zu unterbinden. Seeb musste dabei wegen ihrer Hitze Abstand nehmen. Nachdem ich mich umgezogen hatte ließ ich sie wieder in meinen Körper, damit sie sich erholen konnte.

Seeb wusste jetzt ebenfalls darüber Bescheid. Ich hatte ihm alles erzählt was ich, Kim und Kai in den letzten Wochen so gemacht hatten. Ich hatte ihm von den Fähigkeiten und dem Buch erzählt und von diesem Bösen, was auch immer es war. Er schien tatsächlich ziemlich interessiert daran zu sein. Ich zeigte ihm noch die Fähigkeiten, was er ebenfalls hoch interessant fand.

"Und die muss man sich einfach spritzen und dann kann man das?", fragte er.

"Naja, man sollte sich nicht *irgendeine* spritzen, das muss schon passen. Außerdem kann man es am Anfang nicht wirklich kontrollieren. Der Körper kann damit noch nicht umgehen, ich hab zum Beispiel auf der Arbeit alles verschmort. Kim hat es nicht geschafft eine warme Tasse Tee zu trinken und Kai war irgendwie wie ein Emo.", erklärte ich.

Seeb wollte noch mehr wissen, vor allem wie Kai als Emo war. Ich erzählte ihm alles was mir dazu noch einfiel. Am Ende hatte er eine grobe Vorstellung wie das mit den Fähigkeiten funktionierte. Er schien sogar darüber nachzudenken sich nicht auch eine Fähigkeit zu spritzen.

"Wir sollten erstmal warten bis Kai und Kim wieder da sind. Crystal und Shadow können dir sicher noch Genaueres sagen. Flame ist ja im Moment krank, wie du mitgekriegt hast.", meinte ich.

"Ja, ne. Ich hab auch nur drüber nachgedacht was es wohl für coole Fähigkeiten gibt. Aber mir selbst eine spritzen will ich jetzt eigentlich nicht.", erklärte er.

"Ist vielleicht auch ganz gut so. Wenn du das jetzt gemacht hättest und am Anfang auf der Arbeit irgendwas passiert wäre es auch kacke. Du, bist da ja noch nicht so lange.", erklärte ich.

"Genau. Und darum überlasse ich das lieber euch."

Wir standen immer noch bei dem Zylinder mit den Fähigkeiten rum. Ich verließ den Raum und begab mich ins Haus. Seeb folgte mir auf Schritt und Tritt.

"Ach ja, wir wollen noch ausprobieren wo unsere Grenzen liegen. Du kannst ja auch mitkommen, wenn wir das machen.", meinte ich.

"Muss ich sehen ob ich Zeit hab. Lust dazu hätte ich aber schon.", antwortete er.

Ich nickte ihm zu. Als nächstes schauten wir uns nach guten Filmen um. Wir hatten ja vor einen gechillten Tag zu machen. Dann und wann musste ich kurz raus um Flame etwas abzukühlen, aber der Tag verlief wirklich ziemlich gechillt.

Am folgenden Tag ging es Flame wieder gut. Sie war topfit und bereit für alles. Ich aber nicht. Ich lag mit Fieber im Bett und war genervt, als ich mich dann auch noch zum Arzt schleppen musste. Der war außerordentlich erstaunt, dass ich jetzt wirklich Fieber hatte. Ich wurde noch für zwei Tage krankgeschrieben dann durfte ich nach Hause fahren.

Seeb schlug auch heute bei mir auf. Als er mir ins Gesicht schaute wusste er aber gleich, dass ich heute nicht für viel zu gebrauchen sein würde. Kai und Kim kamen auch am Nachmittag vorbei um nach mir zu schauen. Eigentlich wollten sie jetzt schon ausprobieren, wie weit wir gehen konnten, doch im Moment fühlte ich mich dazu nicht in der Lage.

"Ist eigentlich alles klar zwischen euch?", fragte ich müde.

"Ja, wieso? Was sollte sein?", fragte Kim.

"Ihr habt euch so laut gestritten dass ich drinnen wach geworden bin. Dachte schon jetzt wärs vorbei."

"Ne, ist alles gut. Besser als sonst sogar.", erklärte Kai.

Crystal und Shadow erschienen plötzlich neben ihnen.

"Sie haben sich wegen mir und Shadow so gestritten. Ich und er kamen ja schon länger nicht so gut mit einander klar.", erklärte Crystal.

"Genau. Und wo sie angefangen haben sich zu streiten brach auch ein Streit zwischen Crystal und mir los. Weil wir nicht so gut miteinander klarkamen hat sich das irgendwie auf Kim und Kai übertragen.", erklärte Shadow.

"Aber jetzt ist alles wieder gut. Crystal und Shadow stehen jetzt so zueinander wie früher.", erklärte Kim.

"Und wie standet ihr früher zueinander?", fragte ich.

"Wir lieben uns.", antwortete Crystal und umarmte Shadow, offensichtlich froh dass endlich alles wieder gut war. Und ich war genauso froh darüber.

Flame materialisierte sich auch vor mir und sprang fröhlich auf sie zu. Sie umarmte die beiden. Endlich war alles wieder in Ordnung.

Wir verbrachten den restlichen Tag gemeinsam bei mir und zockten etwas. Seeb verschwand als Erster, Kim und Kai gingen erst am Abend. Wir beschlossen, unsere Grenzen am nächsten Tag zu erforschen. Solange ich dann wieder gesund war.

Und ich war es. Der Schlaf und etwas Ruhe hatten gereicht, ich fühlte mich wieder lebendig. Ich war wohl noch leicht angeschlagen, aber das machte nichts. Ich beschloss mich bis zum Nachmittag zu schonen.

Als Kim und Kai eintrafen war ich hochmotiviert endlich loszulegen. Allerdings wollten wir noch kurz auf Seeb warten. Nach einer halben Stunde war auch er da und es konnte losgehen.

Wir beschlossen es auf einem Feld zu machen, welches umringt von Bäumen war, sodass es niemand bemerken würde. Zudem war es nicht in der Nähe von vielen Leuten.

Ich hatte mir extra Wechselwäsche mitgenommen. Wenn ich mit meinen Flammen richtig loslegen würde, würde ich wahrscheinlich alles verbrennen. Allerdings hatte ich eine Möglichkeit gefunden das zu vermeiden. Ich konnte meine Klamotten in Flammen brennen lassen, die so kalt waren, dass sie dadurch nicht beschädigt wurden. Wenn heißere Flammen die Stellen trafen wurden sie automatisch von den kälteren Flammen abgefangen. Es erforderte allerdings noch viel Konzentration.

Kim schaffte es, einen riesigen, würfelförmigen Raum aus Eis zu erschaffen, in den ich mich stellte. Wir wollten nicht zu viel von der Umgebung beschädigen. Mit einer Kantenlänge von acht Metern hatte ich in dem Würfel jedoch auch genug Platz.

Ich trug nur eine Badehose, falls ich meine Klamotten doch

etwas versenkte. Kim verließ den Würfel indem sie eine Stelle wieder flüssig werden ließ. Dann konnte es endlich losgehen.

Zuerst hüllte ich meine Badehose in kalte, blaue Flammen. Nach einigen Sekunden hatte ich das Gefühl dafür gefunden und wusste, wie ich es aufrecht halten konnte. Dann ging es los.

Ich feuerte los was das Zeug hielt. Aus jeder Stelle meines Körpers, die nicht mit Stoff bedeckt war, schossen unbändige Flammen. Nach wenigen Sekunden stand ich in einem Meer aus tosendem Feuer. Ich strengte mich noch mehr an und es wurde heißer und heißer.

Selbst mit meiner Fähigkeit konnte ich im Gesicht die Hitze spüren. Dann gab es plötzlich einen Knall. Meine komplette Konzentration brach ab und ich hörte sofort auf mit den Flammen.

Meine Badehose hatte etwas Feuer gefangen, welches ich schnell ausklopfte. Was war das nur für ein Knall gewesen? Als ich mich umschaute wusste ich es. Der Würfel war in tausend Teile zersprungen. Diese Hitze war wohl einfach zu viel für ihn.

"Mc! Alles in Ordnung?", fragte Kim.

"Ja! Und bei euch?", rief ich zurück.

"Ja, nichts passiert.", antwortete sie und lief zu mir.

"Man war das eine Hitze! Ich hab noch versucht den Würfel etwas zu verstärken, aber das war einfach zu viel! Er ist einfach explodiert!", meinte sie begeistert.

"Na Hauptsache euch ist nichts passiert.", meinte ich. "Aber jetzt bist erstmal du dran."

"Ich? Wieso ich? Kai kann zuerst!", protestierte sie.

"Nein, mach du mal zuerst. Ich weiß noch gar nicht ob ich das hinbekomme.", meinte er.

"Ach und wenn ich zuerst dran bin kannst du es oder was?", fragte sie.

"Vielleicht. Aber ich will dass du zuerst dran bist."

"Na ok.", gab sich Kim geschlagen.

Sie stellte sich an die Stelle an der ich eben gestanden hatte und Kai und ich nahmen Abstand. Nachdem sie einige Zeit konzentriert auf den Boden geschaut hatte schien sie sich bereit zu machen loszulegen.

Sie öffnete die Augen und um sie herum fing alles an zu gefrieren. Es war als würde sie eine alles einfrierende Atmosphäre umgeben die sich immer weiter ausbreitete.

"Komm mit, wir sind zu nah dran!", rief Kai schnell und zog mich am Arm zurück.

Es stimmte, wir waren wirklich zu nah dran. Als sie aufhörte hatte sie in einem ziemlich beträchtlichen Kreis um sich herum alles gefroren. Als ich meinen Fuß darauf setzte zerbrach das Gras unter meinen Füßen als wäre es Glas. Man konnte die Kälte spüren. Sie stieg von den Füßen auf und kühlte die Beine ab. Leichte Nebelschleier stiegen vom Boden auf.

"Das war unglaublich Kim! Vor allem wie weit du es geschafft hast, richtig krass!", rief ich begeistert.

"Ja, ich hab mich angestrengt. Aber jetzt bist du dran Schatz.", meinte sie zu Kai.

Kai gab sich geschlagen und trat vor uns.

"Shadow hat mir erklärt, wie das mit den Schatten funktioniert. Ich lenke quasi das Licht und dadurch kann ich die Schatten bewegen. Ich weiß wohl nicht ob das schon meine Grenzen sind, weil ich noch lange nicht alles gelernt habe und es immer noch ziemlich schwierig ist, aber hierfür muss ich mich schon extrem anstrengen und konzentrieren.", erklärte er.

"Nicht lang schnacken Kai, loslegen.", meinte ich.

Er schaute auf seine Füße und konzentrierte sich. Nach einigen Sekunden fing sein Schatten an zu flackern. Dann bildeten sich langsam drei weitere Schatten, die von seinen Füßen ausgingen. Alle flackerten wie wild, nachdem sie ihre volle Größe hatten.

Kai schien Mühe damit zu haben sie unter Kontrolle zu bringen. Nach und nach wurden sie ruhiger und bald stand Kai in einem Kreuz aus seinen Schatten, wie man es vielleicht vom Fußball kennt.

Er konzentrierte sich noch weiter, doch es passierte nichts. Dann griffen auf einmal alle Schatten mit der linken Hand aus dem Boden und materealisierten sich wie Shadow. Ihr linker Arm folgte und als sie bis zur Schulter raus waren kam ihr Kopf zum Vorschein. Sie stützten sich mit der Linken am Boden ab um die Rechte nachzuziehen. Dann schoben sie sich mit beiden Händen bis zur Hüfte raus, danach das linke Bein, womit sie sich abstützten um das Rechte rauszuziehen.

Es sah so ähnlich aus wie bei Shadow, nur dass es bei ihm viel schneller ging und er eher heraus*sprang*. Allgemein sahen sie aber *alle* aus wie Shadow. Kais Gesichtszüge entspannten sich, als er es endlich geschafft hatte.

"Wenn ich sie erstmal draußen hab ist es leichter sie aufrecht zu halten. Ich muss das Licht nur richtig lenken und dann kann ich mehrere Schatten von mir erschaffen.", erklärte er.

"Und das sind jetzt alles Shadow´s", fragte ich.

"Nicht direkt, aber alle sind miteinander verbunden. Und dann sind sie auch noch mit mir verbunden.", erklärte er.

"Glückwunsch Kai. Du hast es endlich geschafft! Du beherrscht jetzt *Das Jutsu der Schattendoppelgänger!*", scherzte ich.

Kai wusste erst nicht was ich meinte, aber das war mir egal. Mir reichte es schon dass Kim es witzig genug fand um zu lachen.

In die Stadt der Schande

Seeb schien überaus begeistert davon zu sein, was wir so machen konnten. Er wollte es unbedingt noch einmal sehen. Jedoch hatte keiner von uns mehr die Kraft oder Konzentration es noch einmal machen zu können.

"Das ist echt richtig geil! Wie könnt ihr das denn machen? Konzentriert ihr euch darauf, dass Flammen aus einem rauskommen oder das alles um einen herum einfriert?", wollte er wissen.

"Ist eine Sache der Übung. Außerdem unterstützen unsere Fähigkeiten uns ja auch dabei.", erklärte ich.

"Bei dir ist das auch voll cool! Du machst einfach Doppelgänger von dir, das ist voll genial!", meinte er begeistert.

"Klingt so als ob du jetzt doch Bock drauf hättest eine Fähigkeit zu haben.", meinte Mc.

"Jaa, ich weiß nicht. Irgendwie schon. Aber ich hab schiss vor dieser Umstellungsphase.", gestand er.

"Die ist ziemlich kurz eigentlich. Naja, ich denke mal dass es auch immer auf die Fähigkeit ankommt, aber allgemein ist die eigentlich recht kurz.", meinte Mc

"Ja, ok. Lass uns das machen.", meinte Seeb, nachdem er etwas darüber nachgedacht hatte.

"Wir sollten noch warten, bevor du deine Fähigkeit bekommst. Zuerst sollten wir diese Typen finden und dir danach deine Fähigkeit geben.", meinte Shadow.

"Aber wieso denn nicht jetzt?", fragte Mc.

"Wir müssen uns jetzt erst mal auf diese Typen konzentrieren, das ist wichtiger. Wenn er jetzt eine Fähigkeit bekommt und sie noch nicht richtig beherrscht müssten wir uns zuerst darauf konzentrieren, oder wir nehmen ihn mit, was auch ziemlich umständlich sein wird. Am besten ist es wenn wir noch einmal zur Stadt fahren, diesen Typen bis zu dem Versteck verfolgen und dann wieder verschwinden. Dann wissen wir schon mal mehr und können die Augen offen halten.", erklärte er.

Es ergab Sinn. Wenn Seeb jetzt eine Fähigkeit bekam könnten wir uns nicht genug darauf konzentrieren diese

Typen zu suchen ohne selbst entdeckt zu werden.

"Er hat Recht Seeb. Zuerst müssen wir die Typen finden, das ist wichtiger. Das dauert nur einen Tag oder einen Nachmittag, danach können wir uns damit befassen dir eine Fähigkeit zu geben.", erklärte ich.

Seeb Begeisterung war mit einem Mal verschwunden. Doch er schien zu verstehen, dass es so besser war.

"Ok, dann lass uns diese Typen jetzt finden und danach krieg ich eine von den Spritzen.", gab er sich geschlagen.

Wir stiegen wieder in den Wagen und fuhren zurück zu Mc um uns darüber zu unterhalten wie wir das machten und ob wir das wirklich schon heute tun sollten. Allerdings waren wir uns schon so schnell einig, dass es sich gar nicht lohnte den Wagen überhaupt zu verlassen.

Wir fuhren direkt nach Oldenburg, wo ich am Straßenrand parkte. Wir stiegen aus und gingen gemeinsam in die Stadt. Doch als wir bei McDonald´s angekommen waren, waren wir uns unschlüssig wo lang wir gehen sollten.

"Ich finde wir sollten zuerst nach Galeria gehen. Da hast du ihn das letzte Mal auch entdeckt.", schlug Kim vor.

"Ja, aber das war auch früher. Jetzt ist es schon später als letztes Mal.", wandte ich ein.

"Schon, aber wir können von da aus ja einfach den Weg ablaufen den der Typ genommen hatte. Wenn wir uns beeilen holen wir ihn noch ein. Zumindest wenn er jeden Tag dieselbe Strecke abläuft.", erklärte Mc.

Wir beließen es zuerst bei dem Vorschlag und machten uns auf den Weg. In der Stadt war heute ziemlich viel los. Strahlender Sonnenschein ermutigte die Leute das Haus zu verlassen. Und deshalb dauerte es auch etwas länger bis wir bei Galeria ankamen.

Wie wir schon erwartet hatten fanden wir ihn dort nicht. Ich konzentrierte mich wieder auf meinen Blick aber außer die mehr oder weniger von schwarzen Adern durchzogenen weißen Gestalten konnte ich nicht viel ausmachen.

"Hast du schon was Kai?", fragte Mc.

"Nein. Ich sag euch schon bescheid wenn ich den Kerl sehe. Aber erstmal müssen wir den Weg abgehen, den er das letzte Mal genommen hat.", erklärte ich.

"Du solltest übrigens nicht die ganze Zeit so rumlaufen.

Deine Augen sehen genauso aus wie die von Shadow, fast komplett rot. Ist ziemlich auffällig.", merkte Kim.

Das war es tatsächlich. Leider war mir das zuvor nicht bekannt. Ab jetzt würde ich es wieder nur zwischen durch benutzen um mir einen Überblick zu verschaffen. Alle fünfzehn bis dreißig Sekunden sollte es genügen, wenn ich es einmal kurz machte.

Als wir Galeria wieder verließen wusste ich nicht genau wohin es als nächstes ging. Doch Kim schien es genau zu wissen, also folgten wir ihr. Als wir ihn beim nächsten Laden nicht fanden wusste aber auch sie nicht weiter. Zum Glück wusste ich diesmal wo es lang ging.

Auf diese Art bewegten wir uns immer weiter durch die Stadt. Immer wenn wir einen Ort abgesucht hatten mussten wir kurz klären wo es als Nächstes hinging. Dadurch wurden wir ziemlich langsam, was wir jedoch durch unsere Laufgeschwindigkeit wettmachten.

Jetzt musste ich meinen Blick öfter benutzen, um nichts zu verpassen. Mir war es nicht mehr so wichtig nicht erkannt zu werden. Immerhin liefen ab und zu auch so Leute mit gefärbten Kontaktlinsen durch die Gegend, da würden sich die Leute schon nichts bei denken. Auch wenn sie sich ab und zu nach mir umdrehten.

Nach einer halben Ewigkeit hielten wir urplötzlich an. Kim hatte die Führung übernommen und ich fragte mich was sie zum Anhalten bewegte.

"Was ist los?", fragte ich sie.

Sie deutete nach vorne und fragte leise: "Da vorne, ist das nicht der Typ?"

Ich konzentrierte mich und konnte ihn entdecken. Unglaublich, Kim hatte ihn auch so wiedererkannt, auch wenn sie nicht meinen Blick hatte. Diesmal durften wir ihn nur nicht wieder verlieren.

Wir blieben in seiner Nähe, aber hielten etwas Sicherheitsabstand. Noch einmal sollte er uns nicht abhängen. Ich wusste genau, dass er früher oder später zum Bahnhof gehen würde, denn das hatte er beim letzten Mal auch getan. Als ich vorschlug dort auf ihn zu warten waren die anderen jedoch dagegen. Sie vermuteten, dass er uns da vielleicht schon entdeckt haben konnte und absichtlich zum Bahnhof gegangen sein konnte um uns abzuhängen.

Also warteten wir ab. Er schien uns auch nach längerer Zeit nicht bemerkt zu haben. Dann kam die Stunde der Wahrheit. Er begab sich erneut auf den Weg zum Bahnhof. Wir hielten wieder Abstand zu ihm, doch wie auch beim letzten Mal war es hier schwer unauffällig zu sein.

Ab und zu sah es so aus, als würde er sich gleich umdrehen, doch dann ging er einfach weiter. Am Bahnhof angekommen beschleunigte er wieder seine Schritte. Ob er uns wieder bemerkt hatte? Wir nahmen die Verfolgung auf.

Er rannte durch die Eingangstür vom Bahnhof und nun spurteten wir los. Innerhalb weniger Sekunden erreichten wir ihn ebenfalls. Und schon war er wieder verschwunden. Ich wollte die Hoffnung nicht aufgeben und schaute mich mit meinen roten Augen um.

Ich entdeckte ihn hinter den Glastüren auf der anderen Seite der Eingangshalle. Er war grade dabei zu einer Treppe zu laufen, die hinauf zu den Gleisen führte. Ohne Vorwarnung rannte ich los um ihn einzuholen.

Die anderen folgten mir, doch als wir die Treppe erreichten war er bereits oben. Immer zwei Stufen aus einmal nehmend rannte ich hoch. Doch wieder war keine Spur von ihm. Ich behielt meinen Blick bei und schaute mich langsam um.

Nichts zu sehen außer ein paar normalen Leuten, die an den Gleisen auf ihre Züge warteten. Einer war auch grade eingetroffen. Quietschend kam er vor uns zum Stehen. Während Gäste aus- und zustiegen schaute ich mich schnell zu beiden Seiten um. Der Typ hatte sich hinter einem Automaten versteckt und kam nun hervor um in den Zug zu steigen.

Ich beeilte mich um eine der Türen zu erreichen, bevor der Zug abfuhr. Seeb, Mc und Kim folgten mir wieder ohne Einwände zu erheben. Zumindest fast. Denn nachdem sich die Türen geschlossen hatten und der Zug losgefahren war wies mich Kim auf eine entscheidende Tatsache hin.

"Wir haben keine Fahrkarten. Was ist wenn wir erwischt werden?"

"Die haben auch im Zug Automaten dafür. Im nächsten Wagon steht bestimmt einer, da können wir uns welche holen.", erklärte ich.

Doch dort gab es keinen Automaten, wie wir feststellen mussten. Auch im Nächsten und Übernächsten war keine Spur von einem Automaten. Als wir noch einmal einen Wagon weiter gingen stoppte ich die anderen und bewegte sie dazu sich in einen Viererplatz zu setzen.

"Was ist los? Wir müssen die Fahrkarten kaufen!", protestierte Kim.

"Da vorne ist der Typ. Rechts, ein paar Reihen vor uns.", erklärte ich.

Vorsichtig spähten die anderen über meine Schulter um sich zu vergewissern.

"Wenn wir noch weitergehen wird er uns entdecken und dann haben wir ein Problem."

"Aber wenn wir hierbleiben könnten *wir* erwischt werden! Und dann haben wir auch ein Problem!", wandte Kim ein.

"Das weiß ich. Aber es geht grade nicht anders. Ich glaube in diesem Zug gibt es auch gar keine Automaten für Tickets.", meinte ich.

Es kam eine Durchsage, die uns auf den Bahnhof in Hude vorbereitete. Der Zug wurde langsamer und stoppte schließlich. Schnell schaute ich zu dem Typen hinüber, der jedoch keine Anstalten machte auszusteigen.

Weiter ging die Fahrt.

"Und wie lange sollen wir das jetzt machen?", fragte Seeb.

"Was meinst du?", fragte ich.

"Na den Typen verfolgen. Woher weißt du wann der bei dem Versteck ist?", fragte er.

"Das wird ziemlich eindeutig sein. Der wird sein Versteck sicherlich nicht in diesem Zug haben. Wenn er aussteigt müssen wir ihn weiter verfolgen. Irgendwann wird er schon zu dem Kerl gehen, der ihn steuert.", erklärte ich.

"Wieso steuert?", fragte Seeb.

"Weil der Typ nur eine Art Spion ist. Für einen anderen, der uns in Wirklichkeit kalt machen will.", erklärte ich.

Das es wirklich so weit gekommen war, dass ich Feinde hatte die wahrscheinlich meinen Tod wollten. Shadow hatte Recht, wir konnten nicht einfach so weiterleben. Im Normalfall hätte ich mir das Ganze nicht abgekauft. Aber dies war anders, immerhin hatte ich selbst eine Fähigkeit weshalb die Typen mich umbringen würden.

Eine weitere Durchsage bereitete uns auf den Bahnhof in Delmenhorst vor. Und natürlich stand der Typ jetzt auf. Delmenhorst, warum ausgerechnet dort? Aber es ergab auch irgendwie Sinn. Wenn man darüber nachdachte, was für Typen sich dort so aufhielten würde mich die Anwesenheit eines verrückten Wissenschaftlers mit übernatürlichen Kräften auch nicht wundern.

Der Zug stoppte quietschend und öffnete seine Pforten. Wir warteten noch bis der Typ ausgestiegen war, ehe wir den Zug verließen. Draußen überkam mich gleich dieses ungute Gefühl. Als würde jederzeit jemand mit einem Messer auf einen losgehen.

Doch das geschah nicht. Das Einzige was passierte war, dass der Typ sich schon wieder entfernte. Wir holten schnell etwas auf, um ihn im Auge zu behalten. Ich setzte wieder meinen Blick ein um ihn leichter zu finden und musste etwas Unangenehmes feststellen. Es waren mehr Typen geworden.

Zuerst hatten wir immer denselben verfolgt, doch jetzt konnte ich mehrere dieser schwarzen, nebligen Gestalten sehen. Deshalb änderte ich meinen Blick wieder. Jetzt konnte ich ihn so besser erkennen.

Dass es jetzt mehrere von ihnen gab sagte mir, dass wir unserem Ziel langsam näher kamen. Wie es aussah würde uns der Typ wirklich zu dem Ort führen, an dem sich der Wissenschaftler versteckt hielt.

Wir gingen durch einige Straßen und Gassen. Von Zeit zu Zeit wurde es immer dreckiger. Die Umgebung wirkte immer unbehaglicher und abweisender. Weiter zu gehen fühlte sich inzwischen ziemlich gefährlich an.

Ich schaute mich immer wieder mit meinem Blick um. Je weiter wir vordrangen desto mehr von diesen Typen gab es hier. Und das war auch der Grund, weshalb ich mich mittlerweile so unbehaglich fühlte. Beinahe jeder der in unserer Nähe war, war einer von ihnen. Einzig und allein eine junge Frau, die es eilig zu haben schien, war keine von ihnen.

Ich fühlte mich von allen Seiten beobachtet. Fast hätte ich vor Erleichterung laut aufgeschrien, als er sich auf eine Bank in der Nähe setzte. Wir befanden uns noch nah genug an der Innenstadt um flüchten zu können, was mir mittlerweile gar nicht so abwegig erschien.

"Habt ihr Lust auf ein Eis?", fragte ich in die Runde.

"Eis? Wie kannst du jetzt an Eis denken?", fragte Kim.

"Ich hab grad einfach Lust drauf. Und grad eben sind wir an einer Eisdiele vorbeigegangen, deshalb frag ich jetzt. Sonst geh ich ohne euch hin.", meinte ich.

Alle ließen sich darauf ein, doch Mc wollte den Typen solange im Auge behalten, wie ich auf dem Weg zur Eisdiele war. Kim beschloss ebenfalls zu warten. Seeb wollte mich zur Sicherheit begleiten.

In Wahrheit brauchte ich nur eine Ablenkung. Ich war äußerst angespannt und musste irgendwie runterfahren um einen klaren Kopf zu bekommen. Da war ein Eis genau das Richtige. Selbst der Weg dahin lenkte mich schon etwas ab.

"Glaubst du wir finden den Typen?", fragte Seeb.

"Ich denke schon. Wir sind schon ganz nah dran. Deshalb sollten wir hier nicht so offen darüber reden, fast alle hier sind Spione von dem Typen.", erklärte ich ihm.

Seeb verstand was ich meinte und blieb ruhig. Ich bestellte schnell das Eis und war erleichtert, dass der Typ von der Eisdiele nicht zu den Spionen gehörte. Ein mit Drogen versetztes Eis konnte ich jetzt nicht gebrauchen.

Wir gingen langsam zurück und erst als ich Seeb erklärt hatte, dass er sich bei dem Eis keine Gedanken machen brauchte, war er bereit es zu essen. Doch als wir zurückkamen fehlte etwas. Um genau zu sein fehlten Kim und Mc. Wo waren sie bloß? Sie konnten doch den Typen nicht einfach ohne mich weiter verfolgen? Ratlos blieb ich stehen und dachte nach.

Das Treffen der Fiktiven

Ich erwachte langsam aus einem tiefen Schlaf. Es war schon fast weniger ein Schlaf als eine Bewusstlosigkeit. Zudem hatte ich einen ekelhaften Geschmack im Mund. Aber was war denn passiert? Hatte ich zu hart gefeiert?

"Na, bist du auch endlich aufgewacht?", fragte mich jemand von rechts.

Erschrocken schaute ich ihn an. Er sah nicht besonders bedrohlich aus und wirkte auf mich irgendwie vertraut. Dabei hatte ich ihn noch nie zuvor gesehen. Oder doch?

"Du siehst ziemlich verwirrt aus. Vielleicht liegt es am Chloroform. Man hat uns alle betäubt und hier her gebracht.", erklärte er.

"Chloroform? Ich verstehe nicht. Wieso? Wo sind wir und wer hat uns betäubt?", fragte ich.

"Keine Ahnung, das versuchen wir schon die ganze Zeit rauszufinden. Die anderen meinten dass ich dich im Auge behalten soll, weil du dich als Einzige noch nicht geregt hast. Außer Lynn, die war von vorn herein von deiner Unschuld überzeugt.", erklärte er.

Lynn?! Ich war hier im Ernst mit einer Lynn eingesperrt?! Was war das bitte für ein Zufall!

/Tja, mal schauen wer sonst noch so dabei ist^^/

"Wer ist denn noch hier außer dir mir und Lynn?", fragte ich.

"Also es gibt noch Sean, Sue, Erwin und einen Typen der sich nur Mister Eko nennt.", erklärte er. "Ach ja, und ich bin Jesse."

Ich war zu ungläubig um zu begreifen was hier grade vor sich ging. Ich wusste jetzt warum er mir so bekannt vorkam. Alle hier waren Charaktere aus Story´s die ich geschrieben oder gelesen hatte. Mit Ausnahme von diesem Typen namens *Mister Eko*.

Entweder irgendjemand kannte diese Story´s und hat Leute entführt und hier her gebracht die vom Namen und Charakter genau dort hinein passten oder hier ging etwas äußerst Merkwürdiges vor sich.

Erst jetzt realisierte ich, dass ich in einem Flur auf dem Boden lag. Es war ein einfacher Flur eines Familienhauses.

Alte Holzdielen und eine altmodische Tapete. Bilder von Menschen, die ich nicht kannte und verschiedenen Landschaften. Und ich hatte keine Sachen mehr bei mir. Meine Tasche war nicht da und somit hatte ich kein Handy, Portmonee, und so weiter.

„Hey, du bist ja wach!", freute sich ein Mädchen, das grade die Treppe herunter gelaufen kam. Sie war etwa in meinem Alter, hatte blonde Haare und war etwa so groß wie ich. Sie ähnelte mir allgemein ziemlich, deshalb vermutete ich es war...

„Lynn! Hast du dich oben schon gründlich umgeschaut?", fragte Jesse.

„Ja, genau wie hier unten ist oben alles verschlossen.", antwortete Lynn.

„Verdammt. Wie sollen wir hier nur wieder rauskommen.", ärgerte er sich.

Jesse stand auf und ging den Flur auf und ab. Er schien wirklich ratlos zu sein. Aber er war immer noch nicht so ratlos wie ich. Immerhin war er schon länger wach und wusste vielleicht mehr als ich.

„Habt ihr denn irgendeine Ahnung wonach wir suchen müssen?", fragte Ich.

„Eigentlich nicht. Wir sind alle hier im Flur aufgewacht, einer nach dem anderen. Irgendwann waren alle wach außer du. Du bist wirklich ziemlich spät erst aufgewacht, wir suchen schon seit einer Stunde dieses Haus ab.", erklärte mir jemand, der grade aus einem Zimmer links von mir gekommen war.

„Ich bin Sean. Keine Sorge, ich verdächtige dich nicht mehr. Zumindest nicht mehr als alle anderen. Aber wie heißt du eigentlich?", fragte er.

„Kim.", antwortete ich kurz und knapp.

„Kim. Kommt mir irgendwie bekannt vor.", meinte Jesse nachdenklich.

„Ja, mir auch. Aber bevor wir uns darüber Gedanken machen sollten wir lieber erstmal rausfinden wie wir hier rauskommen.", schlug Sean vor.

„Wieso habt ihr eigentlich jetzt erst oben nachgesehen?", fragte ich.

Drei Augenpaare schauten mich fragend an.

"Lynn war doch grade oben und du hast sie gefragt ob sie sich gründlich umgeschaut hat, aber wenn ihr schon seit einer Stunde nach einen Ausgang sucht wieso habt ihr dann nicht vorher schon genauer oben geguckt?", fragte ich.

"Wir wussten bis eben noch gar nicht dass es noch nach oben geht. Erwin hat gesehen, dass eine Wand eine Hohlwand war und als er dagegen geschlagen hat, hat sie sich gelöst. Da steht sie noch.", erklärte Lynn und deutete auf ein Brett, dass exakt wie ein Stück Wand aussah.

"Die haben das Teil genau so breit gemacht wie eine Tapetenbahn, deswegen konnten wir sie erst nicht sehen. Lynn, Sue, Erwin und Mister Eko haben sich oben umgeschaut. Ich hab mich nochmal im Bad umgesehen und Jesse hat auf dich aufgepasst.", erklärte Sean.

Er wirkte so merkwürdig ernst. Als wäre er wirklich angefressen hier festzustecken. Mehr noch als alle anderen hier. Ich fragte mich nur warum. Allerdings wollte ich ihn nicht direkt danach fragen.

"Dornrösschen ist also endlich aus dem tiefen Schlaf erwacht. Bist du jetzt auch ausgeschlafen?", fragte ein dicklicher, bärtiger Typ, der Typ Treppe runterstapfte.

"Ja Erwin, total.", antwortete ich.

"Woher kennst du meinen Namen?", fragte er verwundert.

"Jesse hat ihn mir verraten. Auch den Namen von dir Sue.", antwortete ich und schaute das Mädchen an, dass Erwin die Treppe hinunter folgte.

"Wenn er das gemacht hat, hat er dir bestimmt auch von Mister Eko erzählt. Wieso denkst du nicht, dass ich Mister Eko bin?", fragte er.

Ich zuckte die Schultern und antwortete: "Du siehst für mich nicht aus wie ein *Mister Eko.*"

"Und wie ist es mit mir?", fragte ein dunkelhäutiger Mann mit afrikanischem Akzent.

"Sie sind Mister Eko. Zu Ihnen passt der Name wirklich.", gab ich zu.

Ich stellte mich erneut vor, damit jetzt jeder jeden kannte. Ich versuchte sie mit anderen Augen zu sehen, und nicht immer die Charaktere der Geschichten vor Augen zu haben. Doch der Einzige bei dem es mir gelang war Mister Eko.

"Also wir haben einen Flur unten, mit fünf verschlossenen Türen und einer offenen, die zum Bad führt. Dann haben wir noch eine Treppe die nach oben zu einem weiteren Flur führt, welcher fünf Türen hat, doch dort sind alle verschlossen. Zudem haben wir alle keine Ahnung wieso wir hier sind, was wir machen sollen, wer uns hier her gebracht hat oder wo wir *überhaupt* sind.", zählte Sue auf.

Das brachte es ziemlich auf den Punkt. Wir mussten auf jeden Fall die verschlossenen Türen aufbekommen. Die Frage war nur *wie*. Ich dachte darüber nach aber das Einzige was mir einfiel war, die Gegend weiter nach irgendwelchen Hinweisen abzugrasen. Vielleicht fanden wir ja doch etwas, wenn wir nur genau genug suchten.

Doch zuerst einmal musste ich meinen Hintern von diesem Boden hochbewegen, was ich sogleich in Angriff nahm. Ich stand auf und schaute mich etwas um. Zuerst ging ich ins Bad.

Es war nicht sonderlich modern, aber verdreckt war es auch nicht. Allerdings miefte es etwas hier drinnen. Als ich den Wasserhahn anstellte war ich überrascht, dass die Leitungen noch intakt waren. Ich hatte erwartet dass dieses Haus verlassen war.

Jesse folgte mir. Anscheinend wollte er mich immer noch im Auge behalten.

"Die Fenster sind alle vergittert und verbrettert. Rauskommen wird also nicht so leicht werden. Erst recht nicht wenn man nichts hat, womit man die Wände bearbeiten kann.", erklärte er.

Ich warf einen Blick auf das Fenster im Bad. Ein schweres Gitter von innen und von außen mit Brettern vernagelt. Wie es aussah sogar in mehreren Schichten.

"Kann ich mal kurz alleine auf die Toilette? Ich muss mal.", meinte Lynn.

Ich und Jesse verließen das Bad. Wieder im Flur angekommen überlegte ich wo ich mich als nächstes umsehen sollte. Ich entschloss mich für das Obergeschoss. Davon hatte ich bis jetzt noch am wenigsten gesehen.

Wie ich es mir gedacht hatte war es recht unspektakulär. Um genau zu sein sah es exakt so aus wie unten, nur das sich die Türen an anderen Stellen befanden. Mister Eko schien sich das Ende vom Flur genau anzusehen, während

Sue und Erwin versuchten durch die Schlüssellöcher zu spähen.

Keine so schlechte Idee. Dann konnte man vielleicht herausfinden bei welchem Raum es sich am ehesten lohnen würde ihn zu öffnen. Doch wenn alle Fenster im Haus vergittert und mit Brettern vernagelt waren würde man vermutlich nicht viel sehen können.

Ich wusste nicht einmal wie spät es war. Es konnte früh am Morgen sein oder fast Schlafenszeit. Das künstliche Licht der Glühbirnen, das von Lampenschirmen abgedunkelt wurde, würde einem nicht viel weiterhelfen.

Wo sollte man als Erstes nachsehen, wenn man nur zwei leere Flure hatte, eine Treppe und ein Badezimmer? Ich vermutete im Badezimmer, was die anderen aber wahrscheinlich schon zur Genüge getan hatten. Trotzdem wollte ich noch einmal nachsehen.

Lynn kam mir auf der Treppe entgegen, was mir sagte, dass das Bad frei war. Doch als ich es wieder betreten hatte wurde meine Erwartung ernüchtert. Hier gab es kaum Gegenstände. Eine Toilettenbürste, Klopapier und ein Handtuch, ansonsten war es leer.

In der Duschwanne befand sich ebenfalls nichts als ein ekelerregender Kalkansatz. Ich zog den Vorhang wieder zu und betrachtete die Wand vor mir. Weiße Fliesen. Alle ziemlich klein, wie man es aus Schwimmbädern kannte. Doch nichts Aufschlussreiches.

Verträumt ging ich in den Flur zurück. Es konnte doch nicht so schwer sein ein paar Türen zu öffnen, wenn hier so viele Leute waren.

"Entschuldigt wenn ich frage, aber habt ihr schon versucht die Türen einfach einzutreten?", fragte ich.

"Klar haben wir das. Erwin hat sich sogar mit seinem ganzen Gewicht gegen die Türen geworfen, aber es hat nichts gebracht. Im tut nur die Schulter davon weh.", erklärte Sean. Er hatte sich ebenfalls im Bad umgesehen und kam nun raus in den Flur.

Ich lehnte mich mit dem Rücken an eine Tür und dachte nach.

Kim! Da ist Wasser in der Tür!

Crystal? Woher wusste sie dass sich dort Wasser befand?

Ich kann das spüren! Ich wette dass man sie mit dem

Wasser irgendwie auf bekommt. Aber du solltest nicht anfangen sie zu vereisen, wenn alle anderen dabei sind. Ihr müsst ein paar Türen öffnen, damit du Zeit hast diese *Tür zu öffnen.*

Das würde ich liebend gern tun, nur wusste ich nicht *wie*. Nun hatte ich schon eine Möglichkeit eine von den Türen auf zu bekommen, aber ich konnte es nicht tun. Wie ärgerlich. Aber Crystal hatte Recht. Und wenn ich mich richtig erinnerte hatten auch einige der anderen hier Fähigkeiten, mit denen ich nicht unbedingt konfrontiert werden wollte.

Es gab also nur die Möglichkeit nach anderen Hinweisen zu suchen oder einen Schlüssel zu finden. Doch bevor ich auch nur eines davon tun konnte hörte ich die Stimme von Sue.

"Leute! Ich hab einen Schlüssel gefunden!", rief sie.

Die Suche nach Hinweisen

Ich hatte nicht die geringste Ahnung wo sie geblieben sein konnten. Sie waren einfach ohne ein Wort zu sagen abgehauen und hatten mich hier stehen lassen. Verdammt, selbst wenn der Typ weiter gegangen wäre hätten sie eben auf mich warten müssen.

„Vielleicht sind sie ja gar nicht abgehauen, sondern wurden entführt.", meinte Seeb.

„Sie haben doch Flame und Crystal bei sich, da wäre es echt schwierig sie zu entführen. Ich glaube eher dass sie den Typen nicht verlieren wollten und deswegen einfach weiter gegangen sind ohne auf uns zu warten. Aber gut, an ihrer Stelle hätte ich es vielleicht auch gemacht.", sagte ich.

Ich benutzte wieder kurz meinen Blick, musste jedoch feststellen dass sich an der Anzahl von schwarzen Gestalten nicht viel verändert hatte. Meinen Blick behielt ich nicht sehr lange auf. Wenn die Typen erfahren würden wer ich war oder dass ich Shadow in mir hatte, konnte ich ziemliche Probleme bekommen.

„Was sollen wir denn jetzt machen?", fragte Seeb.

„Keine Ahnung. Am Besten ist es wenn wir uns hier in der Nähe nochmal gründlich umschauen und unauffällig bleiben.", schlug ich vor.

„Sind hier nicht überall diese komischen Typen?", fragte Seeb.

„Ja, deswegen sollen wir ja unauffällig bleiben."

„Die werden das hundertprozentig merken. Wenn wir hier durch die Gegend laufen und uns umgucken fällt das voll auf.", wandte er ein.

„Hast du denn einen besseren Vorschlag?", fragte ich.

„Wir könnten sie anrufen, das wäre das Einfachste."

Anrufen, so simpel und ich hatte nicht daran gedacht. In dieser Situation war ich viel zu nervös um daran zu denken dass wir alle Handys bei uns hatten. Schnell zog ich meins aus der Tasche und wählte die Nummer von Kim.

„Ich frage mich warum die *uns* nicht angerufen haben und uns gesagt haben wo die hingegangen sind.", merkte ich an während das Freizeichen ertönte.

Es piepte und piepte und piepte, doch niemand ging ran. Langsam machte ich mir wirklich Sorgen. Ich versuchte es erneut, diesmal bei Mc. Vielleicht hatte Kim ihr Handy auf *stumm* geschaltet, damit man sie nicht bemerkte. Hoffentlich wäre es bei Mc anders.

Auch bei ihm bekam ich ein Freizeichen. Auch bei ihm nahm keiner den Anruf entgegen. Zumindest dachte ich das, denn als ich es fast zwei Minuten klingeln gelassen hatte wurde der Anruf tatsächlich entgegen genommen.

„Hallo, wer ist da?"

Verwirrt schaute ich auf den Display meines Handys. Tatsächlich hatte ich mich nicht verwählt. Doch es war nicht Mc, der den Anruf entgegen genommen hatte.

„Wer ist *da?*", fragte ich entgegen.

„Hey, ich habe zuerst gefragt. Bei mir steht nur *Nettoboy.* Und wer bist du, Nettoboy?", fragte die Stimme.

„Nettoboy ist richtig. Aber jetzt will ich wissen wer da ist und wo ist Mc?", fragte ich.

„Wenn du mit *Mc* den Typen meinst dem dieses Handy gehört, der ist ganz in der Nähe."

„Und wer bist du?", wiederholte ich meine Frage.

„Unwichtig. Ich denke du bist der Typ der Shadow in sich hat oder?"

Überrascht über diese Frage wusste ich nicht was ich darauf antworten sollte.

„Hab ich doch richtig geraten. Nervig, dass du und uns gefunden hast. Aber du und die, die Crystal in sich hat interessieren mich nicht wirklich. Ihr stört einfach nur. Was ziemlich lästig ist. Um Crystal hab ich mich ja schon gekümmert. Du kommst dann irgendwann anders dran. Erstmal muss ich mich mit deinem Freund hier unterhalten. Aber im Moment schläft er noch. Ich werde ihn gleich wecken und dann sehe ich mal weiter. Ich schicke dann jetzt ein paar Leute los, die sich um euch kümmern. Und kommt mir nicht mehr in die Quere, das würde mir den ganzen Tag verderben."

Dann legte er einfach auf. /*Ich glaub ich habe einen Draht zu längeren Erklärungen. Vielleicht sollte ich mich in Zukunft etwas kürzer fassen :P*/ Ich versuchte noch mehrmals ihn anzurufen, aber nun nahm niemand mehr ab. Unglaublich, sie waren wirklich entführt worden!

"Was hat er gesagt?", fragte Seeb.

"Wir müssen hier weg.", antwortete ich.

"Wieso? Was ist los?", fragte er.

"Erkläre ich dir gleich, aber wir müssen hier erstmal verschwinden.", antwortete ich.

Ich packte ihn am Arm und zog ihn in die Richtung aus der wir kamen. Im Stechschritt verließen wir die Gegend. Schnell setzte ich nochmals meinen Blick ein. Alle umliegenden Leute waren schwarze Gestalten. Und sie schauten uns an. Anscheinend war es wirklich einer dieser Wissenschaftler gewesen, der Mc und Kim entführt hatte. Er konnte diese Spione aus der Entfernung lenken, was bedeutete dass wir uns schnell vom Acker machen sollten.

Am liebsten wäre ich wieder umgekehrt um Mc und Kim zu befreien, doch im Moment handelte ich zum Glück nicht aus einfachen Instinkten. Ich musste mit einem Plan an die Sache rangehen, ansonsten hatten wir verloren.

"Was ist denn jetzt passiert? Warum laufen wir jetzt wieder weg?", fragte Seeb.

"Alle hier in der Nähe sind solche Typen. Mc und Kim wurden entführt, von einem dieser Wissenschaftler die die Fähigkeiten erschaffen haben. Ich hab mit dem gesprochen, er ist an Mc´s Handy gegangen. Er lässt jetzt irgendwelche Typen auf uns los, deswegen müssen wir weg.", erklärte ich ihm.

"Ehrlich?!", fragte Seeb erstaunt.

"Ja, glaubst du ich mach Witze?", erwiderte ich und bog schnell um eine Ecke ab.

Vor uns waren jetzt ebenfalls solche Typen, weshalb ich schon an der nächsten Kreuzung wieder abbog. Ich versuchte in Richtung der Innenstadt auszuweichen. Vielleicht wäre es da sicherer. Obwohl ich mir bei einer Stadt wie Delmenhorst dabei nicht wirklich sicher war.

Ich überprüfte in der nächsten Straße wieder die Leute und stellte fest, dass nun auch ein paar normale Menschen dazwischen waren. Nun wusste ich in welche Richtung ich mich bewegen musste. Doch die Typen folgten uns, wenn auch unauffällig im normalen Schritttempo.

Bald waren wir in der Innenstadt. Die Anzahl der Typen war

ziemlich runter gegangen. Wir mischten uns unter die normalen Menschen und hielten uns bedeckt. Schließlich betrat ich einen Klamottenladen und ging zielstrebig in die Herrenabteilung.

"Wieso sind wir jetzt in einem Klamottenladen?", fragte Seeb. "Sollten wir nicht versuchen Mc und Kim da rauszuholen?"

"Wir sind hier, weil hier keine von den Typen drin sind. Draußen sind es auch weniger geworden, aber so dauert es länger bis sie uns finden und wir haben etwas Zeit uns zu überlegen wie wir Mc und Kim da rausbekommen.", erklärte ich.

"Weißt du denn wo genau sie sind?", fragte Seeb.

"Nein, das hat der Typ nicht gesagt.", antwortete ich.

"Das ist schlecht.", meinte Seeb.

Das war mir auch klar, aber was sollte ich denn machen? Ich musste zuerst einmal *uns* aus der Gefahrenzone bringen. Wenn die Typen uns erwischen würden, würde es Mc und Kim auch nicht zurückbringen.

"Wo könnten sie denn sein?", fragte er.

Ich zog mein Handy aus der Tasche und klickte auf *Maps*. Nachdem ich unseren Fluchtweg zurückverfolgt hatte wusste ich, wo wir gestanden hatten als ich Mc angerufen hatte.

"Also wir waren hier, etwas außerhalb der Innenstadt. Da waren überall diese Typen, je näher man kommt desto mehr werden es. Es wäre ziemlich logisch wenn der Typ mit dem ich telefoniert habe und der alle anderen steuert im Mittelpunkt davon ist.", erklärte ich.

"Klingt logisch. Man stellt direkt in seinem Haus ja auch die meisten Wachen auf. Aber wo genau ist denn der Mittelpunkt?", fragte Seeb.

"Kann ich noch nicht genau sagen. Wir müssen schauen wie groß ungefähr die Zone ist in der es viele von den Spionen gibt. Wenn ich die Grenzen an vier Seiten wüsste, zum Beispiel an den Himmelsrichtungen, dann könnte ich in etwa sagen wo Kim und Mc sein könnten.", erklärte ich.

"Das klingt als würde es ziemlich lange dauern. Sollten wir uns nicht lieber etwas beeilen um sie zu befreien?", fragte er.

"Ja, ich weiß! Aber wir können nicht einfach da reinrennen und unvorbereitet hoffen dass wir genau das richtige Gebäude treffen, wo der Typ sich versteckt, nachdem wir es irgendwie an den ganzen Spionen vorbei geschafft haben. Ich hab schon eine Idee, wie ich es etwas beschleunigen kann und wie wir trotzdem noch in Sicherheit sind.", erklärte ich.

"Wie willst du das denn machen?", fragte Seeb.

"Das krieg ich schon hin, aber noch wichtiger bist *du* jetzt.", antwortete ich.

"Ich?! Wieso ich?!", fragte er verblüfft.

"Du musst so schnell wie möglich wieder zu Mc und du musst dir eine Fähigkeit spritzen!", erklärte ich ihm.

Er schaute mich irritiert an. "Aber wieso denn jetzt? Ich dachte ich soll das noch nicht machen weil ihr erst rausfinden wollt wo dieser Wissenschaftler ist?", fragte er.

"Das haben wir ja fast. Und wir wollten es deshalb nicht weil wir uns darauf voll konzentrieren wollten um unentdeckt zu bleiben. Damit wir im Vorteil sind. Wenn du nämlich deine Fähigkeit bekommst muss dein Körper sich darauf einstellen und wir wissen nicht wie sich das auswirkt, dadurch hätten wir nämlich auffliegen können.", erklärte ich.

/Ok, ich komm wohl einfach nicht von den langen Erklärungen weg^^/

"Eben deswegen! Wenn ich jetzt zu Mc fahre und mir eine Fähigkeit spritze dauert es erstmal ewig bis ich wieder hier bin und ich weiß nicht was dann mit mir passiert. Dann fliegen wir vielleicht erst recht auf.", entgegnete Seeb.

"Wir *sind* doch schon längst aufgeflogen Seeb! Der Typ weiß, dass wir hier sind. Der hat Mc und Kim entführt und er hat mit mir telefoniert und mich als den Typen mit *Shadow* identifiziert! Es hat keinen Sinn mehr unerkannt zu bleiben, durch seine Spione hat er seine Augen überall.", erklärte ich aufgebracht.

"Stimmt. Aber was sollte es helfen wenn ich eine Fähigkeit habe die ich nicht kontrollieren kann?", fragte Seeb.

"Das ist doch ganz einfach Seeb. Denk doch mal daran wie es war als Mc seine Fähigkeit bekommen hat. Du warst wohl nicht selbst dabei, aber wir haben dir ja davon erzählt. Er konnte seine Hitze nicht kontrollieren und hat alles versenkt was er angefasst hat. Wenn du jetzt Flame hättest und sie nicht kontrollieren könntest wärst du damit trotzdem eine Hilfe! Du könntest die Spione auf Abstand halten wenn du es nur lernen würdest die Hitze als Flammen aus deinen Händen abzulassen, was vielleicht sogar nicht so schwer ist, und du könntest Schlösser von verschlossenen Türen erhitzen wodurch man sie leichter eintreten kann.", erklärte ich.

"Ja, aber es gibt nicht noch eine Flame.", wandte er ein.

"Stimmt, die gibt es nicht. Aber es gibt eine Menge andere Fähigkeiten. Und davon musst du dir eine spritzen, du kannst dann vielleicht trotzdem helfen.", meinte ich.

"Und was ist wenn es nur noch komplizierter wird?", fragte er.

"Dann bleiben wir erstmal in Sicherheit und überlegen uns was. Aber allein schaff ich es bestimmt nicht Mc und Kim da rauszuholen. Ich brauch deine Hilfe Seeb."

Er schien mit sich zu ringen. Diese Entscheidung war ziemlich heikel. Entweder es war eine große Hilfe das zu tun oder ein großer Fehler. Aber vielleicht war es auch die einzige Möglichkeit. Seeb schien das ebenso zu wissen wie ich.

"Ok ich mache es. Aber welche Fähigkeit soll ich denn nehmen?", fragte er.

"Du musst dir dabei Zeit lassen, das ist wichtig. Du musst wohl so schnell es geht dahin und zurückkommen, aber bei der Auswahl der Fähigkeit *musst* du komplett ruhig sein und dir sicher sein. Am Besten nimmst du jede einmal in die Hand und überlegst welche zu dir passen könnte und wenn du immer mehr aussortiert hast bleiben am Ende nur wenige übrig die passen würden. Die Perfekte zu finden ist Fingerspitzengefühl, aber dabei musst du dir Zeit lassen.", erklärte ich.

"Ok, ich beeile mich und komm so schnell ich kann wieder.", erklärte er.

"Und lass dich dabei nicht von dem Zeitdruck ablenken, es muss wirklich passen. Ich ruf dich später nochmal an wenn ich das Gebiet eingrenzen konnte und in etwa weiß wo Mc und Kim sind.", meinte ich.

Seeb nickte. "Ich lauf dann jetzt zum Bahnhof."

"Ich komm mit.", sagte ich und eilte ihm hinterher. Alleine wollte ich ihn nicht gehen lassen. Nicht bei den ganzen Spionen in der Stadt. Wenn er weg war würde ich mich nach einem guten Versteck umschauen wohin ich ihn bringen konnte falls das Ganze doch eine schlechte Idee gewesen war.

Eine Sache des Vertrauens

Er war rostig und groß. Nicht so modern, eher für drinnen. Sue hielt ihn uns entgegen und da wusste ich dass er für eine Zimmertür war. Die Frage war nur für welche. Nur weil der Schlüssel rostig war musste es das Schloss ja nicht auch sein. Aber eine Frage interessierte mich trotzdem.

"Wo hast du den gefunden?", nahm mir Jesse die Worte aus dem Mund.

"Ich hab ein Bild umgedreht und da war er. Einfach an die Rückseite geklebt.", antwortete sie.

"Auf der Rückseite von einem Bild?", fragte Lynn.

"Wir sollten nochmal alle überprüfen. Unten und oben. Vielleicht finden wir noch einen Schlüssel oder irgendwas dass uns weiterhilft.", schlug Sean vor.

/Wie geil ich das immer noch finde, das ist wie bei Avangers^^ Alle möglichen coolen Charaktere aus allen möglichen Storys zusammengebracht in einer./

Wir beschlossen, die Tür, welche es auch war, nicht zu öffnen bevor wir nicht alle Bilder überprüft hatten. Mister Eko, Erwin, Sue und Sean schauten unten nach, Jesse, Lynn und ich schauten oben nach. Doch leider blieben die Träume nur Schäume, welche sich beim Umdrehen jedes neuen Bildes immer mehr auflösten. Wir trafen oben wieder zusammen und beschlossen uns nun dem Schlüssel zu widmen.

Drei Türen in denen der Schlüssel nichts bewirkte, bei der Vierten hörten wir ein angenehmes Klacken, als der Schlüssel sich im Schloss drehte. Die Tür war offen. Vorsichtig öffnete Sue die Tür.

"Pass bloß auf, vielleicht ist da irgendeine Falle installiert.", warnte Jesse sie.

Sue zögerte nun, angesichts der möglichen Gefahr die von der Tür ausging. Mister Eko löste sich aus dem Hintergrund und stellte sich zu ihr. Behutsam legte er ihr seine linke Hand auf die Schulter und sagte: "Ich kann das machen wenn du möchtest."

Sie nickte sofort und trat zurück. Mister Eko. Dieser Typ passte einfach nicht ins Bild. Und er sah sogar aus wie Mister Eko. Aber er hatte nichts mit den Storys zu tun.

Wieso war er hier? Gab es vielleicht doch einen anderen Zusammenhang zwischen uns allen außer den Storys?

Er öffnete vorsichtig die Tür. Nichts, kein Knall und kein riesiger Baumstamm, der ihm entgegen krachte. Nur ein dunkler Raum in dem Licht einkehrte als Mister Eko den Lichtschalter betätigte.

Es war ein Büro. Ein Arbeitszimmer in dem ein Schreibtisch mit Bürostuhl stand. Außerdem waren da noch ein paar Regale an die Wände geschraubt, ein großer, abschließbarer Schrank stand in der Ecke, daneben ein Aktenschrank.

Doch etwas hier war komisch. Es waren keine *Akten* da. Die Schrankfächer waren alle leer. Im Schreibtisch befand sich nichts und auch die Regale an den Wänden zeigten nichts als Leere. Es wirkte, als wäre grade erst jemand ausgezogen und hätte es nur geschafft den Papierkram mitzunehmen, nicht aber die Möbel.

"Hier ist was drin!", informierte uns Sue.

Sie nahm ein paar Akten aus dem Aktenschrank. Sieben waren es insgesamt und es waren die Einzigen die sich darin befanden. Es waren solche Hängemappen, wie sie oft in großen Firmen benutzt werden. Auf jeder Stand ein Name, handschriftlich in blauer Kugelschreibertinte geschrieben. Und die oberste Mappe war für mich besonders interessant. Es war die Mappe auf der *Kim* stand.

Schnell schnappte ich sie mir, bevor es ein anderer tun konnte. Nun lag die Mappe von Sean ganz oben, welcher sie schnell ergriff. So ging es immer weiter, bis jeder seine Mappe hatte. Ich öffnete sie und war gespannt auf welchen Inhalt ich stoßen würde.

Es war eher unspektakulär, wenn auch beunruhigend. Es waren einfach persönliche Daten über mich. Alter, Größe, Gewicht und so weiter, standen auf einem. Es waren Zeugnisse dabei, es gab Geburtsurkunden. Insgesamt konnte man dieser Mappe fast alles über mein Leben entnehmen.

Ich hatte eher gehofft damit herauszufinden was ich tun musste um hier wieder rauszukommen. Doch ich fand es ziemlich beunruhigend dass die Leute, die uns hier eingesperrt hatten, anscheinend ziemlich viel über uns wussten.

"Toll, das kenne ich alles schon. Wie soll uns das

weiterhelfen?", fragte Sue.

"Vielleicht kennst *du* es schon. Aber wir anderen kennen es nicht.", sagte Mister Eko dazu.

"Du meinst wir sollen die Akten tauschen oder offen hinlegen? Damit jeder alles über die anderen weiß?", fragte ihn Sue.

"Was?! Das mach ich ganz bestimmt nicht! Hier stehen Sachen drin die keinen von euch etwas angehen!", protestierte Sean.

"Ich bin ehrlich gesagt auch nicht dafür. In den Akten stehen Dinge die nicht alle Leute erfahren sollten. Die nicht alle Leute erfahren *dürfen*. Das ist wichtig für mich, denn ich kann nicht jedem vertrauen.", stimmte Jesse ihm zu.

"In meiner Akte stehen auch viele persönliche Dinge. Mit diesen Dokumenten kann man alles über mich erfahren. Naja, vielleicht nicht alles aber sehr viel. Aber wir sollten zusammenarbeiten und uns gegenseitig vertrauen. Sonst kommen wir hier nie raus.", meinte ich.

"Vielleicht gilt das für dich, aber wenn man über andere Dinge erfährt die ihnen Schaden können oder ihre Pläne hochgradig gefährden könnten, wird das nicht jeder so leichtfertig machen.", meinte Erwin.

"Ich will dir ja nicht in den Rücken fallen Kim, aber ich stimme den anderen zu. Vielleicht würde es unsere Lage noch verschlimmern wenn wir wüssten wer wir wirklich sind. Niemand von uns kennt hier alle, deswegen kann auch niemand wissen wie die anderen auf deren Geschichte reagieren. Vielleicht ist Jesse ja ein Auftragskiller und Sean ist der Nächste auf seiner Liste.", erklärte Lynn.

Ich war ein bisschen enttäuscht von ihr. Ein wenig so als würde ich mir selbst in den Rücken fallen. Allerdings hatte sie Recht, wenn auch nur knapp. Ich kannte nicht jeden hier. Aber *fast* jeden. Nur Mister Eko war rätselhaft. Hatte ich ihn denn jemals in irgendeiner Story erwähnt? Oder Mc in einer von ihm?

Mc! Da fiel es mir wieder ein. Ich hatte eine kleine Gedächtnislücke gehabt. Ich wusste von wem ich vermutlich entführt wurde. Aber Mc war in dem Moment noch bei mir gewesen. Kai und Seeb wollten Eis holen. Wir waren nach Delmenhorst gefahren um diesen Wissenschaftler aufzuspüren. Und wahrscheinlich hatte er mich vorher erwischt.

Aber was war mit Kai, Mc und Seeb passiert? Wieso hatte Mc sie nicht aufgehalten als sie mich betäubt hatten? Wieso hatte Kai sie nicht aufgehalten, so lange konnte er doch nicht bei der Eisdiele gesteckt haben.

Fragen über Fragen. Aber ich war mir ziemlich sicher dass es diese Typen waren, die uns entführt hatten. Oder waren die anderen vielleicht auch welche von diesen Spionen? Woher sollte ich wissen, dass auch nur einer von ihnen die Wahrheit sagte. Es war wahrscheinlicher, dass das nur irgendwelche Spione waren, die irgendwoher wussten welche Personen es in den Storys gab und mich damit verunsichern wollten.

"Ich habe auch viel Schlimmes getan in meinem Leben. Ich bin nicht stolz darauf, aber es ist ein Teil meines Lebens. Wir sollten einander vertrauen und die Akten offen legen. Dann finden wir vielleicht heraus wieso wir hier sind und was die von uns wollen. Vielleicht sogar wie wir hier rauskommen.", erklärte Mister Eko.

Ganz bestimmt würde ich keiner Person hier vertrauen, nicht nachdem ich mich wieder an die vergangenen Ereignisse dieses Tages erinnerte. Jeder von ihnen konnte falsch sein und mir an die Kehle wollen. Aber wieso haben sie es dann nicht getan als sie mich betäubt hatten? Es wäre leichter gewesen.

"Wieso sollte ich euch irgendwas über mich sagen?", fragte Jesse. "Ich hab im Moment genügend andere Probleme und das alles hier geht mir ziemlich gegen den Strich. Ich muss zurück. Ich hab ernsthaft Probleme und muss das jetzt klären, sonst wird es ziemlich gefährlich."

Ich war ziemlich überrascht. Jesse hatte auf mich eigentlich eher freundlich gewirkt. Aber ihm schien die Situation doch mehr zu stören als ich vermutet hatte. Außerdem wusste ich dass er gefährlich sein konnte, auch wenn es nicht wirklich *er* war.

"Ich kann dir nur zustimmen Jesse. Auch wenn das nichts daran ändert, dass ich weder dir noch sonst jemandem von euch vertraue.", meinte Sean.

Ich musste irgendwas tun. Obwohl ich ihnen nicht vertrauen konnte musste ich sie dazu bringen die Akten offen zu legen. Wenn diese Typen wirklich von dem Wissenschaftler waren würden sie wissen wer ich war. Woher sollten sonst diese Akten kommen? Ich fragte mich nur was sie mit diesem komischen Spiel hier bezwecken wollten.

"Ok, ich habe einen Vorschlag.", begann ich. "Ich gebe meine Akte einem von euch. Dafür bekomme ich aber dessen Akte zurück. Wenn wir uns nicht vertrauen fahren wir uns hier fest."

Ich schaute Lynn an. Sie war wie ich. Ich wusste alles über sie. Doch wenn ich sie dazu brachte mir ihre Akte zu geben würde es vielleicht bei den anderen etwas ändern. Es wäre ein erstes Zeichen von Vertrauen in dieser Runde, was hoffentlich nicht das Einzige bleiben würde.

"Nein, ich kann nicht. Tut mir leid Kim, aber ich kann einfach nicht.", sagte sie und wandte den Blick ab.

Es erstaunte mich ehrlich, dass sie ablehnte, immerhin hatte sie mir von vorn herein am meisten Vertrauen entgegen gebracht. Wieso wollte sie mir ihre Akte nicht zeigen? Sie musste doch spüren, dass wir irgendwie verbunden waren.

"Aber wieso denn nicht? Ich bin sicher ich werde nichts darin lesen was mich negativ überrascht.", meinte ich.

"Vielleicht doch. Es geht einfach nicht, ich kann das nicht machen."

Grade als ich sie erneut überreden wollte sagte Jesse: "Nimm meine."

Überrascht wanderte mein Blick zu ihm. Hatte er nicht eben noch groß und breit erklärt dass er uns nichts von sich offenbaren wollte?

"Ich weiß, ich wollte es eigentlich nicht. Aber ich habe das Gefühl, dass ich dir vertrauen kann. Hier drin stehen wohl einige ziemlich unangenehme Dinge und Dinge, die du wahrscheinlich nicht glauben wirst, aber egal. Ich möchte dir vertrauen.", erklärte er und hielt mir seine Akte hin.

Ich zögerte kurz. Immer noch überrascht über diesen Sinneswandel. Dann ergriff ich sie und reichte ihm meine. Ich öffnete die Akte und las nur was ich schon wusste. Ein Durchschnittsschüler, der eine Lehre als Mechatroniker begonnen hatte. Hielt Kontakt mit seinem Freund Hank aus

New York. Er lernt Lynn, Miranda und Judy kennen. Zur selben Zeit findet er heraus dass er den Geist seines bösen Zwillings in sich trägt. Nachdem er schon einmal die Überhand übernommen hatte und wieder in Jesse eingesperrt wurde wartet er auf den richtigen Moment um wieder die Oberhand zu gewinnen.

Alles Dinge die ich schon wusste. Und zum Glück stand das *nicht* in meiner Akte. Jesse würde nicht wissen dass sein Charakter aus einer meiner Storys stammte. Also setzte ich einen überraschten Gesichtsausdruck auf, blieb aber ruhig.

"Was da drin steht ist wahr Kim. So unglaublich es auch klingt. Und deshalb muss ich wieder zurück. Ich muss es aufhalten und meiner Freundin helfen.", erklärte Jesse.

"Ok, das verstehe ich. Wir müssen versuchen hier rauszukommen, damit wir es aufhalten können. Ich werds nicht offen hier sagen, was dein Problem ist, solange nicht alle so ehrlich sind wie wir. Ich hoffe nur dass sich das jetzt ändert.", erklärte ich.

Ich warf einen Blick in die Runde und ihre Blicke schienen verunsichert zu sein. Erwin, Sue zumindest. Lynn und Sean blieben bei ihrer Meinung. Grade bei Lynn überraschte es mich, doch sie wirkte auch eher verunsichert und ängstlich.

"Ok, ich tausche meine Akte auch.", meinte Sue und hielt sie Sean entgegen.

"Nein, ich tausche nicht.", beharrte er.

"Bitte. Wir müssen etwas ändern und das geht nur wenn wir uns vertrauen.", meinte ich.

"Ich sagte Nein. Dabei bleibt es."

"Sean, ich verstehe nicht was dein Problem ist! Ich kann mir nicht vorstellen dass in deiner Akte so viel Schlimmes steht, dass es niemand erfahren darf.", meinte ich.

"Vielleicht nicht. Aber es steht zu viel über mich und meine Freunde darin. Ich würde sie damit gefährden. Das hab ich schon einmal getan und ich werde es nicht wieder tun.", erklärte er.

"Was? Du hast niemanden gefährdet! Du solltest nicht dir selbst die Schuld geben, wir können auch deine Freunde werden und dir bei deinen Problemen helfen! Ich meine es ist ganz einfach, zeig uns einfach nur deine...", doch ich wurde unterbrochen, grade als ich ihm die Akte schon abgenommen hatte.

"Nein!!", schrie er. Gleichzeitig leuchteten seine Augen und Adern rot auf und seine Haut und Haare gaben ein schwarzes Schimmern ab, ähnlich wie bei der Spritze von Shadow. Mit voller Wucht knallte die Tür hinter mir zu. Wie von selbst riss die Akte aus meiner Hand und schwebte zu ihm zurück.

Telekinese?! Wer zum Teufel war er und was ging hier vor sich?

Schattendoppelgänger

Ich schaute mich vorsichtig um. Man konnte selbst zwischen all den normalen Fußgängern nie sicher sein ob nicht doch irgendwo einer von diesen Spionen dazwischen war. Seeb war direkt hinter mir. Ich wollte ihn zum Bahnhof bringen ohne dass er von diesen Typen aufgegriffen wurde.

Sie wussten wie wir aussahen und sie hatten von ihrem Chef Anweisungen erhalten. Allerdings hatte ich mich etwas über ihn gewundert. Laut Shadow müsste er schon uralt sein, doch die Stimme des Mannes mit dem ich geredet hatte passte eher zu jemand in den frühen Dreißigern. Vielleicht hatte ich mich auch einfach verhört, da ich so angespannt war wegen all der Spione.

Ich und Seeb waren an einer Hausecke in der Nähe des Bahnhofs. Es schien zum Glück alles frei zu sein. Doch dann entdeckte ich einen von ihnen. Trotzdem beschloss ich weiterzugehen. Ich musste nur einen großen Bogen um ihn machen.

Wir mussten uns beeilen, Seeb *musste* einfach den nächsten Zug nach Oldenburg erwischen! Er musste mit seiner Fähigkeit so schnell wie möglich wieder hier sein. Wer wusste schon was Kim und Mc angetan wurde.

So schnell es ging bahnten wir uns einen Weg in Richtung des Bahnhofs. Rennen durften wir nicht, das wäre zu auffällig gewesen. Bald waren wir an den Gleisen. Leider waren wir nicht allein.

Vermutlich wusste dieser Wissenschaftler dass wir versuchen würden über den Bahnhof zu flüchten. Wir hielten uns in der Nähe einer Treppe auf, bei der keine von ihnen waren. Schnell flitzte ich zum Plan um nachzuschauen wann der nächste Zug fuhr.

Eine Viertelstunde mussten wir noch warten. Zurück zu Seeb und wieder die Umgebung im Auge behalten.

"Wie lange müssen wir warten?", fragte er.

"Ne Viertelstunde. Du musst es nur unentdeckt rein schaffen. Wenn du in Oldenburg bist kannst du am besten ein Taxi nehmen und zu dir fahren. Dann hast du ein Auto und kannst erst zu Mc und deine Fähigkeit spritzen und danach wieder hierher kommen.", erklärte ich.

"Weißt du wie teuer so ein Taxi ist?! Ich hab kein Bock so

viel zu bezahlen!", protestierte er.

"Alter, im Moment haben wir echt andere Sorgen als Geld. So geht es nun mal am schnellsten und das ist das Wichtigste."

Seeb gab sich geschlagen und war einverstanden. Ich bat ihn noch darum von jetzt an leise zu sein, damit ich mich auf diese Typen konzentrieren konnte. Es waren nicht mehr geworden, doch alle hielten die Augen nach uns offen.

Kurz bevor der Zug eintraf schlenderten wir zwischen den anderen Menschen zum Bahnsteig. Alles lief glatt, der Zug kam, Seeb stieg ein, er schloss die Türen und fuhr wieder ab. Grade als die Türen sich geschlossen hatten drehte Seeb sich noch einmal um und grinste mich selbstzufrieden an.

Leider hatte ich nicht daran gedacht, dass die Typen jetzt noch da waren und ich ein offensichtliches Ziel war. Sie entdeckten mich und kamen auf mich zu. Ich nahm die Beine in die Hand und rannte was das Zeug hielt. Merkwürdigerweise waren es nicht mehr so viele wie zuvor. Oh nein! Der Zug! Ein paar mussten eingestiegen sein um den Zug nach uns zu überprüfen. Hoffentlich würden sie Seeb nicht entdecken.

Doch zuerst musste ich mir einmal um mich selbst Gedanken machen. Wenn sie mich erwischten war alles verloren. Weg vom Bahnhof. Weg von den Spionen. Ich lief und lief und dann fiel mir auf dass ich dadurch der Auffallendste zwischen den Menschen war.

Ein angenehmes Schritttempo war das, wozu ich mich jetzt zwingen musste. Doch ich behielt meinen Blick bei. Um mich herum gab es nur normale Menschen. Allerdings erkannte ich zwischen durch ein bisschen entfernt noch welche von ihnen. Ich musste mich weiter entfernen.

In etwa hatte ich im Kopf wo die Typen hergekommen waren. Ich entschied mich für die entgegengesetzte Richtung. Und siehe da, es wurden wirklich weniger. Doch jetzt galt es ein Versteck zu suchen in dem sie mich nicht finden würden und wo Seeb keinen Schaden anrichten konnte, falls seine Kräfte verheerender waren als ich gedacht hatte.

Lange musste ich zum Glück nicht suchen. Gleich ein paar Straßen weiter sah ich keinen Einzigen von diesen Typen mehr und entdeckte ein heruntergekommenes Bürogebäude.

Die Zeiten in denen hier Akten sortiert wurden waren offensichtlich längst vorbei. Es konnten sich höchstens ein paar Obdachlose darin aufhalten.

Vorsichtig betrat ich es. Natürlich waren die Wände mit Graffitis beschmiert und überall lag Müll rum, doch es war keine Menschenseele da. Ich musste aber höher. Falls Spione auftauchen sollten wollte ich sie zumindest entdecken bevor sie mich entdeckten.

Stockwerk für Stockwerk durchsuchte ich alles. Niemand da. Vielleicht würden sie erst abends zum Schlafen hier her kommen. Am Tag waren die Leute die hier leben konnten vermutlich stehlen oder betteln.

Ich blieb im dritten Stock, in einem Büro von dem aus ich die Straßen, welche wieder zu den Spionen führten, direkt im Blick hatte. Wenn sie kommen würden, dann von dort, da war ich mir sicher.

Nun war es an der Zeit meinen Plan in die Tat umzusetzen. Ich musste mich konzentrieren. Es war die einzige Möglichkeit, ich hatte nicht genug Zeit das Gebiet einzukreisen. Zumindest nicht alleine.

Mein Schatten teilte sich. Ich befand mich wieder in einem großen *X* von meinen Schatten. Die vier Schattendoppelgänger kletterten wieder an die Oberfläche, wie Kreaturen, die ich aus der Hölle gerufen hatte, und bauten sich vor mir auf.

"Ok, ihr seid alle Teile von Shadow oder?", fragte ich.

"Ja. Wir sind alle miteinander verbunden.", erklärte der Zweite von rechts.

"Gut, das ist perfekt. Könnt ihr euch denn auch einfach wieder so vereinen?", fragte ich.

"Klar, das ist ganz leicht.", meinte der ganz Linke.

"Super, dann sollte mein Plan ja gut aufgehen.", freute ich mich.

Sie schauten mich erwartungsvoll an.

"Also. Wir müssen rausfinden wo Mc und Kim sind, das müsstet ihr ja wissen oder?", fragte ich.

"Klar, wir wissen alles was ihr bisher besprochen habt.", antwortete der Rechte.

"Das Gebiet, in dem sie sein müssen ist hier.", erklärte ich und zeigte es ihnen auf meinem Handy. "Ich weiß leider nur in etwa wo es mit den vielen Spionen anfängt. Damit sie uns nicht erwischen schicke ich euch los, damit ihr das Gebiet eingrenzt. Ihr lauft zusammen bis zu dem Punkt, an dem es mit den vielen Spionen anfängt, dann laufen zwei rechts lang einer links. So lange bis sie weniger werden dreht ihr einen Kreis um das Gebiet. Ihr positioniert euch im Osten, im Westen, im Norden und im Süden. Wenn ihr das Gebiet eingegrenzt habt vereint ihr euch wieder. Dann wissen wir genau wo wir suchen müssen.", beendete ich die lange Erklärung.

"Ok, das klingt nach einem guten Plan, aber da gibt es einen Haken.", merkte der Linke an.

Überrascht schaute ich ihn an. "Was für einen?"

"Wir können uns nicht so schnell wieder vereinen. Wir können wohl schnell wieder zu Schatten werden, und uns in anderen Schatten unheimlich schnell bewegen, aber für Strecken durch die Sonne brauchen wir länger und es ist auffällig.", erklärte er.

"Dann solltet ihr euch im Schatten halten. Wenn sie wissen wohin ihr euch bewegt, wenn ihr wieder herkommt, dann würdet ihr sie direkt hier her führen. Ihr solltet euch allgemein im Schatten halten, so wie ihr ausseht seid ihr ziemlich auffällig.", merkte ich an.

"Genau das wollte ich auch grade sagen. Werden die Leute uns nicht bemerken? Wir werden doch ziemlich große Aufmerksamkeit erregen?", meinte der Zweite von rechts.

"Das ist nicht so schlimm, wenn ihr schnell genug seid, dann bemerken sie euch vielleicht gar nicht. Ihr müsst vor allem darauf achten das diese Typen euch nicht entdecken. Aber die seht ihr ja. Oder nicht? Ihr habt doch alle den Blick mit dem ihr sie sehen könnt, oder?", fragte ich.

Sie nickten einheitlich.

"Wir können eigentlich fast alles was du auch kannst. Vielleicht noch etwas mehr. Und wenn wir uns alle wieder mit Shadow verbunden haben solltest du alles wissen was wir gesehen haben. Untereinander wissen wir immer wo die anderen sind, wir können das alles praktisch *gleichzeitig* sehen. Aber wir können es dir und Shadow nicht so schnell überbringen.", erklärte der Linke.

"Ich dachte ihr *wärt* Shadow? Seid ihr nicht alle zusammen

Shadow?", fragte ich.

"Nein, wir sind nur kleine Teile von ihm. Schatten eines Schatten. Der echte Shadow ist noch in dir.", meinte der Rechte.

Das war gut zu wissen. Ich hatte schon angenommen dass ich jetzt komplett allein dastehen würde, aber das beruhigte mich schon etwas. Wenn ich Shadow noch in mir hatte bedeutete das, dass ich meine Kräfte noch benutzen konnte. Und damit wäre ich nicht komplett wehrlos falls diese Typen hier auftauchen sollten.

"Was sollen wir tun wenn wir erwischt werden?", fragte der Rechte.

"Wenn ihr alle miteinander verbunden seid und wisst, wo sich die anderen befinden, dann könnt ihr einander helfen. Das Wichtigste ist es, dass wir das Gebiet eingrenzen können und den Mittelpunkt finden. An einer Seite kommt ihr ja gemeinsam an, derjenige der dort wartet könnte die anderen im Notfall unterstützen. Und wenn nichts mehr geht, dann flieht. Versucht den anderen von euch etwas Zeit zu verschaffen.", erklärte ich.

Ich hab ein ungutes Gefühl. Schau mal aus dem Fenster.

Ich stand auf und tat was Shadow wollte, ich schaute aus dem Fenster. Er musste ein unheimlich feines Gespür haben, denn dort unten befand sich tatsächlich jemand. Mit meinem Blick konnte ich ihn als einen der Spione identifizieren.

Nach etwas suchend schaute er sich immer wieder um. Gut, das sagte mir, dass er mich noch nicht gefunden hatte. Allerdings war es unpraktisch, dass sie sich schon in dieser Gegend befanden. Früher oder später würden sie mich finden, da war ich mir sicher.

Ich schaute zurück zu den vier Doppelgängern. Sie hatten den Typen ebenfalls bemerkt und wirkten eher ratlos. Ich schätzte, weil sie nicht wussten ob sie sich jetzt wirklich auf den Weg machen sollten.

"Ihr müsst noch kurz warten bis dieser Typ weg ist. Dann macht ihr euch auf den Weg. Seid vorsichtig und bleibt unentdeckt. Unser Plan darf nicht schon so früh scheitern.", meinte ich.

"Und was ist mit dir? Wenn die Spione schon hier sind könnten sie dich finden. Soll nicht besser einer von uns hier bleiben und dich unterstützen?", fragte der Linke.

"Keine Sorge, ich komme schon klar. Ihr müsst euch gegenseitig unterstützen, das ist viel wichtiger. Wenn die mich hier entdecken dann sollten sie auch sicher sein dass sie wissen, worauf sie sich da einlassen.", erklärte ich.

Mein Doppelgänger nickte. Ich warf noch einen Blick nach unten.

"Ok, der Typ ist weg. Ihr könnt loslaufen. Und haltet euch an den Plan, wenn was schiefgeht ruft zuerst Unterstützung. Ich zähle auf euch."

Gleichzeitig grinsten mich alle vier breit an und streckten ihre Fäuste mit erhobenen Daumen vor. Sie würden es schon schaffen. Sie hatten meine Kräfte. Solange sie unentdeckt blieben würde schon alles glatt gehen.

Gefangen

Langsam erwachte ich aus meinem traumlosen Schlaf. Was war passiert? Ich stand grade noch mit Kim auf der Straße und hatte diese Typen beobachtet. Wie war ich in dieses Zimmer gekommen? Und was mich noch viel mehr beschäftigte: Wieso konnte ich mich nicht bewegen?

Müde drehte ich den Kopf nach rechts und links, nur um festzustellen, dass meine ausgestreckten Arme gefesselt waren. Wo war ich? Wieso war ich gefesselt? Das alles gefiel mir ganz und gar nicht.

Alles war dunkel. Ich war allein im Raum wie ich feststellte. Es gab nur noch einen kleinen Rollwagen mit Werkzeug, irgendein Bedienpult wohinter ein zwei Meter großer Glaszylinder stand und einen ausgedienten Barhocker.

Doch wie konnte ich das erkennen, wenn es dunkel war? Es gab eine Lichtquelle! Ich folgte den Lichtspuren mit den Augen und entdeckte kurz darauf den Verursacher. Es war ein Spalt unter einer Tür. Eine Metalltür wie es aussah. Doch das Licht war schwach. Es wirkte eher künstlich, wie von Glühbirnen.

Was ist passiert?

Ich erklärte Flame, dass ich es auch nicht wusste. Wir mussten hier irgendwie rauskommen. Vielleicht konnte ich mich befreien wenn ich die Fesseln verbrannte. Ich versuchte meine Hände aufzuheizen, doch es klappte nicht. Was war das?!

Irgendwie wird meine Kraft immer abgesaugt! Immer wenn ich versuche dich aufzuheizen geht die Energie direkt in die Handschellen. Deswegen kann ich dich nicht befreien.

Kaum zu fassen. Was waren das denn bitte für Handschellen?! Gab es wirklich ein Material das so etwas tun konnte? Ich hätte es nicht für möglich gehalten. Doch ich war gefesselt und wegkommen würde ich mit Sicherheit nicht.

Plötzlich hörte ich etwas! Es kam von der Tür! Irgendjemand war dahinter! Oder irgendetwas!

Es waren Schritte, Schritte die näher kamen. Näher und näher, bis sie schließlich vor der Tür stoppten. Ein Schlüsselbund klapperte. Nach wenigen Sekunden wurde die Tür geöffnet und die Person betrat den Raum.

„Oh, du bist wach? Hast ja auch lange genug geschlafen.", merkte die Person an.

„Wer bist du und wo bin ich hier?", fragte ich.

„Du bist gar nicht so weit weg wie du vielleicht denkst. Kim und ein paar Bekannte von ihr sind ganz hier in der Nähe. Du kennst sie übrigens auch alle."

Ich war irritiert. Waren Kai und Seeb gemeint? Aber wieso wurden sie dann nicht beim Namen genannt?

„Wen meinst du?", fragte ich.

„Jesse zum Beispiel. Oder Erwin und Sue. Mister Eko ist auch dabei.", war die Antwort.

„Was? Die gibt es überhaupt nicht! Und wieso überhaupt *Mister Eko?* Es gibt gar keine Story über den!", wandte ich ein.

„Tja, sei dir da mal nicht so sicher."

Nun musste ich genau nachdenken. Hatte ich Mister Eko jemals in einem meiner Manuskripte erwähnt? Als Scherz oder Erwähnung? Nein! Da war ich mir ganz sicher.

„Ich habe keine Story über Mister Eko geschrieben. Er kommt in keiner vor.", blieb ich bei meinem Einwand.

„Ich weiß. Aber meine Antwort war auch nicht darauf bezogen."

„Du meinst im Ernst dass ich es diese Charakter *gibt?* Das ist unmöglich! Sue bin ich in New Story! Und Jesse irgendwie auch teilweise, zumindest identifiziere ich mich mit ihm. Aber es gibt mich schon! Ich bin der lebende Beweis! Wie soll das also möglich sein?", wollte ich wissen.

Langsam kam die Person um den Tisch herum, auf dem ich festgeschnallt war. Sie ging um mich herum bis sie direkt hinter meinem Kopf stand. Dann beugte sie sich vor und ihr Mund berührte fast mein Ohr.

„Weil ich auch eine Fähigkeit habe.", flüsterte sie mir ins Ohr.

Erschrocken fuhr ich zusammen. Das konnte doch nicht sein! Die Fähigkeiten waren bei mir Zuhause und niemand wusste davon! Es gab nur eine mögliche Erklärung dafür und die war…

„Ich bin auch einer dieser Wissenschaftler."

„Aber das kann nicht sein! Du bist viel zu jung dafür! Du

müsstest neunzig sein oder älter!"

"Neunundneunzig um genau zu sein. Die Fähigkeiten verschaffen uns ein langes Leben. Ich war neunzehn, als ich dort gearbeitet habe. War schon ziemlich früh dabei, weil ich einiges auf dem Kasten hatte. Heißt nicht das ich das nicht immer noch habe."

"Aber du siehst grade mal aus wie achtzehn! Oder zwanzig! Ok, höchstens vierundzwanzig, aber nicht älter.", fand ich.

Meine Faszination ärgerte mich unheimlich. Da stand die Person vor mir die wir gesucht hatten um das alles zu beenden und ich war interessiert an dem Alter!

"Ich müsste etwa aussehen wie achtzehn oder neunzehn. Das liegt an meiner Fähigkeit. Was glaubst du wohl wieso ich nicht an der Existenz von Jesse und Lynn zweifle? Es gibt nicht nur einen von uns, damit ihr das wisst. Mein Kollege hat seine Spione schon vor Wochen in die Welt geschickt um die Fähigkeiten zu suchen und zu finden. Und siehe da, ein paar kleine Trottel finden sie und führen uns direkt zu ihnen. Und nicht nur das! Du hast mir grade mit der Expresslieferung eine ganz besondere Fähigkeit ausgeliefert, und zwar *Deine*."

Flame? Wieso sie? Was wollten diese Typen von ihr? Ich wollte wissen was sie so besonders machte, doch ich wollte ihnen gleichzeitig nicht zu viele Informationen geben.

"Was willst du von ihr?", fragte ich kalt. Was Flame anging verstand ich keinen Spaß. Wenn er ihr etwas antun wollte dann konnte ich aber ganz anders werden. Und das würde diese Person definitiv zu spüren bekommen.

"Untersuchen. Erst äußerlich, die Eigenschaften, Persönlichkeit, Sachen die man so von jemandem erfahren konnte. Nach einiger Zeit würden wir Gewebeproben entnehmen, glaub nicht dass das nicht möglich wäre, denn das ist es. Wir würden weitere Untersuchungen an ihr durchführen und, wenn es sich lohnt, Klone erschaffen."

"Wie widerlich seid ihr eigentlich? Wie könnt ihr solche Dinge tun ohne dass euch dabei selbst schlecht wird?", fragte ich.

"Es ist Wissenschaft, da sind Opfer notwendig. Außerdem wurden uns die Fähigkeiten ja entwendet bevor sie bereit waren. Nur wegen einem kleinen Zwischenfall. Aber die von uns, die damals noch jung waren und ihre Fähigkeit noch haben, die leben heute noch! Und glaub mir wir kriegen die Fähigkeiten zurück und das schon früher als du denkst."

Ich versuchte meine Hand loszureißen um meine Wut in einen Schlag zu verwandeln, der die Person direkt ins Gesicht treffen sollte. Ich versuchte Flammen loszuschicken, um die Person in einen Aschehaufen zu verwandeln. Doch es passierte nichts außer einer kleinen Stichflamme, die aus meiner linken Hand schoss. Die Person wich schnell genug aus und blieb unverletzt.

"Erstaunlich!", sagte sie und beugte sich zu meiner Hand runter um die verglimmende Hitze zu betrachten. "Eigentlich hättest du das gar nicht machen können. Aber du bist wohl stärker als ich dachte."

Die Person wandte sich ab und ging wieder um den Tisch herum, bis sie an meiner rechten Seite stand. Doch diesmal stand sie einen Meter entfernt. Möglicherweise Sicherheitsabstand.

"Weißt du eigentlich was das für ein Material ist, mit dem du gefesselt wurdest?"

"Ich hab keine Ahnung, und es ist mir auch egal, aber ich schwöre wenn ich hier rauskomme werde ich dich töten. Du wirst nicht einmal die *Möglichkeit* haben über deine Fehler nachzudenken.", erklärte ich boshaft.

Doch meine Erklärung ließ die Person kalt. Sie stand nur da, hörte sich an was ich zu sagen hatte, wartete, ob ich noch etwas hinzuzufügen hatte und öffnete den Mund um zu sprechen.

"Dieses Material ist dasselbe wie das, womit die Leute infiziert würden. Es ist ein Teil der Fähigkeit, und damit fast lebendig. Mein Kollege hat dich für mich gefesselt. Deine Hand- und Fußfesseln absorbieren deine Kräfte, wodurch du sie nicht einsetzen kannst. Du kannst nur daliegen und mir deine Fähigkeit überlassen."

"Niemals werde ich das tun!", erwiderte ich.

"Hör mir mal zu. Ganz ehrlich? Ich hab auch keine Lust hierzu. Ich hab halt beim Streichholzziehen verloren. Daher würde ich es gerne so einfach haben wie möglich. Ich hab im Moment schon mit Kim genug Spaß, da brauch ich nicht *noch einen* über den ich mir den Kopf zerbrechen muss. Also fände ich es doch überaus freundlich von dir wenn du mir deine Fähigkeit freiwillig überlassen würdest. Keine Folter, keine Qualen, nur ein schneller Tod. Du wirst es gar nicht merken, so schnell wird er kommen. Also, gehst du auf meinen Vorschlag ein?"

Folter?! Qualen?! Tod?! Nicht grade das was ich gehofft hatte zu hören. Ich wusste nicht ob ich bei sowas stark bleiben würde. Allein der Gedanke an das Wort *Folter* ließ mir das Blut in den Adern gefrieren.

"Leck mich am Arsch man.", war das Einzige was ich dazu zu sagen hatte.

"Wirklich sehr sehr schade mein Freund. Es hätte so leicht sein können, aber du willst ja unbedingt den harten und unangenehmen Weg. Aber eines kann ich dir versprechen: Ich werde sie bekommen. Früher oder später, aber bekommen werde ich sie definitiv."

Mein wütender Blick traf die Person. Unbeeindruckt erwiderte sie ihn. Ich würde mich selbst vermutlich auch nicht als Gefahr sehen. Nicht unter diesen Umständen. Doch ich würde hier freikommen und die Person töten. Das war mein letzter Wille. Auch wenn ich dabei sterben sollte.

"Aber weißt du was? Ich bin eigentlich schon viel zu lange hier. Die anderen könnten mich noch vermissen oder suchen, wenn sie mich nirgends entdecken könnte es ziemlich auffällig sein. Und das wollen wir ja nicht."

"Wo willst du hin?", fragte ich.

"Na wo schon, zu Kim und ihren neuen Freunden natürlich!"

Zu Kim? Wie konnte es sein dass Kim das nicht wusste? Sowas musste doch auffallen!

Glaubst du dass es wehtut was sie mit mir machen werden?

Natürlich würde es wehtun. Und das nicht zu knapp, wie ich vermutete. Doch ich würde es nicht zulassen, dass sie Flame in die Finger bekamen. Sie war ein wichtiger Teil meines Lebens geworden und ich würde sie mit allem in meiner Macht stehendem beschützen.

"Was willst du eigentlich von Kim? Ich dachte du bist hinter meiner Fähigkeit her?", fragte ich.

"Sie hat Crystal in sich, und das ist nicht grade

ungefährlich. Wir müssen sie ausschalten. Wenn wir es schaffen Crystal vorher rauszuholen wäre es gut, wenn nicht wäre es kein großer Verlust. Ich werde ihnen aber Chancen geben wieder rauszukommen. Auch wenn ich sie damit gegeneinander aufhetzen kann. Aber das ist doch grade das Gute daran. Wenn sie erstmal in Fahrt sind gibt es kein Halten mehr. Kim wird ziemliche Überzeugungsarbeit leisten müssen, um da wieder heil rauszukommen."

Die Person wandte sich zum Gehen um. Mit entspannten Schritten ging sie zur Tür und öffnete sie. Doch noch bevor sie die Tür schloss schob sie noch einmal ihren Kopf herein um mir etwas mitzuteilen.

"Achja, und *Schreien* bringt nichts. Hinter dieser Stahltür ist ein kleiner Gang der zu einer schallsicheren Tür führt. Erst dahinter beginnt die eigentliche Wohnung. Mal schauen wie lange es dauert bis sie es hier her schaffen. Aber dafür brauchen sie den passenden Schlüssel, welcher sich zufällig in meinem Besitz befindet. Aber jetzt ist genug geredet worden. Ich muss los, bevor ich noch etwas Spaßiges verpasse."

Der Kopf verschwand aus der Tür, welche geschlossen wurde. Dann drehte sich ein Schlüssel im Schloss und die Schritte entfernten sich. Oh Kim, hoffentlich würdest du da heil rauskommen. Vielleicht warst du meine letzte Hoffnung.

Einer von uns ist keiner von uns

"Wer bist du?", fragte ich immer noch überrascht.
Nachdem er die Akte wieder in der Hand hatte sah er wieder normal aus.

"Sean. Hab ich doch schon gesagt?", antwortete er bloß.

"Du bist nicht Sean. Sean kann sowas nicht, er ist eigentlich nur ein ganz normaler Typ!", wiedersprach ich.

"Meinst du jetzt etwa du würdest mich besser kennen als ich selbst? Du machst wohl Witze.", antwortete Sean.

Die anderen wirkten genauso überrascht wie ich. Selbst Erwin und Sue wirkten überrascht. Aber wie konnte das sein? Wenn Mc New Story weitergeschrieben hatte und mir noch kein Update geschickt hatte, dann konnte es sein das er als Sean solche Fähigkeiten besaß. Keine Ahnung wie, aber ab und zu waren derartige Wendungen auch nicht vorherzusehen. /*Zum Beispiel diese hier^^*/

Aber wenn es so war, wieso waren dann auch Sue und Erwin überrascht? Müssten sie nicht eigentlich davon wissen? Und überhaupt, Sue und Sean waren doch ein und dieselbe Person. Wie konnte es da sein dass ich mit beiden zusammen in einem Raum stand? Ok, dass ich *überhaupt* mit denen in einem Raum stand war mehr als unwahrscheinlich, aber sie mussten sich doch erkannt haben. Es sei denn…

"Wie alt bist du eigentlich?", fragte ich ihn.

"Mein Alter? Wieso willst du das wissen?", entgegnete er.

"Nur so, was ist schon dabei? Ist doch bloß ein Alter das verrät schon nicht zu viel über dich, wenn dir Geheimhaltung so wichtig ist.", meinte ich.

Er schaute mich scharf an. Ihm musste klar sein, dass hinter meiner Frage mehr steckte als bloß der Sachinhalt. Seine Miene erweichte nicht, dennoch schien er bereit zu sein es mir zu verraten.

"Siebzehn." antwortete er.

Siebzehn?! Er hätte dreiundzwanzig oder so sein müssen. Das *konnte* nicht der Sean sein der in *New Story* vorkam. Aber welcher war es dann? Mir war nur ein weiterer bekannt und das war der aus meiner Kurzgeschichte, in der alle verschwanden.

„Wie heißt du denn mit Nachnamen?", wollte ich wissen.

„Versuchst du jetzt alle Informationen so aus mir rauszubekommen? Ich vertraue euch nicht. Dafür ist in den letzten zwei Jahren zu viel passiert. Jeder von euch könnte zu den Seelenbildern gehören. Oder zu sonst jemandem der es auf uns abgesehen hat.", erklärte er.

Was bitte sehr waren denn *Seelenbilder?* Und was für andere hatten es noch auf ihn abgesehen? Auf einmal wurde alles über den Haufen geworfen, was ich geglaubt hatte zu wissen. Ich kannte ihn nicht. Ich war mir nicht sicher ob ich *überhaupt* einen von ihnen kannte.

„Ich gehöre zu niemandem, ich will nur hier raus. Gehört ihr zu diesen Seelenbildern oder irgendjemandem der es auf ihn abgesehen hat?", fragte ich in die Runde.

Alle verneinten dies. Aber gut, das würde vermutlich auch freiwillig niemand zugeben.

„Und was sollen dann die ganzen Fragen?", fragte er.

„Ich dachte du wärst jemand anderer. Aber als du dich auf einmal so verändert hast wusste ich nicht mehr wer du bist."

„Für wen hast du mich denn gehalten?", fragte er.

„Für Sean Jump.", antwortete ich.

Sofort fing ich die Blicke von Sue und Erwin auf. Beide schauten mich ungläubig an.

„Woher kennt sie dich?", fragte Erwin.

„Ich habe keine Ahnung.", gab Sue zu.

Nun wandte sich die allgemeine Aufmerksamkeit den beiden zu. Sue wirkte immer noch perplex. Erwin schien die auf sie zukommenden Fragen schon zu wittern und rümpfte genervt die Nase. Vielleicht war es aber nur der Blick mit dem er jedes Mal Mister Eko begegnete.

„Was heißt hier *woher kennt sie dich?* Ich dachte du heißt Sue?", wollte Sean wissen.

„Das ist kompliziert. Eine ziemlich lange Geschichte, aber ich kann euch die Grobfassung geben. Aber nur unter einer Bedingung.", erklärte Sue.

„Welche Bedingung?", fragte Mister Eko.

„Jeder von euch muss seine Geschichte danach erzählen.", sagte sie.

„Kannst du vergessen.", widersprach Sean.

"Oh komm schon Sean, wieso bist du so abweisend?", fragte Lynn.

"Ich hab meine Gründe."

Langsam nahm die Geduld mit mir ein Ende. Wieso zum Teufel wollte er es nicht sagen? Was an seiner Geschichte konnte derartig schwerwiegend sein, dass er es uns auf keinen Fall erzählen konnte?

"Ich bin eigentlich kein Mädchen.", begann Sue.

Alle Augen wanderten zu ihr. Ich dachte sie wollte es nur erklären wenn alle danach das Gleiche tun würden? Vielleicht war auch bei ihr Ende mit der Geduld. Oder sie wollte diese Diskussion und Streiterei schlichten.

"Es gab doch vor ein paar Monaten diesen Sternschnuppenschauer. Ich hab mir da gewünscht ich wäre ein Mädchen. War halt in dem Moment nicht so gut drauf und meinte Mädchen hätten es leichter. Jedenfalls hab ich mich kurz darauf verändert. Auch ein paar Freunde von mir haben sich da was gewünscht und sich verändert. Einige von ihnen sind dadurch böse geworden und lösen die Apokalypsen aus. So wie die mit den Zombies. Ein Freund von mir hat sich gewünscht er wüsste alles über die Apokalypse und so haben wir erfahren dass wir sie aufhalten müssen um wieder normal zu werden. Wir sind auch die Einzigen die das können, weil niemand die Waffen hat, mit denen man sie töten kann.", erklärte Sue.

Alle hatten gebannt zugehört und warteten noch auf weitere Informationen. Als alle wussten dass nichts mehr kam, war es wieder Sean, der als erster sprach.

"Ich habe nicht die geringste Ahnung wovon du sprichst."

Sue und Erwin sahen ihn abgeneigt an. Sean hatte sich bisher wirklich nicht viele Freunde gemacht. Durch seine abweisende Art machte er es nur noch schlimmer.

"Ich weiß nichts von irgendeinem Sternschnuppenschauer, geschweige dem von diesen Apokalypsen. Von Zombies hab ich auch noch nichts gehört. Die einzigen Apokalypsen, die mir bekannt sind, sind alle die mich und meiner Freunde im Visier haben.", erklärte er.

"Hab ich was verpasst?", fragte Jesse. Er war plötzlich in der Tür aufgetaucht. Ich hatte nicht einmal gemerkt dass er verschwunden war.

"Wo warst du?", fragte ich.

"Unten. Als Sean was auch immer gemacht hat, bin ich runter gegangen. Ich will mich nicht zu sehr aufregen. Meine Mum meinte dass diese Sache bei mir angefangen haben könnte, als ich viel im Stress war.", erklärte er.

"Was meint er?", fragte Mister Eko.

"Ich weiß nicht wovon du sprichst, aber dass du auf einmal einfach weg bist ohne was zu sagen finde ich nicht grade gut. Ich glaube dir kein Stück.", meinte Sean.

"Jetzt macht mal einen Punkt!", meinte ich energisch. Sofort hatte ich die Aufmerksamkeit auf mich gezogen.

"Jesse hat Recht, er darf sich nicht zu sehr aufregen. Glaubt mir, ihr wollt nicht wissen was dann passiert.", erklärte ich.

"Woher weißt du das? Aus seiner Akte?", wollte Sean wissen.

"Kanntest du ihn schon bevor wir hier reingekommen sind?", fragte Mister Eko.

"Nein, niemand von uns kannte sich vor dem hier.", entgegnete ich.

"Nicht ganz.", meinte Sue. "Ich und Erwin kannten uns schon vorher."

Wieder schauten alle die beiden an.

"Gibt es hier vielleicht noch mehr, die sich von vorher kennen? Wäre ja mal schön das jetzt zu erfahren.", meinte Sean.

"Ich kenne keinen von euch. Ich kenne wohl eine Lynn, aber nicht die Lynn die hier ist.", erklärte Jesse.

"Stimmt, und ich kenne einen Sean, aber dieser Sean ist nicht der den ich kenne.", meinte Lynn.

"Ich kenne auch eine Sue, aber nicht die Sue die hier ist.", meinte Sean.

"Das heißt also jeder hier kennt jemanden, der denselben Namen hat wie eine Person in diesem Raum.", fragte ich.

"Genau, außer dich, dich kennt niemand. Das macht dich ziemlich verdächtig.", meinte Sean.

"Mich kennt hier aber auch niemand, macht mich das jetzt auch verdächtig? Und die einzigen beiden, die sich schon von früher kennen sind Sue und Erwin, sind die jetzt auch verdächtig?", forderte Mister Eko ihn heraus.

Sean hielt seinem Blick stand. Unglaublich, er war erst siebzehn Jahre alt aber hatte offenbar schon sehr viel mitgemacht. Niemand war so abweisend zu Menschen, wenn er keinen Grund dazu hatte. Und diesen Grund würde ich unheimlich gerne erfahren.

"Ok, ich habe eine Vermutung.", begann ich. "Ich kenne Jesse, Lynn, Erwin und Sue. Sie alle kamen in Storys vor die ich gelesen oder geschrieben habe. Daher wusste ich auch schon vorher dass es nicht gut ist wenn Jesse sich zu sehr aufregt. Und was Sue gesagt hat ist auch wahr. Ich kenne auch Bix, Lana und Lilly."

Alle sahen mich ungläubig an. Erwin und Sue schien es die Sprache verschlagen zu haben. Kein Wunder, woher sollte ich denn die Namen sonst kennen.

"Lynn ist glaube ich aus einer kurzen Story von mir, in der alle möglichen Leute verwunden sind.", ergänzte ich.

"Stimmt das was sie sagt?", fragte Sean.

Ein einstimmiges *Ja* ertönte. Dennoch wollte mir wohl keiner so recht glauben, dass sie alle nur aus Geschichten stammten. Es ließ ihr Leben auf einen Schlag ziemlich fiktiv wirken und alles was sie taten würde nur in ihren Storys einen Sinn ergeben, in der realen Welt jedoch bedeutungslos sein.

"Warum sollte ich es dir glauben? Du könntest das alles wissen weil du zu denen gehörst, die uns hier her gebracht haben. Außerdem hast du keine Erklärung zu mir oder Mister Eko.", wandte Sean ein.

"Das ist es ja! Dich und Mister Eko kenne ich nicht! Ich glaube du stammst aus einer früheren Story von Mc. Du bist erst siebzehn, aber ich habe Mc erst kennen gelernt als er zweiundzwanzig war, kurz vor seinem dreiundzwanzigstem Geburtstag.", erklärte ich.

Er schaute mich weiter finster an. Ich wusste nicht ob er mir glaubte, doch das war die einzige Erklärung die mir einfiel. Allerdings hatte ich noch keine Antwort auf das *Wieso* gefunden.

Wieso waren hier alle möglichen Charaktere aus den Storys? *Wieso* kannte ich nicht alle von ihnen? *Wieso* waren wir überhaupt hier? Allerdings gab es jemanden, der sie vermutlich alle kannte. Und dieser jemand war Mc.

Mc hatte nur eine Geschichte geschrieben bevor er *New Story* angefangen hatte, weshalb es überhaupt zu diesem Namen gekommen war. Sein Standartname in den Storys war *Sean* und so konnte es der Mc von früher, aus seiner ersten Geschichte sein. Er hatte *New Story* geschrieben, woher Sue und Erwin stammten. Außerdem hatte ich ihm Updates zu meiner Kurzgeschichte geschickt, aus der Lynn kam und schrieb mit ihm an der Story aus der Jesse stammte. Nur Mister Eko blieb offen, doch möglicherweise kam auch dieser in einer anderen Story vor, die ich nicht kannte.

"Glaub mir Sean, wir sitzen hier alle im selben Boot und mir fällt grade wirklich keine bessere Erklärung ein als *diese*. Wenn wir wissen was für Fähigkeiten wir alle haben, dann können wir hier vielleicht auch leichter wieder rauskommen.", erklärte ich.

"Schaut mal hier!", rief Sue.

Sie hatte das einzige Bild umgedreht, das sich in diesem Raum befand. Es zeigte eine einfache Obstschale. Die Rückseite zeigte allerdings etwas ganz anderes. Und wieder war alles Vertrauen zu Nichte gemacht. Diesmal sogar mein Eigenes. Ab jetzt würde es noch schwerer werden einen gemeinsamen Weg hier raus zu finden.

Auf der Rückseite des Bildes war ein einfacher Satz geschrieben. Knallrot, mit verlaufener Farbe. Es sah allgemein eher aus wie hingeschmiert.

Der Satz lautete: *Einer von euch ist keiner von euch.*

Vier Himmelsrichtungen

Wir waren angezogen wie Penner. Kai hatte mit uns zusammen irgendwelche alten Klamotten gesucht die sich in dem verlassenen Gebäude befunden hatten. Sie stanken ziemlich, und man fühlte sich, nachdem man sie übergezogen hatte, unmittelbar so dreckig, als hätte man mindestens ein Jahr nicht geduscht.

Wir waren danach langsam nach draußen gegangen und hatten uns vorsichtig umgesehen. Zum Glück gab es keine von den Typen in der Nähe, somit konnten wir direkt loslaufen.

Wir liefen zusammen direkt auf die Stelle zu von der Kai zuvor geflohen war. Auf dem Weg mussten wir unheimlich aufpassen, denn es waren immer wieder welche von denen zwischen den normalen Passanten.

Ich hatte zuerst geglaubt, dass mich einer von ihnen erkannt hatte. Er hatte direkt in meine Richtung geschaut und mit konzentriertem Blick die Stirn gerunzelt. Als er auf mich zugekommen war machte ich mich schon bereit jeden Moment enttarnt zu werden, doch er war einfach an mir vorbei gegangen.

Bald erreichten wir eine Stelle, an der es mit den Passanten immer weniger wurde, dafür aber mit diesen Typen immer mehr. Wir diskutierten darüber, ob wir noch weiter gehen sollten oder uns schon aufteilen würden. Ein Stück gingen wir noch, bis wirklich fast keine Passanten mehr in der Nähe waren, dann mussten wir uns beratschlagen.

"Ok, ich bleibe hier und unterstütze euch im Notfall.", meinte ich.

"Wieso denn du? Ich wollte eigentlich hier bleiben!", protestierte mein rechter Nachbar.

"Ich wollte eigentlich auch hierbleiben.", meinte mein gegenüber.

"Ok, wir hätten vielleicht *vorher* klären sollen wer bleibt und wer wohin geht.", befand ich.

"Wäre auf jeden Fall nicht verkehrt gewesen. Wie machen wir das jetzt?", wollte mein linker Nachbar wissen.

"Stein Schere Papier?", schlug ich vor.

"Ok, aber nur eine Runde und die Gewinner treten gegen

einander an.", meinte mein gegenüber.

Ich wandte mich nach links und machte mich bereit. Mein linker Nachbar schaute jedoch auch nach links und forderte somit den von mir gegenüber heraus, welcher ebenfalls nach links schaute.

Schnell beendete ich die Sache indem ich mich meinem rechten Nachbar zuwandte und auf seine Herausforderung einging. Ich gewann doch tatsächlich mit Stein. Nachdem wir beide die ersten Runden immer zufällig dasselbe erwischt hatten.

Meinen Gegenüber schlug ich danach mit Schere. Perfekt, ich konnte hierbleiben und mich vorbereiten. Aber ich musste aufpassen, dass ich nicht entdeckt wurde.

"Und wer von uns geht jetzt wohin?", fragte mein rechter Nachbar.

"Du und du, ihr geht nach Norden und nach Westen.", sagte ich und zeigte auf mein gegenüber und meinen rechten Nachbarn. "Und du gehst nach Süden."

"Wieso darfst *du* das denn jetzt entscheiden?", wollte der Linke wissen.

"Ganz einfach, ich habe eben gewonnen und wenn ich es jetzt nicht entscheide dann sitzen wir hier morgen noch und streiten uns darüber. Wir müssen schnell zurück, Kai wartet auf uns. Also sollten wir weniger diskutieren und mal loslegen.", erklärte ich.

Mit meiner kleinen Ansprache hatte ich die anderen auf den Boden der Tatsachen zurück gebracht. Sie schauten mich noch einen Moment an, dann nickten sie und liefen los. Gut, bald würden wir das Gebiet eingekreist haben. Jetzt musste ich nur noch unauffällig bleiben.

Unglaublich, was bildete dieser Kerl sich nur ein? Nur weil er gewonnen hatte hieß das noch lange nicht dass er auch das Sagen hatte. Aber zumindest hatte er Recht. Wir mussten uns bewegen und nicht diskutieren.

Ich war nach links gelaufen und auf dem Weg zum südlichen Punkt. Anhand der Sonne konnte ich in etwa sagen wann genau ich diesen Punkt erreicht hatte. Es war schon Nachmittag, daher musste ich nur so weit laufen bis ich die äußerste Stelle auf der Sonnenseite erreicht hatte.

Die meisten Typen konnte ich auf meiner rechten Seite

ausmachen. Links befanden sich immer noch mehrere normale Menschen. Mein Laufen konnte man auch eher als schnelles Gehen bezeichnen. Ich hatte Angst entdeckt zu werden. Falls ich jetzt loslaufen würde wäre ich ziemlich auffällig.

Doch dafür dass ich nur ging kam ich recht gut voran. Für die Typen blieb ich unauffällig. Ich hatte mir eine ekelhafte, mottenzerfressene Mütze über den Kopf ziehen müssen, die zum Glück auch einen großen Teil meines Gesichts verdeckte.

Dennoch blieb meine Paranoia, dass ich jeden Moment entdeckt werden würde. Was sie wohl mit mir machen würden wenn sie mich hatten? Ich musste schnell mein Ziel erreichen, dann konnte ich mich bedeckt halten.

Mittlerweile sah ich auch ein paar normale Menschen auf meiner rechten Seite, was mir sagte, dass ich einen kleinen Bogen nach rechts einschlagen sollte. An der nächsten Kreuzung bog ich direkt ab und hielt weiter Ausschau.

Es waren nur wenige Menschen auf den Straßen, doch es reichte um zu merken, dass ich noch etwas weiter abbiegen musste. Das war ein gutes Zeichen, bald würde ich meinen Punkt erreicht haben, dann musste ich ihn mir nur noch genau einprägen. Am besten war es, wenn es bei einer Kreuzung war, dann konnte ich mir die Straßennahmen merken und Kai konnte den Punkt später auf seinem Handy leichter finden.

Ein paar Typen waren auf mich aufmerksam geworden. Es waren ein paar von diesen Spionen. Sie folgten mir, was mich veranlasste mein Tempo etwas zu erhöhen. Ich glaubte nicht, dass ich alleine gegen sie eine Chance hatte. Es blieb mir nur die Flucht.

Wenn ich jetzt aber loslaufen würde könnten sie mich direkt entdecken und anderen Bescheid geben, denen ich direkt in die Arme laufen würde. Nein, ich würde schön weitergehen und sie irgendwie so abhängen.

Plötzlich empfing ich ein Bild von einem der Doppelgänger, die nach Norden und Westen gehen wollten. Ich wusste nicht genau was es bedeutete, doch sie schienen in Schwierigkeiten zu sein.

Wir brauchen hier Hilfe! Das schaffen wir nicht alleine! dachte einer der Beiden.

Ich komm gleich zu euch, aber versucht erstmal weiter den Punkt zu erreichen! Einer von euch kann noch weiter nach Westen laufen, der andere lenkt es ab. Bist du im Süden schon da? fragte der im Osten.

Noch nicht ganz, aber lange dauert es nicht mehr. antwortete ich.

Lauf danach weiter nach Westen, dann seid ihr da auch zu zweit. gab mir der im Osten zu verstehen.

Na toll. Da hatte ich mich grade gefreut fast da zu sein und mich bedeckt zu halten, schon gab es Probleme und ich musste noch weiter bis zum westlichen Punkt. Die Typen hatten sich auch noch nicht abschütteln lassen.

Aber ein Gutes hatte das Ganze ja, denn ich war schon fast an meinem Zielpunkt. Nachdem ich mir die Lage der Sonne noch einmal genau angeschaut hatte meinte ich, dass ich jetzt am richtigen Ort war.

Ich schaute mich kurz nach markanten Punkten um und fand schnell ein paar Straßenschilder, die meine Erinnerung später auffrischen würden.

"Hey du! Bleib mal stehen, ich muss dich was fragen!", rief plötzlich eine Stimme von hinten.

Das Blut gefror mir in den Adern. Es war einer der beiden Spione. Jetzt hatten sie mich. Ich wollte mich nicht umdrehen, ich wusste auch so dass sie es waren. Ich blieb einfach wie angewurzelt stehen und starrte weiter das Straßenschild an, während ich ihren näherkommenden Schritten lauschte.

Was sollte ich tun? Wie sollte ich bloß aus dieser Lage wieder rauskommen? Sollte ich die anderen rufen? Nein, sie waren schon so zu beschäftigt. Und so wurde ein einfacher Plan auf einmal ziemlich schwierig. Ich fragte mich immer noch was ich tun sollte als ihre Schritte fast bei mir waren und ich mich auf das Schlimmste gefasst machte.

Wir waren sofort losgegangen, als wir uns mit dem Plan von dem Östlichen zufrieden gegeben hatten. Verdammt, hätte ich doch bloß *Stein* anstatt *Papier* genommen, dann würde ich jetzt gemütlich auf den Rest warten. Doch es ließ sich nun mal nicht ändern, also ging ich wie geplant weiter.

Wir hielten die Typen links von uns. Wenn wir einen Bogen von etwa neunzig Grad gezogen hatten wären wir am nördlichen Punkt. Danach musste einer von uns nur noch bis nach Westen gehen und schon hätten wir es geschafft.

„Willst du eigentlich oder soll ich?", fragte mein Doppelgängerkollege mich.

„Was meinst du?", fragte ich ihn.

„Ich meine den westlichen Punkt. Du hast über irgendwas nachgedacht. Wir sind eigentlich nur hier damit wir diese Punkte finden und Kai die Stelle finden kann. Deswegen glaube ich dass du darüber nachgedacht hast wer von uns alleine weitergehen soll.", erklärte er.

„Wir könnten auch beide weiter gehen, wenn du das willst.", schlug ich vor.

„Nein, dann sind wir zu auffällig. Am besten einer bleibt beim nördlichen Punkt. Im Notfall kann man sich immer noch verständigen und Hilfe rufen.", erklärte er.

Damit hatte er Recht. Alleine konnten wir unauffälliger bleiben.

„Dann sollten wir uns aber etwas beeilen. Je früher wir im Norden sind desto eher können wir das klären und desto eher ist einer von uns auch im Westen. Also lass uns etwas schneller werden.", erklärte ich.

„Wir können das auch während des Laufens klären.", meinte er.

„Noch besser! Aber jetzt los, wir haben den weitesten Weg!", meinte ich und fing an zu joggen.

Mein Begleiter joggte mit. Jetzt konnte ich richtig *merken* wie wir unserem Ziel näher kamen. Wir mussten auf der Schattenseite bleiben und noch ein Stück laufen, bis wir etwa die Hälfte des Weges geschafft hatten.

Dann fiel es mir plötzlich auf. All diese Blicke. Von den Spionen. Sie hatten uns im Auge. Doch sie unternahmen nichts. Wieso rührte sich keiner wenn sie uns offensichtlich schon enttarnt hatten?

Nach kurzer Zeit wusste ich wieso sich niemand die Mühe machte uns zu verfolgen und uns von unserem Vorhaben abzubringen. Sie brauchten nichts zu tun weil wir genau das taten was sie wollten. Wir liefen direkt in eine Falle.

Ein Ungetüm kam aus einer Seitengasse auf der rechten Seite. Es war riesig, mindestens drei Meter groß, und schien aus einer Art *Rauschen* zu bestehen. Wie bei einem

Fernseher, nur dass es komplett *schwarzes Rauschen* war, durch das man überall die Häuser hinter ihm sehen konnte. Außerdem hatte es zwei riesige Hörner am Kopf und rotleuchtende Augen.

"Oh fuck!", rief ich nur und verfiel vom Joggen in ein Sprinten.

Mein Doppelgängerkumpel folgte mir wieder, sah dieses Wesen jedoch ebenfalls. Es schaute uns nach, ehe es entschied uns zu verfolgen. Und das nicht zu langsam.

Mein Kollege besaß genügend Geistesgegenwart um den anderen Bilder davon zu schicken und um Hilfe zu rufen. Nachdem wir das geklärt hatten konzentrierten wir uns weiter auf die Flucht.

Jetzt hatte ich noch weniger Lust diese Punkte zu finden. Plötzlich blieb mein Kumpel stehen.

"Was ist denn los?", fragte ich hektisch.

"Wir haben den nördlichen Punkt erreicht! Ich werde dieses Vieh ablenken und du läufst weiter!", befahl er.

"Was?! Nein! Ich lass dich nicht zurück!", protestierte ich.

"Hast du nicht gehört was wir abgemacht haben?! Jetzt lauf! Und beeil dich, damit diese Typen dich nicht erwischen!"

Ich wusste was wir abgemacht hatten. Aber ich konnte das einfach nicht mit mir vereinbaren. Wir waren entdeckt worden weil *ich* wollte dass wir joggten. Als dieses Vieh uns entdeckt hatte war *er* es gewesen, der um Hilfe gerufen hatte. Ich konnte ihm nicht auch noch das hier aufdrücken.

"Lauf du weiter! Ich hab mir diesen Punkt schon gemerkt, außerdem kommt eh gleich Hilfe! Von uns beiden hast du die besseren Chancen da heil anzukommen!", erklärte ich.

Er schaute mich kurz an, dann wieder zu dem Vieh, welches uns nahezu erreicht hatte. Dann wandte er sich um und rannte weiter. Der Typ war nicht dumm, er diskutierte nicht lange herum sondern machte, dass diese Mission voranging. Doch ich war froh, dass er mir diese Aufgabe anvertraute.

"Pass auf dich auf!", rief er noch zu mir zurück. Ich schaute ihm kurz nach. Als ich meinen Blick umwandte wurde ich bereits von einem riesigem Schatten bedeckt. Das Vieh hatte mich erreicht.

Ich hatte weder die Lust, noch die Zeit mich auf längere Diskussionen mit diesem Typen einzulassen. Wusste er denn nicht wie wichtig unsere Mission war? Hätte ich jetzt eingewandt, dass ich ihm nicht zutraute mit diesem Wesen allein fertig zu werden, hätte er wieder etwas eingewandt und es wäre zu spät gewesen.

Ich hatte mir den Punkt ebenfalls eingeprägt, für den Fall, dass er flüchtete und es vergas oder der Östliche ihn nicht früh genug erreichte. Einen dieser Punkt nicht zu wissen würde unsere komplette Mission ins Wanken bringen.

Hoffentlich würde der aus dem Süden vor mir da sein. Wenn er mir eine Nachricht zukommen lassen würde, dass er dort war, konnte ich wieder umkehren und nachschauen ob alles in Ordnung war. Oder selbst die anderen Fragen ob wir alle Punkte hatten.

Diese Spione schienen jetzt sehr viel aufmerksamer zu sein als zuvor. Das lag nicht nur an dem Tempo, dass ich jetzt an den Tag legte, sondern vermutlich auch daran, dass ich nicht in ihre Falle getappt war.

Sie schauten mich aus den Häusern an, kamen von der Straße auf mich zu. Bald erreichte ich etwa die Hälfte bis zum westlichen Punkt, da begannen sie sogar mir nachzulaufen.

Es wurden immer mehr und mehr. Ich formte aus Stücken der Häuserschatten, die Schatten von Backsteinen, die ich auf ihre Schatten zufliegen ließ. Ein paar fielen dadurch einfach um, als hätten sie plötzlich einen Schwächeanfall.

Doch es wurden einfach viel zu viele. Immer wenn ich einen ausschaltete kam schon wieder ein Neuer. /*Vielleicht war es ja gar kein Spion, sondern Manuel Neuer^^/*

Sie schränkten mich ziemlich ein. Mittlerweile musste ich ihnen auf der Straße ausweichen um weiter zu kommen. Nur noch ein Stück, ich musste nur noch ein Stück weiter um den Punkt zu erreichen.

Doch dann ging gar nichts mehr. Diese Typen kamen in solchen Scharen, dass an ein Weiterkommen nicht zu denken war.

Schnell ließ ich einen Meter vor mir und einen Meter hinter mir jeweils einen Schattenstreifen entstehen, der sich vom Schatten des rechten Hauses bis zum Schatten des linken Hauses zog. Ich verbreitete ihn ein gutes Stück und blieb konzentriert dazwischen stehen.

Die Typen rannten weiter auf mich zu, erreichten mich jedoch nicht. Sie knallten vor mir oder hinter mir gegen eine unsichtbare Mauer. Ich hatte die Schatten von zwei hohen Mauern erschaffen, zwischen denen ich mich befand.

Die Frage war bloß, wie lange ich sie damit aufhalten konnte. Wie Zombies standen sie vor den Mauern und starrten mich mit gierigen Blicken an. Sie warteten nur darauf, dass meine Konzentration nachlassen würde und sie sich auf mich stürzen konnten.

Wie sollte ich hier bloß wieder rauskommen? Vermutlich gar nicht. Nun konnte ich nur darauf hoffen, dass bei dem südlichen Doppelgänger alles in Ordnung war und er sich den westlichen Punkt an meiner Stelle merken würde.

Aus Prinzip NEIN

Was machte ich hier bloß? Ich lag hier nur herum und fing an mich mit meiner Situation abzufinden. Stattdessen hätte ich ebenso gut versuchen können zu fliehen. Mir irgendeinen Plan überlegen können. Doch ich lag einfach nur da und starrte an die Decke.

Wir könnten noch einmal versuchen die Fesseln zu verbrennen.

Ich hatte es schon mehrmals mit Flammen probiert, doch entweder passierte nichts oder es war zu schwach. Ich konnte auch Flame nicht rauslassen. Die Fesseln hielten sie irgendwie in mir gefangen. Ich *wollte* sie auch gar nicht rauslassen. Wenn ich das getan hätte würde ich dieser Person nur in die Hände spielen.

Also hielt ich sie weiter zurück und konzentrierte mich auf die Decke. Ich hoffte nur, dass Flame es nicht bemerken würde. Sie konnte es mir vielleicht übel nehmen, dass ich sie mit Absicht zurückhielt.

Plötzlich vernahm ich erneut diese Schritte. Sie kamen näher und näher. Schließlich blieben sie wieder vor der Tür stehen. Ein Schlüssel drehte sich im Schloss und schon ging das Licht an und die Person betrat den Raum.

"Ist dir das Licht etwas zu hell? Du kneifst die Augen so zusammen?", fragte die Person.

"Vielleicht schaue ich dich auch einfach nur scharf an? Weil ich dich *hasse*.", antwortete ich.

"Das könnte sein. Aber eigentlich ist es mir egal. Du bist mir eigentlich auch egal. Das Einzige, was ich will, ist deine Fähigkeit.", erwiderte sie.

"Und was dann?! Dann folterst du sie und mich tötest du! Klingt nicht sehr berauschend!", antwortete ich.

"Ich *untersuche* sie. Klar, hier und da wird's mehr oder weniger wehtun, doch das passiert nur im Namen der Wissenschaft."

"Dann kannst du mich im Namen der Wissenschaft am Arsch lecken."

"Du willst das wirklich oder? Das ist schon das zweite Mal das du das von mir verlangst. Aber ich habe keine Zeit für so einen Kinderkram. Gib deine Fähigkeit frei oder es wird dir leidtun.“, warnte mich die Person.

Ich zögerte vor meiner Antwort. Mein gesamter Körper wollte auf den Vorschlag eingehen. Alles in mir flehte mich an Flame dieser Person zu überlassen. Denn wenn ich es nicht tat würde die Person mir Ungeheuerliches antun, dessen war ich mir sicher.

Doch neben meinem Selbsterhaltungstrieb gab es noch etwas. Mein Gewissen. Meine Liebe zu Flame. Meine grundlegenden Prinzipien. Ich würde mich selbst mit allem was ich war verraten wenn ich darauf eingehen würde. Und selbst wenn man mich am Leben ließe, ich könnte nie wieder in den Spiegel blicken ohne mich angewidert zu schämen.

“Ok, mir tut es leid. Mir tut es leid, dass du wirklich denkst dass ich darauf eingehe. Das werde ich *niemals* tun!“, antwortete ich.

“Wie du willst. Dann wollen wir mal anfangen.“, meinte die Person und ging zur anderen Seite des Zimmers. Irgendwo an diesem Bedienfeld wurden Knöpfe gedrückt. Plötzlich fuhr eine Gerätschaft, die hinter meinem Kopf an der Decke angebracht war, über meinen Körper.

Ich hatte es bisher nicht bemerkt, da es sich im toten Winkel befunden hatte. Es bestand aus einem langen Rohr, an dem mehrere Schläuche entlang liefen. Es führte zu mehreren anderen Rohren, die zusammen wie eine Art *Roboterarm* aufgebaut waren. Am unteren Ende befand sich eine lange Nadel.

“Hast du eine Ahnung was das hier ist? Es ist ein Gerät, mit dem man die Fähigkeiten extrahiert hat. Denn weißt du, sie waren nicht immer so wie sie jetzt sind. Früher waren sie wie normale Menschen. Erst nachdem wir sie lange genug bearbeitet haben wurden sie zu Fähigkeiten, die sich mit Menschen verbinden können um ihnen Kräfte zu verleihen.“, erklärte die Person.

“Du meinst also ihr habt Genforschung an Menschen betrieben und als sie endlich so wurden wie ihr es euch vorgestellt habt, habt ihr ihnen ihre Freiheit genommen. Wegen euch müssen sie in Spritzen leben oder in anderen Menschen.“, wiedersprach ich angewidert.

“Es sind *Werkzeuge*. Was glaubst du warum wir das

gemacht haben und woher wir die Mittel hatten? Es war neunzehnhundert sechsunddreißig und wir hatten schon da die Ahnung, dass es früher oder später zu diesem Krieg kommen würde. Als wir es dem Militär berichtet hatten und sie ihre Zustimmung gegeben haben konnten wir ungestört unsere Experimente fortführen. Klar dass die daran interessiert waren, die haben nur Soldaten mit übernatürlichen Fähigkeiten an der Front kämpfen sehen, als ich davon anfing. Dass wir die bescheißen wollten und nur aus eigenem Nutzen gehandelt haben wäre später egal gewesen.", erklärte die Person.

"Wieso erklärst du mir diesen Kram? Was bringt dir das?", wollte ich wissen.

"Im Grunde nichts. Es ist einfach nur unterhaltsam mit jemand Neuem über die alten Zeiten zu sprechen. Und im Moment bist du noch so klar bei Verstand, dass du mir noch zuhören kannst und den Sinn meiner Worte verstehst.", erklärte die Person. "Aber genug geredet, ich lasse dich schon viel zu lange warten."

Wieder wurden ein paar Knöpfe betätigt und die Gerätschaft wurde direkt auf meine Brust ausgerichtet. Die Person kam noch einmal zu dem Tisch, auf dem ich festgeschnallt war und baute sich vor mir auf.

"Letzte Chance sich um zu entscheiden.", meinte sie bloß.

Ich wandte wortlos den Blick ab.

"Wie du willst."

Die Person ging zurück und drückte wieder auf einen Knopf. Dann kam sie wieder zum Tisch zurück. Ich hörte, wie etwas ansprang. Langsam aber stetig sah ich die Nadel immer näher kommen.

"Das Ding bewegt sich jetzt ganz automatisch bis zu einer gewissen Stelle vor. Wenn ich es will kann ich es jederzeit aufhalten, kommt nur darauf an ob du kooperierst."

Ich hatte unglaubliche Angst. Aber mein Wille Flame zu beschützen war stärker. Die Nadel kam näher und näher. Dann traf sie auf meine Haut und allein das fühlte sich schmerzhaft an.

Sie drückte weiter zu und meine Haut senkte sich langsam ab. Ich biss die Zähne zusammen. Diese Nadel war an der breitesten Stelle ungefähr so groß wie der Stiel eines

Esslöffels.

Die Vertiefung meiner Haut schmerzte immer mehr, bis ich eine Art *Ploppen* vernahm. In dem Moment wurde es unerträglich. Meine Haut war durchstoßen worden. Ich traute mich nicht auch nur einen Finger zu rühren Dieses Ding bohrte sich immer weiter in meine Brust. Vermutlich würde es meine Lunge durchstoßen.

Sie bohrte sich tiefe und tiefer und ich wünschte mir mehr über die Anatomie des Menschen zu wissen, sodass ich in etwa abschätzen konnte wohin sie sich bewegte und ob ich vielleicht noch Glück gehabt hatte.

Ich atmete einmal tief ein und dann spürte ich sie. Die Nadel. Mein linker Lungenflügel berührte sie, wenn ich zu tief einatmete. Doch das war nicht das Schlimmste. Das Schlimmste kam erst danach.

"Und, spürst du es? Deinem Gesicht nach zu urteilen schon. Die Nadel bewegt sich übrigens nicht mehr, falls es dir nicht aufgefallen sein sollte. Unangenehme Position nicht wahr?", fragte mich die Person.

Es war unangenehm. Schmerzhaft und unangenehm. Die Nadel hatte an einer so ungünstigen Stelle gestoppt, dass man es tatsächlich nur als Folter bezeichnen konnte. Sie hatte vor meinem Herzen gestoppt. Und zwar in einem solchen Abstand, dass mein Herz bei jedem Schlag von der Spitze gestochen wurde, ohne richtig verletzt zu werden. Es fühlte sich an wie die Herzstiche meines Lebens.

Mein Puls erhöhte sich. Adrenalin schoss durch meine Adern. Ich spürte jeden einzelnen Schlag und das treib meinen Puls weiter in die Höhe. Das Gefühl, jeden Augenblick einen spitzen Gegenstand im Herzen zu haben rief die Panik in mir hervor. Und genau darin bestand der Plan. Ich sollte mich durch diese Panik selbst foltern.

"Wie lange willst du das aushalten? Ich hab übrigens noch genug Zeit, bei den anderen geht's grade zur Sache. Wie ich Jesse und Sean kenne wird es ein ziemlich interessanter Kampf, den ich mir eigentlich nicht entgehen lassen wollte. Aber ich muss mich ja um *dich* kümmern.", erklärte die Person.

Ich starrte konzentriert nach oben. Die Worte vernahm ich nur mit halbem Ohr. Die Erklärung hätte ich jetzt wirklich nicht mehr mitbekommen.

"Wie es aussieht bist du immer noch überzeugt deine Fähigkeit wäre bei dir am besten aufgehoben. Wie soll ich dich nur vom Gegenteil überzeugen? Oh, ich weiß wie!"

Die Person verschwand kurz, in Richtung des Bedienfeldes. Kurz darauf kam sie mit einem Messer zurück.

"Schmerz kann nur durch Schmerztabletten beseitigt werden, oder durch noch größeren Schmerz. Ich bin da eher so der Freund von noch größerem Schmerz.", meinte die Person und kam um den Tisch zu meinem linken Arm. "Ich habe gesehen dass du einige Tattoos hast. Ich bin mir sicher, dass sie alle eine eigene Bedeutung für dich haben. Ich will mich auf deinem Arm auch verewigen, damit du immer an dieses schöne Erlebnis erinnert wirst, falls es dir aus irgendeinem Grund gelingen sollte hier rauszukommen, was nicht passieren wird."

Die Person holte noch einmal tief Luft und suchte nach einer guten Stelle auf meinem Arm. "Aber Tattoos sind ja langweilig, hat heutzutage ja *jeder*. Ich hab da was gelesen, das nennt sich *Cutting*, soll ziemlich modern sein. Dabei werden die Muster einfach in deine Haut geschnitten."

Plötzlich spürte ich einen stechenden Schmerz im linken Arm. Ich hatte mich darauf konzentriert meinen Puls zu senken, was nun jedoch wieder zu Nichte gemacht wurde. Ein komisches Symbol wurde mit dem Messer in meine Haut eingeritzt.

Nachdem die groben Linien Gezogen waren schnitt die Person sie noch einmal nach, diesmal tiefer. Es brannte wie Feuer und ich stieß schmerzerfüllte Laute von mir. Warmes Blut rann an meinem Arm herunter und sammelte sich auf dem Tisch.

"Ich kann mich gar nicht konzentrieren bei dem ganzen Blut. Ich denke ich mache später weiter, die Vorlage ist ja fertig."

Wieso? Wieso tat ich mir das alles bloß an? Wenn das alles hier wirklich in einem Buch stand, wieso musste dann *ich* derjenige sein, der dabei den schwarzen Peter gezogen hatte? Ganz einfach. Weil es immer ich war, der irgendwo Schläge einstecken musste.

Aber der Mc der Vergangenheit würde schon sehen was er davon hatte. Das Schicksal auf eine solche Art herauszufordern, irgendwann würde er hier liegen und sich dasselbe denken. Und dann wäre es zu spät. /*Ich hoffe nur das ich nicht zum Hellseher werde^^/*

Plötzlich spürte ich etwas Warmes. Es war nicht nur warm, es war *heiß*. Dann schoss plötzlich etwas Rotes durch einen der Schläuche. Sie führten direkt zu dem zylinderförmigen Glasbehälter.

Aus dem Zugang an der Decke, der mit dem Schlauch verbunden war, strömte nach und nach dieses rote Etwas. Es sammelte sich als Wolke darin. Bald wurde es zu einem Feuerball und ich wusste was es war.

Flame materialisierte sich und schlug mit den Fäusten gegen die Scheibe. "Ich bin hier, jetzt lass ihn in Ruhe!"

Das Öffnen weiterer Türen

Lynn kam grade von der Toilette zurück als Sean fertig war sich aufzuregen. Mir gefiel die aktuelle Situation genauso wenig wie ihm, doch er machte daraus, wie immer eigentlich, einen ziemlichen Terz.

"Ich zieh mein Ding durch und damit hat es sich. Ist mir egal was ihr macht, solange ihr mir nicht in die Quere kommt lass ich euch in Ruhe. Aber solltet ihr auch nur darüber *nachdenken* mich irgendwie zu hintergehen oder mich angreifen, werde ich mich nicht zurückhalten. Glaubt mir, ihr solltet mich ernst nehmen.", erklärte er. Damit entfernte er sich und ließ uns allein.

"Also ich und Erwin wollen auch erstmal alleine weitergucken. Wenn wir was rausfinden sagen wir Bescheid.", berichtete Sue. Auch die beiden verließen den Raum ohne weitere Worte zu verlieren.

"Habt ihr was dagegen, wenn ich mit euch zusammen suche?", fragte Jesse.

"Nein, so kommen wir schneller voran.", antwortete ich. "Das heißt wenn Lynn nichts dagegen hat." Und das hatte sie nicht, wie sich herausstellte.

Mister Eko wollte alleine weiter die Räume erkunden, blieb dabei jedoch in unserer Nähe. Wir schauten uns unten weiter um, während Sue und Erwin oben blieben. Sean war mal hier, mal da. Sein System, wonach er das Haus durchsuchte, verstand ich nicht. Ab und zu schien er einen Einfall zu haben und schon verschwand er und suchte an einer anderen Stelle.

"Ich hab was!", rief plötzlich Jesse.

Schnell eilten alle zu ihm. Sue, Erwin und Sean allerdings nicht. Sie waren oben und schienen ihn wohl nicht gehört zu haben. Jesse zeigte auf das Schlüsselloch einer Tür im Erdgeschoss.

"Ein Schlüsselloch, na und?", meinte Sean.

Ich drehte mich erschreckt um. Anscheinend hatte er Jesses Ausruf doch gehört. Allerdings hatte ich seine Schritte gar nicht wahrgenommen.

"Nein, nicht das Schlüsselloch! Ich hab *durch* das Schlüsselloch geschaut! Dahinter ist Licht an!", erklärte

Jesse.

Alle drängten erstaunt auf ihn zu um einen Blick durch das Schlüsselloch zu erhaschen. Jesse wurde dabei halb weggedrängt und verließ kurz darauf freiwillig seinen Platz vor der Tür.

"Ein Schlüssel?", fragte Lynn.

"Ja, ein Schlüssel. Aber so können wir nicht viel damit anfangen, man kann ihn wohl sehen, aber wir müssen erst den Schlüssel finden der diese Tür öffnet um den zu bekommen.", erklärte Jesse.

"Und was ist wenn man diese Tür mit diesem Schlüssel öffnet?", fragte Mister Eko mit afrikanischem Akzent.

"Was? Das wäre vollkommen unlogisch!", befand Jesse.

"Vielleicht ist es doch nicht ganz so unlogisch.", meinte Sean.

Er kam näher heran und kniete sich vor die Tür, um nun auch selbst einen Blick auf den Schlüssel zu werfen. Dann leuchteten seine Augen und Adern plötzlich wieder rot und sein restlicher Körper wurde schwarz und versprühte diese Schatten.

Plötzlich hörte man ein metallisches Klackern am Schloss, dann war der Schlüssel drin und er drehte sich kurz darauf im Schloss. *Klack* und sie war offen.

"Wie hast du das gemacht?", fragte Jesse.

Sean bedachte ihn nur mit einem Blick, dann stand er auf und öffnete die Tür.

Es war eine Abstellkammer. Ich fragte mich, ob wir hier vielleicht etwas Nützliches finden würden um die restlichen Türen zu öffnen oder rauszukommen.

Ein großes Lagerregal befand sich an der Rückwand. Es füllte die komplette Wand aus und war hier und da gefüllt mit irgendwelchen Kram. Rechts neben der Tür befanden sich ein paar Besen, ein Wischmopp, ein Kehrblech mit Handfeger und ein Eimer mit Putzlappen. Links befand sich rein gar nichts.

"Das wars? Sonst nichts? Nur eine Abstellkammer? Vollkommen unnötig diese Tür zu öffnen.", meinte Sean.

Ich war mir da allerdings nicht so sicher. Hier standen ein paar Vasen und Blumentöpfe, vielleicht befand sich noch etwas Hilfreiches in ihnen. Außerdem hatten wir einen weiteren Schlüssel, den wir noch nicht bei den anderen Türen probiert hatten.

"Ich dachte ihr sagt uns Bescheid, wenn ihr was rausfindet.", beschwerte sich Sue.

"Haben wir, aber vielleicht habt ihr es nicht gehört.", antwortete ich.

Jesse kam mir zuvor und untersuchte die Töpfe. Er entdeckte jedoch rein gar nichts. Vielleicht war dieser Raum wirklich etwas überflüssig. Der Schlüssel jedoch nicht. Ich schickte Lynn damit los, sie sollte die restlichen Türen überprüfen.

"Und was machen wir jetzt?", fragte Jesse. "In diesem Raum gibt es nichts Spannendes, wenn Lynn mit dem Schlüssel keine andere Tür öffnen kann war es wirklich unnötig."

"Vielleicht. Aber mir ist dabei etwas aufgefallen. Jeder von uns ist auf seine Weise einzigartig. Haben wir nicht alle gewisse Fähigkeiten oder Eigenschaften, die alle anderen nicht haben? Sean konnte die Tür so öffnen, das hätte kein anderer gekonnt. Wir sollten uns also zusammenreißen und versuchen die Türen auf zu bekommen. Ich bin mir sicher, dass einige Türen nur einige von uns öffnen können.", erklärte ich.

"Du meinst dass nur Sean diese Tür öffnen konnte?", fragte Jesse.

"Genau.", bestätigte ich.

Das machte Sinn. Ich hatte jedoch nicht vor den anderen zu früh von der Tür mit dem Wasser zu erzählen. Mein Gefühl sagte mir, dass ich damit noch warten sollte. Nun galt es nur noch rauszufinden wie die anderen bestimmte Türen öffnen konnten.

Sean wandte sich wieder ab und verließ den Raum.

"Hey, wo willst du hin? Wieso verschwindest du immer einfach so?", fragte ich

"Es hat für mich keinen Sinn weiter mit euch zu diskutieren. Wir müssen irgendwie hier rauskommen. Wie lange sind wir hier schon eingesperrt? Zwei oder drei Stunden? Und das ist nur die Zeit in der wir *wach* waren! Wer weiß wie lange wir *wirklich* schon hier sind? Ich weiß nur eins, dass ich hier so schnell wie möglich raus will, denn irgendwann werden wir hier drin noch verhungern.", erklärte er.

Wieder wandte er sich ab. Diesmal hielt ich ihn nicht auf. Viel mehr dachte ich darüber nach, was er gesagt hatte. Er hatte Recht, wir würden bald Hunger bekommen, wenn das nicht irgendjemand schon hatte, und dann könnten einige hier ungemütlich werden.

Ganz wie Sean es vorgemacht hatte verließ nun auch ich den Raum. Die anderen schauten mir hinterher. Ich wollte diese Tür öffnen, vielleicht würden wir damit endlich den Ausgang finden.

Warte! Wir sollten die Tür noch nicht öffnen! Ich weiß dass du raus willst, aber warte bitte noch!

Wieso wollte Crystal dass ich noch wartete? Was für einen Sinn würde das haben? Langsam zweifelte ich daran, dass sie mir wirklich helfen wollte.

Ich will dir helfen Kim. Aber du weißt nicht mit wem du dich hier anlegst! Ich hab gewartet und geguckt was hier passiert und wo wir sind. Ich bin mir ziemlich sicher, dass die Wissenschaftler uns geholt und entführt haben. Wir sind definitiv in ihrem Versteck oder in der Nähe davon. Wer auch immer dich hier einsperrt, es ist unter anderem Memorie, *mit denen du es hier zu tun hast.*

Memorie? Was war das jetzt schon wieder?

Memorie ist eine Fähigkeit. Wie ihr Name schon sagt, hat sie etwas mit deinen Erinnerungen zu tun. Aber sie kann noch viel mehr machen als deine Erinnerungen sehen. *Sie kann* Dinge erschaffen *die du in deinen Erinnerungen hast. Außerdem kann sie Erinnerungen an den Wissenschaftler übertragen, der uns entführt hat. Wenn der also Mc hat und er all diese Personen aus seinen Erinnerungen erschaffen hat, kann er sich anhand dieser Erinnerungen etwas Neues ausdenken, was er dann direkt erschaffen kann. Zum Beispiel die Mechanismen dieser Türen oder den Aufbau des Hauses. Alles was er hier erschafft kann aber nicht sterben. Es sind eher* Illusionen. *Sehr realistische sogar. Aber wenn du einen von ihnen töten würdest, würde er sich einfach auflösen.*

Crystals Erklärung war lang. Doch es ergab jetzt alles einen Sinn. Allerdings wusste ich nicht ob dieser Wissenschaftler sich das alles hier tatsächlich nur ausgedacht hatte. Immerhin kam das alles in dem Buch vor welches Mc sich ausgedacht hatte, somit hätte er es auch aus seinen Erinnerungen erschaffen können.

Auf jeden Fall ein Gegner den man nicht unterschätzen sollte. Crystal schien sich ja ziemlich sicher zu sein, das es Memorie war. Unter einander kannten sie sich vermutlich auch genug, sodass sie das ganz gut einschätzen konnte. Dieser Wissenschaftler machte mir eine Heidenangst. Er konnte einfach alles erschaffen was er wollte, wenn er es sich ausdachte. Und wenn er sich wirklich unter die Leute gemischt hatte musste ich vorsichtig sein wen ich angreifen würde. Wenn ich richtig liegen würde hätte alles ein Ende. Wenn ich falsch liegen würde hatte nicht nur er mich im Visier, sondern auch alle anderen, die auch nicht zu unterschätzen waren.

Langsam ließ ich den Blick durch den Flur schweifen. Jesse, Lynn und Mister Eko schauten sich in der Nähe um. Sue und Erwin durchsuchten weiter die Abstellkammer. Sean befand sich im Bad und untersuchte genauestens die Wanne.

Einer von uns ist keiner von uns. Die Frage war nur wer von ihnen dieser Eine war. Sue und Erwin gingen nach oben. Ich dachte kurz darüber nach ihnen zu folgen. Dann blieb ich doch zurück und dachte weiter nach.

Wenn er das alles erschaffen konnte, konnte er dann auch Fähigkeiten an sich selbst erschaffen? Ich hielt das für etwas unrealistisch. Vielleicht konnte er Leute erschaffen, sich vielleicht sogar tarnen? Vielleicht! Doch die Fähigkeiten von den Charakteren erschaffen und auf sich selbst übertragen? Unrealistisch!

Das würde bedeuten, dass Sean es nicht sein konnte. Jesse auf diese Weise zu überprüfen wollte ich lieber vermeiden. Erwin und Lynn hatten nicht einmal Fähigkeiten, sodass meine Erkenntnis mich nicht viel weiter brachte. Über Mister Eko wusste ich absolut nichts, was ihn erneut verdächtig machte.

"Alles klar Kim?", fragte Lynn besorgt.

"Hmm? Ja klar! Mir geht's gut, warum fragst du?", fragte ich freundlich.

"Du schaust so konzentriert auf den Boden, als ob du dir über irgendwas Gedanken machst. Ich dachte, dass du dir wegen irgendwas Sorgen machen könntest.", erklärte sie.

"Oh, ach so! Nein, es ist alles ok. Ich hab nur darüber

nachgedacht wie wir wohl hier rauskommen oder irgendeine andere Tür öffnen können.", log ich.

Lynn wirkte jedoch erleichtert. Es war die Lynn, aus der Story in der alle langsam verschwanden. Jetzt, wo sie mich als neue Freundin sah, machte sie sich schon bei der kleinsten Kleinigkeit Sorgen. Sie musste unheimliche Verlustängste haben.

"Hey Leute! Ich hab wieder eine Tür aufgekriegt!", rief Sue.

Auf der Stelle rannten alle nach oben. Dort angekommen schaute ich nach links und rechts. Ich entdeckte sie auf der linken Seite des Flurs. Sie hatte die Tür auf der rechten Seite geöffnet. Ich fragte mich nur *wie.*

Mich interessierte es unheimlich, was sich im nächsten Raum wohl befand. Noch mehr interessierte mich jedoch grade, was das für ein kleiner, leuchtender Gegenstand war, den sie da in der Hand hielt.

Kampf mit Dämonen

Wie konnte ein Plan nur so in die Hose gehen? Das konnte doch einfach nicht wahr sein! Ich rannte so schnell ich konnte in Richtung Norden. Hoffentlich würde ich die beiden bald erreichen.

Diese Typen wurden immer aggressiver. Ich weichte ihnen auf meinem Weg aus und attackierte sie mit Schattengegenständen. Doch es kamen immer wieder Neue. Mir war es eigentlich egal. Das Einzige was ich wollte war bis zum nördlichen Punkt vorstoßen um dort Unterstützung zu leisten.

Den halben Weg hatte ich definitiv schon hinter mir. Das schien nicht nur ich zu wissen, denn diese Spione, die sonst eher einen ruhigen Gang an den Tag gelegt hatten, liefen auf mich zu und schlugen nach mir.

Ein paar kassierte ich, doch die nahm ich in Kauf. Dabei hatte ich mich so darauf gefreut mich unauffällig zu verhalten und im Osten zu bleiben. Wenn man nicht alles selber machte.

Ein paar Schattensteine flogen aus den Schatten der Häuser auf die Schatten der Spione zu und schalteten sie aus. Die Spione machten es ihren Schatten direkt nach und fielen um.

Weiter, immer weiter. Es war noch im Rahmen diesen Typen auszuweichen. Ich war durch Kai recht schlank und wendig. Wenn Kai ziemlich korpulent gewesen wäre, hätte ich ein größeres Problem. Doch dann wäre ich vermutlich in die Footballpose gegangen und hätte alle weggerammt.

Hoffentlich würden die anderen ihre Wendigkeit auch so zu schätzen wissen. Osten haben wir. Soweit ich wusste gab es im Süden keine Probleme, somit hätten wir diesen Punkt ebenfalls. Um Norden würde ich mich gleich selbst kümmern, dann konnte ich nur hoffen dass einer der beiden bis nach Westen vordringen konnte.

Plötzlich attackierte mich ein ziemlich Großer. Ich schaffte es grade noch ihm auszuweichen, dann rannte ich weiter. Es waren ganz normale Menschen, das musste ich mir immer vor Augen führen. Ich durfte sie nicht zu hart angreifen, wenn wir diesen Wissenschaftler erstmal erledigt hatten, würden sie hoffentlich wieder ganz normal werden.

Ich konnte meinen Doppelgängerkumpel schon vor mir erkennen. Zum Glück, ich hatte es fast geschafft. Doch er sah nicht sonderlich gut aus. Schnell lief ich auf ihn zu, um ihn zu unterstützen.

Wieder versperrten mir die Spione den Weg. Diesmal blieb ich nicht so freundlich und steckte die Schläge ein. Ich holte weit aus und legte meine Laufgeschwindigkeit in meinen Schlag. Mit einem gekonnten Treffer wurden sie ausgeschaltet. Dann war ich auch schon da.

"Pass auf!", rief mein Kollege und zeigte nach oben.

Schnell wandte ich meinen Blick in besagte Richtung und bevor ich ihn sehen konnte stürzte er auch schon hinab. Das Einzige, was ich tun konnte, war ihm auszuweichen und zur Seite zu springen. Ich kam ungünstig auf und fiel um. Als ich mich wieder aufrichtete sah ich ihn das erste Mal *richtig*.

Er sah *wirklich* aus wie eine Art Dämon. Ich wusste nicht was stärker war, meine Angst vor diesem *Ding* oder die Angst vor dem Scheitern dieser Mission. Das Dämonenvieh hatte nur drei Finger an den Händen, was ihn jedoch nicht daran hinderte sie zu Fäusten zu ballen und auf mich einzuschlagen. Unglaublich, was für eine *Kraft* dahinter steckte! Ich wurde vom Boden gerissen und flog einige Meter weit weg.

Vollkommen orientierungslos rollte ich mich auf den Rücken. Die Spione standen ein paar Meter entfernt und hielten sich raus. Ob auch sie Angst vor diesem Vieh hatten? Ich rappelte mich langsam auf und bemerkte meinen ausweichenden Freund. Ich musste ihm helfen!

Schnell versuchte ich den Schatten dieses Wesens zu manipulieren, doch dann fiel mir auf, dass es gar keinen Schatten *hatte!* Das Wesen schlug meinen Freund weg und schaute ihm noch kurz nach, ehe es sich wieder mir zuwandte.

Es stapfte langsam auf mich zu und holte wieder mit der Faust aus. Wenn es mich diesmal treffen würde wäre es aus mit mir. Ich nahm alles was mir an Kraft noch zur Verfügung stand zusammen und konzentrierte mich auf den Schatten des Hauses rechts von mir. Der Schlag des Wesens flog auf mich zu. Mir kam es vor wie in Zeitlupe. Ich ließ mich weder von dem Schlag noch von meiner Angst ablenken. Dann stieß sie hervor. Im letzten Moment. Die riesige

Schattenklinge, die ich geformt hatte. Und sie schlug seinen Arm ab ehe er mich erreichte.

"Hey du! Bleib mal stehen, ich muss dich was fragen!"
Ich stand immer noch wie angewurzelt da, als die Schritte hinter mir stoppten. Hatten sie mich wirklich erkannt? Das konnte doch nicht sein, so auffällig war ich doch gar nicht!
Erst jetzt bemerkte ich den Typen, der links neben mir stand. Er war von der linken Hauswand gekommen. Direkt neben mir war er angehalten und schaute in die Richtung, aus der die Typen gekommen waren.

"Hast du eine Ahnung wo der ist, der in diese Richtung gelaufen ist?", fragte der eine, der auch zuvor gesprochen hatte.

"Nein, keine Ahnung. Außerdem müsstest du es wissen, wenn ich es wüsste. Wir sind alle vernetzt, wieso ist das für dich so schwer zu begreifen? Deshalb brauchen wir uns nicht absprechen oder Fragen stellen, jeder weiß alles, was alle anderen auch wissen.", erklärte der neben mir.

"Ja, ich weiß. Ich wollte mich ja nur mal wieder unterhalten. Nur ständig still zu sein ist so unerträglich.", meinte der hinter mir.

"Du wurdest ja auch grade erst einer von uns. Du wirst dich dran gewöhnen. Je früher du deine menschlichen Züge abnimmst desto besser. Wir sind schließlich nicht hier um zu quatschen sondern um das Haus zu bewachen. Und um diese Schattentypen zu kriegen. Also reiß dich zusammen."
Der Typ neben mir schien nicht grade begeistert von dem Anderen zu sein. Ich beschloss langsam und unauffällig weiterzugehen. Meine Gangart war eher schleppend und ich ging gebückt. Mit meinen Lumpen sah ich jetzt wirklich aus wie jemand, der schon seit Längerem auf der Straße lebte.
Sie hatten mich also *nicht* bemerkt. Das war gut. Allerdings war es weniger gut, dass sie in der Nähe waren. In diesem Teil gab es kaum welche von ihnen, was mich ziemlich wunderte. Vielleicht wurden sie direkt zur anderen Seite geordert, um die anderen von uns aufzuhalten.
Ich ließ mich nicht davon beirren und ging weiter. Den Südlichen Punkt hatte ich mir gemerkt. Jetzt auf nach Westen und dann konnte ich meine Freunde unterstützen.

Ich war jedoch eher weniger begeistert davon. Zu zweit zu sein war für mich schon eine Erleichterung, doch auf einen Kampf mit diesen Spionen konnte ich gerne verzichten.

Ich wollte schneller vorankommen, damit ich so schnell wie möglich wieder hier weg konnte. Wenn ich allerdings schneller laufen würde wäre das schlecht für mich, denn dann würden sie mich bemerken.

Es dauerte diesmal eine ganze Weile, bis ich endlich die Hälfte der Strecke zum westlichen Punkt geschafft hatte. Meine gebückte Gangart musste ich beibehalten, sonst würde ich vielleicht auffliegen. Außerdem durfte ich nicht zu schnell gehen, das wäre ebenfalls auffällig.

Die Sonne war schon ein gutes Stück gewandert, somit musste ich umdenken und genau überlegen wann ich den westlichen Punkt erreicht hatte. Nachdem ich etwa drei Viertel der Strecke hinter mir hatte war ich mir in etwa sicher wie weit ich noch gehen musste.

Mich wunderte es, dass ich noch nichts von den anderen gehört hatte. Einer musste sich doch fragen wo ich blieb, denn der müsste doch schon lange dort sein. Die anderen beiden waren mit Sicherheit in einem Kampf verwickelt. Hoffentlich würden wir alle heil rauskommen.

Wieso flüchteten wir nicht einfach? Kai hatte uns doch gesagt wenn es brenzlich werden würde sollten wir fliehen! Das war wirklich verdammte Kacke hier. Mein Puls befand sich immer noch auf gefühlte hundertachtzig, denn ich spürte dann und wann die Blicke der Spione die sich auf meiner rechten Seite ab und zu in den Gassen befanden oder in Häusern Wache standen.

Wieso kam ich hier so leicht durch, wenn die anderen solche Probleme hatten? War das etwa eine Falle? Es war einfach viel zu ruhig! Dann blieb ich plötzlich stehen. Ich war schon zu weit gegangen. Der Punkt befand sich schon hinter mir.

Schnell machte ich kehrt und behielt die Sonne im Auge, bis ich mir sicher war, dass ich richtig war. Doch hier war niemand. Wieso war ich denn bitte zuerst hier, wenn ich so langsam war? Ich schaute auf die Häuser zu, in denen sich ein paar von den Typen befanden. Dahinter würden nach und nach immer mehr von ihnen kommen. Dann würde man irgendwann ihr Versteck erreichen. Wenn man noch weiter

ging wäre ich wieder am Anfang, beim östlichen Punkt.
Wo seid ihr? Wollte nicht einer von euch bis zum westlichen Punkt laufen? fragte ich die anderen.

Ich stand vor dieser riesigen Bestie und alles war still. Die Spione, die zu uns rüber schauten sagten ohnehin nie etwas. Die Bestie war doch größer als drei Meter. Mit den Hörnern, die links und rechts wie bei einem Stier aus seinem Kopf ragten war es bestimmt *doppelt so groß*.
Es schaute mit seinen roten Augen auf mich hinunter. Da es nur aus einer Art Rauschen bestand kam es mir eher unwirklich vor. Ich hoffte nur, dass sein Körper *wirklich* eher astrahl war, somit könnte es mir wenig anhaben.
Dann ging es los. Es trat unverzüglich mit dem Fuß nach mir. Da der Abstand zwischen dem Fuß und mir nicht sehr gering war und er nicht ausgeholt hatte, tat der Tritt an sich nicht so sehr weh, wie der Aufprall gegen die Wand des Hauses hinter mir. Ok, es war schon mal nicht astral.
Schnell rappelte ich mich wieder hoch und schon stampfte es auf mich zu. Ich schaffte es grade noch dem Faustschlag von ihm auszuweichen, der die Tür hinter mir zerbersten ließ. Wenn mich einer seiner Schläge direkt treffen würde, wäre ich ziemlich am Arsch.
Ich befand mich immer noch am nördlichen Punkt. Hier gab es außer ein paar Häusern nichts Besonderes. Ich schaute mich gelegentlich in der Gegend nach markanten Punkten um, an denen ich diesen Punkt später wiederfinden würde. Dadurch wurde ich jedoch ab und zu von dem Ding getroffen.
Bestimmt hatte ich ein paar angebrochene Knochen und Prellungen, doch es hatte sich gelohnt. Mir war aufgefallen, dass die Dächer in dieser Gegend alle rot waren, eines jedoch war schwarz. Es befand sich direkt an diesem Punkt. So konnte ich es wiedererkennen.
Nachdem ich mir das gemerkt hatte konnte ich mich mehr auf den Kampf konzentrieren. Schnell nahm ich einen Schatten aus den Schatten der Häuser, den ich zu einem Speer formte. Doch dann wusste ich nicht weiter.
Mir fiel erst jetzt auf, dass dieses Wesen keinen Schatten warf. Somit konnte ich es nicht mit Schatten angreifen. Doch ich hatte einen anderen Plan. Er erforderte viel

Konzentration und Zielgenauigkeit.

Das Wesen stampfte wieder auf mich zu und schlug auf mich ein. Ich sprang zur Seite und spürte, wie sein Schlag den Boden erzittern ließ. Schnell konzentrierte ich mich auf den Häuserschatten. Mit aller Kraft ließ ich eine Ecke davon abbrechen. Ich lenkte den Schatten korrekt und die abgebrochene Häuserecke traf das Wesen tatsächlich am Kopf. Danach krachten die Bruchstücke laut auf den Boden

Das Biest stieß einen unwirklichen Schrei aus und ich bemerkte, dass es tatsächlich einen Mund hatte. Es hockte sich hin und sprang danach hoch zu der Häuserkante, an der es sich festhielt und hochzog.

Ich schaute ihm nach, doch im nächsten Moment war es auch schon aus meinem Blickwinkel verschwunden. Dann vernahm ich Schritte. Sie kamen von rechts und ich sah meinen Schattendoppelgängerkollegen auf mich zulaufen. Spione versperrten ihm den Weg, doch er knockte sie einfach aus.

"Pass auf!", rief ich und zeigte nach oben.

Er stoppte und schaute in die besagte Richtung, doch zu spät. Das Vieh sprang auf ihn hinunter. Zum Glück schaffte er es noch auszuweichen. Er stand fast direkt wieder auf den Beinen und schien erstmal erstaunt und panisch zu sein, als er es anschaute.

Es schlug ihn weg und er flog einige Meter. Schnell nahm ich einen Stein, der von der Häuserecke gebrochen war und warf ihn der Bestie gegen den Kopf. Wütend drehte es sich zu mir um.

Es sprang mit einem Faustschlag auf mich zu, dem ich mit Glück noch ausweichen konnte. Ich sprang zur Seite und rannte vor seinen fliegenden Fäusten davon. Dann traf es mich doch und ich wurde zur Seite geschleudert. Auf dem Rücken liegend schaute ich zu seinen auf mich starrenden, rotleuchtenden Punkten, die seine Augen waren, hinauf. Es wandte sich von mir ab und ging wieder zu meinem Kollegen.

Das Biest ging auf ihn zu und baute sich vor ihm zu einem letzten, vernichtendem Schlag auf. Ich musste ihm irgendwie helfen, doch ich war zu schwach. Dann schlug es zu. Plötzlich schoss eine riesige Klinge aus der Häuserwand und schlug ihm den Arm ab, bevor er meinen Freund erreichte.

Eine *Schattenklinge?!* Seit wann konnten wir denn sowas erschaffen?! Das Ungetüm stieß einen schrecklichen laut hervor, ehe es sich umdrehte und zur Flucht ansetzte. Es rannte an mir vorbei die Gasse hinunter und war verschwunden. Sein abgeschlagener Arm hatte sich wie ein Schatten mit dem Boden verbunden, welcher danach in einem Schatten der Häuser verschwunden war.

Mein Kumpel ließ sich flach auf den Boden fallen. Anscheinend hatte er auch keine Kraft mehr. Doch es gab ja noch die Spione! Sie schauten uns jedoch weiterhin nur an. Entweder hatten sie aus eigenem Willen Respekt vor uns bekommen und wollten sich nicht selbst umbringen, oder wer auch immer sie lenkte hatte das alles ebenfalls mit angesehen und hielt sie vorerst zurück um unnötige Verluste zu vermeiden.

Erschöpft rappelte ich mich hoch und ging langsam auch meinen Freund zu. Er stand ebenfalls wieder auf und schaute zu mir. Erleichterung machte sich breit. Wir hatten das Vieh in die Flucht geschlagen und die Spione hielten Abstand.

"Wir haben´s geschafft!", rief ich und kam langsam auf ihn zu.

Plötzlich tauchte etwas hinter ihm auf. Blitzschnell schoss plötzlich ein Arm aus der Wand des Hauses hinter ihm. Es sah aus wie der Arm der Bestie, den er ihr abgeschlagen hatte. Anscheinend kam er aus dem Schatten. Zwei Finger seiner Pranke krallten sich links und rechts unter seine Achseln, der Dritte über die rechte Schulter.

Das Gesicht meines Kumpels veränderte sich. Aus Erleichterung wurde Panik. Ich musste ihm helfen! Schnell rannte ich auf ihn zu. Die Pranke riss ihn mit voller Kraft zurück. Er hatte nicht genug Kraft um dagegen zu halten und wurde mitgerissen. Dann riss ihn die Pranke in den Schatten des Hauses und er war verschwunden.

"Nein!", rief ich entsetzt.

Wie konnte das nur passieren?! Ich hatte gedacht, dass wir es geschafft hatten! Er konnte doch nicht einfach weg sein!

Wo seid ihr? Wollte nicht einer von euch zum westlichen Punkt laufen? Fragte der südliche Schattendoppelgänger.

Eigentlich hätte der auch schon da sein müssen. Wenn der

aus dem Süden ihn jetzt erst erreicht hatte schien es dort auch Probleme gegeben zu haben. Was mich noch mehr beunruhigte war, dass der andere den Punkt immer noch nicht erreicht hatte. Diese Mission war dazu bestimmt, in einer kompletten Katastrophe zu enden.

Konzentration. Konzentration war alles was ich jetzt brauchte. Die Schweißperlen rannen langsam über mein Gesicht, den Hals hinab. Diese Lumpen waren eigentlich zu warm für August. Aber eigentlich war es die Anstrengung, die dazu geführt hatte dass ich so schwitzte.

Ich stand nun schon seit einigen Minuten reglos zwischen diesen zwei imaginären Wänden, die ich mit all meiner Kraft aufrechterhalten musste. Wenn meine Konzentration schwinden würde wäre ich geliefert.

Nach und nach waren immer mehr von diesen Spionen gekommen. Sie drückten stark gegen die Wände, was meine Anstrengung noch einmal erhöhte. Wie zwei Zombiemeuten. Und wenn ich die Wände fallen lassen würde, würden sie sich vermutlich ebenso auf mich stürzen wie Zombies.

Ich vernahm plötzlich ein Geräusch. Es kam von links, von einem dem Haus und hörte sich an wie ein leichter Aufprall. Ich fragte mich was es war, doch eigentlich wollte ich es auch wieder gar nicht wissen. Egal was es war, es konnte nichts Gutes sein.

Dann hörte ich wieder ein Geräusch. Irgendein Rascheln, woraufhin Schritte folgten. Langsame Schritte, die sich auf mich zu bewegten. Ich durfte mich davon nicht ablenken lassen. Konzentriert starrte ich weiter einen Meter vor mich auf den Boden und hielt die Wände aufrecht.

Mit jedem Schritt, den wer auch immer es war auf mich zu kam, wurde ich nervöser.

Ich merkte, wie die Ränder der Schattenwände langsam ins Wanken gerieten. Das machte mich noch nervöser, doch ich versuchte mein Bestes um sie nicht abbrechen zu lassen.

Die Schritte stoppten direkt neben mir. Aus dem Augenwinkel nahm ich eine Person war. Eine weitere Scheißperle rann an meinem Hals herunter, als ich merkte dass sie nur ein schwarzer Schatten war. Ein Spion.

Ein stechender Schmerz breitete sich von meiner linken Seite zu meinem ganzen Körper aus. Ich konnte unsere

Schatten am Boden erkennen. Er hatte mir ein Messer in die Seite gerammt.

Ich beeinflusste seinen Schatten. Zwang ihn dazu das Messer loszulassen und einfach da zu stehen. Dann ließ ich ihn sich zurück beugen. Weiter und weiter, wie bei einem Limbo-Wettbewerb. Bis er sich schließlich unmöglich weit beugte. Dann hörte man nur noch ein Knacken und er fiel zu Boden.

Der Schmerz war so unendlich groß, dass es mir schwer fiel die Kontrolle zu behalten. Mir war nicht klar wie ich es geschafft hatte den Typen nebenbei noch zu töten. Die Schatten der Wände wurden mal schmaler, mal breiter und ungleichmäßig an den Rändern. Lange würde ich das nicht mehr durchhalten.

Wo seid ihr? Wollte nicht einer von euch zum westlichen Punkt laufen? fragte der südliche Schattendoppelgänger.

Er war schon da, das war gut.

Einen von uns hat es erwischt, er wurde von diesem Biest geschnappt. Habt ihr alle Punkte, dann können wir hier schnell verschwinden. meinte der im Norden.

Ich hab mir den im Süden und im Westen gemerkt, den im Osten kennen wir ja alle. antwortete der im Westen.

Gut, ich hab den im Norden! Lasst uns verschwinden!

Mehr brauchte nicht gesagt werden. Ich ließ die Wände zusammenbrechen und wurde wieder zu einem Schatten am Boden. Blitzschnell floh ich zu einem Schatten der Häuser. Nun wäre ich im Null Komma nichts wieder zurück und endlich aus dieser Selbstmordaktion befreit.

Die Kräfte von Sean Dearing

"Ich hab bei dieser Tür gemerkt, dass das Schlüsselloch gar nicht zu einem *Schlüssel* passt! Wenn ein Schlüssel reinpassen würde, hätte es diese Zacken, für die Rillen im Schlüssel! Aber hier war es einfach nur ein Spalt!", erklärte Sue uns aufgeregt.

"Wie hast du sie denn aufbekommen, wenn du keinen Schlüssel hattest und da auch gar kein Schlüssel reinpassen kann?", fragte Jesse.

"Hiermit!", antwortete sie und hielt den kleinen, gelbleuchtenden Gegenstand hoch.

Es war ein Messer. Aber nicht irgendein Messer, es war das versteckte Messer von der Schwertscheide von Mc´s Samuraischwert. In New Story war das Schwert eine der Waffen, mit denen man als einziges die Auslöser der Apokalypse töten konnte. Es gab noch mehr Waffen, jede für einen derjenigen bestimmt, die die Apokalypsen verhindern sollten. Und alle leuchteten in bestimmten Farben, wenn man sie benutzte.

"Ich hab das Messer reingesteckt und versucht es zu drehen, und es hat geklappt!", erklärte sie.

Alle schienen etwas skeptisch wegen dem Messer zu sein. Dass sie es besaß beunruhigte alle, so sehr, dass es sogar die Neugier auf die offene Tür überwog. Sean streckte seine Hand aus und wieder nahm sein Körper die vertrauten schwarz-roten Farben an, die er hatte wenn er seine Fähigkeit benutzte.

Offensichtlich wollte er Sue das Messer entreißen. Doch nichts passierte. Er stand mit ausgestrecktem Arm da und nichts rührte sich. Ziemlich merkwürdig. Seinem Gesichtsausdruck nach zu urteilen fand er das selbst auch. Er ließ den Arm sinken und sah wieder normal aus.

"Wo hast du das Messer her?", fragte er energisch.

Sue betrachtete verwundert das Messer in ihrer Hand. Ihr Blick wanderte zurück zu Sean, als sie antwortete: "Ich hab es zu Weihnachten von einem Freund bekommen. Wieso fragst du?"

"Und wieso hast du es *jetzt?!*", wollte Sean wissen.

"Ich hatte es schon die ganze Zeit, ich wollte nur

niemanden beunruhigen. Außerdem kann damit eh keiner außer mir was anfangen.", antwortete sie.

"Du hättest es uns sagen müssen! Wieso behältst du sowas für dich?! Grade jetzt, wo hier niemand mehr irgendjemandem vertrauen kann spricht das nicht grade für dich!", blaffte er sie an.

"Aber ich habe es doch nicht erzählt *weil* ihr mich dann für verdächtig gehalten hättet! Ich habe hier als einziges eine Waffe, du hättest immer so reagiert, auch bevor ich die Nachricht auf dem Bild entdeckt habe!", protestierte sie.

"Was ist das für ein Messer?! Das ist nicht normal!", meinte Sean.

"Ich weiß, es leuchtet. Es ist besonders, nur ich kann es richtig einsetzen. Aber das braucht dich nicht zu beunruhigen, eigentlich ist es stumpf. Ich kann nur die damit ziemlich verletzen, die in den Apokalypsen verändert wurden.", erklärte sie.

"Wieso kann ich es dann nicht zu mir schweben lassen?! Es ist doch ein einfaches Dekomesser aus Stahl! Ich kann alles aus Eisen, Holz oder Glas schweben lassen, wieso nicht *das*?!", fragte Sean wütend.

Sue schien nicht zu wissen was sie sagen sollte. Die Situation war angespannt und sie wollte sie entschärfen, doch welche Antwort hätte Sean schon zufrieden gestellt? Er war ohnehin schon nicht sehr begeistert davon mit uns in diesem Haus eingesperrt zu sein und da er zudem noch über gewisse Fähigkeiten verfügt konnte das hier möglicherweise ziemlich böse enden.

"Ich weiß es doch auch nicht. Könnte sein weil dieses Messer besonders ist und nur *ich* es benutzen kann.", versuchte sie eine Erklärung zu finden.

"Ok, wenn nur du es benutzen kannst dann kannst du es mir ja auch geben.", schlug Sean vor.

"Moment mal, wer sagt denn bitte dass es in deinen Händen besser aufgehoben ist als in ihren?", fragte Jesse.

"Und wer meint das es in ihren Händen gut aufgehoben ist?", entgegnete Sean und warf Jesse einen herausfordernden Blick zu. Er wandte sich wieder an Sue und streckte die Hand aus, ehe er sagte: "Komm schon, gib es mir und alles wird gut."

Sue wirkte von diesem Vorschlag nicht sehr angetan. Sie schaute auf das Messer in ihren Händen und wieder zu Sean.

„Auch wenn du es nicht benutzen kannst wie eine richtige Waffe ist es trotzdem noch sehr spitz und gefährlich.", meinte sie.

„Das ist mir egal, wenn du nicht willst, dass es hier gleich rund geht gibst du es mir jetzt. Ich mach keinen Spaß Sue.", erklärte Sean.

„Ich finde wir sollten uns alle erst einmal beruhigen.", meinte Mister Eko.

„Keine Sorge, hier sind alle ruhig. Solange ich das Messer bekomme zumindest.", antwortete Sean.

Wieso wollte er es so unbedingt haben? War es weil er es nicht kontrollieren konnte und er nicht wusste ob Sue noch mehr gegen ihn in der Hand hatte? Er konnte sich auch so gut genug verteidigen ohne dieses Messer zu haben.

„Ich kann es nicht. Ich kann dir das Messer nicht geben. Wenn ich es nicht wieder bekomme kann ich die Apokalypsen nicht mehr verhindern.", erklärte Sue.

„Langsam wird's mir hier echt zu bunt! Entweder du gibst es mir, oder du lernst mich kennen!", warnte Sean sie.

Er hielt seine Hände nebeneinander als würde er einen imaginären Ball halten. Kurz darauf hörte man ein *Zischen* und es entstand wirklich eine Art Ball zwischen seinen Händen. Er war nur durch weiße, gebogene Lichtstreifen sichtbar.

Was auch immer das war, was er da machte, er machte es mit seiner Fähigkeit, was ich an seinem Aussehen erkennen konnte. Es würde mit Sicherheit nichts Harmloses sein, daher hoffte ich nur dass Sue sich auf ihn einlassen würde und ihm das Messer geben würde.

„Ok, ich gebe es dir.", antwortete Sue.

„Dann komm her.", meinte Sean.

Er hielt die Kugel weiterhin aufrecht, während Sue mit langsamen Schritten auf ihn zuging. Sean behielt sie genau im Auge, bis sie direkt vor ihm stand. Er behielt die Kugel in der rechten Hand und hielt ihr die Linke entgegen.

„Gib es mir.", verlangte er.

Sue schaute ihm in die Augen, dann schlug sie zu. Sie

schlug mit dem Messer direkt in die Kugel. Ein Geräusch, als würde eine Kreissäge auf Metall treffen ertönte und die Kugel löste sich auf. Sean schaute sie völlig baff an, doch in weniger als einer Sekunde hatte sich sein Blick wieder verhärtet.

Eine unheimlich starke Druckwelle ging von ihm aus, die alle im Flur von den Füßen riss. Sue wurde quer durch den Flur geschleudert. Das Messer hatte sie dabei verloren. Es war fast bis zum Ende vom Flur geflogen.

Erwin stand, trotz seines Gewichts, ironischerweise als Erster wieder auf den Beinen und lief zum Messer. Als er es hatte stand auch der Rest von uns. Außer Sue, der er nun half. Sean kam mit wütenden Schritten auf uns zu. Ich stellte mich ihm in den Weg. Ob das eine gute Idee gewesen war wusste ich nicht.

Einen Moment später streckte er schon die Hand in meine Richtung und ich wurde durch eine unsichtbare Macht durch den Raum geschleudert und knallte hart gegen eine Wand.

Vollkommen orientierungslos lag ich auf dem Boden und musste mich kurz sammeln. Als ich wieder bei mir war, war Sue schon wieder auf den Beinen. Sie und Erwin flitzten in den Raum, den sie kurz zuvor mit Sues Messer geöffnet hatten. Die Tür wurde zugeschlagen und ein Klacken sagte mir, dass sie verriegelt worden war.

Sean ging weiter bis er vor der Tür stand und formte wieder eine dieser Kugeln mit den Händen. Als er sie mit der rechten Hand auf die Tür presste flogen nur noch Holzsplitter. Oh Mann, ich musste hier weg! Ich lag nur einen Meter neben ihm auf dem Boden!

Doch bevor ich mich selbst aufgerappelt hatte stand Jesse schon bei mir und half mir auf. Zusammen rannten wir zu Lynn, die bei der Treppe mit verängstigtem Gesicht wartete. Doch wo war Mister Eko? Er war wie vom Erdboden verschluckt.

Lynn rannte die Treppe runter. Jesse folgte ihr und wollte mich hinterher ziehen, doch ich blieb stehen. Verwundert schaute er zu mir auf.

"Was ist los?!", fragte er hektisch.

"Sue und Erwin! Wir können sie doch nicht einfach so zurücklassen!", meinte ich.

Jesse schien mit sich selbst zu ringen. Dann kam er wieder

hoch und stellte sich neben mich. Gemeinsam schauten wir zu Sean hinüber, welcher weiter die Tür massakrierte.

Als er aufhörte sah die Tür jedoch kaum verändert aus. Es flogen überall Splitter, doch die Tür schien sich einfach wieder von selbst zu heilen, aus welchem Grund auch immer. Sean richtete seine Handfläche auf die Tür und wieder erzeugte er eine unheimlich starke Druckwelle. Die Tür beulte sich unter der Kraft und bekam unzählige Risse, doch in weniger als fünf Sekunden sah sie aus wie zuvor.

"Siehst du! Sie sind sicher! Er kann die Tür nicht zerstören!", meinte Jesse.

Das schien zu stimmen, doch ich hatte ein ungutes Gefühl dabei. Die Tür brauchte einige Sekunden um sich zu erholen, wenn Sean seine Druckwellen in kürzeren Abständen von sich gab konnte er sie eventuell aber doch zerstören. Das konnte ich nicht zulassen.

Ich konzentrierte mich auf ihn. Dann ließ ich ihn von den Füßen bis zum Kopf einfrieren. Überrascht und gleichzeitig wütend schaute er mich an.

"Du!", sagte er bloß.

Eine Druckwelle. Eine Druckwelle hatte gereicht und das Eis zu sprengen und schon war er wieder frei. Diesmal kam er auf *mich* mit wütenden Schritten zu. Jesse versperrte ihm sofort den Weg. Er wurde auf die gleiche Art aus dem Weg geräumt wie ich zuvor.

Ich erzeugte eine Eiswand zwischen mir und ihm, um mich zu schützen. Doch die war sofort durch eine weitere Druckwelle zerstört. Schnell erzeugte ich eine Neue, doch auch mit ihr passierte das Gleiche. Meine einzige Möglichkeit war es immer wieder neue Eiswände zu erzeugen um ihn so aufzuhalten.

"Es reicht!", rief er wütend.

Diesmal zerstörte er meine Eiswand nicht, sondern schleuderte mich *direkt* weg. Das zersplitternde Geräusch sagte mir, dass er die Eiswand jetzt zerstört hatte. Ich war gegen die Wand geprallt lag nun auf halben Weg nach unten.

Ich war wieder etwas benommen und panisch, als ich bei jedem Schritt den er machte das Eis unter seinen Schuhen auf der Treppe knirschen hörte. Er hatte mich fast erreicht, da kam ein Schrei von oben.

Es war Jesse. Sean war dadurch abgelenkt und schaute nach oben. Schnell flitzte ich an ihm vorbei und sah Jesse im Flur stehen. Irgendwas stimmte nicht mit ihm. Er stand gebückt da und hielt sich den Kopf, während er angestrengt zu Boden starrte.

Langsam ging ich auf ihn zu.

"Stop!", rief Jesse.

"Was ist mit dir?", fragte ich besorgt.

"Ich glaub ich verliere die Kontrolle! Lauf weg! Lauf zu Lynn!", erklärte er.

Sean war hinter mir aufgetaucht, wie ich merkte. Doch er griff mich nicht an. Er starrte ebenfalls auf Jesse.

Wenn Jesse tatsächlich die Kontrolle verlor wäre das ziemlich schlecht. Bei einem Kampf zwischen ihm und Sean würde kein Stein mehr auf dem anderen stehen. Und ich wollte dabei auf keinen Fall zwischen die Fronten geraten.

Ich wusste nicht was ich tun sollte um das zu verhindern. Das Einzige was mir einfiel war, nach unten zu Lynn zu laufen und mich zu verstecken, doch das konnte ich Jesse nicht antun. Ich musste ihn doch irgendwie beruhigen können!

Dann hörte er auf sich den Kopf zu halten. Er stand immer noch leicht vornüber gebeugt da, doch sein Gesicht war vollkommen ausdruckslos. Das war nicht gut. Ganz und gar nicht gut.

Kais Alleingang

Ungeduldig ging ich auf und ab. Es schien schon eine Ewigkeit her zu sein, seit ich die Doppelgänger losgeschickt hatte. Ich fragte mich, ob bei dieser Aktion alles glatt gelaufen war. Doch wenn es das war, wären sie dann nicht allmählich wieder da?

Ich konnte es mir nicht erklären, weshalb es so lange dauerte. Der Nachmittag zog vorbei und wurde langsam zum Spätnachmittag. Meine Geduld schwand mehr und mehr. Ich wollte Kim und Mc endlich finden!

Immer wieder schaute ich aus dem Fenster und beobachtete die Straße. Dann und wann sah ich einen dieser Spione, doch sie schienen es eilig zu haben zu ihrem Versteck zu kommen. Die Frage war bloß, ob das ein gutes oder ein schlechtes Zeichen war.

Vermutlich waren sie entdeckt worden, ich wusste nur nicht ob sie den Spionen so übel mitspielten, dass diese Verstärkung anforderten, oder ob ihnen selbst übel mitgespielt wurde und die anderen Spione nur zur Sicherheit gerufen wurden.

Auf jeden Fall war etwas passiert und ich wollte unbedingt wissen, was es war. Ich machte mir Sorgen, jetzt nicht nur um Kim und Mc, sondern auch um die Doppelgänger.

Dann sah ich sie. Zumindest sah es nach ihnen aus. Erst war es nur ein einzelner Schatten, der sich vom Schatten des Nebengebäudes löste und über die Straße zu dem leerstehenden Gebäude wanderte, in dem ich mich befand. Er wanderte an der Hauswand hoch und verband ich mit meinem Schatten.

Es war wirklich ein harter Kampf. Einen von uns hat es erwischt.

Dann sah ich es. Ich konnte alles sehen was ihnen passiert war. Gleichzeitig spürte ich den Schmerz, der ihnen wiederfahren war. Ich sah die Spione und den Kampf gegen die Bestie. Ich spürte den Schmerz der gebrochenen Knochen, der Prellungen, der Schläge selbst. Ich sah wie diese Schattenklinge geformt wurde und die Bestie in die Flucht geschlagen wurde. Ich spürte den Triumph und die Erleichterung. Ich sah wie der andere Schattendoppelgänger gepackt und in den Schatten gezerrt wurde. Ich spürte die

Panik und den Schmerz des Verlusts.

Diese Gefühle überwältigten mich, doch nachdem ich die Erinnerungen im Schnelldurchlauf mitbekommen hatte, bis der Doppelgänger wieder hier angekommen war, verschwanden auch die Gefühle.

Ein zweiter Schatten löste sich vom Haus gegenüber und wanderte bis zu mir herüber. Im Gegensatz zum ersten Schatten bewegte sich dieser eher schleppend. Und im nächsten Moment wusste ich auch warum.

Die Schmerzen waren wirklich krass. Aber wir haben unser Bestes gegeben.

Nun sah ich die Erinnerungen des nächsten Doppelgängers. Sein Verantwortungsbewusstsein für diese Mission. Seine Eile es schnell zu schaffen. Ich spürte jede Auseinandersetzung, die er mit den Spionen gehabt hatte. Ich sah die Engzone in die er gelaufen war und spürte die Anstrengung der Konzentration, als er zwischen den Schattenwänden gefangen war. Ich sah die Meute der Spione und spürte den Schmerz des Messers, das ihn in die Seite getroffen hatte. Ich sah wie die Wände ins Wanken gerieten und spürte die Erleichterung, als er endlich fliehen konnte.

Nachdem ich auch diese Erinnerungen verdaut hatte löste sich ein dritter Schatten. Dieser wirkte im Vergleich zu den beiden vorangegangenen eher flink.

Es tut mir leid, dass es so lange gedauert hat. Wir haben alle Punkte gefunden.

Er war so schnell, weil er als einziger noch unverletzt war. Ich spürte die Angst, die ihn die ganze Zeit begleitet hatte. Ich sah, wie er sie langsam aber stetig weiterbewegte und schließlich die Punkte erreichte. Ich spürte sein dauerhaftes Unbehagen und die Blicke der Spione. Ich sah einen verlassenen Treffpunkt und spürte die Verwunderung darüber.

Nachdem ich die Erinnerungen der drei übriggebliebenen Doppelgänger durchlebt hatte war mir klar, dass ich mich beeilen musste. Ich hatte inzwischen einen so intensiven Hass ihnen gegenüber entwickelt, dass ich es gar nicht abwarten konnte mich endlich auf sie zu stürzen.

Wie sie ihnen wehgetan hatten. Was sie wohl grade mit Kim und Mc machten. Das alles bereitete mir Sorgen. Und es nährte meine Wut auf sie. Ich konnte ihnen nicht vergeben, was sie ihnen angetan hatten. Dafür würden sie bezahlen.

Doch ich durfte noch nicht los. Ich musste noch warten. Auf eine gewisse Person. Eine gewisse Person die sich *Seeb* nannte. Seit ich ihn zum Bahnhof gebracht hatte schien eine unendlich lange Zeit vergangen zu sein. Hoffentlich hatten die Spione ihn nicht erwischt.

Allerdings hätte er doch schon bald etwas von sich hören lassen müssen. Eine SMS, dass er bei Mc war oder ein Anruf, aber es kam nichts. Selbst wenn er dann nicht Bescheid gesagt hatte, so musste er mich doch informieren, wenn er wieder hier war, damit ich ihn abholen konnte.

Ich war das Warten leid. Das Warten auf die Doppelgänger, das Warten auf Seeb. Und jetzt, wo ich wusste wozu sie fähig waren, trieb es meine Ungeduld in die Höhe. Wenn ich es mir recht überlegte würde Seeb mir schon rechtzeitig Bescheid geben, wenn er wieder da war. Ich würde ihn dann abholen kommen. Doch Abwarten konnte ich nicht mehr. Wenn sie einen Kampf wollten, dann wollte ich ihnen einen liefern. Ich hoffte nur, dass sie wussten, worauf sie sich da eingelassen hatten.

Shadow kam neben mir aus meinem Schatten hervor.

"Bist du wirklich sicher, dass du das machen willst?", fragte er.

"Ich kann nicht einfach noch länger warten Shadow. Kim und Mc sind in Gefahr und da kann ich nicht einfach *nichts* tun. Sieh dir an was sie mit den Doppelgängern gemacht haben. Ich frage mich nur wieso sie nicht geflohen sind.", erklärte ich.

"Wenn sie erst einmal wieder Schatten sind, können sie wohl schnell fliehen, aber ohne deine Hilfe können sie nicht wieder zu Doppelgängern werden. Sie wollten dich nicht enttäuschen und haben alles getan um diese Punkte zu finden.", antwortete Shadow.

Diese Erkenntnis rief ein tiefes Schuldbewusstsein in mir hervor. Hatte ich sie etwa zu sehr angetrieben es zu schaffen? Ich war es ihnen schuldig mit Hilfe dieser Punkte den Standort des Wissenschaftlers zu finden und mich dorthin zu begeben. Dafür hatten sie so viel auf sich genommen.

Ich zog mein Handy aus der Tasche und markierte die

entsprechenden Punkte auf der Karte. Nachdem ich das Epizentrum des Ganzen gefunden hatte beschloss ich mich dorthin zu begeben. Und niemand würde mich aufhalten können.

"Du willst nicht noch auf Seeb warten?", fragte Shadow.

"Ich hab mein Handy dabei, wenn er sich meldet hole ich ihn, wenn nicht dann nicht. Auf jeden Fall werde ich nicht mehr rumsitzen und warten. Ich werde dahin gehen und Kim und Mc da rausholen.", erklärte ich entschlossen.

"Ok. Dann machen wir das.", stimmte Shadow mir zu und wurde wieder zu meinem Schatten.

Ich stellte einen Routenplaner zum markierten Punkt an und begab mich zurück ins Erdgeschoss. Dann verließ ich das Gebäude und begab mich auf direktem Weg dorthin.

Am Anfang gab es kaum Spione in meiner Nähe. Alle die da waren schienen mich nicht zu bemerken. Ich hetzte auch nicht los, sondern ging in einem schnellen Schritt. Die Erinnerung des Doppelgängers sagte mir, dass ich so besser unentdeckt bleiben konnte.

Nachdem ich die Innenstadt durchquert hatte wurden es nach und nach wieder weniger Passanten. Ich schaute durchgehend mit diesem Schattenblick. Die Spione wurden mehr und mehr. Doch davon ließ ich mich nicht beeindrucken. Unbesorgt ging ich weiter auf ihr Versteck zu.

Nach einigen Metern bemerkten mich dann die ersten. Vermutlich waren sie seit die Doppelgänger hier waren vorsichtiger geworden. Zwei von ihnen kamen auf mich zu um mich aufzuhalten.

Ohne große Mühe beeinflusste ich ihre Schatten und ließ sie mit Höchstgeschwindigkeit gegen eine Häuserwand laufen. Sie wurden ausgeknockt und lagen reglos am Boden. Ich ging weiter ohne ihnen viel Beachtung zu schenken.

Dann schaute ich noch einmal kurz nach hinten und da war doch tatsächlich einer von ihnen wieder aufgestanden und mir mit einem gezücktem Messer hinterher gelaufen. Ich ließ den Schatten des Messers wegfliegen, wodurch ich ihn entwaffnete. Dann ließ ich eine riesige Klaue aus meinem Schatten wachsen, die seinen Schatten weg boxte. Er flog weg und prallte gegen eine Wand. Danach blieb er liegen.

Der zweite Doppelgänger hatte mir mit seinen Erinnerungen klar gemacht, dass man immer auf seinen

Rücken aufpassen sollte, auch wenn man dachte man hätte alles unter Kontrolle.

Mein Weg ging weiter auf ihr Versteck zu. Jetzt wurden es immer mehr Spione. Ich räumte die meisten von ihnen aus dem Weg, indem ich sie hart gegen Wände laufen oder fliegen ließ.

Einige waren jedoch etwas hartnäckiger. Sie brauchten einen Schlag, mit einem imaginären Schattenhammer, der ihren Schatten eins überzog. Dann blieben auch sie liegen.

Es wurden immer mehr und mehr. Sie schienen zu merken, dass mit mir nicht zu spaßen war, und das machte ich ihnen auch klar.

Alle von ihnen blieben augenblicklich stehen. Keiner rührte auch nur einen Finger. Das lag daran, dass ich all ihre Schatten kontrollierte. Ich ließ ihre Schatten stocksteif in einer Position dastehen. Dann ging ich einfach zwischen ihnen hindurch, weiter auf ihr Versteck zu. Damit sie mich nicht verfolgten wenn ich weit genug weg war ließ ich jeden von ihnen einen anderen heftig in die Schläfe schlagen. Dann sackten alle ohnmächtig zusammen.

Weitere Spione kamen aus den Seitengassen, als ich eine Kreuzung überquerte. Alle waren bewaffnet. Doch im nächsten Moment waren sie es auch schon nicht mehr. Ich ließ die Schatten der Waffen aus ihren Händen schweben und sich gegen sie selbst richten. Keiner von ihnen tat auch nur einen Schritt mehr auf mich zu. Dann ließ ich sie sich gegenseitig ohnmächtig schlagen, wie ich es schon mit der letzten großen Truppe getan hatte.

Es kamen wieder mehr und mehr von ihnen. Doch diesmal blieben sie auf Abstand. Sie schienen sich einfach nicht an mich ran zu trauen, obwohl ich mich langsam aber sicher auf ihr Versteck zu bewegte.

Ein paar von ihnen versuchten es noch, doch als ich sie stolpern ließ und ihre Köpfe hart auf den Boden aufschlugen hörten auch diese kleineren Angriffe auf.

Unzählige Augenpaare beobachteten mich. Egal wo ich hinschaute waren Spione. Es gab hier absolut keinen normalen Menschen mehr. Niemand wollte mich hier haben, doch alle ließen mich passieren, aus Furcht, sie könnten selbst angegriffen werden.

Vielleicht wollten sie mich auch nicht zu sehr reizen, sodass ich auf einmal mehr tun würde als sie bloß außer Gefecht zu setzen. Doch ich wollte keinen von ihnen töten. Sie alle waren normale Menschen die von einem einzigen, fanatischem Wissenschaftler kontrolliert wurden. Und dieser eine Wissenschaftler wäre der Einzige, der es verdient hatte zu sterben. Damit wäre endlich alles beendet.

 Ich schaute auf mein Handy. Noch zweihundert Meter bis ich da sein würde. Ich hatte es also fast geschafft. Doch was würde ich dort finden? Ob es wirklich der Ort sein würde wo Mc und Kim gefangen gehalten wurden? Und warum meldete Seeb sich immer noch nicht? /*Das alles erfahrt ihr in einer weiteren Folge von* Kai gegen die Mächte der Finsternis *:D*/

Flames Folter

"Na endlich, ich dachte schon das würde noch länger dauern.", meinte die Person.

Flame hämmerte immer noch wie wild von innen gegen den Glaszylinder.

"Kaum zu glauben wie jung du noch bist. Aber die meiste Zeit warst du ja auch in der Spritze."

"Lass sie in Ruhe oder es wird dir noch leidtun.", ermahnte ich die Person.

Sie warf mir einen kurzen Blick zu, ehe sie sich wieder Flame zuwandte.

"Du solltest dich mit deinen Äußerungen lieber etwas zurückhalten. Jetzt wo ich dir diesen kleinen Feuerteufel ausgetrieben habe hast du nicht mehr sehr viel gegen uns in der Hand. Außerdem hast du für uns jetzt keinen Wert mehr.", erklärte die Person und ging auf die Tür zu. "Und deshalb werde ich dich töten. Aber nicht sofort, zuerst muss ich wieder nach oben, sonst werden die sich noch fragen wo ich bin. Aber ich werde bald wieder da sein um dich zu töten und deine Fähigkeit in eine Spritze zu sperren."

Die Person öffnete die Tür und schloss sie hinter sich. Sie wurde verriegelt, Schritte entfernten sich und auch die nächste Tür wurde geöffnet, wieder geschlossen und verriegelt.

"Wieso hast du das getan Flame?", fragte ich sie.

"Ich wollte nicht, dass sie dir noch mehr wehtun.", antwortete sie.

"Toll! Aber jetzt tun sie *dir* weh! Für mich ist das noch viel schlimmer!"

Flame war wie vor den Kopf gestoßen, als ich die Stimme erhoben hatte. Sie schaute zu Boden und schien nicht recht zu wissen was sie sagen sollte. Ich konnte schon verstehen, dass sie mich nicht leiden sehen wollte. Aber sie hätte das einfach nicht tun dürfen.

"Tut mir leid, ich wollte dich nicht anschreien. Aber wenn ich daran denke was sie jetzt mit dir machen... Das halte ich einfach nicht aus. Wenn sie irgendwann deine Kräfte haben werden sie noch sehr viel mehr Menschen wehtun als nur mir oder dir. Wir müssen uns was einfallen lassen, wie wir dich da wieder rausbekommen.", erklärte ich.

Sie hatte den Blick wieder auf mich gerichtet. Dann verwandelte sie sich in einen Feuerball und huschte im Glaszylinder umher. Nach einiger Zeit materealisierte sie sich wieder.

"So komm ich nicht raus. Dieses Ding lässt mich nicht raus, ich bin hier drin gefangen.", erklärte Flame.

"Kannst du versuchen es zu schmelzen? Wenn du dich konzentrierst und richtig heiß wirst?", schlug ich vor.

Flame nickte, zum Zeichen dass sie es versuchen wollte. Sie konzentrierte sich und fing an zu glühen. Ich konnte die unglaubliche Hitze spüren, doch der Zylinder hielt stand. Flammen schossen aus ihrem ganzen Körper. Ich konnte sie gar nicht mehr erkennen, nur ein *Flammenzylinder* war zu sehen.

Nun hoffte ich tief in mir dass sie, falls es ihr Gefängnis zerstören sollte, es rechtzeitig merken würde. Wenn sie es nicht merkte, würde ich geröstet werden. Und darauf hatte ich eigentlich keine Lust. Ich hielt wohl eine Menge aus, was Hitze anging, aber bei den Temperaturen war ich mir nicht mehr so sicher.

Nach einigen Sekunden hörte sie auf. Sie wirkte ziemlich ausgepowert und stützte sich auf ihren Knien ab. Dann hockte sie sich auf den Boden. Sie lehnte sich mit dem Rücken an die Glasscheibe und schaute zu mir auf.

"Irgendwie *müssen* wir es schaffen Flame. Wir können nicht zulassen das diese Typen damit durchkommen.", erklärte ich.

Ich dachte nach. Wie konnten wir nur hier wieder rauskommen? Ich konnte mich nicht befreien und Flame konnte es auch nicht. Die einzige Möglichkeit die mir einfiel war es, irgendwie auf einen Knopf an der Armatur zu drücken und sie so zu befreien. Vielleicht konnte sie mich von den Fesseln befreien, dann wäre ich frei. Und dann würde diese Person es bereuen sich mit mir angelegt zu haben.

Leider fiel mir nichts Besseres ein, da ich zu sehr von meinen Herzstichen abgelenkt war. Diese Nadel steckte immer noch in meiner Brust und pikste mein Herz bei jedem Schlag. Außerdem war da noch die Schnittwunde in meinem Arm, die ziemlich schmerzte.

Mittlerweile begann sie schon wieder etwas zu heilen. Zum Glück hatte die Person keine der wichtigen Blutgefäße verletzt. Ansonsten würde ich mir jetzt umsonst Gedanken über meine Flucht machen.

Plötzlich wurde die Tür aufgerissen und die Person stand wieder im Raum. Sie wirkte etwas gehetzt und schloss die Tür schnell von innen ab.

"Was ist los? Läuft es nicht ganz so wie du es dir vorgestellt hast?", fragte ich selbstgefällig.

Die Person schaute mich einen Moment wütend an, doch dann erweichten sich ihre Züge wieder.

"Nein nicht ganz. Da oben herrscht das reinste Chaos und alle gehen sich an die Gurgel. Hat schon Tote gegeben. Sogar Kim weiß jetzt wer ich bin, aber das ist mir eigentlich auch egal. In gewisser Weise hat sie sich eben ins eigene Fleisch geschnitten, Wort wörtlich. Wichtig ist nur dass ich deine Fähigkeit habe und sie nur noch mir selbst geben muss.", erklärte die Person.

Sie ging rüber zum Armaturenbrett und betätigte einen Knopf. Endlich wurde die Nadel nach oben gefahren. Ich konnte nicht glauben dass diese Herzstiche endlich ein Ende hatten.

"Lass sie sofort frei!", verlangte ich.

"Sonst was?", fragte die Person. "Theoretisch bräuchte ich nur diesen einen grünen Knopf hier zu drücken, aber das kannst du ja auch selbst machen oder nicht? Ach nein! Du bist ja gefesselt! Sieh es ein, ich sitze hier eindeutig am längeren Hebel."

Voller Wut betrachtete ich die Person. Sie tauschte etwas an diesem Roboterarm aus. Die Nadel und die dazugehörige Verankerung wurden entfernt. Die Person legte sie auf den Werkzeugschrank, von dem sie nun die unterste Schublade öffnete. Sie enthielt eine leere Spritze.

Die Spritze wurde an Stelle der Nadel in den Roboterarm eingesetzt. Ein dünner Schlauch wurde mit ihr verbunden. Dann ging die Person zurück zur Armatur.

"Was hast du vor?", fragte ich hasserfüllt.

"Ich werde deine Fähigkeit zurück in eine Spritze schicken. Danach nehme ich sie mit und gebe sie einem Kollegen von mir.", antwortete die Person.

"Wenn du sie anrührst bringe ich dich um! Das schwöre ich dir!", rief ich wütend.

"Was du schwörst solltest du auch halten können. Du siehst für mich im Moment nicht so aus als könntest du dieses Versprechen halten.", entgegnete die Person.

Ich war angewidert von dieser Person. Egal ob sie früher einmal ein netter Mensch gewesen sein mochte oder ihre Fähigkeit einmal gut gewesen war, jetzt war alles an ihr verdorben.

"Ich habe jetzt lange genug mit dir diskutiert. Langsam wird es mal Zeit hier zum Ende zu kommen, sonst wird Kim es noch irgendwie schaffen hier reinzukommen.", erklärte die Person.

Sie drückte eine Taste und wartete. Schnell schaute ich zu Flame, die verängstigt zu mir aufschaute. Doch nichts passierte. Flame saß nur weiterhin da und schaute mich an. Die Person wurde ungeduldig und drückte erneut auf die Taste. Dann wieder. Und wieder und wieder und wieder. Doch nichts geschah.

Plötzlich trat ein Ausdruck der Erkenntnis auf ihr Gesicht.

"Du bist nicht komplett aus ihm rausgekommen oder?", fragte die Person.

Flame sah sie verbittert an. Doch man konnte erkennen, dass die Person sie ertappt hatte. Also hatte Flame doch nicht vollkommen unüberlegt gehandelt. Auch wenn ihr Plan vermutlich ziemlich riskant gewesen war.

"Ok, wenn du es unbedingt so haben willst."

Die Person kam zu mir herüber und schlug mir hart ins Gesicht. Zweimal, Dreimal, Viermal. Dann hörte sie endlich auf und packte mich am Hals.

"Gib sie frei du Idiot. Du hast verloren, sieh es endlich mal ein.", verlangte die Person.

"Einen Scheiß werde ich tun. Solange du sie nicht mitnehmen kannst hab ich noch lange nicht verloren. Flame! Egal was passiert, du darfst den Rest von die nicht freigeben!", antwortete ich.

Ein weiterer Schlag ins Gesicht. Doch dann ließ die Person mich los. Nachdem sie kurz ihre Fassung verloren hatte stand sie nun wieder ruhig vor mir. Anscheinend war sie doch angespannter als ich vermutet hatte.

„Ok, dann machen wir es eben auf eine andere Art.", meinte die Person.

Sie ging wieder rüber zur Armatur und ich machte mich bereit, erneut Herzstiche erleiden zu müssen. Doch das kam nicht. Die Person betätigte einen anderen Knopf. Erst passierte nichts. Dann fing Flame plötzlich an zu zappeln. Wie wild schlug sie mit den Händen gegen die Scheiben. Sie trat zu, doch natürlich passierte nichts.

„Wenn sie nicht grade in deinem Körper oder einer Spritze ist, dann ist sie wie jeder andere Mensch. Und Menschen brauchen Luft zum Atmen. Da ihre Kräfte mit *Feuer* zu tun haben ist es also doppelt effektiv die Luftzufuhr zu unterbrechen. Sie bekommt nicht nur zu wenig Sauerstoff zum Atmen, sie verbrennt ihn durch ihre Flammen auch noch um ein Vielfaches schneller als normale Lebewesen.", erklärte die Person und kam langsam wieder zu mir herüber. Sie beugte sich zu mir vor und sagte leise: „Also gib jetzt endlich den Rest von ihr frei, wenn du nicht willst dass sie stirbt."

Ich schaute zu Flame, die immer noch zappelnd und tretend am Boden des Glaszylinders kauerte. Ich konnte ihr das nicht länger antun. Doch wenn ich den Rest von ihr rauslassen würde, würden diese Typen noch viel Schlimmeres mit ihr anstellen.

„Du dreckiges Schwein! Wieso tust du uns das an?!", keifte ich die Person an

„Wieso? Im Sinne der Wissenschaft natürlich! Und aus eigenem Nutzen. Schließlich warten wir schon eine halbe Ewigkeit darauf diese Fähigkeit zu bekommen um sie untersuchen zu können.", erklärte die Person.

„Aber wieso?! Wieso Flame?!"

„Ich habe dir schon einmal gesagt, dass es für dich zu kompliziert ist und du es nicht verstehen könntest. Du verstehst auch unsere allgemeinen Hintergründe nicht. Wenn ich es dir erklären würde ist deine Fähigkeit tot und keiner hier hat was davon. Also tu mir den Gefallen und gib sie endlich komplett frei."

Wieder schaute ich zu Flame runter. Inzwischen hatte sie kaum noch die Kraft gegen den Glaszylinder zu treten. Dafür würden sie bezahlen. Das würde ich ihnen nicht durchgehen lassen. Flame zu Tode quälen und zu verlangen sie freizugeben, damit sie noch *Schlimmeres* mit ihr anstellen konnten.

"Ich kann das nicht tun. Ihr würdet ihr noch sehr viel mehr antun als nur das.", antwortete ich.

Die Antwort war ein weiterer Schlag ins Gesicht. Die Person ging zurück zur Armatur und drückte auf einen Knopf. Flame atmete tief ein, lag jedoch weiter kraftlos am Boden des Zylinders.

"Ich werde sie nicht sterben lassen. Dafür haben wir einfach schon zu lange gewartet. Aber ich quäle sie, darauf kannst du dich gefasst machen.", erklärte die Person und ging eine Runde im Raum auf und ab.

"Weißt du eigentlich wer ich bin? Ich meine, klar du kennst meine wahre Identität nicht, weil ich hier die ganze Zeit getarnt rumlaufe, aber weißt du eigentlich wen ich hier *darstelle?*", fragte die Person.

Klar wusste ich wer es war. Dafür gab es zu viele Ähnlichkeiten. Zumindest vom Äußeren her. Aber es war mir zu blöd auf diese Frage einzugehen.

"Ich frage mich, ob Kim es schon vorher wusste, und ob sie nur auf den richtigen Moment gewartet hat um mich anzugreifen.", meinte die Person und beugte sich zu mir vor um mir das zu sagen was ich eh schon wusste. "Ich bin Lynn."

Jesse´s Zwilling

"Jesse? Was ist mit dir?", fragte eine Stimme mit afrikanischem Akzent.

Ich drehte mich um und hinter mir stand Mister Eko. Lynn war bei ihm und beobachtete Jesse mit ängstlichem Blick.

"Ihr müsst wieder runter! Jesse ist nicht mehr da, es ist das Böse in ihm!", erklärte ich.

"Das Böse in ihm? Woher weißt du das?", fragte Mister Eko.

"Wie gesagt, er kam in einer Story vor! Wenn wir nicht schnell verschwinden wird noch jemand verletzt!", sagte ich drängend.

Mister Eko schaute wieder zu Jesse rüber, der jetzt nicht mehr Jesse war. Ausdruckslos starrte er weiterhin zu Boden. Sean behielt ihn genau ihn Auge, jederzeit bereit anzugreifen.

"Vielleicht haben wir noch Glück und ich kann Jesse wieder zurückholen.", schlug Mister Eko vor.

"Nein! Er wird dich umbringen!", warnte ich ihn.

"Kim, ich muss es versuchen. Ich muss mit ihm reden.", antwortete Eko.

Ich konnte an seinem Blick erkennen, dass nichts was ich gesagt oder getan hätte seine Meinung ändern konnte. Also ließ ich es ihn versuchen. Er wandte sich wieder zu Jesse und ging langsam auf ihn zu.

"Jesse? Bist du noch da? Es ist alles ok, keine Sorge. Du musst dich nur beruhigen. Bleib ganz ruhig und alle kommen heil hier raus ok?"

Er hob den linken Arm und richtete ihn auf Jesse, als ob er ihn gleich an der Schulter packen würde um ihn wachzurütteln. Schritt für Schritt ging Mister Eko weiter auf ihn zu.

"Keiner will dir etwas tun Jesse. Wir wollen alle nur, dass du wieder normal wirst."

Doch Eko´s beruhigende Worte erzielten nicht die gewünschte Wirkung. Sein Blick blieb weiterhin auf den Boden gerichtet. Bis Eko fast bei ihm war. Dann schaute er ihn mit einem mal mit einem eiskaltem Blick direkt in die Augen.

Ein leises Klacken war zu hören, und alle Finger außer der Daumen fielen von Mister Ekos Hand zu Boden. Noch bevor er es richtig realisiert hatte gab es ein zweites, eher *reißendes* Geräusch, wonach seine Hand zu Boden fiel. Er wollte den Rest seines Arms schon zurückziehen, doch da war schon sein Unterarm abgetrennt. Es folgte noch sein Oberarm, dann schaffte er es mit einem kleinen Sprung genügend Abstand zu ihm aufzubauen.

Vor Schmerz schrie er los. Schnell zerrte ich ihn an seinem noch vorhandenem, rechten Arm weiter weg. Lynn war ebenfalls ein Schrei entwichen. Sie war zurück zum Treppenabsatz geflüchtet.

"Ich wusste die ganze Zeit das du es bist.", meinte Sean kalt und richtete seinen Arm auf ihn. Die Druckwelle warf Jesse bis zum Ende des Flurs. Doch er hatte sie irgendwie reflektiert, als sie ihn getroffen hatte, sodass eine weitere Druckwelle mich, Lynn und Mister Eko umwarf. Sean wurde weggeschleudert und landete noch hinter uns auf dem Boden.

Mister Eko stieß schmerzerfüllte Laute aus. Überall verteilte sich sein Blut. Ich musste ihn von hier wegbringen und die Blutung irgendwie stoppen. So schnell ich konnte war ich wieder auf den Beinen und half zuerst Lynn auf.

"Du musst mir helfen!", befahl ich ihr.

Zusammen packten wir Mister Ekos Arm und zogen ihn auf die Beine. Ich stützte ihn von der einen Seite und Lynn von der anderen. Er und Lynn mussten aus der Gefahrenzone.

Sean hatte sich ebenfalls wieder aufgerappelt und schaute wütend zu Jesse. Er formte wieder eine dieser Kugeln in seinen Händen und ging mit wütenden Schritten auf ihn zu. Als er versuchte ihn zu attackieren gab es ein schneidendes Geräusch. Schnitte entstanden auf seinem Arm und er wurde weggeschleudert. Diesmal fing er sich selbst jedoch in der Luft ab und schwebte, ehe er irgendwo gegen knallte.

Plötzlich wurde eine Tür geöffnet. Erwin und Sue kamen aus dem Zimmer. Sie mussten die Geräusche des Kampfes mitbekommen haben. Als sie Mister Eko sahen rissen sie schockiert die Augen auf.

Jesse rappelte sich langsam wieder auf. Als er stand richtete er seinen kalten Blick direkt auf Sean. An Sean´s Stelle hätte ich nun vermutlich sehr schnell das Weite gesucht.

Jesse´s böser Dämon tat den ersten Schritt auf ihn zu. Dann den Nächsten. Und den Nächsten. Er bewegte sich nur sehr langsam, mit starrem Blick auf Sean. Überall um ihn herum entstanden Schnitte in den Tapeten, Risse oder Schlaglöcher in den Wänden. Es war eine ungeheure Macht.

"Hat Jesse das getan?!", rief Sue mir zu und zeigte auf Eko. Im Raum war es mittlerweile zu laut. Was auch immer Jesse, oder viel mehr das Böse in ihm machte, es erzeugte eine unheimliche Lautstärke. Wie das Geräusch schneidender Luft. Dazu kamem die Geräusche der unter den unsichtbaren Schlägen brechenden Wänden. Das Haus versuchte immer noch, wie zuvor bei der Tür, sich selbst wieder zu heilen, doch die Macht von Jesse war stärker als die Wiederherstellungskraft des Hauses, weshalb alles nun recht einsturzgefährdet aussah.

"Ja! Er ist nicht mehr er selbst!", antwortete ich.

Erwin machte ein Gesicht, als wäre er kurz davor eine Dummheit zu begehen. /*Und weil Erwin Erwin ist macht er es natürlich auch.*^^/ Er riss Sue das Messer aus der Hand und kam mit schnellen Schritten auf Jesse zu.

"Nein Erwin warte!", rief Sue. "Du kannst das Messer nicht benutzen!"

"Du wirst dich umbringen! Er ist zu stark!", rief ich, als er grade unter Sean hindurch an mir vorbeiging.

Er hob auf dem letzten Meter das Messer und ließ es auf Jesse runtersausen. Von einer unsichtbaren Macht wurde es abgewehrt und flog ihm aus der Hand. Es landete in meiner Nähe und prallte gegen die Wand.

Erwin stand reglos vor Jesse, als dieser nun den Blick von Sean abwandte und Erwin anschaute. Dieser riss die Augen so weit auf, dass man Angst haben konnte sie würden ihm jeden Moment aus dem Kopf fallen. Man hörte ein Knacken, dann wurde ihm mit einem schnalzendem Geräusch der Kopf von den Schultern gerissen.

"Nein!!", schrie Sue.

Erwin´s lebloser Körper sackte zu Boden und sein Kopf flog quer durch den Flur. Er zerplatzte an der hinteren Wand. Und kurz nachdem dass passiert war löste sich sein lebloser Körper bereits auf. Er wurde zu einer matschigen Masse.

Kleine rote Schwaden stiegen davon auf und verteilten sich in der umliegenden Luft, wo sie sich schließlich auflösten.

Ich war zu fassungslos um Worte für diese Tat zu finden. Lynn wimmerte an Eko´s Seite, welcher ungläubig zu Jesse starrte. Nur Sean´s Miene konnte ich, mit seiner rot-schwarzen Färbung, schlecht deuten.

Anscheinend war seine Laune eher kämpferisch, denn er schleuderte eine weitere Druckwelle auf Jesse. Diesmal wurde er davon nicht umgeworfen. Er reflektierte sie erneut und schein sie diesmal sogar noch zu verstärken.

Es riss alle von den Füßen. Sean hatte in der Luft wenig halt und flog dadurch bis zum Ende des Flurs, wo er gegen die Wand knallte und neben Sue liegen blieb.

Ich beeilte mich wieder auf die Beine zu kommen. In meinem Kopf drehte sich noch alles und so war es noch schwerer Eko zu erreichen, der etwas von mir entfernt lag. Lynn lag neben ihm und ich zerrte sie schnell hoch, damit sie mir helfen konnte Mister Eko auf die Beine zu bringen.

"Mach das nicht nochmal! Das bringt bei ihm nichts!", ermahnte ich Sean, als ich mit Lynn und Mister Eko wieder bei der Treppe war.

Mit einer Hand hielt ich ihn noch fest, die andere richtete ich auf Jesse. Ich erschuf eine Eiswand, die ich nach und nach immer dicker werden ließ. Jesse machte wieder einen Schritt auf uns zu. Er kam nach und nach näher. Dann traf seine unsichtbare Macht auf meine Eiswand. Ungleichmäßig wurde sie immer weiter weggefräst.

Ich versuchte sie weiterhin aufrecht zu halten, sie weiter zu verstärken oder noch dicker zu machen, doch je näher er kam desto weiter wurde sie weggefräst. Schließlich kam ein gewaltiger Schlag, der die komplette Wand zum Einstürzen brachte.

Ich wandte schnell den Blick ab um keine rumfliegenden Eissplitter ins Gesicht zu bekommen. Denn fiel mir der ganze, feine Eisstaub auf, der durch das Fräsen zuvor entstanden war. Das meiste davon war bereits geschmolzen.

Wieder richtete ich meinen Arm auf Jesse und ließ seinen Körper von dem Wasser umgeben. Ich fror ihn ein, was ihn zum Stehen brachte. Hatte ich ihn damit etwa aufgehalten?!

Wütende Schritte waren zu hören. Als ich zurück blickte sah ich Sue, die mit schnellen Schritten an mir vorbei ging und sich das Messer schnappte, das auf dem Boden lag. In ihrer Hand leuchtete es wieder gelb.

"Nicht! Er wird dich töten!", rief ich.

"Keine Sorge, ich kann das Messer benutzen. Ich hab Sean ´s Kugel vorhin auch durchschlagen, dann sollte das doch auch hier funktionieren oder nicht?", wandte sie ein.

Mit offenem Mund blieb ich stehen. Ich konnte sie nicht aufhalten, als sie sich von mir abwandte und auf Jesse zuging. Sie blieb vor ihm stehen und schaute ihm verbittert in die Augen.

"Ich weiß nicht ob du auch einer von den Apokalypsen bist, oder nicht. Aber selbst wenn nicht, du hast Erwin getötet. Du bringst einfach jeden um, das kann ich einfach nicht länger zulassen. Ich wünschte du könntest mich verstehen und würdest damit aufhören. Aber wie es scheint geht es nicht anders.", sagte sie zu dem eingefrorenem Jesse.

Sie zog das Messer zurück und stach mit einer schnellen Bewegung zu. Doch das Messer verfehlte sein Ziel. Wenn man nichts von der unsichtbaren Macht wüsste hätte man denken können, dass das Messer von dem Eis abgeprallt und ihr in einem höchst ungünstigem Winkel aus der Hand geflogen war. Denn es steckte jetzt in ihrer Brust.

Ungläubig starrte sie auf das Messer. Dann brach sie zusammen.

"Sue... Nein...", sagte ich in einem Flüsterton eher zu mir selbst als zu einem der anderen. Alle starben hier und keiner schien stark genug zu sein um das zu beenden. Auch der tote Körper von Sue begann schon kurz nach ihrem Tod sich allmählich aufzulösen.

Meine Konzentration hatte für einen Moment nachgelassen und Jesse´s Eisblockade wurde in Stücke gesprengt. Er wandte seinen Blick nun direkt auf mich. Dieser eiskalte Blick durchbohrte mich und schien mich noch mehr einzufrieren als es mir oder Crystal möglich gewesen wäre.

"Bringt Mister Eko hier raus!", rief Sean.

Verwundert drehte ich mich zu ihm um. Wieso dachte er auf einmal nicht nur an sich selbst? Was hatte seine Meinung geändert?

"Ich glaube nicht mehr, dass einer von euch der Verräter ist! Ich werde Jesse aufhalten, ihr müsstet euch in Sicherheit bringen!", erklärte er.

Er stellte sich in einer festen Position hin und richtete beide Arme auf Jesse. Auf einmal gab es einen unheimlichen Durchzug. Es war fast wie bei einem Sturm, der nur durch den Flur wehte.

Als es zu stark wurde, zog ich mich mit Lynn und Mister Eko zurück in die Treppe. Ich warf noch einen Blick zurück zu Sean, der jetzt Kopf und Kragen für uns riskierte. Grade als ich losgehen wollte stoppte mich Mister Eko.

"Kim ich kann nicht mit euch kommen. Ich muss Jesse versuchen aufzuhalten.", erklärte er.

"Wie willst du das denn machen?! Er nimmt dich auseinander und außerdem bist du schwer verletzt! Wir müssen die Blutung stoppen sonst stirbst du!", erklärte ich.

"Ich sterbe sowieso. Mein linker Arm wurde bis zur Schulter abgetrennt und einige große Blutgefäße wurden durchtrennt. Um die Blutung zu stoppen müsste ich es abbinden, was nicht geht. Ich will zumindest, dass mein Tod noch einen Sinn hat.", erklärte er.

"Aber wir können dich doch nicht einfach zurücklassen!", meinte Lynn, die anscheinend ihre Stimme wiedergefunden hatte.

"Geht! Versteckt euch unten im Haus!", befahl er und wandte sich um.

Er ging in den Flur und wäre fast mitgerissen worden, wenn er sich nicht mit seinem ganzen Gewicht gegen den Wind gestemmt hätte. Ich musste seinen Wunsch beherzigen und mich nach unten begeben.

Ich und Lynn rannten die Treppe runter bis zu einer bestimmten Tür, die uns vielleicht schützen konnte. Es war die Tür mit dem Wasser. Egal was Crystal jetzt sagen würde, ich würde diese Tür öffnen.

Ich konnte das Wasser im Türrahmen spüren. Ich ließ es gefrieren und tatsächlich, die Tür öffnete sich. Schnell sprangen ich und Lynn hinein und schlossen die Tür. Hinter mir ließ ich das Wasser wieder schmelzen, damit auch niemand mehr reinkam.

Die Tür führte zu einer weiteren Treppe, die diesmal jedoch in den Keller zu führen schien. Ich folgte ihr langsam und vorsichtig, bis sie eine Kurve machte. Nachdem wir das untere Ende erreicht hatten befanden wir uns vor einer Glastür. Sie wirkte ziemlich schwer, vermutlich schalldicht. Dahinter befand sich nach einem kurzen Stück eine weitere Tür.

Nachdem ich ein paar Mal versucht hatte die Klinke zu betätigen wusste ich, dass sie abgeschlossen war.

"Hier kommen wir denke ich nicht durch.", meinte ich. "Wir sollten wieder hochgehen und warten. Irgendwann sehe ich nochmal nach wie es bei Sean aussieht."

Lynn war einverstanden und so gingen wir wieder ans obere Ende der Treppe. Wir setzten uns hin und warteten ab. Lynn wirkte ziemlich unruhig.

"Keine Sorge, wir schaffen das schon. Vielleicht schaue ich auch gleich schon mal nach, ich bin dann sofort wieder da.", erklärte ich und stand auf.

Ich richtete meine Handfläche auf die Tür und wollte grade die Tür öffnen, als ich einen stechenden Schmerz im Bein spürte. Ich konnte das Bein nicht mehr richtig belasten und schaute nach dem Grund dafür.

Lynn war es. Lynn hatte das Messer von Sue und sie hatte es mir mit voller Wucht in den Oberschenkel gerammt. Ungläubig schaute ich sie an.

"Glaubst du wirklich dass ich so oft zur Toilette musste? Du bist viel zu naiv Kim. Schade dass das Ganze hier schon so schnell geendet hat. Dabei fing es grade an witzig zu werden. Ich hoffe nur, dass ich irgendeine Arterie getroffen habe.", erklärte sie mit einem widerlichem Grinsen im Gesicht.

Sie sprang auf und rannte die Treppe runter. So schnell ich konnte humpelte ich ihr hinterher. Ich konnte grade noch sehen, wie sie die Glastür hinter sich schloss und den Schlüssel im Schloss umdrehte. Sie zog ihn ab, öffnete schnell die nächste Tür und verschwand im Zimmer dahinter.

Und dabei war mir etwas aufgefallen. In dem kurzen Moment in dem sie die Tür geöffnet hatte konnte ich Mc sehen. Er war gefesselt auf einem Tisch und schien verletzt zu sein. Ich humpelte bis zur Glastür und schlug mit aller Kraft dagegen. Irgendwie musste ich da rein! Irgendwie musste ich da rein und ihm helfen!

Kai schlägt sich durch

Die Spione hielten sich weiterhin zurück. Das war auch gut so, denn ich verstand absolut keinen Spaß. Ich wollte nur noch dieses Haus erreichen und Kim und Mc da rausholen.

Mit zügigen Schritten ging ich weiter. Bald waren es keine hundert Meter mehr. Plötzlich hörte ich Schritte hinter mir und als ich mich umdrehte sah ich, dass es doch tatsächlich ein paar von ihnen versucht hatten, mich von hinten anzugreifen.

Ich setzte sie wie die anderen zuvor außer Gefecht. Sie blieben auf dem Boden liegen und versuchten nichts mehr. Sollten die übrig gebliebenen ruhig noch einmal ihr Glück versuchen, ich würde ihnen schon zeigen was ihnen das brachte.

Ich schaute auf mein Handy, was mir sagte, dass ich noch einmal rechts abbiegen musste und dann wäre ich an meinem Zielort angelangt. Ich steckte es wieder ein und ging weiter.

Es befand sich tatsächlich hinter der nächsten Kreuzung. Und es war ziemlich markant, wäre ich hier unvorbereitet lang gelaufen, hätte ich es ebenso wenig übersehen können wie jetzt.

Das gesamte Haus war schwarz. Und mit *schwarz* war nicht etwa die Farbe gemeint. Es befand sich irgendeine, fast schon lebendig wirkende Substanz auf dem gesamten Haus. Sie war pechschwarz und bewegte sich schwappend.

Oh nein! Ich glaube ich weiß jetzt wer das ist, den wir die ganze Zeit verfolgen!

Ich hätte zu gerne gewusst, wen Shadow meinte und was er herausgefunden hatte, doch zuvor ging ich zur Hauswand um sie mir genau anzusehen. Die Spione, die sich hier befanden, ließen mich nicht aus den Augen.

Nicht berühren! Das Zeug saugt nahezu alles *in sich auf! Von außen sollte dadurch keiner reinkommen, und von innen wirkt es wie ein Schutzwall, den keiner durchdringen kann.*

Das alles war ja sehr schön zu wissen, doch wenn ich nicht hinein kam, wie sollte ich Kim und Mc dann retten? Langsam zog ich meine Hand etwas zurück, mit der ich zuvor noch im Begriff war es zu berühren.

Wir können das Zeug entfernen. Meine Kräfte sind ähnlich wie die von ihm. Es ist die Fähigkeit der Finsternis, mit der wir es zu tun haben. Alles Licht wird einfach von diesem Zeug absorbiert und verschwindet. Dadurch wird es aufrechterhalten. Doch ich kann es an einer Stelle zu einem Schatten werden lassen. Das Licht sollte den Schatten dann durchleuchten und schon wird das Zeug weg sein. An den Rändern kann ich die Stelle von dem Schatten vergrößern und die Tür so freilegen.

Das klang alles ziemlich kompliziert, und ich hatte keine Ahnung was ich tun sollte. Shadow wies mich jedoch an, die Stelle zu suchen, an der ich die Tür vermutete. Ich ging zu der Stelle und sollte nun eine Fläche, die nicht größer als meine Hand war, zu einem Schatten werden lassen.

Ich wusste auch warum es nur so eine kleine Stelle sein musste, denn es war unheimlich anstrengend. Ich musste das Zeug irgendwie *durchsichtig* machen. Nach einigen Versuchen hatte ich es endlich geschafft. Die Stelle blieb frei und ich konnte einen Fleck der Tür dahinter erkennen.

Jetzt musste ich die Stelle nur noch nach und nach weiten, bis sie groß genug war, damit man die Tür sehen konnte. Das war etwas einfacher als den Anfang zu machen, so hatte ich es auch ziemlich schnell geschafft. Ich befand mich auf der Schattenseite des Hauses, so war die Tür für mich ein Fleck Schatten zwischen dieser ganzen Finsternis.

Ich öffnete die Tür und trat ins Haus. Unmittelbar vor mir wurde genau in dem Moment eine Tür zugezogen. Schnell lief ich rüber und wollte die Tür öffnen um wem auch immer zu folgen, doch es tat sich nichts. Die Tür war verschlossen.

Auch nachdem ich die Türklinke gefühlte hundert Mal betätigt und an ihr rumgerissen hatte, kam ich nicht hindurch. Dann hörte ich plötzlich ein Geräusch. Es klang, als hätte jemand ein Fenster offen gelassen. Wie Durchzug, nur viel stärker.

Meinem Gehör folgend merkte ich, dass dieses Geräusch von oben kam. Also ging ich langsam und vorsichtig die Treppe hinauf. Auf halben Weg nach oben führte die Treppe zu einem Absatz und verlief dann in die entgegen gesetzte Richtung weiter nach oben.

Shadow kam aus meinem Schatten hervor und stand plötzlich vor mir. Verwundert schaute ich ihn an. Was hatte er vor?

"Wenn es wirklich der ist, für den ich ihn halte, dann sollte ich zuerst mit ihm sprechen. Vielleicht hört er noch auf mich und lässt sich beruhigen, ohne Kampf.", erklärte er flüsternd.

"Wieso willst du das? Der Typ ist gefährlich! Er hat Mc und Kim entführt und wahrscheinlich schlimme Dinge angetan! Er hat die Doppelgänger schwer verletzt und einen von ihnen sogar getötet! Er hat tausende Menschen zu seinen Spionen gemacht und mit ihren Leben gespielt als wäre es nichts! Also sag mir Shadow, wieso hat der Typ es nicht verdient, dass ich es ihm zurückzahle?", fragte ich aufgebracht.

"Weil er stark ist, unheimlich stark sogar. Deswegen will ich einen Kampf erstmal verhindern. Ich will nicht dass du verletzt wirst.", erklärte Shadow.

Ich wollte etwas einwenden. Doch ich wusste dass Shadow Recht hatte. Wenn der Typ wirklich so stark war dann würde es niemandem helfen wenn er mich auch noch gefangen nahm und was weiß ich mit mir anstellte.

"Dann geh vor.", antwortete ich.

Shadow wandte sich um und ging langsam nach oben. Die Lautstärke war ohrenbetäubend. Es klang, als würde ein Sturm durch diesen Flur wehen. Vorsichtig guckten wir nach links in den Flur und dann sah ich ihn. Er musste es sein, der für das alles verantwortlich war.

Die Augen und Adern von dem Typen leuchteten Rot, was erschreckend ungewöhnlich war, aber wegen seiner Fähigkeit vermutlich erklärbar. Allerdings war es nicht das, was mich so sicher machte. Es war sein restlicher Körper, der eine Art *Schatten* verströmte und komplett schwarz war. Fast so ähnlich wie Shadow, als es noch in der Spritze war.

Er hatte beide Hände auf den Flur gerichtet. Anscheinend sorgte *er* für diesen krassen Durchzug. Was es ihm brachte wusste ich allerdings nicht. Plötzlich entdeckte er uns. Einer seiner Arme wanderte in unsere Richtung und plötzlich flogen ich und Shadow nur noch die Treppe runter.

Was war das denn gewesen? Ich war von irgendwas in die Luft geworfen worden. War das etwa dieser Typ gewesen? Dem würde ich zeigen wer hier stark war. Ich rappelte mich wieder auf und rannte die Treppe hinauf.

"Warte Kai!", rief Shadow.

Seine Erklärungen konnte er sich sparen. Mir war es egal wie stark er war, anscheinend ließ er nicht mit sich reden und wollte einen Kampf. Den wollte ich ihm geben. Auch wenn ich dabei draufgehen würde, so einfach kam er nicht davon.

Am Treppenabsatz machte ich Halt und konzentrierte mich auf seinen Schatten. Blitzschnell ließ ich seinen Schatten sich so weit zurückbeugen, dass sein Rückgrat brach. Der Sturm hörte mit einem Mal auf.

Das sollte es gewesen sein? Das war der Wissenschaftler, der uns das alles angetan hatte und angeblich so unheimlich stark war? Das sollte doch wohl ein Witz sein. Shadow kam die Treppe hochgelaufen und blieb neben mir stehen.

"Das war er nicht!", sagte er, als er angekommen war.

Das war er nicht? Aber wer war das *dann?* Wen zum Teufel hatte ich da grade umgebracht und wieso hatte sein Körper so komisch ausgesehen? Mittlerweile sah er noch komischer aus, denn er schien sic langsam aufzulösen.

"Wer seid ihr?", fragte eine Stimme mit afrikanischem Akzent.

Erschrocken wandte ich mich nach rechts und schaute einem dunkelhäutigen Typen ins Gesicht. Er schaute mich ebenso verwundert an. Wer zum Teufel war das?

Plötzlich bildete sich eine rote Linie um seinen Hals. Sie schien einmal herum zu verlaufen. Dann brach er zusammen. Dabei flog ihm der Kopf von den Schultern und wäre beinahe die Treppe runtergefallen. Dass dem Typen auch der linke Arm fehlte war mir erst jetzt aufgefallen.

Und der Typ, der hinter ihm gestanden hatte war mir ebenfalls erst jetzt aufgefallen. Er schaute emotionslos zu Boden, dann fixierte er mich mit einem eiskalten Blick. Wer war das jetzt schon wieder?

Schnell wich ich in den Flur aus, in die Richtung, in der sich der Pseudowissenschaftler befunden hatte. Der Typ tat einen Schritt auf mich zu. Dann noch einen und noch einen. Nach und nach kam er näher.

Die ganze Umgebung wurde um ihn herum in Mitleidenschaft gezogen. Er schien ebenfalls irgendeine Fähigkeit zu haben. Und ich war mir sicher, dass er auch diesen dunkelhäutigen Typen umgebracht hatte. War das etwa unser Feind?

"Das ist er auch nicht, aber er ist ziemlich stark wie es aussieht!", meinte Shadow.

Schnell versuchte ich seinen Schatten zu beeinflussen, doch es klappte nicht. Irgendwas verhinderte es. Anscheinend war er wirklich zu stark. Dabei wirkte er gar nicht so. Er wirkte eher labil, fast schon autistisch.

Ich schleuderte Schattengegenstande auf seinen Schatten, doch alle wurden abgewehrt. Dann versuchte ich eine Lampe auf ihn zu schleudern, indem ich es mit ihrem Schatten machte. Mit einem Knallen zersprang sie und wurde weggeschleudert.

Es half nichts Gegenstande auf ihn oder seinen Schatten zu schleudern, und seinen Schatten konnte ich nicht kontrollieren. Was sollte ich jetzt tun? Er trieb mich in die Enge!

"Ich muss wieder zu deinem Schatten werden, dann bist du stärker! Kannst du dich noch daran erinnern, wie der Doppelgänger die Schattenklinge erschaffen hat? Das kannst du auch! Und es ist vielleicht die einzige Möglichkeit!", erklärte Shadow. Danach wurde er wieder zu einem Schatten an meinen Füßen.

Ich konzentrierte mich auf die dunkle Stelle, an der die Lampe fehlte, welche ich auf ihn geschleudert hatte. Ich formte eine Klinge, doch sie blieb wieder nur ein Schatten an der Wand. Ich musste ihn real werden lassen. Meine Schattenklinge wanderte an der Wand entlang, bis sie über dem Typen war. Schnell ließ ich sie aus der Wand kommen und auf ihn einschlagen. Doch sie wurde abgewehrt und verschwand wieder.

Dafür dass ich das noch nie getan hatte, hatte es bemerkenswert gut geklappt. Mittlerweile hatte ich das Fingerspitzengefühl für meine Kräfte entwickelt, was ziemlich hilfreich war. Auch wenn es mein Angriff *nicht* gewesen war.

Du musst sie real werden lassen und gleichzeitig astral, dann sollte er sie immer nur durchschlagen können! Allerdings kannst du ihn dann nicht verletzen! Deshalb musst du sie wieder an der Spitze fest werden lassen, wenn sie seinen Körper fast erreich hat!

Nun war ich froh, über mein Fingerspitzengefühl. So

komplizierte Anweisungen hätte ich am Anfang nie hinbekommen. Ich hoffte nur, dass ich es jetzt schaffen würde.

Diesmal ließ ich viele Klingen an allen Seiten entstehen. Erst waren es nur kleine Punkte an den Wänden, der Decke und dem Boden, doch dann stachen aus ihnen langsam die Schattenklingen hervor. Sie bewegten sich nach und nach auf ihn zu.

Ein paar Mal wurden sie getroffen, was mich etwas aus der Konzentration brachte, doch dann hatte ich es geschafft. Sie waren real, konnten aber nicht getroffen werden. Ich schob sie Stück für Stück weiter vor, bis sie seinen Körper fast erreicht hatten. Dann kam der *wirklich* schwierige Teil. Ich musste mich ziemlich anstrengen und extrem vorsichtig sein, damit nur die *Spitzen* fest wurden. Wieder schob ich die Klingen weiter und sie bohrten sich etwas in seinen Körper. Ich stärkte die Klingen ein Stück weiter als die Spitze und schob sie weiter hinein. So machte ich weiter bis sie auf der anderen Seite wieder herauskamen.

Der Typ schaute mich weiterhin mit diesem eiskalten Blick an. Keine Spur von Schmerz. Blut rann aus seinem Mund und tropfte zu Boden. Dann ließ er nach und nach den Kopf sinken, bis sein Kinn auf seiner Brust hing. Ich wartete noch etwas, bis sein Körper langsam anfing sich aufzulösen und kleine rote Schwaden davon aufstiegen. Dann löste ich die Schattenklingen auf und der Typ fiel tot zu Boden.

"Gott sei Dank!", rief ich erleichtert.

Weit hätte er nicht mehr kommen müssen. Einen Meter vor mir hatten Der Boden und die Wände schon beträchtlichen Schaden genommen.

"Kai?! Bist du das?!", fragte eine Stimme von unten.

Und es war nicht irgendeine Stimme. Diese Stimme würde ich zwischen tausenden wiedererkennen. Sofort war meine Angst von vorher verflogen und ich sprintete zur Treppe. Bevor ich den Absatz erreichte war sie jedoch schon oben.

Es trieb mir fast die Tränen in die Augen, sie endlich wieder zu sehen. Ich hatte es endlich geschafft. Ich hatte sie endlich gefunden. Ich rannte sie fast um und schloss sie fest in meine Arme. Sie hielt sich ebenfalls an mir fest.

Erleichterung machte sich in mir breit. Nachdem ich sie einige Sekunden festgehalten hatte löste sie sich von mir.

Sie schaute mir in die Augen und schien ebenso erleichtert zu sein wie ich. Doch dann trat ein anderer Ausdruck auf ihr Gesicht.

"Wir müssen Mc retten!", meinte sie.

Stimmt, Mc war hier auch noch irgendwo. Die Frage war nur *wo*.

"Wo ist er denn?", fragte ich.

"Im Keller, Lynn ist der Wissenschaftler oder die Wissenschaftlerin. Sie hat ihn da gefesselt, wir müssen uns beeilen!", drängte sie und zog mich zur Treppe.

Unten angekommen humpelte sie weiter zu der Tür, die grade zu gegangen war als ich das Haus betreten hatte.

"Was ist mit dir passiert? Und wer ist überhaupt *Lynn?*", fragte ich.

"Es ist kompliziert, ich erkläre es dir später! Sie hat mich mit einem Messer verletzt, deswegen humple ich grad etwas.", erklärte sie.

Sie legte ihre Hand auf die Tür und plötzlich konnte man sie öffnen. Ich fragte mich, was sie getan hatte. Über einige Stufen folgte ich ihr nach unten, zu einem Flur. Eine Glastür versperrte uns allerdings den Weg.

"Lynn hat sie abgeschlossen, sie hat den Schlüssel.", erklärte sie.

Ich probierte trotzdem einmal, ob man sie öffnen konnte. Dicht, da ließ sich nichts machen. Aber ich hatte schon eine Idee. Ich kramte mein Handy aus der Tasche und aktivierte die Taschenlampenapp. Dann reichte ich es Kim.

"Du musst mich eben so anleuchten, dass mein Schatten bis zur Tür reicht. Dann ist es leichter für mich. Ich werd versuchen Shadow da rein zu bringen.", erklärte ich.

Kim schien nicht recht zu wissen, was ich vorhatte, tat jedoch was ich sagte. Das Licht meines Handys ließ meinen Schatten intensiver werden. Er reichte bis zur Tür. Ich ließ ihn langsam unter der Tür durchwandern. Als er sich von meinen Füßen löste und unter der Tür verschwand wusste ich, dass Shadow drin war. Ich hoffte nur dass er es schaffen würde.

Inferno

Ich schaute sie wütend an. Irgendwie musste ich hier freikommen. Ich musste Flame befreien und diese verdammten Wissenschaftler aufhalten. Aber wie sollte ich das bloß anstellen?

Flame lag noch am Boden des Zylinders und atmete schwer. Ich machte mir unheimlich große Sorgen das sie es nicht überleben würde, falls das alles noch länger dauerte.

"Es ist eigentlich auch ganz egal, ob du weißt wer ich bin. Ich fand es nur irgendwie ironisch das der Feind, den Kim die ganze Zeit gesucht hat, die fiktive Verkörperung von ihr selbst ist.", erklärte Lynn.

"Du widerst mich an. Wenn du Kim irgendwas getan hast gibt es wirklich keine Rettung mehr für dich. Vielleicht hast du mich, aber Kai wirst du nicht so leicht kriegen. Außerdem ist Seeb noch bei ihm.", meinte ich.

"Woher willst du wissen dass Kai nicht auch schon irgendwo gefesselt liegt? Er könnte auch schon tot sein.", wandte Lynn ein.

"Intuition. Und Meine liegt meistens richtig.", antwortete ich.

Sie erwiderte nichts darauf, sondern ging rüber zu den Werkzeugen und schnappte sich ein Messer. Sie kam wieder zu mir und setzte sich auf den Hocker.

"Ich glaube wir waren mit deinem kleinen Kunstwerk am Arm noch gar nicht fertig. Es heilt schon wieder, wäre doch schade wenn es nur eine halbfertige Narbe wird.", meinte sie und setzte wieder ihr Messer an.

Ich biss die Zähne zusammen, als sie die schon verkrusteten Blutstellen entfernte. Dann machte sie weiter mit ihren Schnitten. Ich stieß Schmerzlaute aus und beobachtete genau ihr Gesicht. Jedes Mal wenn sie aufhörte schien sie kurz nachzudenken und setzte dann wieder an um weiter zu schneiden. Sie hatte fast das Gesicht einer Künstlerin, die sich inspirieren ließ.

"Wieso tust du das?! Wieso willst du sie unbedingt untersuchen?!", fragte ich wütend.

Sie schaute weiter konzentriert auf meinen Arm und ließ sich von meiner Frage nicht beirren.

"Oh Mc, wie sie dich alle nennen, langsam wird es langweilig. Wieso stellst du nicht eine Frage die ich dir beantworten will? Oder du lässt den Rest von Flame einfach frei, das wäre auch eine Möglichkeit.", antwortete sie.

Ich sagte gar nichts dazu. Mir war es zu blöd, da ich sowieso keine vernünftigen Antworten bekam. Sie schien zu merken, dass ich es leid war, denn nach kurzer Zeit antwortete sie doch auf meine Frage.

"Weißt du eigentlich wie aufwendig es war diese Fähigkeiten zu erschaffen? Erst musste man geeignete Testpersonen für die Experimente finden, dann mussten sie diese überleben und zum Schluss, tja da gab es für jeden seine ganz persönliche Überraschung. Leider konnten wir die Fähigkeiten nur künstlich erschaffen, doch als es zu diesem Zwischenfall kam konnten wir *gar nichts* mehr."

Das half mir auch nicht wirklich weiter.

"Was für eine *persönliche* Überraschung?", fragte ich.

"Haben Crystal und Shadow euch noch gar nichts dazu gesagt? Vielleicht ist es auch besser so. Schließlich lebst du eh nicht mehr lange genug damit es dir etwas nützt.", antwortete Lynn.

Plötzlich nahm ich eine Bewegung hinter ihr wahr. Es war in der Nähe der Tür. Ein Schatten, der zu keinem Gegenstand im Raum passte wanderte über die Wand. Ich war erst ziemlich misstrauisch, was das sein konnte, doch dann hatte ich eine Vermutung.

Der Schatten nahm Gestalt an und schien eine Silhouette zu bilden. Schließlich tauchte Shadow aus ihm heraus auf und blieb im Raum stehen. Als er mich sah war er kurz davor sich auf Lynn zu stürzen und mich zu befreien, doch ich schüttelte schnell den Kopf.

"Wenn du mir schon keine vernünftige Antwort geben kannst dann drück endlich auf die scheiß grüne Taste an der verdammten Armatur und lass Flame frei!", motzte ich Lynn an.

"Du glaubst doch nicht wirklich, dass ich das mache nur weil du sauer bist oder? Du kannst das hier ganz schnell beenden indem du den Rest von ihr endlich frei lässt. Flame werde ich ganz bestimmt nicht da rauslassen.", antwortete sie.

Shadow hatte den Fingerzeig erkannt und begann, langsam aber sicher auf die Armatur zuzuschleichen. Lynn schien ihn noch nicht bemerkt zu haben. Sie war viel zu sehr damit beschäftigt irgendetwas in mich rein zu ritzen.

Shadow hatte die Armatur beinahe erreicht als Lynn sagte: "Glaub nicht dass ich das hier nur mache um euch zu quälen und umzubringen. Es ist einfach zu *wichtig* für uns dass wir Flame bekommen. Wenn wir euch danach freilassen würden, dann würdet ihr die Sache ganz sicher nicht auf sich beruhen lassen. Früher oder später würdet ihr wiederkommen um euch zu rächen. Daher müssen wir euch nun mal töten."

Er hatte die Armatur erreicht. Endlich. Er drückte auf eine Taste und der Glaszylinder wurde langsam hochgefahren. Sofort wandte Lynn ihren Blick auf Shadow.

"Shadow! Was machst du hier?!", rief sie wütend.

Er stürzte sich auf sie, doch sie wich aus. Flame lag immer noch am Boden des jetzt zur Hälfte hochgefahrenen Zylinders. Doch sie begann langsam in meine Richtung zu krabbeln.

Shadow schlug Lynn hart ins Gesicht, sodass sie halb durch den Raum taumelte. Er stütze sich kurz auf dem Tisch ab, auf dem ich festgeschnallt war und berührte dabei eine der Fesseln. Erschrocken schaute er auf sie. Er hielt seine Hand darüber und die Fessel wurde halb durchsichtig und verschwand danach komplett.

Ich war erstaunt darüber und froh, dass ich meine Beine wieder bewegen konnte. Lynn stürzte sich auf ihn und rammte ihn zu Boden. Er packte den Schlüssel, der an einem Band von ihrem Hals baumelte. Dann riss er ihn los und stieß sie von sich.

Flame hatte es geschafft, ein Stück weiter auf mich zu zu krabbeln. Wieso wurde sie nicht zu einem Feuerball? War sie zu schwach dazu? Sie musste nur noch ein kleines Stück zurücklegen, dann hätte sie es bis zu mir geschafft.

Shadow rappelte sich schnell auf und richtete seine Hand auf Lynn. Sie bewegte sich nicht mehr. Vermutlich kontrollierte er ihren Schatten. Plötzlich bildete sich hinter ihm roter Nebel. Die Wolke nahm schnell Form an und schon im nächsten Moment war daraus tauchte eine Art Werwolf entstanden. Das schnauben lenkte Shadow´s

Aufmerksamkeit auf ihn und er wich erschrocken aus.

Der Werwolf holte aus und schlug mit seiner Pranke zu. Shadow konnte ausweichen, und die Krallen bohrten sich nur knapp neben meinen Kopf in den Tisch. Ich hatte den Blick abgewandt und kniff die Augen zusammen. Als ich sie wieder öffnete blickte ich in Flame´s Augen. Sie hatte es beinahe geschafft.

Sie streckte ihren Arm nach mir aus. Ich streckte mich soweit ich konnte. Unsere Fingerspitzen berührten sich fast. Plötzlich flog Shadow über mich hinweg und prallte hinter Flame auf den Boden. Der Werwolf musste ihn erwischt haben.

Schnell streckte ich mich noch ein Stück weiter. Dann endlich hatte ich es geschafft. Ich berührte Flame und sie entmaterialisierte sich. Sie wurde zu einer Flamme, die über meinen Arm meinen Körper überflutete und sich dann mit mir verband.

Ich fühle mich so unheimlich schwach...

Das konnte ich mir vorstellen. Ich spürte, dass mit ihr irgendwas nicht in Ordnung war. Sie wirkte irgendwie kränklich und müde. Doch jetzt konnte sie sich ausruhen. Jetzt würde es ihr besser gehen.

Shadow rappelte sich auf und kontrollierte schnell den Schatten des Werwolfs, als dieser sich auf ihn stürzen wollte. Lynn hatte sich im Hintergrund gehalten und den Kampf aus sicherer Entfernung beobachtet.

Shadow tötete den Werwolf indem er ihn von dem Roboterarm *komplett* durchbohren ließ. Dann schaute er wieder verbittert zu Lynn hinüber. Ich konnte seine Wut verstehen. Seinen Hass. Von mir aus sollte er sie umbringen.

Doch das tat er nicht. Er tat etwas viel Besseres. Er hielt seine Hände über die Fesseln an meinen Händen und befreite mich so. Danach wandte er sich um und flüchtete schnell aus dem Raum.

Er hasste sie, und vermutlich wusste er auch wer sie wirklich war. Aber er wusste auch, dass sie Flame unheimlich wehgetan hatte und meine innere Wut noch viel heller brannte als seine.

Ich rutschte vom Tisch und stellte mich hin. Nachdem ich meinen Halt wiedergefunden hatte sah ich sie mit einem Blick an, der all den Hass, den Schmerz und das Leid enthielt, den ich ertragen hatte.

Ihre Augen wurden groß. Auf einmal schien sie ziemliche Panik zu haben. Sie wich ein kleines Stück in Richtung der hinteren Wand aus. Doch sie wusste, dass ihr das nicht helfen würde.

"Wenn du mich jetzt umbringst bist du kein bisschen besser als wir! Im Gegenteil, du bist sogar noch *schlimmer!* Wir hatten einen guten Grund das alles zu tun! Für dich ist es nur persönliche Rache! Wenn du mich umbringst wirst du nie die Wahrheit erfahren über alles! Du wirst keinen meiner Kollegen finden! Es bringt dir *gar nichts!*"

Mein Blick blieb starr auf sie gerichtet. Mir war es egal. Ich konnte ihr einfach nicht vergeben. Immer wieder ging mir durch den Kopf was sie uns angetan hatten. Ich wollte gar nicht wissen was sie getan haben mussten um die Fähigkeiten zu erschaffen. Sie waren einfach nur erbarmungslos. Und das einzig gerechte war es, ebenso erbarmungslos zu ihnen zu sein.

"Wer mit dem Feuer spielt sollte aufpassen, dass er sich nicht verbrennt.", sagte ich bloß

Dann schossen sie aus mir heraus. Aus meinem gesamten Körper schossen Flammen. Teilweise schaffte ich es noch meinen Trick anzuwenden um meine Klamotten nicht zu verbrennen, teilweise nicht. Das war mir jetzt egal.

Erst wurde die komplette Wand hinter mir von einem Flammenmeer überströmt, dann wanderten sie über die Decke, die Wände und den Boden zu ihr.

Ich nahm es wahr wie in Zeitlupe. Der Moment als ihre Füße von Flammen umspült wurde. Der Moment indem sie sich hinter ihr an der Wand schlossen und wir uns in einem Raum befanden der nur aus Flammen zu bestehen schien. Von mir konnte man vermutlich nicht viel mehr sehen als das Gesicht, doch das war mir egal.

Als alles von Flammen erleuchtet war erhöhte ich die Temperatur und es wurde heißer und heißer. Immer mehr Brandblasen entstanden auf ihrem Körper, doch ihr fassungsloser Blick blieb weiterhin auf mich gerichtet. Sie riss den Mund auf und schrie sich die Seele aus dem Leib.

Ich erhöhte sie Temperatur noch weiter und die Brandblasen platzten auf. Ihr Körper war übersät mit wunden Stellen. Überall rann Blut aus ihr, sie sah bald so aus als hätte sie in Blut *gebadet.*

Als ich die Temperatur noch weiter erhöhte verbrannten ihre Haare. Ihr ganzer Körper wurde geröstet und es roch ekelhaft verbrannt. Mittlerweile hätte sie niemand mehr auf der Straße wiedererkannt.

Nun war es an der Zeit ihr den Rest zu geben. Ich erhöhte die Temperatur so schnell und so drastisch, dass sie mit einem Mal komplett schwarz und verkohlt war. Sie kippte zur Seite um und lang irgendwo in den Flammen. Ich wusste nicht, ob sie tot war. Doch ich machte immer noch weiter. So lange bis der Knall kam der mich endlich stoppte.

Wo ist der andere?

Ich hatte es verstanden, als sich Kai´s Schatten von seinen Füßen gelöst hatte. Er hatte Shadow in den Raum geschickt um den Schlüssel zu besorgen. Oder um Mc zu befreien. Egal was er tun würde, er würde das Richtige tun.

Doch er war nun schon einige Zeit da drin. Lynn wird ihn ohne Zweifel bemerkt haben. Hoffentlich würde der Kampf zwischen ihnen gut ausgehen. Mir und Kai blieb nichts weiter übrig als es zu hoffen und abzuwarten.

Dann kam er endlich wieder raus. Er wirkte ziemlich gehetzt und knallte die Tür hinter sich zu. Zudem sah er ziemlich mitgenommen aus, was ohne Zweifel Lynn zu verantworten hatte.

Er kam zu uns rüber und schloss die Glastür auf.

"Alles ok bei dir?", fragte Kai, gleich nachdem er die Tür geöffnet hatte.

Shadow nickte.

"Was ist mit Mc?", wollte ich wissen.

"Er ist noch da drin. Ich hab ihn befreit und Flame ist bei ihm. Ich glaube nicht dass Lynn das überleben wird.", erklärte er.

"Bist du sicher? Mc sah nicht grade danach aus als hätte er viel Kraft.", wandte ich ein.

"Glaub mir, er hat genug Kraft um mit Lynn fertig zu werden.", antwortete Shadow.

"Aber wenn er Lynn tötet, wie sollen wir dann den anderen finden?", fragte Kai.

Ich und Shadow schauten ihn fragend an. Ich hatte ihm in einer Kurzfassung erklärt was in diesem Haus passiert war, aber ich hatte nie erwähnt dass es zwei Wissenschaftler waren, die hier waren. Dessen war ich mir nicht einmal sicher.

"Es müssen doch zwei sein oder nicht? Lynn ist eine von ihnen, sie hat Memorie als Fähigkeit, womit sie die Charaktere aus den Büchern erschaffen hat. Aber was ist mit dem der die Fähigkeit der Finsternis hat? Oder ist das dieselbe?", fragte Kai.

Die Fähigkeit der Finsternis? Davon hatte ich noch nie was gehört. Als ich jedoch in Shadow´s Gesicht schaute hatte er anscheinend schon gemerkt was Kai meinte.

"Verdammt du hast recht! Wir müssen Lynn retten, bevor er sie umbringt und sie uns sagen kann wo er ist!", antwortete er und rannte zurück zur Tür.

Ich und Kai folgten ihm. Er wollte die Tür grade öffnen, doch er zog seine Hand blitzschnell zurück, als hätte er sich verbrannt. Die Stahltür strahlte eine unheimliche Hitze aus. Das war nicht gut.

Schnell versuchte ich sie abzukühlen indem ich sie etwas einfror, doch mein Eis schmolz sofort wieder. Man konnte schon das Flackern in der Luft erkennen, das wegen der Hitze die die Tür ausstrahlte entstanden war.

"Du musst irgendwas tun Kim!", forderte Shadow mich auf.

"Ich?! Wieso denn ich?!", fragte ich.

"Weil du die Einzige bist die es kann!", erklärte er.

Ich wusste was er meinte. Ich konnte die Tür als Einzige abkühlen. Also versuchte ich es. Ich fror erneut die ganze Tür ein um ihre Temperatur zu senken. Doch die Hitze war einfach zu *stark!*

"Versuch es nur bei dem Schloss! Denk daran, wie es war als ihr eure Grenzen testen wolltet! Wenn du alles gibst und die Tür rapide abkühlst, während Mc sie enorm erhitzt konnte es das Schloss sprengen!", erklärte Shadow.

Das machte Sinn. Ich konzentrierte also all meine Kraft nur auf das Schloss. Es war schon sehr bald komplett eingefroren. Doch das Eis schmolz noch zu schnell dahin. Also senkte ich die Temperatur immer weiter, bis schon nichts mehr als weißer Dampf zu sehen war, der davon aufstieg.

Auf meiner Seite war die Temperatur unermesslich niedrig, während auf der anderen Seite das genaue Gegenteil der Fall war. Und schließlich passierte es, das Schloss platzte mit einem lauten Knall.

Ich sprang vor Schreck zur Seite. Dabei hoffte ich dass Mc aufgehört hatte alles in Brand zu setzen, denn die Tür schwang langsam auf. Es kamen keine Flammen, man sah nur einen verkohlten Raum, in dessen Mitte Mc stand.

Teile seiner Kleidung waren versenkt und sahen komplett ramponiert aus. Alles hatte Brandlöcher. Von seinem linken Hosenbein gingen immer noch ein paar Flammen aus.

Ich fror es kurz ein und ließ es schnell wieder auftauen, um es zu löschen.

Er wandte sich zu uns um und schien unendlich erleichtert zu sein uns zu sehen. Gleichzeitig merkte er anscheinend was er getan hatte und konnte es nicht fassen. Wir liefen schnell hinein.

"Alles ok bei dir?", fragte ich ihn.

Kai lief zu der verbrannten Person am Boden, die nicht viel mehr war als ein Stück Kohle.

"Ich weiß nicht, denke schon.", antwortete er.

"Lynn ist tot, von ihr erfahren wir gar nichts mehr.", meinte Kai.

Er kam zu uns herüber und Mc schaute beschämt zu Boden.

"Es tut mir leid, ich hatte mich nicht mehr unter Kontrolle. Aber wenn ihr gewusst hättet was sie mir und Flame angetan hat. Ich konnte ihr einfach nicht verzeihen und es ihr durchgehen lassen.", erklärte er.

"Irgendwie finden wir den anderen schon. Wichtig ist nur dass es jetzt vorbei ist.", meinte ich.

"Ist es ja noch nicht. Solange diese Wissenschaftler da draußen sind wird es *nie* vorbei sein.", meinte Kai.

"Hat sie irgendwas zu dir gesagt? Hat sie gesagt wo sie hin wollten?", fragte ich Mc.

Er schüttelte den Kopf. "Sie wollte die ganze Zeit nur Flame, keine Ahnung warum. Ich hab es irgendwann aufgegeben sie danach zu fragen. Sie hat mir einfach keine vernünftigen Antworten gegeben. Sie hat mich nur immer weiter mit einem Messer bearbeitet.", erklärte er und zeigte uns demonstrativ seinen Arm.

Er war wirklich ziemlich zerschnitten worden. Aber sie schien dabei gewesen zu sein dort irgendein *Muster* rein zu ritzen.

"Sie hat nur irgendwann davon gesprochen wie umständlich es war diese Fähigkeiten zu erschaffen. Und am Ende hätte jede wohl irgendeine *Überraschung* bekommen. Weißt du was sie damit meinte Shadow?", fragte Mc.

"Ich kann mir vorstellen, dass sie damit die *Bestiaform* gemeint haben könnte.", erklärte er.

/*Ja Kim, die* Bestiaform *hab ich extra ganz speziell für dich da reingebracht^^/*

"Die *Bestiaform?* Was ist das?", fragte Mc.

"Ursprünglich waren wir ja normale Menschen, wie du und Kim und Kai. Eine Fähigkeit zu werden war ganz und gar kein Spaß. Es hat unsere Körper geschädigt, regelrecht *zerstört.* Irgendwann sahen wir so aus wie wir jetzt aussehen, doch wir waren noch keine Fähigkeiten. Erst nachdem unsere Körper noch *mehr* zerstört worden waren wurden wir dazu. Die Bestiaform ist die stärkste Form von uns, doch es ist unheimlich anstrengend diese Form anzunehmen.", erklärte Shadow.

Was für eine unglaubliche Neuigkeit! Ich hätte zu gerne einmal die Drei in ihrer Bestiaform gesehen, doch wenn es für sie so anstrengend war würde das nicht leicht werden.

"Und was machen wir jetzt?", fragte Kai.

"Ich weiß nicht. Einfach so loslaufen und den anderen suchen wird nicht viel bringen. Wenn wir ihn dabei finden würden wäre das mehr als nur Glück.", meinte ich.

"Aber wir können doch nicht einfach nur hier rumsitzen und warten.", wandte Kai ein.

"Was sollen wir denn sonst tun? Wir können auch erstmal hier verschwinden und uns zu einem Krankenhaus begeben, Mc und ich sind nämlich verletzt. Wo ist überhaupt Seeb?", fragte ich.

"Ich hab ihn wieder zu Mc´s Haus geschickt. Er sollte sich auch eine Fähigkeit spritzen, damit er mir helfen konnte euch zu befreien.", erklärte Kai.

"Alleine?! Weißt du eigentlich wie riskant das ist? Diese Spione können ihn schon lange haben und zu dem anderen Wissenschaftler gebracht haben!", erklärte ich.

"Was hätte ich denn tun sollen? Ihr wart plötzlich verschwunden und ich wusste nicht wie ich euch retten sollte. Was hättest du denn gemacht?", fragte Kai.

Ich schwieg. Woher sollte ich wissen was ich in der Situation getan hätte? Aber sicherlich hätte ich Seeb nicht einfach alleine wieder zu Mc´s Haus geschickt. Hoffentlich war ihm nichts passiert.

"Dann wissen wir ja jetzt was wir machen können.", meinte ich.

"Was denn?", fragte Shadow.

"Wir rufen Seeb an und fragen ihn ob bei ihm alles in Ordnung ist.", sagte ich.

Wenn er ranging und uns sagte, dass er schon bei Mc Zuhause war oder vielleicht sogar schon auf dem Rückweg nach Delmenhorst, dann war alles in Ordnung. Wenn nicht dann brauchten wir schnellstens einen Plan diesen anderen zu finden.

"Ok, ich ruf ihn eben an.", meinte Kai.

Jemand anderes hätte es auch nicht machen können. Ich hatte kein Handy mehr und war mir sicher, dass es bei Mc nicht anders war. Er telefonierte kurz mit Seeb und anscheinend ging es ihm tatsächlich gut. Er war schon fast wieder hier am Bahnhof, hatte nur vergessen Kai Bescheid zu sagen.

"Wollen wir ihn nicht abholen?", fragte Mc.

"Nein, mir ist grade eingefallen wo der Wissenschaftler sein könnte. Aber dazu müssen wir schnell sein, weil er schon ziemlich weit weg sein könnte.", erklärte er. "Ich habe die Doppelgänger benutzt um euch zu finden. Sie sollten die Grenzen von dem Gebiet erkunden, in denen viele Spione waren. Dabei wurden sie von irgendeiner Bestie angegriffen. Das Vieh ist geflohen und ich glaube es ist in die Richtung gelaufen, in die wahrscheinlich auch der Wissenschaftler unterwegs ist."

"Und wie lange ist das her?", fragte ich.

"Eine Weile, deswegen sollten wir uns ja auch beeilen, bevor er komplett weg ist. Wenn wir jetzt loslaufen könnten wir ihn vielleicht noch einholen.", antwortete Kai.

"Meinst du nicht, dass er schon lange weg *ist?*", fragte ich.

"Lasst es uns einfach versuchen anstatt darüber zu diskutieren. Vielleicht schaffen wir es ja noch. Ansonsten finden wir ihn nie wieder.", meinte Kai.

"Ich finde er hat Recht. Was sollen wir sonst schon machen, so haben wir noch eine kleine Chance ihn zu finden.", meinte Mc.

Ich gab mich geschlagen. Dann würden wir ihn eben suchen. Obwohl ich glaubte, dass es keinen Sinn haben würde weil er schon lange weg war. Aber bekanntlich starb die Hoffnung ja zuletzt. Jetzt musste diese Situation nur nicht hoffnungslos sein, dann hatten wir vielleicht *wirklich* noch eine Chance.

Aufhalten der Spione

Wir machten uns auf den Weg. Zuerst die Treppe hoch bis in einen Flur. Ich schaute mich neugierig noch einmal nach allen Seiten um. Hier war ich also die ganze Zeit gewesen. Ich fragte mich nur wo genau es war. Um das rauszufinden musste ich zuerst das Haus verlassen.

Kai und Kim liefen voraus. Sie durchquerten zuerst die Tür nach draußen, ich folgte ihnen. Aus dem Augenwinkel bemerkte ich beim Rausgehen etwas Merkwürdiges. Ich drehte mich noch einmal um und schaute genau hin. Ich hatte mich nicht geirrt, das ganze Haus schien von irgendetwas *Schwarzem* umgeben zu sein. Es hatte Ähnlichkeit mit meinen Fesseln. Ich fragte mich, ob es der andere Typ mit der Fähigkeit der Finsternis erschaffen hatte.

Kai und Kim waren bereits ein gutes Stück weiter gelaufen, also folgte ich ihnen schnell, bevor ich sie wieder verlor. Die Spione beobachteten mich von allen Seiten. Ich fragte mich, weshalb sie uns nicht angriffen. Wieso wollten sie uns nicht aufhalten?

"Wieso greifen die Spione uns nicht an?", fragte ich, als ich die Beiden eingeholt hatte.

"Ich hab ihnen auf dem Hinweg gezeigt, dass es eine schlechte Idee wäre uns anzugreifen. Vielleicht denken sie auch einfach, dass wir abhauen wollen und lassen uns laufen ohne was zu riskieren.", erklärte Kai.

"Ich wette, wenn wir weit genug gelaufen sind merken sie, dass da was nicht stimmt und dann werden sie gar nicht mehr so ruhig sein.", meinte ich.

"Halt die Schnauze Mc! Du weißt, dass du nicht vom Teufel reden sollst!", warnte mich Kai.

Ich beließ es dabei und folgte ihnen wortlos. Wir entfernten uns immer weiter von dem Haus. Die Sonne war schon fast unter gegangen. Der Himmel und die Wolken waren in ein malerisches Orange getaucht. An einem solchen Tag hätte ich mit den Beiden lieber gemütlich am See gesessen und den Tag genossen, anstatt irgendeinem verrückten Wissenschaftler hinterher zu jagen.

Ich hatte immer noch leichte Schmerzen in der Brust. Die Schmerzen in meinem Arm hatte ich ganz gut ignoriert bis jetzt. Als sie mir wieder auffielen merkte ich erst, wie intensiv sie waren. Ich beschloss, sie weiterhin zu ignorieren, bis das alles hier vorbei war. Dann würde ich umgehend den nächsten Arzt aufsuchen.

Seit ich Kai und Kim aufgeholt hatte merkte ich, wie langsam sie eigentlich waren. Es lag hauptsächlich daran, dass Kim ein verletztes Bein hatte und humpelte. Kai blieb an ihrer Seite. Die ganze Zeit lief ich voraus, solange bis ich sah dass Kai und Kim hinter mir die Richtung änderten und ich fast wieder alleine gewesen wäre. Da beschloss ich, hinter ihnen zu bleiben.

Plötzlich ereilte mich ein Faustschlag von der Seite. Er war so plötzlich gekommen, dass ich ihn nicht kommen sehen hatte und bekam ihn direkt ins Gesicht. Ein Spion hatte sich dazu entschlossen, uns aufzuhalten. Kai und Kim liefen weiter. Anscheinend hatten sie es nicht bemerkt.

Der Typ schaute mich grimmig an. Er wollte sich wieder auf mich stürzen, doch ich schoss ihm eine Stichflamme entgegen und er wich aus. Nun hatte ich genug Platz und konnte zu Kai und Kim aufschließen.

"Ich glaube die Spione werden wieder etwas rebellisch.", berichtete ich ihnen.

"Wie kommst du darauf?", fragte Kai.

"Einer hat mich grade angegriffen. Sieh sie dir doch mal an.", meinte ich und zeigte auf eine Gruppe von ihnen.

Sie sahen so aus, als würden sie jeden Moment Lust bekommen uns zu verfolgen und zu verprügeln. Diese kalten Blicke, doch wir hatten ja auch eine Kollegin von dem gekillt, der sie lenkte.

Zumindest das mit dem verfolgen machten sie, denn als wir sie passiert hatten schlossen sie sich der riesigen Gruppe an, die uns langsam folgte. Sah so aus, als hätten sie langsam eine Vermutung, was wir vorhatten. Und dass sie uns folgten sagte mir, dass wir uns auf dem richtigen Weg befanden.

Sie kamen nun von allen Seiten näher. Die, an denen wir vorbeiliefen versuchten uns mit Faustschlägen zu treffen, denen wir jedoch glücklicherweise ausweichen konnten. Wir beeilten uns so gut es ging, und je weiter wir kamen, desto unruhiger wurden die Spione.

"Hier hat der Doppelgänger gegen diese Bestie gekämpft.",

erklärte Kai im Vorbeilaufen.

Wir waren an einer Stelle, wo Bruchstücke einer Häuserecke auf dem Boden lagen. Überall waren die Spuren eines Kampfes zu sehen, Risse in den Wänden, zerstörte Türen und Fenster.

Es ging weiter eine Gasse entlang. Dieser folgten wir nun einfach. Auch nachdem wir schon längere Zeit in diese Richtung gelaufen waren bogen wir nicht ab. Kai wusste anscheinend nur, dass die Bestie in diese Richtung geflohen war. Doch wohin *genau* wusste er nicht.

Die Spione hatten wir hinter uns gelassen. Es waren mit der Zeit immer weniger geworden und jetzt kamen kaum noch welche. Doch als ich zurückblickte sah ich diese gigantische Gruppe von ihnen, die uns verfolgte.

Wir kamen von der Gasse in einen kleinen Platz. Die Gasse verlief durch ihn uns führte auf der anderen Seite wieder hinaus. Zudem schien es der *einzige* Ausgang zu sein.

"Leute, ich werd die Spione gleich erstmal aufhalten. Ihr müsst den Wissenschaftler weiter verfolgen und bekämpfen.", erklärte ich.

Kai und Kim blieben stehen.

"Was? Du willst zurückbleiben und sie *alleine* aufhalten? Das ist bescheuert!", widersprach Kim.

"Das macht doch keinen Sinn, wenn wir den Wissenschaftler finden und kurz nachdem wir den Kampf mit ihm begonnen haben kommt diese Armee von Spionen und macht uns das Leben zur Hölle. Also lauft jetzt weiter, wir haben keine Zeit zu diskutieren! Ich komme nach!"

Sie schienen nicht damit einverstanden zu sein. Nach wenigen Sekunden setzten sie ihren Weg jedoch fort. Ich folgte ihnen noch ein Stück bis zum Ausgang des Platzes, dann blieb ich stehen.

Ich wandte mich um und sah die Spione auf mich zukommen. Schnell begann ich, den Boden hinter mir zu erhitzen. Ich musste es irgendwie schaffen sie aufzuhalten. Viel Zeit hatte ich dafür allerdings nicht.

Nachdem die Gasse auf einem gut drei Meter langem Stück schon fast zu Glühen begann hörte ich auf. Ich musste es irgendwie anders machen. Sie durften nicht weiter durch diese Gasse gehen.

Ich kann dir helfen!

Ich war eigentlich dagegen, dass Flame sich unnötig anstrengte, doch bevor ich etwas erwidern konnte hatte sie sich auch schon vor mir materealisiert. Was wollte sie bloß tun? Sie wankte immer noch leicht hin und her.

"Ich versuche es brennen zu lassen. Vielleicht schaffe ich es, dass es dauerhaft brennt.", erklärte sie.

Sie kniete sich hin und machte irgendetwas bei dem glühenden Boden. Ich wandte mich um und sah, wie die ganzen Spione immer weiter auf mich zukamen. Hoffentlich würde Flame sich beeilen.

Sie hatten den Platz schon betreten und kamen immer weiter auf mich zu. Es beunruhigte mich ziemlich. Flame musste sich beeilen, doch ich wollte sie nicht hetzen. Sie sollte sich eigentlich erholen und mir nicht helfen.

Schließlich hatten sie uns erreicht. Ich schoss eine riesige Flamme aus den Händen auf sie zu. Sie blieben stehen, waren aber gewillt mich anzugreifen. Ich musste sie immer wieder mit Stichflammen auf Abstand halten.

Plötzlich spürte ich eine Hitze hinter mir. Als ich kurz nach hinten schaute sah ich, dass das Stück Gasse, dass ich beinahe zum Glühen gebracht hatte, jetzt in Flammen stand. Flame entmaterialisierte sich und schoss als kleiner Feuerball wieder auf mich zu. Sie überflutete meinen Körper und war wieder in mir.

Sofort ließ ich blaue Flammen von mir aufsteigen, die meine Klamotten nicht zerstörten, nur um dahinter noch heißere Flammen zu erzeugen, die die Spione auf Abstand hielten.

Trotzdem rannten einige auf mich zu, auf die ich Feuerbälle schleuderte. Ich nahm die Beine in die Hand und rannte zum anderen Ende des Platzes. Nun kam der schwierige Teil.

Ich erreichte den anderen Ausgang und begann sofort wieder ein drei Meter langes Stück stark zu erhitzen, während ich von meinem Körper weiterhin Flammen verströmte. Ich musste den Spionen dabei den Rücken zuwenden. Es blieb mir nichts anderes übrig, sonst hätte ich mich nicht auf die Gasse konzentrieren können.

Sie griffen noch nicht an. Vielleicht erwarteten sie einen Angriff meinerseits, wenn sie mir zu nah kamen. Von mir aus konnten sie das ruhig glauben, solange es mir etwas Zeit verschaffte war es ok.

Plötzlich wurde ich hart von etwas getroffen. Es war ein Schuh. Einer von ihnen hatte ihn ausgezogen und auf mich geworfen. Ich musste mich ihnen wieder zuwenden, da seine Nachbarn nun gleichzogen.

Auch meine Stichflammen konnten sie nicht davon abbringen. Von überall her kamen Schuhe auf mich zugeflogen. Sofort nahm ich eine Abwehrstellung ein. Trotzdem wurde ich von einigen an den Schultern und im Gesicht getroffen.

Ich merkte, wie Flame hinter mir aus meinem Körper getreten war und sich vermutlich materealisierte. Vielleicht wollte sie an meiner Stelle die Gasse weiter erhitzen. Nun musste ich nicht nur darauf achten das ich selbst unverletzt blieb, ich musste auch noch auf Flame Acht geben.

Ein paar Mal wurden Schuhe in ihre Richtung geworfen, doch dann hörte es plötzlich auf. Ich fragte mich erst warum, doch dann bemerkte ich den riesigen Haufen Schuhe, der sich überall in meiner Nähe befand. Die ganzen Spione standen nun auf Socken oder barfuß vor mir. Keiner hatte den Mut, sich mir weit genug zu nähern um sich einen Schuh wieder zu holen, den er auf mich werfen konnte.

Dann nahm ich plötzlich wieder diese Hitze in meinem Rücken wahr. Ein kurzer Blick genügte, um zu sehen dass Flame es wieder geschafft hatte. Sie kam wieder als Feuerball auf mich zu und verband sich mit meinem Körper.

Ich setzte meinen Körper in Flammen und rannte durch die Menge. Immer wieder wurden mir Schläge versetzt, obwohl sie sich dabei vermutlich die Hände verbrannten. Sie wichen mir aus, schlugen aber trotzdem zu.

Ich erreichte das andere Ende nach kurzer Zeit und blieb noch einmal stehen um zurückzublicken. Hasserfüllte Blicke trafen mich von allen Seiten. Ok, genug gesehen um zu wissen, dass ich verschwinden sollte. Ich lief durch die in Flammen stehende Gasse und als ich sie durchquert hatte hoffte ich nur dass Kai und Kim nicht spontan die Richtung gewechselt hatten.

Dunkler als Schatten

Es gefiel mir absolut nicht Mc zurückzulassen. Wir hatten uns grade erst wieder gefunden und schon wollte er, dass wir wieder allein weitermachten. Ich hielt das für keine gute Idee. Allerdings hatte er die Spione tatsächlich aufgehalten. Ich schaute immer mal wieder nach hinten, doch es war keine Spur von ihnen. Jedoch leider auch keine Spur von Mc.

"Wir sollten umdrehen und ihm helfen.", meinte Kim.

"Ich weiß. Aber das können wir nicht, sonst verlieren wir den Wissenschaftler. Mc war sich sicher, dass er es schafft. Ich vertraue ihm da.", erklärte ich.

"Hast du mal gesehen wie kaputt er aussah? Ich weiß nicht ob er das wirklich alleine schaffen kann.", wandte Kim ein.

"Er hat doch Flame bei sich, zusammen schaffen die das locker. Ich bin vorhin auch alleine zu dem Haus gekommen.", meinte ich.

"Du weißt aber schon, das Flame im Moment anscheinend eher ziemlich schwach ist oder?", fragte Kim.

Ich antwortete nichts darauf. Es kam mir ohnehin eher wie eine rhetorische Frage vor. Klar ging es Flame nicht gut im Moment. Aber ich glaubte schon, dass die beiden es mit diesen Spionen noch aufnehmen konnten.

Was mir mehr Sorgen bereitete war, was wir tun sollten wenn diese Bestie wieder auftauchte. Ich war mir nicht sicher ob wir es wirklich mit ihr aufnehmen konnten. Mein Doppelgänger hatte es wohl mit einer Schattenklinge geschafft, aber da war der Überraschungseffekt noch auf seiner Seite gewesen.

Ich und Kim waren mit Crystal und Shadow jedoch stärker als mein Doppelgänger. Also sollten wir es mit diesem Biest aufnehmen können. Das würde uns allerdings aufhalten und konnte dem Wissenschaftler wieder zur Flucht verhelfen.

Kim stoppte plötzlich. Ich hielt ebenfalls an und fragte mich was los war. Dann schaute ich nach vorne und sah ihn. Irgendein Typ stand vor uns und versperrte uns den Weg. Er wirkte ziemlich kämpferisch. Was ihn besonders machte war aber seine Farbe.

Shadow tauchte plötzlich neben mir auf und so hatte ich den direkten Vergleich. Shadow sah einfach aus wie ich, nur dass er wie mit einem Schwarzweißfilter bearbeitet worden war. Und seine Augen waren rot.

Die Augen dieses Typen waren ebenfalls rot, doch sie schienen zu *glühen*. Sein kompletter Körper war so tief schwarz, dass man die Züge seines Gesichts kaum erkennen konnte. Er strahlte eine extreme Finsternis aus, schlimmer als die von Shadows Spritze oder von dem Typen in dem Haus, den ich umgelegt hatte.

"Lange nicht gesehen Shadow.", meinte er.

"Wenn es nach mir ginge wäre es noch länger.", antwortete Shadow.

"Ich würde euch raten zurückzulaufen. Eigentlich verdient ihr gar keine letzte Warnung mehr, aber weil du es bist will ich mal nicht so sein. Wenn ihr jetzt umdreht und zurücklauft lasse ich euch laufen.", erklärte er.

"Das kannst du dir abschminken.", antwortete Shadow.

"Schade. Du weißt ja, dass ich dann keine andere Möglichkeit habe.", antwortete er.

Er bückte sich nach unten und eine schwarze Stelle entstand am Boden. Nachdem er hineingegriffen hatte zog er ein unglaublich langes Schwert heraus, das ebenso schwarz war wie er selbst. Eigentlich hätte man es mit zwei Händen führen müssen, doch er hielt es nur mit der Rechten. Sein linker Arm fehlte bis knapp über den Ellenbogen, wie mir jetzt auffiel, weshalb er es nur mit einer Hand führen konnte.

Vor Shadow entstanden ebenfalls zwei Schatten. Er ergriff sie und zog ein Schild und ein Schwert aus dem Boden. Er setzte sich das Schild richtig an und behielt den Typen im Auge.

"Entweder er oder ich, einer von uns wird gleich den ersten Schlag ausführen. Egal wer es ist, du musst einen kleinen Bogen um uns machen um aus der Gefahrenzone zu kommen Kim. Danach läufst du weiter und suchst diesen Wissenschaftler.", erklärte Shadow.

"Was?! Aber was ist mit Kai?", fragte sie.

"Er muss bei mir bleiben. Er kann mich unterstützen, ich glaube nämlich dass ich schwächer bin als der Typ.", antwortete Shadow. "Außerdem darf er sich nicht zu weit von mir entfernen, das würde mich zusätzlich schwächen, wenn nicht sogar töten."

"Aber ich kann euch doch nicht zurücklassen! Es kann doch auch sein dass der Wissenschaftler schon lange weg ist und ihr euch sinnlos in so eine Gefahr begebt.", wandte sie ein.

"Oh glaub mir Kim, er ist in der Nähe. Aber du musst dich beeilen.", antwortete Shadow.

Aber weiter kam er nicht, denn sein finsterer Gegner setzte bereits zum Erstschlag an. Shadow sprintete auf ihn zu und wehrte seinen Schlag mit dem Schild ab. Doch der Schlag war härter als erwartet und sein Arm mit dem Schild wurde zur Seite geschlagen. Wenn sein Feind jetzt schnell genug war hätte er ihn töten können obwohl der Kampf grade erst begonnen hatte.

Glücklicherweise war er nicht so schnell. Es lag entweder grundsätzlich an der Größe seiner Waffe oder daran, dass er sie mit einer Hand führen musste.

Kim schaute mich an und ich drängte sie mit Blicken dazu loszulaufen. Widerwillig tat sie es. Sie lief im großen Bogen um die Kämpfenden und blieb auf der anderen Seite noch einmal stehen um einen Blick zu mir zu werfen.

"Keine Sorge, wir schaffen das! Beeil dich!", rief ich.

Sie nickte und lief los. Der finstere Typ merkte es und wollte ihr grade hinterher, da schlug Shadow mit seinem Schattenschwert nach ihm. Er konnte rechtzeitig mit einem Sprung ausweichen und wandte sich wieder Shadow zu.

"Konzentrier dich auf den Kampf, sonst bist du erledigt!", forderte Shadow ihn heraus.

Er wirkte hin und hergerissen. Dann blickte er Shadow fest an und schwang sein Schwert nach ihm. Seine Schläge waren langsam und vorhersehbar, dafür aber auch unheimlich stark. Jeder Schlag durchbrach Shadow´s Verteidigung und er musste etwas Abstand nehmen oder ausweichen.

Shadow lernte aber schnell, wie er an ihn herankam. Er kam ihm nahe genug um ihn zu einem Schlag herauszufordern, dann wich er aus und schlug blitzschnell seinerseits zu. Was er nicht erwartet hatte war, wie schnell dieser Typ im Ausweichen war.

Angriffe waren langsam und kraftvoll, Ausweichen ging blitzschnell. Dadurch war der Überraschungseffekt diesmal auf seiner Seite und er hätte Shadow beinahe getroffen, indem er das Schwert nicht schwang, sondern zustach. Noch eine Sache mit der Shadow in dem Moment nicht gerechnet hatte.

Shadow hielt im letzten Moment sein Schild hoch und wurde von der Wucht des Stichs zurückgeworfen. Er wankte um sein Gleichgewicht, was sein Feind sofort ausnutzte. Er führte wieder einen Schlag gegen ihn aus. Shadow schaffte es mit seinem Schwert zu parieren und fand sein Gleichgewicht wieder. Er tat einen Schritt auf ihn zu und rammte ihm seinen linken Ellenbogen ins Gesicht.

Schnell wich sein Gegner nach hinten aus, wirkte jedoch ein wenig benommen. Shadow nutzte die Gelegenheit und griff an. Er schlug mit dem Schwert von oben zu. Der Finstere erhob sofort abwehrend sein eigenes Schwert.

Der Schlag von Shadow prallte hart darauf. Er hatte wohl gehofft, dass er der Kraft nicht standhalten konnte und ihn mit dem Schlag noch treffen würde, oder direkt danach den Nächsten ausführen konnte. Doch das war nicht der Fall. Das Schwert seines Feindes ruhte weiterhin abwehrend über seinem Kopf. Er musste unglaubliche Kraft haben.

Schnell wich Shadow nach hinten aus, bevor aus der Abwehr ein Angriff geworden war. Doch es war knapp gewesen. Die Schwertspitze hatte Shadows Gesicht nur um wenige Zentimeter verfehlt.

Ich wollte ihm helfen. Ich wollte irgendwas tun um ihn zu unterstützen. Doch dieser Typ warf keinen Schatten. Ich konnte ihn nicht zwingen ruhig stehen zu bleiben, während Shadow angriff. Doch ich konnte etwas anderes versuchen.

Langsam schien die Geduld aus Shadow zu fließen. Er führte einen wütenden Schlag aus, den der Typ sofort abwehrte. Als Shadow danach versuchte ihn mit seinem Schild im Gesicht zu treffen, traf ihn selbst zuerst ein harter Tritt in die Magengegend, der ihm die Luft raubte.

Er wich zurück und blieb vorerst auf Abstand. Diesen Gegner durfte er nicht unterschätzen. Und er musste zudem einen klaren Kopf bewahren und nicht in blinder Wut auf ihn zulaufen, in der Hoffnung dass einer seiner Schläge ihn schon treffen würde.

Beide waren etwas außer Atem. Sie taten erstmal nichts und behielten sich nur im Auge. Ich musste auf den richtigen Moment warten um Shadow zur Hilfe zu eilen. Es würde unerwartet kommen und solange das so war musste ich es ausnutzen.

"Du glaubst nicht wirklich dass du den Kampf gewinnen kannst, oder Shadow? Das haben wir früher schon oft genug gesehen, ich war immer der Stärkere von uns beiden.", meinte er.

"Das war früher. Aber heute ist es anders. Du bist vielleicht stärker als ich, aber das heißt noch lange nicht, dass du gewinnst. Du verlässt dich zu sehr darauf. Ich habe zumindest genug Mut mich trotz deiner Stärke mit dir anzulegen. Und wenn ich es gleich richtig mache, dann wirst du auch schon wissen dass es nicht nur auf Stärke ankommt, sondern auch auf Weisheit oder Mut.", erklärte Shadow.

"So wie du grade kämpfst wirst du dich mit dem nächsten Schlag, den du gegen mich ausführst umbringen. Aber nur zu, versuch es und ich werds dir beweisen.", antwortete der Finstere.

Shadow rannte auf ihn zu und sein Feind hielt sein Schwert in einer Stechposition. Shadow schlug es mit seinem Schild nach links und trat weiter auf ihn zu, während das Schwert an seinem Schild entlangglitt. Er führte selbst einen Stich mit seinem Schwert aus, doch sein Feind wandte sich schnell zur Seite, sodass Shadow´s Schwert an ihm vorbei ins Leere glitt.

"Es tut mir leid Bruder.", meinte Shadow knapp.

Und da war er. Der Moment auf den ich gewartet hatte. Es war nur der Bruchteil einer Sekunde, den ich jetzt Nutzen musste. Sein Schwert wurde von Shadow´s Schild aufgehalten, er war in eine ungünstige Position ausgewichen und Shadow´s Worte hatten ihn aus der Konzentration gebracht.

Blitzschnell ließ ich zwei Schattenklingen aus dem Boden fahren. Die Erste durchbohrte sein rechtes Bein, auf das er sein Gewicht verlagert hatte. Er knickte ein und fiel nach hinten um. Damit fiel er genau auf meine zweite Klinge, welche seine linke Schulter durchbohrte.

Ungläubig schaute er zuerst zu Shadow, dann zu mir. Doch er war noch nicht geschlagen. Er entmaterialisierte sich und schoss als eine finstere kleine Wolke davon. Genau in die Richtung, in die Kim zuvor gelaufen war.

Ohne Worte verständigten ich und Shadow uns mit einem einzigen Blick und jagten ihm hinterher. Ich musste ihn umgehend einholen. Wer wusste was er machte, wenn er Kim erreichte.

Jack Andrews

Vorsichtig schlich ich um Shadow und diesen Typen herum. Als ich es geschafft hatte schaute ich noch einmal zu Kai zurück.

"Keine Sorge, wir schaffen das! Beeil dich!", rief Kai mir zu.

Ich nickte und lief los. Es begeisterte mich ganz und gar nicht, dass ich mich dem Wissenschaftler jetzt ganz allein entgegenstellen sollte. Mc war zurückgeblieben, Kai war zurückgeblieben. Wie sollte ich das bitte sehr ganz alleine schaffen?

"Konzentrier dich auf den Kampf, sonst bist du erledigt!", hörte ich Shadow hinter mir rufen.

Ich wusste nicht was dort vor sich ging und drehte mich auch nicht um, um es herauszufinden. Das Einzige was jetzt wichtig war, war diesen Wissenschaftler zu finden. Vielleicht konnte ich ihn ja lange genug hinhalten, damit mich Mc und Kai wieder einholten.

Ich lief einfach immer weiter geradeaus. Wohin hätte ich auch sonst gehen sollen, ich hatte keine Ahnung wo der Typ steckte. Er hätte überall sein können und nur wenn ich Glück hatte lief ich jetzt in die richtige Richtung.

Ab und zu versuchten mich ein paar Spione zu attackieren, doch es waren sehr wenige im Vergleich zu der Gruppe, die uns vorher verfolgt hatte. Bald endete die Gasse auf einer kleinen Landstraße. Direkt dahinter lag ein Acker. Ich hätte mich für eine Richtung entscheiden müssen, wenn ich nicht schon vorher zu der Entscheidung gekommen war, stehen zu bleiben.

Einige Meter vor mir stand mitten auf der Kreuzung ein Mann. Er hatte mir den Rücken zugewandt und schien über das Feld zu schauen. Ich fragte mich, ob er meine Ankunft überhaupt bemerkt hatte.

"Da bist du ja Kim.", meinte er, drehte sich jedoch nicht um.

"Woher weißt du wie ich heiße und das ich es bin?", fragte ich.

"Ich kenne durch meine Kollegin deine Erinnerungen, deine Vergangenheit. Deswegen weiß ich wie du heißt. Und wer du bist erkenne ich daran, dass meine Leute, die ihr ja die

Spione nennt, gegen *Mc* kämpfen. Kai kämpft gegen meine Fähigkeit. Das alles weiß ich, weil unsere Gedanken miteinander vernetzt sind. Du bist die Einzige die ich nicht sehe, und so kannst es nur du sein, die hinter mir steht.", erklärte er.

Er drehte sich zu mir um und schaute mich direkt an. Es war ein ganz normaler Typ, er war schon ziemlich alt, aber auf der Straße wäre er ein unscheinbarer Rentner gewesen. Hätte er sich nicht offenbart wäre ich einfach weiter gelaufen.

"Wieso fliehst du nicht?", fragte ich.

"*Ich?!* Wieso *ich* nicht fliehe?! Das sollte ich eher dich fragen! Ich habe meine Fähigkeit schon seit ewigen Zeiten und kontrolliere sie perfekt. Du hast sie erst seit ein paar Wochen und meinst, dass du es mit mir aufnehmen kannst, und das auch noch alleine. Lächerlich. Es war nur etwas nervig, sich dieser Auseinandersetzung zu stellen. Wir brauchen Flame, und wie ich eben mitbekommen habe ist meine unfähige Kollegin beim Versuch sie zu bekommen getötet worden.", antwortete er.

"Du hast deine Fähigkeit im Moment nicht mal! Kai kämpft grade mit ihr! Ich glaube ich bin hier eindeutig im Vorteil!", widersprach ich.

Unterschätz ihn nicht Kim, er ist auch so extrem stark!

"Du glaubst, dass ich es so nicht mit dir aufnehmen kann? Wir können es ja gerne mal ausprobieren, wenn du dich traust. Normalerweise hätte ich jemanden, der zu Crystal passt, für weniger übermütig gehalten."

Er richtete seinen Arm auf mich und aus seiner Hand drang eine Art schwarzer Rauch, nur dass es kein Rauch war, sondern irgendeine dunkle Materie. Es floss auf den Boden und schien auf mich zuzukriegen, wie Bodennebel.

Crystal reagierte sofort, bevor ich auch nur einen Finger rühren konnte. Blitzschnell stand sie in materialisierter Form vor mir und schuf eine Wand aus Eis, die ringförmig um uns herum entstand.

Ich stand einfach nur da und wusste nicht was ich tun sollte. Dieser schwarze Nebel schwamm um uns herum, nur die Eiswände hielten ihn zurück. Doch allein so spürte ich, welche Leere und Finsternis sie verströmten.

"Du darfst das Zeug auf keinen Fall berühren!", warnte mich Crystal.

Entschlossen schaute sie nach vorne zu dem Wissenschaftler, der seine Hand inzwischen sinken lassen hatte.

"Jack Andrews. Wie lange ist es her, dass wir uns das letzte Mal begegnet sind?", fragte Crystal.

"Ziemlich lange, und ich weiß noch wie diese ganze Scheiße wegen dir und Shadow passiert ist. Das hat unsere komplette Forschung vernichtet. Aber wir hatten ja genug Zeit um das wieder aufzubauen, was wir verloren haben.", antwortete er.

Crystal schüttelte nur den Kopf. "Wie konntest du nur so werden? Ich hab noch in Erinnerung wie du gewesen bist. Ich konnte es damals schon nicht fassen."

"Ehrlich gesagt, eigentlich ist das hier meine wahre Natur. Und dafür was ihr uns angetan habt werdet ihr schon gerecht bezahlen. Wir holen uns Flame und töten dich und Shadow. Dann sind wir Quitt.", meinte Andrews.

"Davon träumst du wohl!", rief Crystal wütend.

Sie hielt ihre Arme vor sich, mit den Innenflächen nach oben. Kurz darauf entstanden kleine Tropfen auf ihren Armen, die sie in die Luft schweben ließ. Sie fror sie ein und ließ sie mit hoher Geschwindigkeit auf ihn zuschießen.

Sofort erhob sich der schwarze Nebel vor ihm ein Stück vom Boden und schützte ihn. Crystal´s gefrorene Wassertropfen schossen ins Nichts und waren verschwunden. Danach senkte er sich wieder zu Boden. Nun konnte man das hinterlistige Grinsen auf Andrews Gesicht sehen.

Schnell drehte Crystal sich um und erschuf eine Barriere aus Eis. Im letzten Moment, denn dieser Schwarze Nebel hatte sich wie ein Wurm erhoben und war auf uns zugeschossen.

Er prallte gegen die Barriere und verlor seine Form wieder. Crystal erschuf eine Art Sperr aus Eis, den sie in ihn stach, doch alles was den Nebel berührt hatte war verschwunden.

Ich ließ ebenfalls eine dicke Eiswand entstehen, die von unserer durch den Nebel führte. Sie brach jedoch zusammen, denn das Zeug ließ das untere Stück der Wand verschwinden.

Crystal ließ schnell eine Brücke entstehen, die über den Nebel führte. Gemeinsam sprinteten wir hinüber und drehten uns um. Andrews beobachtete uns immer noch mit diesem gierigem Grinsen. Der Nebel verschlang die Brücke und die Mauern, die uns zuvor geschützt hatten.

Jetzt wurde mir erst seine wahre Stärke bewusst. Er spielte nur mit uns! Er hätte uns jederzeit von diesem Nebel verschlingen lassen können, aber er wollte uns nur Angst einjagen. Vermutlich war er einfach pervers genug um das geil zu finden.

Crystal´s Blick war immer noch voller Kampfgeist. Ich hatte inzwischen eher Angst, denn wir konnten offensichtlich nicht sehr viel gegen ihn ausrichten. Andrews ließ wieder etwas von diesem Zeug entstehen, doch es schien schon fast eine feste Form in seiner Hand anzunehmen.

Er warf den Ball, den er geformt hatte, über unsere Köpfe hinweg hinter uns. Er klatschte auf wie eine Matschkugel. Dann schien er zu zerfließen und es entstand eine schwarze Pfütze.

Ich wusste nicht was das sollte und schaute wieder zu Andrews, der sich nun hingekniet hatte und etwas in seinem Nebel zu suchen schien. Crystal schaute ihn ebenfalls an. Dann war ihr Blick glasklar und voller Erkenntnis.

"Kim pass auf!", rief sie.

Doch es war schon zu spät. Etwas hatte mich am Bein gepackt und zog mich zurück. Ich schaute nach was es war und entdeckte eine schwarze Klaue, die aus der Pfütze kam und mich in sie hineinziehen wollte.

Es kam so ruckartig und unerwartet, dass ich hinfiel. Ich wurde mit so einer Kraft hineingezerrt, dass ich nichts tun konnte. Crystal packte meinen Arm, doch sogleich war er ihr auch schon wieder entglitten und ich wurde in die Pfütze gezogen.

Panik ergriff mich und alles um mich herum wurde schwarz. Dann merkte ich, wie ich in die Luft gezogen wurde und plötzlich konnte ich wieder etwas sehen. Der Arm des Wissenschaftlers war durch diese schwarze Materie verlängert worden und bildete die Klaue, welche mich nun über ihm, kopfüber in der Luft hielt.

Langsam senkte er mich etwas zu sich heran und schaute

mir triumphierend ins Gesicht.

"Und Kim? Wer ist hier *jetzt* im Vorteil?", fragte er.

Ich versuchte ihn zu schlagen, doch sofort wurde ich wieder weiter von ihm weggehoben. Er lachte gehässig, hielt mich wieder etwas nach unten, nur um mich dann wieder hoch in die Luft zu schleudern.

Wild wirbelte ich herum. Ich sah ihn und den schwarzen Nebel erst weiter verschwinden, dann wieder näher kommen. Mein Leben zog an meinen Augen vorbei, als ich mich darauf einstellte von dieser Finsternis verschlungen zu werden.

Plötzlich entstand unter mir eine Art Rutsche, die mich abfing. Ich rutschte auf ihr über den Nebel hinweg zurück zu Crystal. Das war auch alles was sie ausgehalten hatte, denn jetzt brach sie zusammen und fiel in den Nebel.

Crystal zog mich auf die Beine und zerrte mich dann weiter nach rechts, weg von dieser Pfütze. Noch einmal wollte ich das ganz sicher nicht erleben. Doch Andrews erschuf weitere Kugeln, die hinter uns klatschend zu Boden fielen.

"Pass besser auf Kim, er wird dich noch töten!", meinte Crystal energisch.

Wieder nahm der Nebel die Form eines Wurms an und schoss auf uns zu. Wir schafften es noch grade so auszuweichen. Zur Sicherheit ließ Crystal hinter uns noch eine Eiswand entstehen, die den Nebel von uns fern halten sollte.

Doch diese wurde schnell von dem Nebel zerfressen und brach zusammen. Ich wollte mich grade wieder aufrappeln, als ich die schwarze Pfütze vor mir bemerkte. Sofort bekam ich wieder Angst da durchgezogen zu werden. Diesmal griff er jedoch nicht so an. Es war einzig seine Faust, die daraus hervorschoss und mir mit voller Wucht ins Gesicht schlug.

Wieder zog Crystal mich hoch und von der Pfütze weg. Ich bemerkte, dass die Umgebung mittlerweile mit ihnen gespickt. Wir versuchten eine Stelle zu finden, die relativ sicher war.

Plötzlich schoss eine schwarze Wolke aus der Gasse heraus. Andrews schien es genauso zu überraschen wie mich und Crystal. Sie umgab Andrews und schien in ihn einzudringen. Er bekam rotleuchtende Augen und schaute uns nun mit einem noch viel selbstsichererem Blick an als zuvor.

„Oh nein.", meinte Crystal.

„Was war das?", fragte ich.

„Das war ein ziemlich großes Problem. Ich hoffe Kai und Shadow sind bald hier sonst ist es aus.", antwortete sie.

Bestia

/Ich wechsle innerhalb des Kapitels ab und zu die Sichtweise, also nicht wundern^^/

Wir sprinteten was das Zeug hielt, doch wir hatten die schwarze Wolke schon nach kurzer Zeit aus den Augen verloren. Sie musste unheimlich schnell gewesen sein, weshalb wir uns nur noch mehr beeilen mussten.

Keuchend kamen wir bald zum Stehen. Vor uns sahen wir das Ende der Straße. Irgendwas *Schwarzes* lag auf der Kreuzung. Wir konnten in mitten von diesem Zeug jemanden stehen sehen. Er sah alles andere als freundlich aus.

Plötzlich entdeckte ich Kim und Crystal, die etwas weiter links standen. Ich war unglaublich froh, sie gefunden zu haben. Als Kim mich entdeckte schien es ihr genauso zu gehen. Sie kam schnell zu mir herüber und stellte sich zu mir.

"Alles in Ordnung?", fragte ich.

"Ja, und bei dir?", fragte sie.

Ich nickte.

"Wer ist das da? Ist das der Wissenschaftler?", fragte ich.

"Ja, er heißt Jack Andrews und er kann diesen Nebel erschaffen und die Pfützen, die hier überall auf dem Boden sind. Passt bloß auf, dass ihr euch davon fern haltet, er kann einfach in den Nebel greifen und seine Hand kommt aus irgendeiner Pfütze wieder raus. Aber er steht seit einer Minute nur da rum und macht nichts, seit diese komische schwarze Wolke ihn umgeben hat.", erklärte Kim.

"Das war keine schwarze Wolke, das war Zero.", meinte Shadow.

"*Zero?!* Ich dachte der ist in der Spritze im Metallzylinder?!", fragte Kim verwundert.

"Das dachte ich auch, bis ich gesehen hab um welche Fähigkeit es sich handelt. Ich dachte die ganze Zeit er wäre damals noch in sie eingeschlossen worden. Aber ich hab mich wohl geirrt.", antwortete Shadow.

"Und was macht er da jetzt?", fragte ich.

"Er konzentriert sich, damit er seine Energie fokussiert. Er will die Bestiaform annehmen. Ich muss es ebenfalls tun, sonst haben wir keine Chance. Crystal, ich kenne ihn besser als alle anderen, deshalb weiß ich dass viel Licht ihn schwächer macht. Leider haben wir schon Sonnenuntergang und wir müssen das hier schnell schaffen, wenn wir nicht sterben wollen. Glaubst du dass du irgendwie das restliche Sonnenlicht bündeln kannst und auf ihn konzentrieren kannst?", fragte Shadow.

Crystal warf einen Blick gen Himmel und auf das restliche Licht, dass die bereits untergegangene Sonne noch warf.

"Ich kann es versuchen, aber ich brauche Kim´s Hilfe.", antwortete sie.

"Ok, bevor es zu spät ist nehme ich die Bestiaform an und ihr fokussiert das Licht, beeilt euch!", erklärte Shadow.

Er entmaterialisierte sich und wurde wieder zu meinem Schatten.

Du musst dich konzentrieren Kai! Versuch alle Schatten in der Umgebung zu dir zu ziehen, das stärkt mich. Wenn du es lange genug gemacht hast kann ich die Betiaform annehmen.

Ich tat, was Shadow mir gesagt hatte und konzentrierte mich auf alle umliegenden Schatten. Sie dehnten sich und trafen meinen Schatten. Ich schien sie in mich aufzusaugen, doch es war Shadow, der das tat.

Ich spürte, wie er stärker und stärker wurde. Plötzlich wurde meine Konzentration unterbrochen. Andrews hatte es geschafft. Der komplette Nebel, der sich um ihn herum befand wurde wieder zu ihm zurückgezogen und umgab ihn. Er wurde größer und größer und bildete eine Wolke, welche nach und nach Gestalt annahm. Die Gestalt des Wesens, das die Doppelgänger angegriffen hatte. Nun erkannte ich dass es nicht aus Rauschen bestand, sondern aus reiner Finsternis.

Ich hatte eine Mordsangst, doch ich musste mich weiter konzentrieren, damit Shadow ebenfalls die Bestiaform annehmen konnte. Ich strengte mich noch mehr an, als zuvor, denn jetzt konnte ich jederzeit umgebracht werden, wenn ich es nicht ganz schnell schaffen würde.

Zero schaute sich kurz um und fixierte Kim und Crytsal. Er lief auf sie zu und holte mit seinem rechten Arm aus. Kurz unterbrach ich meine Konzentration um eine Schattenklinge zu erschaffen, die ihn in den Fuß traf.

Er wich zurück und schaute nun mich an. Langsam kam er auf mich zu. Ich war bereits wieder voll und ganz auf die Schatten konzentriert. Shadow war bereits unglaublich gestärkt, doch ein bisschen brauchte er noch.

Zero kam weiter auf mich zu und blieb direkt vor mir stehen. Er baute sich mit seiner unglaublichen Größe vor mir auf. Ich konzentrierte mich weiter auf die Schatten. Als er mit der Faust ausholte hatte ich es endlich geschafft.

Mein Schatten wurde plötzlich riesig und eine dazu passende Hand ragte auf einmal vor mir aus dem Boden, um den Schlag von Zero abzufangen. Eine Zweite kam zum Vorschein und schlug ihn hart in den Bauch, was ihn zurücktaumeln ließ.

Shadow stütze sich am Boden ab und schob sich komplett aus dem Boden. Er war nun ebenso groß wie Zero. Doch er war verändert. Er schien sich in eine Art *Drachen* verwandelt zu haben.

Riesige Flügel ragten aus seinem Rücken und er hatte einen langen Drachenschweif. Seine Hände und Füße waren zu Klauen geworden und sein gesamter Körper war mit harten Schuppen bedeckt. Trotzdem stand er noch in aufrechter Position da und schaute Zero mit festem Blick an. Er stellte sich vor mich und verschränkte die Arme.

/Und, erinnert dich das an jemanden? :D/

Zero schaute ihn ebenso herausfordernd an. Dann begann der Kampf. Zero sprang auf ihn zu und man sah nur noch seine schmetternde Faust. Shadow fing ihn ab und warf ihn zur Seite. Er stand schneller wieder auf den Beinen als man *Bibbidi Bobbidi Boo* sagen konnte.

Shadow ließ seinerseits die Fäuste niederschmettern. Zero hatte wohl nur noch einen Arm, war jedoch kräftiger und schaffte es Shadows Schlägen standzuhalten. Dann entstand vor mir plötzlich eine Art *Wurm* aus diesem schwarzen Nebel.

Andrews stand weiterhin in der Mitte. Ich hatte ihn ganz aus den Augen verloren, weil ich mich auf den Kampf zwischen Zero und Shadow konzentriert hatte. Ihn umgab ebenfalls wieder dieser schwarze Nebel und er streckte seinen Arm hinein. Dieser war nun als ein Nebelwurm vor mir aus der Pfütze gekommen. Der Angriff kam so schnell und plötzlich, dass ich nichts mehr tun konnte. Jetzt hatte

Andrews mich wohl erwischt.

Flame war nicht mehr sehr stark, doch solange sie mich einfach nur mit ihren Kräften unterstützen konnte würde ich das schon irgendwie alleine schaffen. Die Spione hatten wir aufgehalten und wir liefen immer weiter die Gasse entlang.

Langsam mussten wir sie doch mal erreichen! Wir liefen jetzt schon so lange, dass ich schon dachte ich würde *nie* ankommen. Ewig konnte diese Gasse ja nicht weiter führen. Wenn sie zu Ende wäre und ich sie immer noch nicht gefunden hatte, würde ich nicht wissen wohin ich mich danach begeben sollte.

Dann endlich sah ich es. Das Licht am Ende des Tunnels. In diesem Fall konnte man es allerdings eher als Finsternis bezeichnen. Irgendwas war da im Gange, und ich konnte nicht genau einschätzen was es war. Zwei riesige Wesen schienen miteinander zu kämpfen, Kai beobachtete sie dabei und Crystal und Kim schauten hoch zu irgendwelchen Scheiben die über all dem schwebten. Wirklich eine komische Szene.

Ich erreichte sie grade noch rechtzeitig. Vor Kai entstand grade eine Art Nebelwurm, der aus einer schwarzen Pfütze kam. Er raffte das erst viel zu spät. Sofort schoss ich eine Flamme auf den Wurm, der sich grade auf ihn stürzen wollte. Er wurde zerstäubt und löste sich auf.

Kai schaute mich verwundert und panisch an. Schnell lief ich zu ihm um mich zu vergewissern, ob alles in Ordnung war. Er war so weit ok, doch irgendwie schien er es immer noch nicht fassen zu können dass er das überlebt hatte.

"Was war das eben?", fragte ich ihn.

Er zeigte zur Mitte der Kreuzung, wo ein Typ mitten in diesem schwarzen Nebel stand. Er schaute mich hasserfüllt an und hielt sich den linken Arm. Wer war das denn jetzt? Etwa der Wissenschaftler?

"Das ist Jack Andrews. Er ist der Wissenschaftler und hat Zero als Fähigkeit.", erklärte Kai und deutete auf das finstere Biest, das grade mit einem Drachen kämpfte. "Zero ist in der Bestiaform, genau wie Shadow, und Andrews kann mit seinen Kräften in diesen Nebel greifen und seine Hand einfach aus irgendeiner dieser Pfützen wieder rauskommen lassen."

"Warte mal, du meinst dieser Drache ist *Shadow?!* Und ich dachte Zero wäre noch in…"

"In der Spritze im Zylinder, ich weiß. Aber wir haben keine Zeit für lange Erklärungen, wir müssen uns um Andrews kümmern.", meinte Kai.

Doch Andrews hatte schon andere Pläne. Er hielt seine Hand wieder in den Nebel und schaute zur anderen Seite der Kreuzung, an der sich Crystal und Kim befanden. Wieder entstand ein Nebelwurm aus einer der Pfützen. Er befand sich im Rücken von Kim und Crystal, sodass sie ihn nicht sahen.

Ich wollte schon hinlaufen und mein Bestes tun um sie zu retten, doch dann schoss plötzlich eine Schattenklinge aus dem Boden und durchstach den Wurm. Er schien nicht wirklich Schaden dadurch zu nehmen, doch es reichte um ihn zu beseitigen.

Ich schaute wieder zu Andrews, der wütend zu uns herüberschaute. Danach lief ich los und setzte meine rechte Hand in Brand. Dann schlug ich nach vorne und schoss einen riesigen Feuerball auf ihn. Er hielt mir seine rechte Hand entgegen und schoss einen riesigen Ball aus schwarzem Nebel auf mich. Sie trafen sich in der Mitte und wurden zu einem einzigen, riesigen Ball, der zur Hälfte aus Feuer, zur Hälfte aus Finsternis bestand.

Ich strengte mich ziemlich an, doch er war stärker. Dazu kam noch, dass Flame sich im Moment nicht in Höchstform befand. Er streckte nun auch den linken Arm aus und bückte sich zu dem schwarzen Nebel, der seine Füße umgab. Für derartige Aktionen war ich im Moment absolut nicht fähig.

Plötzlich spürte ich diese alles verschlingende Leere hinter mir und wandte meinen Blick kurz nach hinten. Es war sein Arm, der aus einer der Pfützen gekommen war. Nur dass er riesig war und aus diesem schwarzen Nebel bestand.

Er griff nach mir, doch dann löste er sich plötzlich auf. Als er verschwunden war konnte ich die Schattenklinge sehen, die hinter mir aus dem Boden ragte. Ich schaute zu Kai hinüber, der mir einen konzentrierten Blick zuwarf.

Shadow und Zero prügelten sich weiter und warfen sich dabei gegenseitig in unsere Richtung. Zero krachte direkt in den Feuer-Finsternisball und unterbrach damit unseren Angriff. Schon im nächsten Moment hatten sie sich weiter geprügelt und befanden sich halb auf dem Acker.

Andrews hatte die Gelegenheit genutzt um sich wieder zu dem Bodennebel zu bücken. Er schaute rüber zu Crystal und Kim. Ich sah seinem Blick und bekam grade noch mit, wie seine Nebelarme von Kai´s Schattenklingen aufgehalten wurden.

Crystal und Kim schienen viel zu konzentriert zu sein um mitzubekommen wie knapp sie grade einem Angriff von Andrews entgangen waren. Ich schoss einen Feuerball auf ihn, doch er schaffte es mit einem Sprung auszuweichen.

Dann richtete ich Stichflammen auf den Boden und vertrieb somit den Nebel. Ich rannte auf ihn zu. Er schien grade zu konzentriert darauf zu sein, sein Gleichgewicht zu bewahren, was ich sofort ausnutzte.

Aus meiner Hand schossen Flammen und ich rammte ihm meine brennende Faust mitten ins Gesicht. Er kippte komplett nach hinten um. Doch jetzt schoss er wieder seinen Nebel aus den Händen, der meine Füße umgab.

Sofort überkam mich eine vollkommene Leere. Es war ein unglaublich beängstigendes Gefühl. Ich sprang so schnell ich konnte zurück. Andrews hatte in der Zwischenzeit die Geistesgegenwart aufzustehen. Er blieb jedoch gebückt und hielt seine Hand in den Nebel.

Mit meinem Ausweichsprung schaffte ich es jetzt, mitten in seine Nebelhand zu springen. Er packte mich und hielt mich fest. Ich blieb in der Luft hängen, gefangen von der Finsternis, die all meine Kraft und all meine Emotionen in sich aufzusaugen schien.

Panisch wand ich mich, doch ich konnte nichts tun. Er war einfach zu stark. Ich versuchte Flammen zu schießen, doch es klappte nicht. Endlich durchstach Kai´s Schattenklinge seine Hand und ich fiel zu Boden, wo ich erstmal liegen blieb.

So musste Kai sich gefühlt haben, als er sich grade Shadow´s Spritze gesetzt hatte. Ich musste mich kurz sammeln um wieder zu Kräften zu kommen. Dieser Kampf kam mir aussichtslos vor. Alleine hätte es niemand von uns geschafft, wenn wir es schon zusammen schwer hatten. Würden wir diesen Kampf wirklich gewinnen?

Nachdem wir abgeklärt hatten was wir tun sollten liefen ich

und Crystal ein Stück zur anderen Seite der Kreuzung. Wenn wir alle auf einem Fleck waren wäre es für Andrews nur noch leichter uns zu kriegen.

"Ok Kim, ich werde gleich einige Scheiben aus Eis formen und du musst sie so ausrichten, dass sie das Licht, was uns noch bleibt, bündeln.", erklärte Crystal.

"Was soll ich tun?! Das klingt ziemlich schwierig, vor allem wenn Andrews uns gleich noch angreift!", wandte ich ein.

"Wir haben keine andere Wahl! Shadow kann Zero alleine nicht besiegen! Wir müssen ihn schwächen sonst klappt das nicht! Solange Andrews sich noch konzentriert müssen wir schnell anfangen und die Zeit nutzen!", erklärte Crystal drängend.

Ohne weitere Worte zu verlieren schaute sie nach oben und richtete ihre Arme auf den Himmel. Es entstanden viele Eisplatten in der Luft, die zusammen eine riesige Scheibe bildeten.

"Du musst jetzt jede einzelne Scheibe auf einen bestimmten Punkt richten. Wenn du das geschafft hast wird Zero schon in seiner Bestiaform hier sein. Du musst den Lichtpunkt dann immer auf ihn lenken indem du vorsichtig alle Platten *zusammen* bewegst.", erklärte sie.

Das klang alles leichter als es wirklich war. Ich tat, was sie verlangte und versuchte die einzelnen Platten auszurichten. Das war gar nicht so leicht. Zuerst musste ich den Lichtpunkt auf dem Boden finden, wenn ich die Platte bewegte und sie dann zu einem bestimmten Punkte lenken. Dabei musste ich wirklich ziemlich vorsichtig sein, denn schon die kleinste Bewegung der Platte ließ den Lichtpunkt sehr weit wandern.

Da alle Platten zu Anfang einfach so ausgerichtet waren das sie das Licht in einer riesigen Fläche auf den Boden warfen, war die ganze Umgebung leicht erhellt. Das machte die Sache noch einmal schwerer.

Plötzlich stand eine riesige, schwarze Bestie vor mir. Sie lief auf mich zu und holte mit der Faust aus. Ich hatte es gar nicht bemerkt, doch offensichtlich hatte Zero die Bestiaform schon angenommen.

"Konzentrier dich weiter auf die Platten!", befahl Crystal.

Sie schien es gemerkt zu haben, dass ich unglaubliche

Angst bekam. Doch ich hörte auf sie und richtete weiter die Platten aus. Hoffentlich würde Kai merken, das Zero es auf mich abgesehen hatte und seinen Angriff verhindern.

Glücklicherweise kam es auch so. Ich bekam das meiste nur aus dem Augenwinkel mit, weil ich grade hochschaute zu den Platten. Doch Zero war angehalten und schien nun direkt auf Kai zuzugehen.

Mittlerweile hatte ich über die Hälfte der Platten auf einen Punkt konzentriert, der jetzt schon ziemlich hell war. Hoffentlich wäre er hell genug um Zero zu schwächen, wenn ich auch die restlichen Platten noch ausgerichtet hatte.

Kurz warf ich einen Blick zu Kai und sah, wie Zero grade seine Faust niedersausen ließ. Ich war schon im Begriff zu schreien, doch dann schoss plötzlich eine riesige Hand aus dem Boden hervor und fing Zeros Faust ab.

Schnell machte ich mit den Scheiben weiter. Jetzt ging das alles schon etwas schneller, denn ich hatte das nötige Fingerspitzengefühl bekommen. Außerdem waren die Lichtpunkte der Platten, die noch nicht ausgerichtet waren jetzt einzeln verteilt, was es leichter machte.

Wieder schaute ich kurz zur Seite und sah einen *Drachen*, der mit Zero zu Kämpfen schien. War das etwa Shadow´s Bestiaform?! Bevor ich mir weiter Gedanken darüber machen konnte sah ich, wie plötzlich ein schwarzer Nebelwurm vor Kai auftauchte. Als er sich auf ihn stürzen wollte schoss jedoch auf einmal ein Feuerball auf ihn zu, der ihn zerstäuben ließ.

Mc war wieder da! Das war sehr gut, jetzt konnte ich mich ohne Bedenken auf die Platten konzentrieren. Das machte ich auch, und nachdem ich die letzten ausgerichtet hatte war der Fleck ziemlich hell. Unglaublich, was man aus so ein bisschen Sonnenlicht noch rausholen konnte, wenn man es nur richtig fokussierte.

Shadow und Zero schlugen sich weiterhin die Köpfe ein. Shadow wollte ihn packen, doch Zero hielt ihn mit seinem Arm auf Abstand. Plötzlich spürte ich ein unangenehmes Gefühl im Rücken. Doch ich musste mich weiter auf die Platten konzentrieren.

Ich schaute wieder nach oben und versuchte vorsichtig alle zusammen zu bewegen. Es ging noch viel langsamer als vorher, als ich sie ausgerichtet hatte. Der Lichtfleck kroch langsam über den Boden auf Zero zu. Wenn ich nur einmal abgelenkt werden würde, konnte das Bedeuten dass ich die Platten wieder falsch ausrichtete und wieder von vorne beginnen musste. Das Gefühl in meinem Rücken war inzwischen wieder verflogen.

Endlich erreichte ich Zero. Dieser schien das sofort zu merken und schaute nach oben. Schnell wich er einen Schritt zurück und verschwand aus dem Fleck.

Auf einmal entstand hinter den beiden ein riesiger Ball, der halb aus schwarzem Nebel und halb aus Feuer bestand. Andrews und Mc schienen sich dort grade gegenseitig an die Gurgel zu gehen.

Langsam ließ ich den Lichtfleck wieder zu Zero wandern. Shadow stürzte sich auf ihn und warf Zero direkt in diesem riesigen Ball. Sie prügelten sich noch weiter und landeten damit im nächsten Moment auf dem Acker.

Konzentriert ließ ich den Lichtfleck weiter wandern. Shadow lag nun am Boden und Zero kniete über ihm, die Pranke fest an seiner Kehle. Shadow versuchte ihn wegzustoßen, doch vergebens.

Ich konzentrierte mich noch mehr, und ließ den Fleck weiter wandern. Schließlich traf er Zero. Ich ließ ihn bis auf seinen Rücken wandern und bewegte ihn dann nicht mehr. Zero merkte es, da er kurz aufschaute, doch dann galt seine Konzentration wieder dem am Boden liegenden Shadow.

Nach und nach wurde Zero durchsichtig. Es war nicht so, dass es eine Transparenz war, sondern eher ein Rauschen, wie bei einem Fernseher, durch das man den Hintergrund sehen konnte.

Shadow hielt weiter durch. Er kämpfte bis zum Letzten. Zero´s Rauschen wurde immer stärker, oder eher gesagt schwächer, denn man konnte den Hintergrund immer deutlicher sehen.

Dann sagte Shadow irgendwas zu ihm und griff ihm plötzlich mit beiden Händen, wie bei einer Herzmassage, an die Brust. Nur das er es war, der unten lag. Zero´s Blick wurde auf einmal panisch und er versuchte sich wegzustoßen. Doch Shadow hielt ihn fest.

"Neiiin!", schrie er.

Doch es war zu spät. Shadow machte irgendwas und plötzlich wurde Zero nicht nur von dem Lichtfleck angestrahlt sondern *durchstrahlt*. Das Rauschen nahm schlagartig ab und er schien sich damit aufzulösen. Dann war er weg und ich fragte mich ob wir es damit tatsächlich geschafft hatten.

Nachspiel

Ich rappelte mich wieder auf und kam allmählich wieder zur Besinnung. Dieser Angriff von Andrews hatte wirklich gesessen. Das Gefühl dieser Leere saß mir immer noch in den Knochen, jedoch nicht mehr so intensiv

Andrews kam langsam auf mich zu. Ich schleuderte einen Feuerball auf ihn, welchem er jedoch mit Leichtigkeit ausweichen konnte. Schließlich stand er direkt vor mir und richtete seine Hand auf mich, bereit für einen Angriff.

"Neiiin!", schrie Zero plötzlich von der Seite.

Dann riss er wie vor Schreck die Augen weit auf. Er schaute sich zu allen Seiten um, bis er Shadow fand, welcher rücklings auf dem Acker lag. Von Zero war jedoch keine Spur.

Andrews schien es nicht fassen zu können. Schließlich fand sein wütender Blick wieder mich. Er setzte erneut zu einem Angriff an, wurde dann aber aufgehalten.

Viele Schattenklingen stießen um ihn herum aus dem Boden und waren auf ihn gerichtet. Das war jedoch noch nicht alles, wie ich danach bemerkte. Crystal stand ein paar Meter neben ihr und hielt ihre Arme mit den Innenflächen nach oben vor sich. Über ihnen schwebten viele kleine, vereiste Tropfen. Kim stand direkt neben ihr und richtete ihren rechten Arm auf ihn. Sie hatte seine Füße vereist, sodass er stehen bleiben musste. Shadow war ebenfalls wieder auf den Beinen und baute sich hinter ihm auf. Ich schloss mich meinen Freunden an und setzte meine Hände in Flammen, bereit für einen Angriff.

"An Ihrer Stelle würde ich keine dummen Sachen mehr versuchen Andrews. Wir haben Sie besiegt.", meinte Crystal.

"Einen Scheiß habt ihr! Ich lass mich doch nicht von ein paar *Kindern* unterkriegen! Wenn ihr glaubt dass ihr gewonnen habt, dann liegt ihr ziemlich falsch! Selbst wenn ihr *mich* aufhalten konntet, ich habe noch genug Kollegen, die euch auf der Stelle auseinander nehmen würden! Und ihr werdet niemals rausfinden wo sie sich aufhalten!", blaffte er uns an.

Dann entstand wieder dieser schwarze Nebel in seiner Hand und schoss ihn in meine Richtung. Reflexartig vollendete jeder seinen Angriff. Andrews wurde von Schattenklingen durchbohrt, von Eistropfen durchlöchert, von einem Feuerball gegrillt, danach eingefroren und bekam einen harten Schlag von Shadow ab, welcher ihn tötete.

Einen Moment standen wir einfach nur da und wussten nicht, wie wir reagieren sollten. Wir hatten Andrews besiegt, er war endlich tot, doch wir wussten jetzt nicht wo sich die anderen Wissenschaftler aufhielten und ich hatte keine Ahnung wie wir das jetzt noch rausfinden sollten.

"Und was machen wir jetzt?", fragte Kai.

"Keine Ahnung. Das ist ziemlich scheiße gelaufen mit Andrews.", meinte Shadow.

"Komm mal wieder runter von deiner Bestiaform, du schaust die ganze Zeit auf uns hinab.", meinte Crystal.

Shadow ließ sich rückwärts zu Boden fallen. In dem Moment, in dem sein Körper den Boden berührte versank er darin und wurde wieder zu einem Schatten. Der riesige Schatten der Bestiaform wurde wieder klein und zu dem von Kai. Dann sprang Shadow wieder aus dem Boden hervor und stand ganz normal vor uns.

"Wie konnte Andrews eigentlich seine Kräfte noch benutzen, wenn Zero schon tot war?", fragte ich.

"Man kann einen Teil seiner Kräfte immer benutzen, auch wenn man die Fähigkeit nicht mehr hat, weil sie, wie Zero zum Beispiel, gestorben ist. Aber auch wenn sie einfach nur wieder in die Spritzen gebracht wurden ist das so. Fähigkeiten verändern den Körper der Menschen, damit wird man dann wahrscheinlich bis an sein Lebensende rumlaufen.", erklärte Crystal.

Das bedeutete also, dass er seine Finsterniskräfte noch teilweise benutzen konnte, auch wenn er viel schwächer war. Viel hätte er nicht anrichten können, aber vielleicht war grade das der Plan gewesen. Er wollte uns zum Handeln zwingen, damit wir ihn nicht gefangen nehmen konnten und rausfinden würden wo die restlichen Wissenschaftler waren.

Immer noch standen wir um ihn herum und dachten über unseren nächsten Schritt nach. Unglaublich, dass wir es geschafft hatten. Shadow und Kai hätten es alleine nicht geschafft. Ich und Flame oder Kim und Crystal erst recht nicht. Nur weil wir alle zur selben Zeit am selben Ort waren konnten wir Andrews und Zero besiegen.

Plötzlich kam mir eine Idee. Es war vielleicht zu simpel und die Erfolgschancen waren recht gering, grade weil Andrews einen Angriff von uns provoziert hatte, was dann eigentlich recht sinnlos war, doch wenn wir Glück hatten, hatte er ein Handy dabei. Ich dachte an *John Cleaver* von *Mr Monster*.

/Keine Ahnung ob du das Buch möglicherweise noch lesen willst, daher spoiler ich jetzt nicht so rum^^/

Ich bückte mich und fing an Andrews Taschen zu durchsuchen. Tatsächlich hatte er ein Handy dabei. Nun mussten wir es nur noch irgendwie entsperren und schon hatten wir die Nummern unserer Feinde.

Nachdem ich es ein paar Mal probiert hatte war es schließlich entsperrt. Ich schaltete zuerst einmal den Fingerabdruckscan ab. Dann rief ich die Kontaktliste auf, in der sich einige Namen und Nummern befanden.

"Also solange wir es nicht ausgehen lassen haben wir die Nummern von den anderen Wissenschaftlern denke ich.", meinte ich.

"Ernsthaft? Er hatte ein Handy dabei? Wieso hat er uns dann am Ende noch angegriffen?", fragte Kai.

"Keine Ahnung, er hatte vermutlich seine Gründe.", antwortete ich.

"Trotzdem. Das war einfach nur dämlich.", befand Kai. Ich sperrte das Handy und steckte es in die Tasche.

"Sollen wir die denn wirklich anrufen? Wir haben grade erst zwei von denen getötet und das war alles andere als einfach. Wenn wir Glück haben wissen die anderen noch nicht Bescheid und wir haben vorerst Ruhe. Wenn wir die aber kontaktieren und rausfordern, könnten wir ziemlich schnell ziemlich große Probleme haben.", erklärte ich.

"Solange es die Wissenschaftler noch gibt werden sie uns auch töten wollen. Weil wir den Zylinder mit den Fähigkeiten haben und wir zwei von denen getötet haben.", entgegnete Kai.

"Aber noch wissen sie ja vielleicht nicht, dass wir es waren und wenn sie es rausfinden, weil Andrews sich zum Beispiel nicht mehr meldet, sind wir schon lange weg.", erklärte ich.

"Und wenn sie es doch wissen? Wer sagt denn, dass Andrews noch niemandem etwas gesagt hat?", fragte Kai.

Er hatte natürlich Recht. Das Risiko war einfach zu groß, als das man es einfach so laufen lassen konnte. Irgendwas würden wir tun müssen.

"Können wir da nicht später noch drüber diskutieren?", fragte Kim.

Ich und Kai schauten sie erwartungsvoll an.

"Andrews liegt hier tot auf dem Boden und wir sollten hier schleunigst verschwinden, wenn wir nicht ins Gefängnis wollen.", meinte Kim.

"Verdammt, du hast recht! Wir müssen hier schnell weg!", merkte ich.

"Aber bevor wir gehen musst du die Umgebung, wo wir gekämpft haben, verbrennen. Die Polizei wird noch unsere DNA finden. Andrews musst du auch verbrennen.", erklärte Crystal.

"Ok, dann geht schon mal in die Gasse, wo wir herkamen.", antwortete ich.

Sie liefen schnell zur Seite und wandten sich zu mir um. Ich ließ eine riesige Flamme entstehen und fackelte systematisch die Kreuzung ab. Als ich bei Andrews angekommen war verweilte ich noch ein wenig länger auf seiner Leiche, dann beendete ich es.

Ich lief zu den anderen und verließ gemeinsam mit ihnen die Kreuzung. Unser Tempo war langsamer als es hätte sein sollen, doch inzwischen hatte keiner von uns mehr die Kraft noch irgendeinen Sprint hinzulegen.

Eigentlich wunderte es mich ziemlich. Ich hatte zwei Menschen auf dem Gewissen und mir ging es besser als erwartet. Andrews und Lynn hatten uns jedoch auch ziemlich übel mitgespielt und gefoltert, weshalb ich ihren Tod gerecht fand. Vielleicht verdrängte ich diese Tatsache auch einfach nur.

"Wie geht es eigentlich Flame?", fragte Crystal.

Ich wollte grade antworten, da kam sie schon als kleiner Feuerball aus mir hervor und materealisierte sich vor uns.

"Mir geht´s schon etwas besser. Ich weiß nicht was los ist, aber ich fühl mich total kaputt, seit dem sie mich da eingesperrt hatte.", erklärte Flame.

Sie nahm Crystal´s linke Hand in ihre Rechte. Die beiden gingen ein Stück voraus, da die Gasse zu eng war um nebeneinander darin laufen zu können. Shadow schloss sich ihnen an. Er nahm Flame´s linke Hand in seine Rechte und so gingen sie vor uns her und redeten.

Zusammen sahen sie aus wie eine glückliche Familie. Man hätte fast vergessen können dass sie übernatürliche Fähigkeiten waren. Das sie gefoltert worden waren und so unglaubliche Kämpfe hinter sich hatten. Im Moment wirkten sie einfach nur glücklich und erleichtert. Ich hoffte dass dieses Gefühl anhielt.

"Wo gehen wir eigentlich hin?", fragte Kai.

"Also ich weiß ja nicht wo ihr hingeht, aber ich werd mich zuerst mal in ein Krankenhaus begeben und nachschauen lassen ob bei mir noch alles in Ordnung ist.", erklärte ich.

"Ja, das ist gar keine so schlechte Idee.", schloss Kim sich mir an.

Kai schnappte sich sein Handy und sagte: "Ok Google. Krankenhaus Delmenhorst."

Es gab mehrere Vorschläge, doch wir nahmen das, welches am nächsten dran war. Trotzdem war es noch ein ganz schöner Fußmarsch, bis wir es erreichen würden. Ich hatte darauf derzeit absolut keine Lust, genauso wenig wie auf den Krankenhaus Aufenthalt. Am liebsten wäre ich einfach wieder gesund und munter.

Ich fragte mich, ob uns wohl jemand gesehen hatte. Uns, die Spione, Zero, Andrews, das Haus wo wir gefangen gehalten wurden. All das musste doch jemand bemerkt haben. Ich konnte mir einfach nicht vorstellen, dass wir uns so einfach aus der Affäre ziehen konnten.

Hoffentlich hatten wir jetzt auch nur Andrews getötet und nicht noch all die Spione. Ideal wäre es, wenn sie jetzt alle wieder ganz normale Menschen sein würden. Doch ob das wirklich so war konnte man jetzt noch nicht sagen. Wir würden es aber mit Sicherheit noch erfahren.

Endlich erreichten wir das Krankenhaus. Es sah in etwa so aus wie ich es mir vorgestellt hatte und ich hatte absolut keine Lust hinein zu gehen. Flame, Crystal und Shadow hatten sich in der Zwischenzeit bereits wieder entmaterialisiert und befanden sich in unseren Körpern. Ich ging durch den Haupteingang und wünschte mir nichts mehr als einen *kurzen* Besuch.

Geschafft!

Mc und Kim brauchten einige Stunden, bis man sie endlich wieder entlassen hatte. Dabei war Kim weit früher wieder draußen, bei ihr musste nur ihre Wunde vernäht werden. Mc schien nie wieder rauszukommen, bis er dann doch rauskam.

"Was hast du so lange gemacht?", fragte ich ihn.

"Ich musste mir erstmal eine Geschichte einfallen lassen, wie das passiert ist. Dann wollten die mit irgendeinem Kamerading meine Wunde durchleuchten, ob mein Herz, meine Lunge oder sonst irgendwas Schaden genommen hatte. Bis die so weit waren, dauerte es aber auch schon ewig und ich musste immer wieder neuen Leuten meine Geschichte erzählen. Als sie meinten dass da nichts wär ging es ganz schnell. Die haben mit eine Betäubungsspritze gegeben und die Wunde zugenäht.", erklärte Mc.

"Was hast du denen denn erzählt, wie das passiert ist?", wollte ich wissen.

"Ich hab gesagt dass ich draußen am Arbeiten war und einen Tisch aus Holz bauen wollte. Dann hat ein Brett mit den Nägeln nach oben gelegen und ich bin ausgerutscht und draufgefallen.", erklärte er.

"Ok, gut. Das würde wirklich zu dir passen. Gott sei Dank ist das damals nicht *wirklich* passiert, als wir den Tisch gebaut haben.", meinte ich.

"Ja, und ich will das nicht noch mehr heraufbeschwören indem ich weiter drüber rede. Allgemein sollte ich demnächst wohl Arbeiten mit Brettern und Nägeln aus dem Weg gehen.", befand er.

Wir wollten grade in Richtung des Bahnhofs gehen, da tauchte Seeb plötzlich aus dem Nichts vor uns auf. Und dass meinte ich wörtlich, erst war niemand da und plötzlich stand da Seeb.

Er schaute uns an, riss die Arme nach oben und rief: "Geschafft!"

Mc und Kim mussten lachen. Ich hatte allerdings keine Ahnung warum.

"Schön, dass Sie auch endlich da sind, Mister Nakamura.", meinte Mc.

Kim musste noch mehr lachen.

"Aber jetzt im ernst Seeb, wo kommst du her? Kannst du dich etwa echt *teleportieren?!* Und wer hat dir gesagt, dass du das sagen sollst?", fragte Mc.

"Ja, ich kann auch in die Zukunft oder in die Vergangenheit reisen…", erklärte Seeb

"Was? Wie kann es sein, dass du deine Fähigkeit schon so gut im Griff hast? Wir haben dir wohl schon vorhin gesagt dass du nicht mehr herkommen brauchst und sonst besser wieder nach Hause fahren kannst, aber *so* viel Zeit ist doch auch nicht vergangen seit dem.", meinte ich.

"Ich weiß. Aber ich bin ja auch nicht der Seeb von hier. Ich bin Zukunftsseeb. Und Zukunftsmc hat mir gesagt dass ich das sagen soll.", erklärte er und schaute rüber zu Mc.

Stimmt, dass würde es erklären. Aber was machte er hier? Und aus welcher Zeit war er denn wieder zurückgekommen? So lange konnte es noch nicht sein, er sah nicht sehr anders aus im Vergleich zu heute.

"Von wann bist du denn hergekommen?", fragte Kim.

"Das erkläre ich euch gleich. Aber für solche Themen ist es hier zu öffentlich. Wir müssen zu Mc.", erklärte er.

"Aber ich dachte du bist grad da? Zumindest hatte ich vermutet, dass du da auf uns wartest. Gibt das nicht ein Paradoxon?", fragte ich.

"Nein, ich bin grad bei mir zuhause und versuch rauszufinden wie meine Fähigkeit funktioniert. Das ist nämlich gar nicht so einfach.", erklärte er.

"Abgesehen davon befinden wir uns schon in einem Paradoxon.", meinte plötzlich jemand hinter Seeb.

Ich erschrak über die Stimme. Sie schien einer alten Frau zu gehören. Wer war das und warum wusste sie Bescheid? Doch bevor ich Seeb danach fragen konnte schnappte er mich, Mc und Kim in einer großen Umarmung und ganz plötzlich drehte sich alles um uns herum und verschwamm. Dann waren wir in Mc´s Wohnzimmer.

Es war irritierend für den Körper. Ich hatte kurzzeitig Gleichgewichtsstörungen und musste mich fangen, damit ich nicht umkippte. Normalerweise war man ja auch nicht daran gewöhnt plötzlich wo ganz anders zu sein.

"Beim ersten Mal ist es immer komisch, aber wenn man es

öfter macht gewöhnt man sich recht schnell daran.", erklärte Seeb.

"Das ist es grade nicht, was mich beschäftigt. Ich frage mich eher wer das ist.", fragte Mc und deutete auf die ältere Dame.

"Mein Name ist Anne-Marie Rose Jackson. Aber bitte nennt mich Rose.", stellte sie sich vor.

Plötzlich tauchten Crystal und Shadow vor uns auf. So schnell hatten sie sich noch nie materialisiert. Beide schauten Rose fassungslos an. Ich war mehr als überrascht, dass sie sich ihr einfach so offen zeigten.

"Bist du es wirklich?", fragte Crystal.

"Ja, ich bin es. Es ist so schön euch endlich wiederzusehen.", antwortete Rose.

Shadow und Crystal schlossen sie in ihre Arme und drückten sie aufrichtig glücklich. Ich war komplett verwirrt. Was ging hier bitte vor? Wer war die Frau und weshalb kam sie mit Seeb? Die viel wichtigere Frage war jedoch: Woher kannte sie Crystal und Shadow. Auch Flame materealisierte sich und stand genauso verwirrt da wie der Rest von uns.

"Wer ist das?", fragte Flame.

Rose löste sich aus der Umarmung und wandte sich Flame zu.

"Du bist Flame, wenn ich es richtig sehe. Unglaublich, wie jung du geblieben bist. Tja, was eine kleine Spritze und übernatürliche Gene ausmachen können. Unglaublich.", meinte sie freundlich.

"Ich will ja jetzt nicht unhöflich sein, aber wer sind Sie Rose und woher kennen Sie Crystal und Shadow?", fragte ich.

"Ich würde dir diese Fragen gerne beantworten, doch wir haben keine Zeit dafür.", antwortete Rose. "Es ist einfach schon zu viel Zeit vergangen, seit ihr die Fähigkeiten gefunden habt. Mit Sicherheit haben sie deswegen Andrews und Taylor hier her geschickt. Die beiden sind gut im Sammeln von Informationen."

"Sie kennen Andrews? Wer zum Teufel sind Sie bitte? Sind Sie auch einer dieser Wissenschaftler?", wollte Mc wissen.

"Mein Gott nein! Ich bin doch keine von denen! Ich will euch davor schützen, dass sie euch finden!", antwortete Rose.

„Wenn Sie das wollen, dann sagen Sie mir warum? Erklären Sie es mir.", verlangte ich.

„Das will ich tun.", antwortete sie und überlegte kurz wo sie beginnen sollte. „Als ihr euch die Fähigkeiten gespritzt habt, war das so etwas wie ein Signal. Ich habe es gemerkt und die Wissenschaftler haben es auch. Sie haben Andrews und Taylor hier hergeschickt, damit sie rausfinden wo ihr seid. Ihr habt ja vielleicht gemerkt, dass Andrews seine Leute schon überall in der Gegend verteil hat. Lange hätte es nicht mehr gedauert bis er euch gefunden hätten. Doch jetzt seit ihr immer sichtbar für sie. Ich spüre es und sie spüren es auch. Alle Menschen mit Fähigkeiten können durch eine Art siebten Sinn andere Menschen mit Fähigkeiten spüren. Auch auf einige Entfernung."

„Ok, das könnte tatsächlich Sinn machen. Aber woher soll ich wissen, dass du die Wahrheit sagst? Wieso willst du uns überhaupt helfen?", fragte ich.

„Glaubt mir, sie sagt die Wahrheit. Ihr werdet sie selbst schon in dieser Zeit sehr bald kennenlernen. Sie wird euch alles erklären. Aber wir müssen uns wirklich beeilen.", erklärte Seeb.

Ich ließ mir das alles noch einmal durch den Kopf gehen. Er schien es wirklich ernst zu meinen. Aber selbst wenn wir ihm glaubten, wie sollte man sowas schon aufhalten? Man konnte diesen siebte Sinn doch mit Sicherheit nicht einfach *abstellen*. Oder dass die Fähigkeiten dadurch erspürt werden konnten.

„Was müssen wir denn tun, damit sie uns nicht mehr finden.", fragte ich.

„Wir müssen Flame, Crystal und Shadow wieder in die Spritzen bringen und diese dann wieder in den Zylinder stecken. Dann müssen wir ihn in die Vergangenheit bringen, kurz bevor der Bunker zugeschüttet wurde. Dann stellen wir sie da rein. Das Signal geht von den Fähigkeiten aus, wenn sie *nicht* in der Spritze sind, so können sie euch finden.", erklärte sie.

„Können wir sie dann nicht einfach wieder in die Spritzen bringen und hier lassen?", fragte Kim.

„Das ist zu gefährlich. Ihr müsst Seeb aus dieser Zeit helfen seine Kräfte zu kontrollieren und das dauert. Ich habe es grade selbst erst geschafft und das nur, damit ich in diese Zeit reisen kann und sie wieder in die Spritze bringen kann. Wenn er seine Fähigkeit noch hat, könnten sie euch finden und möglicherweise den Zylinder mitnehmen. Damit hätten sie alle Fähigkeiten.", erklärte Seeb.

"Ihr habt eure Kräfte ja auch noch, wenn ihr Flame, Crystal und Shadow nicht mehr in euch tragt. Auch wenn sie etwas eingeschränkt sind, aber es sollte reichen um kleinere Angriffe abzuwehren, falls sie euch finden. Außerdem könnt ihr mit Seeb immer noch fliehen, wenn die Wissenschaftler euch zu nahe kommen.", erklärte Rose.

"Das ist doch vollkommen perplex! Erst lassen wir uns die Fähigkeiten wegnehmen und in die Vergangenheit bringen, damit wir dich mit den verbleibenden Kräften beschützen und trainieren können, nur damit du in diese Zeit zurückreist um sie dir wieder zu entfernen und ebenfalls in die Vergangenheit zu schicken! Das ist auch ein verdammtes Paradoxon!", meinte Mc.

"Ja, ich weiß. Aber so ist es am besten. Die Fähigkeiten müssen in dieser Zeit unauffindbar sein, bis wir wissen wo die Wissenschaftler sind, wie viele es sind und wie wir sie besiegen können.", erklärte Seeb.

"Das können wir doch nicht einfach machen! Flame, Crystal und Shadow einfach wieder einsperren und irgendwo in die Zeit schicken.", erklärte ich.

"Weißt du eigentlich noch, dass Kim das Buch geklaut wurde und die Datei plötzlich von Mc´s Pc verschwunden ist? Hast du auch nur den *Hauch* einer Ahnung, wer das getan haben könnte? Vielleicht war das alles inszeniert. Vielleicht hat Mc die Story ja gar nicht so geschrieben, weil er sie sich ausgedacht hat, sondern weil jemand ihm die Ideen in den Kopf gesetzt hat. Ich habe eine Ahnung wer es ist und warum er das alles getan hat. Und wenn du es wüsstest wärst du auch meiner Meinung. Das wirst du in Zukunft sehen.", erklärte sie.

Das alles warf mich komplett aus der Bahn. Zu viele Informationen. Zu viel, dass ich mir durch den Kopf gehen lassen musste. Aber wie es schien hatte ich nicht die Zeit dazu.

"Es ist ok. Ich glaube sie hat recht.", meinte Flame.

"Ja, da bin ich mir auch sicher.", meinte Crystal.

"Ihr solltet uns erstmal wieder in die Spritzen befördern. Das ist wirklich der richtige Weg Kai.", meinte Shadow.

"Aber wieso vertraut ihr Rose so? Wie sollen wir es überhaupt anstellen euch da wieder reinzubekommen?", fragte ich.

"Wir erklären es dir, wenn wir uns wiedersehen. Ist eine lange Geschichte.", antwortete Crystal.

"Wir müssen in das Haus, in dem sie euch gefangen gehalten haben. Da ist ein Gerät, mit dem wir das anstellen können.", erklärte Rose.

Immer noch war ich damit nicht einverstanden. Doch wenn Shadow, Crystal und Flame es so wollten, dann sollten wir ihnen vertrauen. Sie wussten schon was sie taten und wenn sie ihr vertrauten wollte ich es auch tun. Also ließ ich mich darauf ein. Auch wenn ich dabei ein flaues Gefühl im Magen hatte.

Ein Abschied

Rose wollte uns nichts zu dem sagen, worauf wir uns jetzt einstellen mussten. Nichts zu dem, was passierte wenn wir sie in die Spritzen zurückschickten und auch nichts dazu wie es für uns danach sein würde.

Die drei waren mittlerweile ein Teil von uns geworden. Es würde ziemlich komisch ohne sie sein. Aber uns allen war klar, dass es vermutlich die beste Lösung dafür wäre.

Wir würden sie ja wiedersehen, die Frage war nur wann. Ein halbes Jahr später wäre Seeb soweit dass er seine Fähigkeit unter Kontrolle gebracht hat. Was danach passierte konnten uns selbst Rose und Zukunftsseeb nicht sagen. Wobei sie uns allgemein schon nichts verrieten. Sie meinten, dass sie damit wieder in die Zeit eingreifen würden, was inzwischen gefährlich werden konnte, wo wir den Lauf der Zeit schon so durcheinander gebracht hatten.

"Könnt ihr uns nicht einen Tipp geben? Woran wir uns orientieren können meine ich.", meinte Mc.

"Nein, tut mir leid. Es geht einfach nicht. Ihr lernt mich in einigen Tagen auch in dieser Zeit kennen und dann werdet ihr eure Antworten bekommen.", antwortete sie.

Ich hatte um ehrlich zu sein nicht die geringste Lust zu diesem Haus zurückzukehren, an dem ich und Mc gefangen gehalten wurden. Allein wegen der Polizei war es schon ein Risiko. Aber wenn ich daran zurückdachte was uns dort wiederfahren war.

Die Sache war noch nicht einmal einen Tag her. Selbst in einigen Wochen oder Jahren hätte ich darauf keine Lust, aber schon nach weniger als einem Tag? Das Gute war, dass es mitten in der Nacht war und sich vermutlich kein Mensch dort aufhalten würde.

"Wir sollten uns langsam auf den Weg machen, bevor es zu spät wird.", befand Seeb.

Widerwillig kam ich auf ihn zu, wie auch Mc und Kai. Er berührte uns alle und dann waren wir plötzlich wieder in dem Haus. Alles war dunkel, doch der verkohlte Geruch hing noch immer in der Luft.

Langsam gingen wir die Treppe hinunter bis in den Raum, den Mc abgefackelt hatte. Die Leiche von Lynn, oder Taylor, lag noch dort wo wir sie zurückgelassen hatten. Crystal,

Shadow und Flame standen plötzlich auch mit im Raum.

„Hoffentlich funktioniert es noch, ich hab das alles hier ganz schön zugerichtet.", meinte Mc schuldbewusst.

„Es wird klappen.", antwortete Zukunftsseeb. Und der musste es wissen.

Er schaltete an der Bedientafel rum und plötzlich fuhr der Roboterarm in seine Ursprüngliche Position. In seiner Spitze befand sich eine leere Spritze. Nachdem er noch ein paar andere Knöpfe gedrückt hatte schien alles bereit zu sein und er wandte sich uns zu.

„Hier ist alles soweit. Sagt, wenn ihr bereit seid.", meinte er.

Shadow, Flame und Crystal standen gemeinsam an der Wand gegenüber vom Ausgang. Sie schienen ebenfalls bereit zu sein. Doch ich fühlte mich noch nicht bereit. Dieser Abschied kam so plötzlich, ich hatte mich gar nicht darauf einstellen können. Mc und Kai schien es ebenso zu gehen.

„Kaum zu glauben, dass es schon wieder vorbei sein soll. Dabei haben wir uns grade erst richtig kennengelernt.", sagte ich.

„Ich weiß was du meinst.", antwortete Crystal. „Aber es bedeutet ja nicht dass wir uns jetzt nie wieder sehen werden. Früher oder später sind wir wieder da."

„Ja, das wissen wir ja. Aber ihr seid ein Teil von uns. Nicht nur, weil ihr immer in uns seid, sondern weil ihr einfach *dazu* gehört.", meinte Mc.

„Aber es nützt ja nichts. Wir müssen jetzt nun mal gehen. Die Kräfte habt ihr ja teilweise noch.", antwortete Shadow.

„Das klingt schon wieder so, als wäre es uns die ganze Zeit nur um eure Kräfte gegangen.", meinte ich.

„Du weißt was ich meine Kim. Aber ganz ehrlich, als ihr euch die Spritzen gegeben habt, da ging es euch doch nur um die Kräfte.", wandte er ein.

„Ja, weil wir euch da noch nicht *kannten!*", widersprach ich.

„Jetzt ist nicht der richtige Zeitpunkt um sich zu streiten. Wir sollten uns ohne so einen Kinderkram verabschieden können.", meinte Crystal.

„Und was ist mit Flame? Die ist doch im Prinzip noch ein Kind!", meinte Kai.

Seufzend schüttelte Crystal den Kopf. "Auf Wiedersehen Kai."

"Ok, tut mir leid. War nur Spaß.", entschuldigte er sich.

"Glaubt ihr, dass wir uns in sechs Monaten wiedersehen werden?", fragte Mc.

"Ich will es hoffen. Aber mit Sicherheit kann es ja keiner von uns sagen. Seeb und Rose sagen uns ja nichts, was aber auch gut so ist.", meinte Crystal.

"Wir werden uns anstrengen und Seeb so schnell wie möglich die Kontrolle über seine Fähigkeit beibringen.", meinte ich.

Crystal kam langsam auf mich zu und blieb direkt vor mir stehen. "Das glaube ich dir. Und danach werden wir *zusammen* die Wissenschaftler aufhalten."

Sie schloss mich in eine sanfte Umarmung. Flame lief auf Mc zu und auch sie schlossen sich in die Arme. Zuletzt kam Shadow und zuerst dachte ich, dass sie sich nur mit einem Handschlag verabschiedeten, doch dann wurde auch daraus eine Umarmung.

Alle drei lösten sich zur gleichen Zeit von uns.

"Wir werden auf euch warten.", meinte Crystal.

"Und wenn wir uns wiedersehen treten wir denen in die Ärsche.", meinte Shadow.

"Ich werd euch vermissen.", meinte Flame.

Nachdem die letzten Verabschiedungen ausgetauscht waren holten alle noch einmal tief Luft.

"Seid ihr soweit?", fragte Rose.

Alle nickten einheitlich.

"Ok, dann kann es ja losgehen. Wer will zuerst?", fragte sie.

Keiner der drei schien wirklich versessen darauf zu sein, als Erstes in die Spritze zurückgebracht zu werden.

"Ich fang an.", sagte schließlich Flame.

Sie trat vor uns ging auf den Zylinder zu. Crystal und Shadow begleiteten sie noch bis einen Meter davor. Doch dann blieb sie stehen. Sie wandte sich um und schaute Crystal bedrückt an.

"Keine Sorge Flame, wir sind bei dir.", beruhigte sie Flame und drückte sie sanft.

Flame ging hinein und der Glaszylinder wurde runtergefahren. Seeb schaute ihr noch einmal ins Gesicht und als sie nickte drückte er auf den entsprechenden Knopf.

Sie wurde wieder zu einem Feuerball und schoss durch die Schläuche hinein in die Spritze. Als es vorbei war, hatten wir wieder eine rotleuchtende Spritze vor uns, die von Rose aus der Verankerung entfernt wurde.

Sie fügte eine Neue ein. Crystal ging als Nächste hinein. Sie wirkte nicht verängstigt aber dennoch schien sie sich etwas unbehaglich zu fühlen. Schließlich entmaterialisierte auch sie sich und so hatten wir wieder eine Spritze, die hellblau leuchtete.

Nun kam Shadow, welcher weder Angst noch Unbehagen zu verspüren schien. Er wirkte nur erwartend. Dann wurde er wieder zu einem Schatten und wir hatten eine Spritze, die Schatten verströmte.

Seeb wandte sich nun uns zu. "Nimm du am besten Shadow´s Spritze, Kai.", schlug er vor.

Kai schnappte sie sich, während ich Crystal´s bekam und Mc Flame´s.

"Ihr müsst kurz rausgehen, ihr kennt die Fähigkeit von Seeb noch nicht und ihr sollt sie erst kennenlernen wenn ihr mit ihm lange genug geübt habt.", verlangte Rose.

Enttäuscht verließen wir den Raum. Mich hatte es wirklich interessiert wie seine Fähigkeit wohl aussah und wie sie so drauf war. Hinter uns wurde die Tür geschlossen und man konnte hören, wie der Zylinder abgesenkt wurde.

Früher als erwartet wurde die Tür wieder geöffnet und wir traten ein. Seeb hielt eine Spritze in der Hand, die irgendwas zwischen weiß und gelb war.

"Dann müssen wir sie jetzt nur noch in den Zylinder stecken und ihn in die Zeit zurückschicken.", meinte Seeb.

Bevor jemand einen Einwand erheben konnte wurden wir in eine Umarmung geschlossen und zu Mc´s Haus teleportiert. Es war nicht ganz so schlimm wie beim ersten Mal, denn jetzt konnte ich mich darauf einstellen.

Zusammen gingen wir in den Schuppen. Seeb zog den Kern des Zylinders heraus und steckte seine Spritze an seinen Platz. Ich, Mc und Kai taten es ihm gleich. Der Behälter wurde wieder geschlossen.

"Wollt ihr mitkommen?", fragte er.

Einstimmig waren wir dafür. Seeb schnappte sich den Metallzylinder und wollte, dass wir ihn berührten. Jetzt kam wieder ein komisches Gefühl, diesmal noch intensiver als vorher. Wir waren jetzt nicht nur an einem anderen Ort, sondern auch in einer anderen Zeit.

Vor uns lagen die unverschütteten Bunker. Seeb spazierte einfach hinein und stellte den Zylinder irgendwo ab. Dann kam er wieder raus zu uns. Er teleportierte uns wieder zu Mc und zurück in die Zukunft.

"Haben sie nicht noch einmal in die Bunker geschaut? So ein Teil ist doch auffällig.", meinte ich.

"Ich hab ihn genau in einer Pause reingestellt. Die Bunker wurden vorher schon überprüft. Zehn Minuten später wird alles verschüttet worden sein.", erklärte er. "Ich werd mich und Rose jetzt wieder in die Zukunft teleportieren, bevor ich nicht mehr genug Kraft dafür habe. Also, bis spätestens in sechs Monaten.", verabschiedete er sich.

Dann war er plötzlich wieder weg. Zuerst standen wir nur da und wussten nicht, was wir tun sollten. Dann beschloss ich nach Hause zu fahren und mich auszuruhen. Es war ein langer Tag gewesen, den ich erstmal verarbeiten musste.

Sechs Monate. Erst dann würden wir sie wiedersehen. Vielleicht. Aber mir stellte sich eine Frage. Wenn wir die Fähigkeiten aus dem Bunker geholt haben, und wir es auch waren, die sie zuvor da reingestellt haben, wo kamen sie dann ursprünglich eigentlich her? Klar, die Wissenschaftler hatten sie wohl irgendwie erschaffen, aber wie konnte das sein, wenn es wirklich so war? Noch so ein Paradoxon. Allerdings bedrückte mich dieser Gedanke, denn er bedeutete, dass ich die drei niemals wiedersehen würde.

Hatten Seeb und Rose uns etwa reingelegt? Aber wieso hatten Crystal und Shadow ihr dann so vertraut? Das kam mir alles irgendwie komisch vor. Aber wir hatten ja Seeb. Wenn er seine Fähigkeit erstmal unter Kontrolle gebracht hatte würden wir uns die Antworten einfach selbst holen.

Ich fragte mich nur was uns jetzt erwartete. Irgendetwas würde kommen, ganz klar. Das Beste was wir jetzt tun konnten war es, wirklich das zu tun, was wir uns vorgenommen hatten.

Endlich kam ich Zuhause an. Ein anstrengender Tag ging zu Ende. Ich öffnete die Autotür, schnappte mir meine Tasche und wollte grade aussteigen, als mir etwas auffiel. Da lag ein Buch auf dem Beifahrersitz! Es war von meiner Tasche verdeckt worden. Das hatte vorher doch noch nicht dagelegen.

 Der Einband war komplett schwarz. Es sagte absolut nichts über den Inhalt des Buches aus. Das Einzige, was darauf geschrieben war, waren die Worte *Hier könnte Ihr Name stehen*, am unterem Rand des Covers.

 Ich nahm es mit ins Haus, setzte mich auf mein Bett, nachdem ich mich umgezogen hatte und schlug ich es auf. Dann endlich fand ich sie! Die Antworten auf die ich die ganze Zeit gewartet hatte! Es war einfach alles darin erklärt! Nun wusste ich einfach *alles*!

Unbenannt

|Und dann?... Und dann?... Was kommt denn jetzt noch? Das kann doch so nicht vorbei sein! Ich meine, das Fragezeichen, das du über deinem Kopf hattest als du angefangen hast diese Story zu lesen sollte in diesem Moment eher größer geworden sein als kleiner. Das kann doch nicht sein! Laut meinem Bruder wäre es wie bei der letzten Staffel von Lost, man bekommt mehr und mehr Input bei immer weniger Folgen und man fragt sich, wie sich das alles noch klären soll. Hier hast du das Gleiche, bei immer weiter abnehmender Seitenzahl. Ok, du hast zwar jetzt noch einige Seiten vor dir, aber blätter Mal fünf Seiten weiter. Echt jetzt, mach mal.

Hast du es gemacht? Vermutlich nicht^^ Aber egal, wenn du es getan hättest dann hättest du eines gesehen: Nicht viel! Denn das hier ist das letzte Kapitel. Und in diesem Kapitel sprech ich dich nochmal direkt an. Meine Sätze haben in den letzten Kapiteln ja ziemlich nachgelassen. Das hol ich hier dann einfach mal nach :P

Glaub ja nicht ich würde dir auch nur eine Sache erklären. Das kannst du jetzt schön selbst machen^^ Denn der Grund, weshalb du noch einige leere Seiten vor dir hast ist, dass du dir selbst einen Reim hierauf machst und die Zusammenhänge, die dir unklar sind, selbst erklärst.

Wehe du ziehst jetzt ein mieses Gesicht, denn sofern du Kim bist, bist du eine mehr als kreative Person. Also stell dich mal nicht so an hier! Schön, du kriegst auch was von mir. Wenn du eine brave Kim warst hast du nämlich gewartet bis du in meiner Nähe bist, wenn du dieses Kapitel liest. Außer ich bin kurzfristig an starker Demenz erkrankt, sodass ich vergessen hab es dir zu sagen.

Wenn du nicht gewartet hast und jetzt weiß der Geier wo am rumchillen bist, dann gehst du leider leer aus. Ne, ich geb dir dein kleines Zusatzgeschenk natürlich trotzdem.

Also sei kreativ und lass dir was einfallen. Wenn du zum Beispiel auf Seite 143 in der neunundzwanzigsten Zeile liest, könntest dich fragen was damals passiert ist. Oder auf Seite 282 in der wörtlich Rede in Zeile sieben. Oder was es eigentlich mit Rose auf sich hatte. Oder der Person die das Buch geklaut hat.

Fragen gibt es bei diesem Buch wie Sand am mehr. Aber für die Antworten bin nicht ich zuständig. Ich war schon kreativ genug. Wenn du auf den Seiten 6, 8, 10, 12 und 14 nacheinander immer das letzte Wort in der ersten Zeile liest wird es dir klar, falls es dir nicht schon selbst aufgefallen sein sollte.

Ich habe meine Hintergrundgeschichte für mich im Kopf. Möglicherweise schreibe ich sie sogar weiter. Aber in diesem Buch bist du es die sich dazu etwas ausdenkt. Oder der, der sich dazu etwas ausdenkt.

*Ich bin jedenfalls gespannt, was dabei so rauskommt. Wenn du dein Geschenk gleich kriegst kannst du dich ja entscheiden ob du mich hiervor damit umbringst oder es zweckmäßig benutzt. Ich wünsche dir viel Spaß dabei^^*

Mit freundlichen Grüßen,

Mc/